AF306803

Nicoletta Leek ist das Pseudonym der Autorin Nicole Knoblauch. Sie ist fasziniert von romantischen Geschichten und starken Frauenfiguren. Ihre Veröffentlichungen umfassen verschiedene Genres, bei denen es jedoch immer ein verbindendes Element gibt: Die Liebe. Wenn sie nicht schreibt, näht die studierte Germanistin und Historikerin historische Kostüme. Zusammen mit ihrem Mann und ihren zwei Söhnen lebt sie ihr persönliches Happy End im Rhein-Main Gebiet.

NICOLETTA LEEK

LADY HELENS WILDES HERZ

Erstausgabe Mai 2024

Copyright © 2024 dp Verlag, ein Imprint der
dp DIGITAL PUBLISHERS GmbH
Made in Stuttgart with ♥
Alle Rechte vorbehalten

Lady Helens Wildes Herz

ISBN 978-3-98778-742-3
E-Book-ISBN 978-3-98778-745-4

Covergestaltung: Anne Gebhardt
Umschlaggestaltung: ARTC.ore Design
Unter Verwendung von Abbildungen von
elements.envato.com: © digiselector, © PixelSquid360
periodimages.com: © Maria Chronis, VJ Dunraven Productions
shutterstock.com: © Piotr Wawrzyniuk
Lektorat: Tatjana Weichel
Satz: dp DIGITAL PUBLISHERS GmbH
Druck und Bindung: Books on Demand GmbH, Norderstedt

Heiratsabsichten

Helen

Der Ballsaal füllte sich, und Helen nahm das flirrende Gewimmel ringsherum mit jedem Atemzug auf. Die Whitesporns hatten sich selbst übertroffen. Hunderte Kerzen erhellten den Ballsaal und strahlten mit den Damen um die Wette. Üppige Blumenarrangements verströmten einen dezenten Duft, und in einem Nebenraum standen ein Imbiss sowie reichlich Getränke bereit. Das war Londoner Stadtleben pur, das Leben, das sie sich ausgesucht hatte und in vollen Zügen genoss.

Das Einzige, was ihr Wohlgefühl ein wenig dämpfte, war die Trennung von Phoebe und Georgina. Ihre geliebten Schwestern konnten Teegesellschaften, Konzerten und Bällen nur wenig abgewinnen und befanden sich gegenwärtig in Ägypten, um zusammen mit Georginas Mann den Tempel von Abu Simbel auszugraben. Nun, jede nach ihrer Façon.

Helen vermisste sie, doch sie war viel lieber hier, suchte einen Ehemann und genoss all die Annehmlichkeiten, die London zu bieten hatte. Einen Abend mit Tanz, Gelächter und vielleicht einem Heiratsantrag.

Neugierig stellte sie sich auf die Zehenspitzen, um ihren Angebeteten in der Menge zu entdecken.

»Hältst du Ausschau nach Mr Deering?« Die Frage ihrer Cousine Leonore trieb Helen die Hitze in die Wangen.

»Er sagte, er hätte etwas mit mir zu besprechen.« Das Brennen in ihrem Gesicht verstärkte sich, und sie suchte Leonores Blick. Verstand die jüngere Cousine Mr Deerings Worte genauso wie sie? *Grahams*, rief sie sich zurecht. Bei ihrem letzten Treffen hatte er sie dazu aufgefordert, ihn Graham zu nennen.

»Etwas mit dir zu besprechen?« Leonores aufgeregte Frage bestärkte Helens Hoffnung auf einen Antrag. Er konnte gar nichts anderes meinen.

Sie lächelte ihre Cousine an. Leonore war ihr im letzten Jahr eine gute Freundin geworden. Von ihrer Zwillingsschwester Phoebe getrennt zu sein und sich andere Bezugspersonen zu suchen, fiel Helen schwerer, als sie erwartet hatte, denn Phoebe und sie waren immer eine Einheit gewesen.

»Du meinst doch nicht etwa ...« Leonore wedelte sich mit dem Fächer Luft zu. »Wird er dich bitten, seine Frau zu werden?«

Helens Mundwinkel hoben sich. »Das denke ich, ja. Vermutlich möchte er zuerst mit mir sprechen, bevor er bei Onkel Jonathan um meine Hand anhält.«

Leonore klatschte enthusiastisch in die Hände, wurde jedoch sofort wieder ernst, weil eine missmutige Matrone ihr einen tadelnden Blick zuwarf. »Das ist fantastisch.« Sie senkte die Stimme. »Hast du ihn denn ... also, hast du ihm erlaubt, dich zu küssen?«

Diese Frage ließ Helens Wangen erneut warm werden. »Das habe ich.«

»Helen! Wie äußerst ungebührlich«, rief Leonore, beugte sich jedoch sofort näher zu ihr. »Du musst mir jedes Detail erzählen.« Ihre Stimme war nur noch ein zartes Wispern. »Stimmt es, dass man bei einem leidenschaftlichen Kuss wie von Sinnen ist?«

In Helen breitete sich ein Gefühl aus, das sie kaum beschreiben konnte. Als zöge ihr Brustkorb sich zusammen und brächte so ihr Herz dazu, in wildem Takt zu schlagen. Freude, gemischt mit einem Anflug von Panik – was bei der Frage durchaus angemessen war.

»Es ist ...«, begann sie, brach jedoch ab, denn beinahe hätte sie ausgeplaudert, dass sie bereits zwei Männer geküsst hatte. Eigentlich sollte eine junge Dame gar keine Ahnung von derlei Dingen haben, weshalb sie neu ansetzte.

»Es ist angenehm«, gab sie zu und beließ es dabei. Wrayburns Küsse im letzten Jahr hatten sie entzückt, die sanfte Berührung seiner Lippen war süß wie Honig gewesen. Graham hingegen küsste forscher, fordernder. Das hatte sie überrascht, doch sie nahm an, dass es zwischen Mann und Frau unterschiedlich sein konnte. Zusätzlich hatte Georgina ihr kurz vor ihrer Abreise verraten, dass es in einer Ehe zu geradezu schockierenden Intimitäten kommen konnte. Grahams Zunge in ihrem Mund war wohl eine dieser Überraschungen.

Dass ihre heutigen Gefühle für Mr Deering weniger intensiv waren als die damaligen für Wrayburn war in ihren Augen allerdings eine gute Sache, sorgte es doch dafür, dass sie klarer sehen konnte, wo die Vorteile dieser Verbindung lagen. Sie mochte Graham, und er bot einer jungen Frau alles, was sie sich nur wünschen konnte.

Zusätzlich war er ein stattlicher Mann, aufmerksam und humorvoll. Seit ihrer ersten Begegnung vor nunmehr acht Wochen hatte er keine Gelegenheit ausgelassen, sie zu treffen. Er schmeichelte ihr, lobte ihre Schönheit, das Blau ihrer Augen und den Goldton ihrer Haare. Ein ums andere Mal verglich er sie mit der schönen Helena und sich selbst mit Paris, weil er gedachte, sie in ein fernes Land zu bringen und dort wie eine Königin zu behandeln. Das war allerdings auch der Knackpunkt in seinem Werben.

Sie sah zu Leonore und beschloss, sich der Freundin zu öffnen. Vielleicht beruhigte das die Zweifel in ihrem Inneren, welche das Gespräch über Küsse geschürt hatte. »Ich mag Mr Deering, aber die Tatsache, dass er in Indien lebt und gedenkt, mich dorthin mitzunehmen, macht mir ein wenig Angst.« Jetzt war es raus, und Helen hätte am liebsten vor Erleichterung laut aufgeatmet.

»Das verstehe ich«, antwortete Leonore und nahm Helens Hände. »Bist du denn bereit, ihn zu begleiten?«

»Das bin ich.« Helen straffte sich und drückte die Hände ihrer Cousine dankbar, bevor sie ihre zurückzog und die Schultern straffte. »Er hat mir erzählt, dass es auch in Bombay ein kultiviertes Stadtleben mit Bällen und Empfängen gibt, genau wie in London. Und das ist es doch, was ich mir gewünscht habe: Eine Familie, und dazu das aufregende Leben in der Stadt.«

»Dann ist diese Verbindung ja geradezu perfekt.« Leonore lächelte übers ganze Gesicht.

»Nun, es ist ...« Einsetzendes Gemurmel ließ Helen innehalten. Sie folgte den Blicken der Damen um sich herum und erkannte schnell, was deren Aufmerksamkeit erregt hatte. Oder viel mehr, wer.

Mister Gabriel Giddeon hatte soeben den Ballsaal betreten. Als Sohn eines Duke genoss er höchstes Ansehen. Seine Geburt verschaffte ihm überall Zugang und verleitete einige Mütter dazu, ihn als Ehekandidaten für ihre Töchter in Erwägung zu ziehen – trotz der dunklen Gerüchte, die sich um ihn rankten. Man munkelte hinter vorgehaltener Hand, er habe seine ersten beiden Frauen zu Tode gequält und dann die Leichen in der Gosse Londons entsorgt.

Helen vermochte nicht zu sagen, was an diesem Gerede der Wahrheit entsprach, doch sie wusste eines mit Sicherheit: Dieser Mann war dafür verantwortlich, dass ihre Schwester sich letztes Jahr die Haare abgeschnitten und in Männerkleidern an den Hafen geschlichen hatte, um einer drohenden Ehe mit ihm zu entkommen. Phoebe war wild entschlossen gewesen, davonzulaufen, bevor sie sich an diesen grausamen Mann binden ließ.

Am Ende war alles gut ausgegangen, da ihre andere Schwester Georgina den Earl of Chadwick geheiratet hatte. Dieser hatte die Vormundschaft für die Zwillinge übernommen und Mr Giddeon abgewiesen.

In dieser Saison war Helen ihm noch nicht begegnet und hatte auch keinen Gedanken an ihn verschwendet. Jetzt erinnerte sie sich an die Abscheu, die ihre Zwillingsschwester ihm entgegengebracht hatte. Laut Phoebe ergötzte er sich am Leid von Tieren und war ein ganz und gar unhöflicher und grober Mann. Selbst

Chadwick hatte angedeutet, dass Giddeon mit Vorsicht zu genießen sei, weil er sich in Kreisen herumtrieb, von denen feine Damen nichts wissen sollten.

Nun war dieser Mann offensichtlich auch Gast der Whitesporns, und Helen hoffte inständig, dass sie ihm nicht von Angesicht zu Angesicht begegnen musste.

Er schien das aufkommende Geflüster nicht wahrzunehmen oder zu ignorieren. Langsam schaute er durch den Ballsaal, schien nicht zu finden, was er suchte, und verließ den Raum wieder.

Was für ein merkwürdiges Verhalten.

»Er sah aus, als ob er nach jemandem Ausschau hielt«, sagte Leonore, die ihn ebenfalls beobachtet hatte, und schüttelte sich leicht. »Phoebe war so tapfer letztes Jahr, als er ihr den Hof gemacht hat. Ich bin nicht sicher, ob ich eine Kutschfahrt oder einen Ausflug mit ihm durchgestanden hätte.«

»Wir sind zu vielen Dingen in der Lage, wenn uns keine Wahl bleibt.« Helen löste ihren Blick von der Tür, fest entschlossen, die unangenehmen Gedanken abzuschütteln, die Mr Giddeons Auftreten hervorgerufen hatte. Er war nicht ihr Problem.

Ein wundervoller Abend erwartete sie, mit einem Heiratsantrag und der Aussicht auf eine glückliche Zukunft – sobald Graham sich bequemte, aufzutauchen. Es war noch früh, und er würde sicher bald erscheinen. Helen überlegte gerade, ob sie sich ein Glas Fruchtpunsch holen sollte, als ein Diener neben ihr erschien und einen gefalteten Brief auf einem silbernen Tablett in ihre Richtung hielt. Freudige Erwartung ließ ihren Körper prickeln. Sie nahm das Schreiben entgegen und öffnete es. In einer ordentlichen Männerhandschrift stand dort:

Hochverehrte Miss Helen,
würdet Ihr mir die Ehre erweisen, mich in zehn Minuten in der Bibliothek des Hauses zu treffen? Zweiter Stock, die zweite Tür links. Ich muss mit Euch sprechen.
Hochachtungsvoll
G.

Helens Herz schlug bis zum Hals, und vorsichtig ließ sie den Zettel sinken. Das war er! Der Moment, auf den sie gewartet hatte. Warum nur verspürte sie dann eher Angst als Freude? Oder waren sich diese Gefühle zu ähnlich, um sie zu unterscheiden?

»Ist der von ihm?« Leonore verrenkte den Kopf, um zu sehen, was auf dem Papier geschrieben stand.

»Ja, ist er«, antwortete Helen atemlos und sah sich verstohlen um, ob jemand ihre Aufregung bemerkte. Doch sie erregten keinerlei Aufsehen. »Er möchte mich in der Bibliothek treffen. Es ist so weit. Ich werde gleich einen Heiratsantrag bekommen.« Es konnte nur diesen Grund für seine Bitte geben.

»In der Bibliothek? Die befindet sich im oberen Stock. Ich glaube nicht, dass es sich schickt, ohne Begleitung dorthin zu gehen, um sich mit einem Mann zu treffen.« Leonore musterte sie mit skeptischem Blick.

»Ich nehme an, dass er bei dem Antrag ungestört sein möchte. Wir werden heiraten, liebe Cousine. Da kann man über so etwas schonmal hinwegsehen«, wiegelte Helen die Bedenken ihrer Cousine ab, doch in ihr meldete sich eine Stimme, die zur Vorsicht riet.

Was, wenn Graham die Gelegenheit nutzte, um nicht nur Küsse von ihr zu verlangen? War es nicht besser, den Antrag an einem öffentlicheren Ort entgegenzunehmen? Einem Ort, der näher am Ballsaal lag? Die Terrasse der Whitesporns bot Abgeschiedenheit und trotzdem waren genug Menschen in der Nähe, um einen Skandal zu verhindern.

Andererseits würde es ohnehin keinen Skandal geben, wenn Graham ihr einen Antrag machte, egal, wo er das tat, und welche kleinen Freiheiten er sich dabei erlaubte.

»Ich werde gehen«, entschied sie mit fester Stimme.

»Wenn du dir vollkommen sicher bist.« Zweifel klangen aus jeder Silbe und Leonore knetet unruhig ihre Hände. »Sollten wir nicht Mama und Großmutter ...«

»Tante Victoria weiß Bescheid«, beruhigte Helen ihre Cousine. Das war ein wenig geflunkert, aber Helen wollte auf keinen Fall, dass Leonore ihr durch überfürsorgliches Verhalten den Augenblick verdarb. »Ich muss den richtigen Moment abwarten, um unbemerkt nach oben zu kommen, und mache mich am besten gleich auf den Weg.« Sanft legte sie eine Hand auf den Arm ihrer Cousine. »Wenn ich zurückkomme, werde ich verlobt sein.« Ihr Lächeln zitterte leicht, weshalb sich Helen schnell abwandte, bevor ihre Cousine es bemerkte. Nervosität war normal. Man stahl sich nicht alle Tage für einen Heiratsantrag aus einem vollbesetzten Ballsaal.

Aber Helen war bereit dazu. Immerhin ging es um nichts weniger als ihren großen Traum. Endlich das Leben zu führen, das sie sich von klein auf gewünscht hatte. Genau wie ihre Schwestern war sie fest entschlossen, dafür ein Risiko einzugehen. Ihre Vorstellungen, wie dieses Leben aussehen sollte, mochten unterschiedlich sein, doch waren sie alle drei bereit, bis zum Äußersten zu gehen, um es zu bekommen.

Im Vorbeigehen grüßte Helen eine Bekannte und hielt noch einmal bei den Whitesporns an, um unauffällig zu plaudern. Lady Whitesporn lobte ihr Ballkleid, welches hervorragend mit ihren Augen harmoniere. Auch ihr Ehegatte bestätigte das, und Helen dankte lächelnd. Die beiden liebten opulente Bälle, das war allgemein bekannt. Lady Whitesporn war zudem eine große Förderin der Kultur. Ihr Gatte hielt solcherlei Dinge für überflüssig, erfüllte seiner Angetrauten jedoch jeden Wunsch. Das war es zumindest, was Helen von Chadwick, dem Mann ihrer Schwester Georgina gehört hatte. Dessen Verhältnis zu Lord Whitesporn war getrübt, da die beiden Männer recht unterschiedliche Auffassungen hatten, was den Wert von Chadwicks Ausgrabungen in Ägypten anging. Helen hatte weder Ahnung davon noch interessierte es sie sonderlich. Die Whitesporns galten als respektable Gastgeber, und Einladungen zu ihren Veranstaltungen waren bei den jungen Damen der Londoner Gesellschaft äußerst begehrt. Deshalb wechselte Helen geduldig Belanglosigkeiten mit den beiden. Sie würde sich die Gunst ihrer Gastgeber nicht durch Unhöflichkeit verscherzen, nur weil sie ungeduldig an ihr Ziel kommen wollte.

Endlich gelang es ihr, sich loszueisen und über die Treppe nach oben zu verschwinden. Soweit sie beurteilen konnte, hatte sie niemand dabei beobachtet. *Die zweite Tür links*, stand auf dem Zettel. Helen hielt davor an, legte eine Hand auf die Klinke und zögerte. Sollte sie wirklich? Vor ihrem Auge sah sie Grahams ebenmäßige Gesichtszüge, sein warmes Lächeln und hörte ihn davon sprechen, wie sehr er sie bewunderte. Er war ein echter Gentleman.

Entschlossen öffnete sie die Tür und fand sich in einer schwach erleuchteten Bibliothek wieder. Der Raum war kleiner als vermutet. Wenige Schritte würden reichen, um ihn zu durchqueren und sich zu dem Mann zu gesellen, der am Fenster mit dem Rücken zu ihr wartete.

War es klug, die Tür zu schließen? Eine verschlossene Tür fiel weniger auf. Sie verursachte dabei bewusst ein Geräusch, um Graham auf ihre Ankunft aufmerksam zu machen. Ihn ansprechen wollte sie nicht, aus Angst, ihr könnte die Stimme versagen.

»Ah, Miss Helen«, sagte der Mann und sah zu ihr. »Es freut mich, dass Ihr meiner Aufforderung gefolgt seid. Bitte entschuldigt mein Vorgehen, aber ich ...«

Ein Schauder durchfuhr Helen. »Ihr seid nicht Graham!«, sprach sie das Offensichtliche aus. Alarmiert drehte sie sich zur Tür, doch der Mann bewegte sich mit außergewöhnlicher Geschwindigkeit und fasste sie am Arm. Sein Griff war nicht schmerzhaft, aber unerbittlich.

»Der bin ich in der Tat nicht, und ich bitte nochmals um Entschuldigung.« Er deutet eine Verbeugung an und Helen erkannte nun, wem sie sich gegenübersah: Gabriel Giddeon.

»Ich muss dringend mit Euch sprechen, Miss Helen, und dies erschien mir der leichteste Weg ...«

»Wir haben nichts miteinander zu besprechen.« Sie versuchte sich zu befreien, doch er hielt sie weiterhin fest. Zu ihrer eigenen Überraschung spürte sie keine Tränen in ihren Augen, kein Zittern ihrer Stimme. Äußerlich blieb sie vollkommen ruhig. Genau wie letztes Jahr, als sie zusammen mit Georgina in dieser Kaschemme am Hafen versucht hatte, Phoebe aus den Händen eines Pressers zu befreien. Sie neigte wohl dazu, in brenzligen Situationen Ruhe zu bewahren.

Vielleicht hatte sie Glück und Mr Giddeon war besonnen vorgebrachten Argumenten gegenüber zugänglich. Die wenigsten Gentlemen schätzten in Tränen aufgelöste Damen.

»Wir sind nicht vertraut genug, um uns unter vier Augen zu treffen. Es wäre ein Skandal, wenn man uns hier zusammen sehen würde. Bitte lasst mich gehen.«

»Ich fürchte, das kann ich nicht.« Bedauernd schüttelte er den Kopf. »Hört mich an. Es geht um ...« Erneut wurde er unterbrochen, diesmal von Stimmen auf dem Flur. Sehr lauten, aufgebrachten Stimmen. Helen erkannte die ihrer Tante und eine männliche, die sie als Lord Whitesporn zu identifizieren glaubte. Suchte Tante Victoria sie, weil Leonore ihr von Helens heimlichem Treffen erzählt hatte?

Jetzt breitete sich doch Panik in Helens Brust aus. Was, wenn Tante Victoria hereinkam, schlimmstenfalls in Begleitung von Lord Whitesporn, und sie hier mit Mister Giddeon vorfand? Der Skandal war nicht auszudenken. Schnell sah sie sich nach einer Fluchtmöglichkeit um. Tatsächlich befand sich rechts von ihr ein Ausgang. Sie suchte Mr Giddeons Blick.

»Die Tür«, sagte sie ruhig. »Ich werde gehen, und Ihr bleibt. Ein Mann, der sich vom Ball zurückgezogen hat, um ein wenig zu lesen, wird kein Aufsehen erregen. Ich versuche derweil, mich nach unten zu schleichen. Ihr müsst mir nur Zeit verschaffen.«

»Nein«, sagte er ruhig und schüttelte den Kopf. Seine Hand umklammerte immer noch ihren Arm, inzwischen mit mehr Druck. »Das würde nicht helfen.«

»Wobei?« Sie versuchte, sich aus seinem Griff zu befreien, doch es war hoffnungslos. Mr Giddeon war größer – und stärker. »Wenn sie uns hier erwischen ...« Weiter kam sie nicht, da die Tür mit einem lauten Krachen aufgestoßen wurde.

Ein verhängnisvoller Kuss

Gabriel

Ihm blieb nur der Bruchteil einer Sekunde für eine Entscheidung. Bis seine Lippen ihre berührten, hatte er nicht gewusst, was er tun würde.

Gabriel Giddeon hielt sich für einen beherrschten Mann, und diese Eingebung irritierte ihn zutiefst. Allerdings verging das schnell. Miss Helens Mund war warm und einladend, auch wenn er unter seinen behandschuhten Fingern ihre Anspannung deutlich spürte. Trotzdem wehrte sie sich nicht gegen ihn.

Ließ er sich deshalb dazu verleiten, den Kuss zu vertiefen? Er erhöhte den Druck, ganz leicht nur, und spürte, wie ihre Lippen sich teilten. Aus irgendeinem Grund ging von ihr eine Hitze aus, ein Brennen, welches auf ihn übersprang. Bei Gott, er genoss diesen Kuss! Wie überraschend. Lag es daran, dass er genauso überrumpelt war wie sie? Oder an der Tatsache, dass seine überzeugend vorgebrachte Leidenschaft und ihre fehlende Gegenwehr von entscheidender Bedeutung für seinen überhastet gefassten Plan waren? Wenn man das, was er hier veranstaltete, einen Plan nennen konnte.

»Helen! Was zum …« Lady Castletons empörter Ruf bewegte Gabriel dazu, von der jungen Frau abzulassen, wenn auch mit Bedauern. Er hätte gern herausgefunden, wohin dieser Kuss hätte führen können. Seine Hand ließ er um Miss Helens Arm liegen. Jetzt galt es, das auszubaden, was er begonnen hatte. Denn sein Kuss bedeutete, dass er Miss Helen einen Antrag machen musste. Und nicht nur das. Er musste das Versprechen auch einlösen und sie so schnell wie möglich heiraten. Innerlich lachte er über seine eigene Torheit, doch der Schaden war bereits angerichtet. Sein nächster Schritt bestand darin, allen Anwesenden klarzumachen, dass er zu dem stand, was geschehen war. Ganz besonders Miss Helen. Verwundert stellte er fest, dass einem Teil von ihm diese Entwicklung gefiel. Wie amüsant!

»Was vor sich geht, ist offensichtlich, Lady Castleton.« Lady Whitesporn, die zusammen mit ihrem Mann und Miss Helens Tante eingetreten war, rümpfte die Nase. »Eure Nichte hat offensichtlich …«

»Meinem Antrag zugestimmt«, sagte Gabriel mit fester Stimme und suchte den Blick von Lady Castleton. Sie trug die Verantwortung für Miss Helen, und es galt, sie davon zu überzeugen, dass er bereit war, das Äußerste zu tun, um den Ruf ihrer Nichte zu schützen. Wenn er sie auf seiner Seite hatte, konnte doch noch alles zu einem halbwegs guten Ende kommen. Einem anderen, als er erwartet hatte, aber was machte das schon? Helens Anspannung, die sich ob seiner Worte verstärkte, ignorierte er.

»Helen, was in aller Welt …« Hilflos schüttelte Lady Castleton den Kopf. Diese Geste war beinahe komisch, galt die Dame doch als nahezu unerschütterlich. Fast war Gabriel ein wenig stolz darauf, sie aus der Fassung gebracht zu haben.

Helen schwieg, und Lady Whitesporn machte eine ausladende Geste. »Wenn Ihr Miss Helen einen Antrag gemacht habt, den sie angenommen hat, ist ja alles geklärt«, sagte sie und nickte, um ihre Worte zu untermauern. »Natürlich wird es nötig sein, diese Ehe schnellstmöglich zu schließen, Mr Giddeon. Auch wenn Ihr ein Freund meines Gatten seid und Euer Vater recht einflussreich, werdet Ihr mir doch zustimmen, dass wir ein solches Verhalten unter unserem Dach nicht dulden können. Wenn die Gesellschaft davon erfährt, wäre es höchst ...«

»Ich bin mir meiner Pflichten durchaus bewusst, Lady Whitesporn«, unterbrach er sie in gelangweiltem Ton. »Selbstverständlich werde ich mich um eine schnelle Eheschließung bemühen. Im kleinen Kreis, nur meine Familie und die meiner zukünftigen Gemahlin, ein paar wenige Freunde, zu denen ich mich freuen würde, Euch und Euren Gatten zu zählen.«

Es konnte nicht schaden, Zeugen des *ton* bei dieser Eheschließung dabei zu haben. Wichtig war, dass allen eine Sache klar wurde: Miss Helen stand unter seinem Schutz.

Neben sich spürte er ihr Bestreben, sich von ihm loszureißen, doch er hielt sie fest. So sehr er ihren Wunsch verstehen konnte, ihm zu entkommen, so wenig war es ihm möglich, diesen zu erfüllen. Diese Verlobung war nicht geplant gewesen, doch in Anbetracht der Umstände war es die einzige Lösung. Und vielleicht sogar die beste.

Er sah zu ihr, in ihre weit aufgerissenen blauen Augen, die ihn an das Meer in Südfrankreich denken ließen. Obwohl sie ihm vorher bewiesen hatte, dass sie sich zumindest mit Worten zu wehren wusste, schien sie nun ihre Stimme verloren zu haben.

Doch in ihren meeresblauen Augen flirrte die Angst. Angst vor ihm. Und das völlig zu Recht.

Welle um Welle dunklen Schmerzes durchflutete den Ort, an dem sich früher einmal sein Herz befunden hatte. Er sah ihre Zukunft genau vor sich: Er würde auch sie ins Unglück stürzen, obwohl er sich geschworen hatte, das nie wieder einer Frau anzutun.

Helen

In Helen verfestigte sich das Gefühl, die Geschehnisse der letzten Minuten nur als Zuschauerin zu erleben. Sie stand auf eine merkwürdige Art außerhalb ihres Körpers, fernab dieser seltsamen Realität.

Dabei begriff sie sehr wohl, was vor sich ging. Sie sollte Gabriel Giddeon heiraten, den Mann, der in der letzten Saison ihrer Schwester den Hof gemacht hatte. Das war, gelinde gesagt, eine Katastrophe.

Sie sollte mit Graham verlobt sein, nicht mit diesem Widerling. Doch wo war Graham? Warum war er bisher nicht zum Ball erschienen?

Und was wollte Giddeon von ihr? Sie kannte ihn nur flüchtig, aber er tat sicher nichts ohne Grund. Eben im Ballsaal hatte sie noch über ihn nachgedacht, und wenn sie Phoebe, Chadwick und den Gerüchten glaubte, war er ein gemeiner Sadist, der tat, was ihm gefiel. Und jetzt sollte sie diesen Mann heiraten? Das konnte unmöglich wahr sein. Sicher würde sie gleich erwachen und dieses Chaos sich als ein schrecklicher Albtraum herausstellen.

Doch dem war nicht so. Statt zu erwachen, verschlimmerte sich die Situation mit jeder Sekunde. Ihr Onkel war ins Zimmer getreten und verlangte mit dunkler, ruhiger Stimme zu erfahren, was hier geschehen war.

Lady Whitesporn setzte ihn sofort ins Bild, während Tante Victoria nach wie vor sprachlos schien. So hatte Helen sie bisher nie erlebt, und sie traute sich kaum, ihr in die Augen zu sehen. Lord Whitesporn hingegen musterte sie mit kaum verhohlenem Unmut, was Helen einen Schauer über den Rücken laufen ließ.

War das ein Vorgeschmack darauf, wie ihr die Gesellschaft in Zukunft begegnen würde? War sie diejenige, vor der man zukünftige Debütantinnen warnen würde? Die, mit der niemand mehr sprach? Das war für gewöhnlich der Preis für einen solchen Skandal.

Giddeon hatte sie geküsst, und Lady Whitesporn hatte es gesehen. Helens guter Ruf war damit unwiederbringlich verloren. Es sei denn, sie stimmte der Hochzeit zu. Mit diesem Schritt würde man ihr alles verzeihen, und sie könnte weiter am gesellschaftlichen Leben teilnehmen.

Wenn du überhaupt Gelegenheit bekommst, an irgendwelchen Veranstaltungen teilzunehmen. Immerhin waren Mr Giddeons frühere Ehefrauen blutjung und unter mysteriösen Umständen gestorben. Blühte ihr dasselbe Schicksal?

Ein Wimmern entrang sich ihrer Kehle, und sie schlug schnell die Hand vor den Mund. Mr Giddeons Griff um ihren Arm wurde ein wenig fester, sein Blick streifte sie und er kniff für einen winzigen Moment warnend die Augen zusammen, bevor er das Wort an ihre Gastgeber richtete.

»Wenn ich die weitere Erklärung übernehmen darf, Lady Whitesporn? Schließlich habe ich diesen kleinen Tumult verursacht.«

Kleiner Tumult? Ein ausgewachsener Skandal passte eher. Die geballte Faust an ihre Lippen gepresst hörte sie weiter zu. Auf diese Art schaffte sie es zumindest, die Tränen zurückzuhalten, die sich jetzt doch ihren Weg suchten. Die Frage war nur, wie lange sie sich aufhalten ließen.

Lady Whitesporn störte sich nicht an Mr Giddeons Untertreibung, nickte ihm huldvoll zu, und mit einem Lächeln wandte er sich an Onkel Jonathan.

»Eure Frau und unsere Gastgeber haben Miss Helen und mich soeben in einer eindeutigen Situation angetroffen.«

Onkel Jonathans Blick ging zu Mr Giddeons Hand, die nach wie vor Helens Arm umfasste. »Ihr habt sie hier in der Bibliothek am Arm gepackt?«

»Wir haben uns geküsst.«

Helen riss die Augen auf. Nun hatte er es laut ausgesprochen, und es bestätigte ihre Befürchtung, dass sie nicht aus einem schlechten Traum aufwachen würde.

Sie war in die Bibliothek geeilt, ohne darüber nachzudenken, was hätte geschehen können, weil sie sich auf einen Antrag von Graham gefreut hatte. Und nun das!

Sie würde heiraten, aber nicht wie erwartet.

Mr Giddeons Stimme war ohne jede Emotion. Hatte er alles von langer Hand geplant? Schließlich hatte er sie herbestellt, sich geweigert, sie gehen zu lassen und geküsst, just in dem Augenblick, in dem die Tür aufging. Er hatte sie in eine Falle gelockt, und sie war schnurstracks hineingelaufen.

Sie dummes Ding. Tief atmete sie durch, um ihre Gefühle zu kontrollieren. Leider blieb ihr keine Wahl. Wenn sie sich nun wehrte, würde sie alles nur noch schlimmer machen.

»Seid versichert«, fuhr Giddeon in diesem Moment fort, »dass wir uns der Konsequenzen bewusst sind. Miss Helen hat meinen Antrag angenommen, Euer Einverständnis vorausgesetzt.«

Onkel Jonathan furchte die Stirn und suchte den Blick seiner Frau, wie um Bestätigung zu erhalten. Tante Victoria zuckte mit den Schultern und nickte dann zaghaft, woraufhin sein Gesicht versteinerte. »Wenn die Sache so ist, seid Ihr morgen früh in meinem Haus willkommen, um die nötigen Formalitäten zu klären.«

Mr Giddeon deutete eine leichte Verbeugung an, ohne Helen dabei loszulassen.

Morgen früh, durchfuhr es Helen. Sie hatte eine Nacht, um sich eine Lösung zu überlegen.

»Und jetzt werden wir uns verabschieden.« Onkel Jonathan wandte sich an die Whitesporns. »Wir danken für den wundervollen Abend und entschuldigen uns für die entstandenen Unannehmlichkeiten. Wir waren auch einmal jung und erinnern uns sicher alle an die Überschwänglichkeit der Jugend.«

»Mr Giddeon ist weit über dreißig, da sollte er ...«, setzte Lord Whitesporn an, wurde jedoch von seiner Frau unterbrochen.

»Aber sicher erinnern wir uns. Und da die beiden heiraten werden, ist ja auch nichts geschehen, was der Rede wert wäre.«

Dieser Satz trieb Helen endgültig die Tränen in die Augen, und sie senkte den Kopf. Es war ihr Leben, ihre Zukunft, über die hier entschieden wurde. Sie öffnete den Mund, um zu widersprechen, und spürte gleichzeitig den Druck von Mr Giddeons Fingern um ihren Arm.

Helen sah zu ihm auf und meinte den Ansatz eines Kopfschüttelns zu erkennen. Sein Griff war nach wie vor fest und selbstsicher, jedoch ohne ihr wehzutun. Er wollte sie davon abhalten, etwas zu sagen. Wenn er sie zu heiraten gedachte, sollte er sich allerdings besser schnell daran gewöhnen, dass sie zwar wie ein Engel aussehen mochte, aber mitnichten einer war. Sie würde sich nicht den Mund verbieten lassen. Weder von ihm noch von sonst jemandem.

»Was unsere Eheabsichten angeht ...«, begann sie, kam jedoch nicht weit.

»... bedauern wir die Art und Weise des Bekanntwerdens«, unterbrach er sie und zog sie dabei ein wenig näher zu sich. So nah, dass sie seine Wärme spüren konnte. Beim Einatmen roch sie diesen leichten Duft nach Zeder und Zitrone, der ihr bereits bei seinem Kuss aufgefallen war. Kein unangenehmer Duft.

Mr Giddeon richtete seinen Blick auf sie, und Helen glaubte, in seinen Augen eine stumme Bitte zu erkennen. Es schien ihm wichtig zu sein, dass sie seiner Geschichte nicht widersprach. Was ging hier vor sich? Er hatte nie zuvor Interesse an ihr bekundet, und dennoch hatte er sie geküsst. Leidenschaftlich geküsst, und sie hatte sich nicht gewehrt. Weil er sie überrascht hatte und sie deshalb unfähig gewesen war, aufzubegehren?

Schnell ging sie ihre Möglichkeiten durch. Sie konnte ihn nun bloßstellen, lautstark, wenn es sein musste. Allerdings wäre die Konsequenz sehr unschön: Es würde ihre Situation nur verschlimmern, denn der Kuss ließ sich ja nicht wegdiskutieren. Oder sie fügte sich fürs Erste und suchte später einen Ausweg. Das Beste war, wenn Mr Giddeon erst einmal glaubte, dass sie klein beigab.

»Ja«, antwortete sie deshalb und hob den Kopf. »Wie Mr Giddeon sagt. Auch ich bitte vielmals um Entschuldigung.« Bei seinem Naturell war es gut möglich, dass er es schätzte, wenn man ihn in seiner Meinung bestärkte.

Und wirklich, er ließ von ihr ab, und sein Blick wurde für einen Augenblick beinahe freundlich – oder sie bildete sich das nur ein, denn sobald er sich an Lord Whitesporn wandte, klang seine Stimme gelangweilt und beinahe spöttisch. »Ich verlasse den Ball nun, Ihr entschuldigt? Ich muss mich um einiges kümmern.«

Helen hatte den Eindruck, dass Lord Whitesporn nicht gefiel, was hier vor sich ging. Was verständlich war. Niemand war glücklich über einen Skandal im eigenen Haus. Er schien Mitleid mit ihr zu haben, denn er warf ihr einen langen, bedauernden Blick zu. Aus den Augen seiner Frau hingegen blitzte Helen eiskalte Missbilligung entgegen.

Sie wich unwillkürlich einen Schritt zurück und stieß gegen Mr Giddeon. Das beruhigte sie kein bisschen.

Er schien ihren inneren Aufruhr gar nicht wahrzunehmen, denn er griff nach ihrer Hand und hauchte einen Kuss darüber in die Luft. »Wir sehen uns, Teuerste.« Dann verbeugte er sich auch in Richtung der anderen und verließ die Bibliothek.

Helen sah ihm ratlos hinterher. Das Gefühl, sich in einem Traum zu befinden, war nach wie vor da. Doch sobald Mr Giddeon den Raum verlassen hatte, sickerte die Realität mehr und mehr zu ihr durch. Bleischwer legte sie sich auf ihr Gemüt und die Tränen versuchten mit aller Macht, sich ihren Weg zu bahnen. Helen atmete mehrmals tief ein und aus, um sie zu unterdrücken.

»Komm, Liebes, wir fahren nach Hause.« Tante Victoria war neben sie getreten und legte ihr eine Hand auf die Schulter. »Wir haben viel zu besprechen.«

Sie verabschiedeten sich von ihren Gastgebern, und Tante Victoria wechselte noch kurz ein paar Worte mit ihrer Tochter Constance. Helen bewahrte die Fassung und suchte Leonores Blick, die neben ihrer Mutter stand, jedoch großes Interesse am Fußboden zeigte und nicht zu ihr herübersah. Es versetzte Helen einen Stich, dass ihre Freundin sie verraten hatte. Denn so musste es gewesen sein. Wie sonst hätte Tante Victoria wissen können, wo sie sich befand? Eine Welle der Enttäuschung durchflutete Helen, und diesmal rollte wirklich eine Träne ihre Wange hinab. Phoebe hätte das niemals getan.

Ach, Phoebe. Mehr denn je vermisste sie ihre geliebte Schwester.

Helen ließ sich zur Kutsche führen, stieg ein und setzte sich Tante und Onkel gegenüber. Unsicher, was sie erwartete, blickte sie auf. In den Gesichtern beider spiegelte sich Besorgnis wider. Wenigstens waren sie nicht wütend.

»Meine liebe Helen«, begann Tante Victoria das unvermeidliche Gespräch. »Erklärst du uns, wie es dazu kommen konnte?« Ihre Stimme klang ruhig, eine Eigenschaft, die Helen an ihrer Tante schätzte. Sie verurteilte nicht, behielt stets einen klaren Kopf, hörte sich an, was es zu sagen gab und fällte dann ihr Urteil.

»Es war eine Falle«, antwortete Helen leise.

»Eine Falle? Inwiefern?« Onkel Jonathans Bass war eine Nuance tiefer geworden, und Helen vermeinte, Unmut darin zu erkennen.

»Ein Diener brachte einen Brief, der mich bat, in die Bibliothek zu kommen. Ich bin der Einladung gefolgt, weil ich dachte, er sei von Mr Deering, der mir einen Antrag machen will.« Ihr Bericht war emotionslos, was ihr deutlich besser gefiel als die mühsam zurückgehaltenen Tränen.

»Das hat Leonore mir schon erzählt«, sagte Tante Victoria ruhig. Also traf Helens Vermutung zu, und die Freundin hatte sie verraten. »Dann dachtest du wirklich, Mr Deering würde dich dort erwarten?«

»Was denn sonst.« Ihr Widerstandsgeist regte sich. »Wir sind uns in den letzten Wochen nähergekommen. Er hat mir nach allen Regeln der Kunst den Hof gemacht, und ich dachte, er wolle die entscheidende Frage stellen.« Sie verstummte. Ihre Worte klangen merkwürdig falsch.

Ein Heiratsantrag, eine Verlobung, sollte der schönste Augenblick im Leben einer Frau sein. Doch was zu Ballbeginn noch ihre größte Hoffnung gewesen war, entpuppte sich nun als Fiasko. Der Mann, dem sie mit Freuden ihre Hand für den Rest ihres Lebens gereicht hätte, war nicht einmal aufgetaucht. Stattdessen sollte sie einen Teufel heiraten.

Er hat über das Leid der Tiere gelächelt, Helen, kannst du dir das vorstellen? Das waren Phoebes Worte gewesen. *Und was für ein Lächeln das war. Eiskalt, ohne jegliches Gefühl.* Es schauderte Helen allein bei dem Gedanken an das, was ihre Schwester ihr über Mr Giddeon erzählt hatte. Dazu kamen die verstorbenen Ehefrauen. Helen zog ihren Schal enger um die Schultern, doch das vertrieb die Kälte nicht, die sich langsam in ihr ausbreitete.

»Und statt Mr Deering hat dich Mr Giddeon erwartet?« Die Frage ihres Onkels riss Helen aus ihren Erinnerungen.

»Ja.« Sie blinzelte. »Er sagte, er wolle mit mir reden. Es schien ihm wichtig zu sein. Ich weigerte mich und schickte mich an, die Bibliothek zu verlassen, da riss er mich an sich und küsste mich. Im selben Augenblick ging auch schon die Tür auf.« Alles war so schnell gegangen, dass die Erinnerung an den Kuss bereits verblasste. Vielleicht lag es am Schock.

»Warum sollte er das tun?«, stellte Tante Victoria die Frage, die sich Helen ebenfalls nicht beantworten konnte. »Hattest du in den letzten Wochen Kontakt zu ihm? Ihm auf irgendeine Weise zu verstehen gegeben, dass du seine Annäherungen willkommen heißt?«

»Bitte?« Vertraute ihre Tante ihr nicht? Allein der Gedanke, sie, Helen, könnte sich heimlich mit Mr Giddeon getroffen haben, war absurd.

Helen hatte sich immer vorbildlich verhalten, auch in der ganzen Zeit mit Wrayburn. Denn im Gegensatz zu Phoebe kannte und schätzte sie die gesellschaftlichen Erwartungen, die an junge Frauen gestellt wurden.

Enttäuschung streckte ihre Finger nach Helen aus und legte sich schwer auf ihre Brust. »Ich habe nie ... ich habe ihn in dieser Saison kein einziges Mal gesprochen, Tante. Nicht einmal auf einem Ball gesehen, geschweige denn ihm irgendwie Hoffnungen gemacht.«

Die Sehnsucht nach ihren Schwestern drohte Helen zu überwältigen. Tante Victoria, Onkel Jonathan, deren Kinder und nicht zuletzt Leonore waren zu Freunden geworden. Doch sie ersetzten weder Georgina noch Phoebe. Ihre Schwestern hätten sie niemals verdächtigt, Mr Giddeon ermutigt zu haben. Unwillkürlich ballte sie die Hände zu Fäusten.

»Ich glaube dir, Liebes«, sagte Tante Victoria sanft. »Aber wir müssen wissen, was vorgefallen ist, bevor wir eine Entscheidung treffen.«

»Da gibt es wenig zu entscheiden«, warf Onkel Jonathan ein. »Helen wird Mr Giddeon heiraten müssen, alles andere wäre ein handfester Skandal.«

»Aber ich ...« Ihre Stimme brach, weil sie wusste, dass er die Wahrheit sprach. Doch das half nur wenig gegen die Panik, die ihr beinahe die Luft abdrückte. Sie sollte einen bösen Menschen zum Mann nehmen.

»Ich fürchte, dein Onkel hat recht, Liebes.«

»Georgina und Chadwick werden das nicht zulassen«, murmelte sie. Chadwick war ein kleiner Hoffnungsschimmer. Er hatte die Vormundschaft über sie, und er war es, der einer Hochzeit zustimmen musste.

»Chadwick ist in Ägypten. Es würde eine Ewigkeit dauern, sein Einverständnis einzuholen.« Onkel Jonathan schüttelte mitfühlend den Kopf. »Er ist ein vorausschauender Mann und hat mir die Vormundschaft übertragen, solange er außer Landes weilt.«

Eine Welle aus Furcht überrollte sie. Das hatte sie vollkommen vergessen. Chadwick und Georgina hatten sie natürlich darüber informiert. Dieser Schritt war notwendig gewesen, um Helen eine Vermählung während ihrer Abwesenheit zu ermöglichen. Auch dieser Ausweg verschloss sich ihr also.

»Dann werde ich Mr Giddeons Frau?«, flüsterte sie, und die Hoffnungslosigkeit, die in dieser Frage mitklang, erschreckte sie.

»Uns bleibt keine Wahl«, sagte ihr Onkel leise. Er fällte diese Entscheidung nicht leichtfertig, so viel sah Helen, doch das half ihr nicht. Schließlich wurde sie an einen Mann verheiratet, der im Verdacht stand, seine beiden Frauen ermordet zu haben.

»Man hat immer eine Wahl«, erwiderte sie tonlos.

Doch war das die Wahrheit? Welche Wahl hatte sie denn?

Sie konnte mit der Verachtung der Gesellschaft leben oder weglaufen. Aber sie war nicht wie ihre Zwillingsschwester. Sie wollte nicht durch Ägypten reisen und an Ausgrabungen teilnehmen. Es gab keinen Ort, an den sie gehen konnte. Diese Erkenntnis ließ sie in sich zusammensinken.

»Die Sache mag plötzlich kommen, aber was geschehen ist, ist geschehen.« Tante Victorias Stimme klang nach wie vor sanft. »Immerhin ist Mr Giddeon der Sohn des Duke of Kadwell, und sein älterer Bruder hat nur

Töchter. Das bedeutet, dass eure Kinder, euer erstgeborener Sohn, um genau zu sein, der zukünftige Duke wird. Da kann man über das eine oder andere Gerücht hinwegsehen.«

Jetzt redeten sie also schon von Kindern? In Helens Magen bildete sich ein kalter Klumpen, der sie in den Sitz drückte. Der Drang, den Tränen freien Lauf zu lassen, wurde stärker.

»Er wirkt so distanziert. Und was ist mit seinen ersten beiden Frauen geschehen? Phoebe hat mir erzählt ...«

»Gerüchte«, unterbrach Onkel Jonathan sie. »Es sind niemals echte Anschuldigungen gegen Mr Giddeon vorgebracht worden. Und dass er finster wirkt, ist kein Wunder. Der Mann ist zweifacher Witwer, wer wäre da nicht etwas schwermütig? Er mag nicht der Schwarm der jungen Mädchen sein, aber als Mitglied der Peerage ist er eine gute Partie. Außerdem hat er vorhin alles getan, um deinen Ruf zu schützen. Das tut nur ein echter Gentleman.«

»Am besten warten wir ab, was er uns morgen zu sagen hat«, schloss Tante Victoria.

Wenn dieser Mann so gefühlskalt und rücksichtslos war, wie Phoebe ihn geschildert hatte, bestand durchaus die Möglichkeit, dass er einen Rückzieher machte. Dann war sie ruiniert. Wäre das schlimmer, als mit ihm verheiratet zu sein? Darauf hatte Helen keine Antwort.

»Ich gehe davon aus, dass er sich um eine Sondergenehmigung bemüht, damit die Hochzeit möglichst bald stattfinden kann.« Onkel Jonathan seufzte. »Es tut mir leid, dass es so gekommen ist, Helen.«

Die Kutsche hielt, und damit war das Gespräch beendet. Helen schaffte es, weiterhin die Fassung zu bewahren, Tante und Onkel eine angenehme Nacht zu wünschen und gemäßigten Schrittes bis nach oben in ihr Zimmer zu gehen. Sobald die Tür ins Schloss gefallen war, gab sie jegliche Zurückhaltung auf. Tränen schossen ihr in die Augen, und ihre Beine wollten sie nicht länger tragen. Sie sank auf den weichen Teppich und überließ sich ihrer Verzweiflung und Wut.

Wie lange sie dalag und ihre Tränen flossen, wusste sie nicht. Irgendwann versiegten sie, doch Erleichterung trat nicht ein.

Es schien, als hätte sie mit den Tränen jegliches Gefühl aus sich herausgeweint. Zum ersten Mal in ihrem Leben fühlte sie nichts. Da sollte Verzweiflung sein, Wut, Trauer, Enttäuschung – alles, was seit jener Szene auf sie eingeprasselt war. Doch ihre Emotionen schienen wie ausgelöscht. Zurück blieb eine Leere, die auf angenehme Art betäubend war.

Der Hochzeitstag

Helen

Drei Tage waren seit jenem unsäglichen Ereignis in der Bibliothek der Whitesporns vergangen. Drei Tage, in denen sich ihr Leben weiterhin im Chaos befand.

Ihre Tränen waren nach dieser schrecklichen Nacht versiegt und hatten Raum für Hoffnung gemacht. Raum für eine möglich Zukunft mit Graham Deering und ihren Brief an ihn, mit der Bitte, sie aus ihrer Notlage zu befreien. Es wäre ein Leichtes für ihn gewesen, bei ihrem Onkel vorstellig zu werden und sie aus dieser misslichen Lage zu befreien.

Doch er kam nicht, um Anspruch auf sie zu erheben oder mit ihr zu sprechen. Stattdessen war Gabriel Giddeon wie verabredet am Morgen nach dem Ball erschienen und hatte um ihre Hand angehalten. Allerdings hatte sie ihn dabei nicht zu Gesicht bekommen. Onkel Jonathan hatte sie lediglich darüber informiert, dass die Hochzeit in einer kleinen Kapelle mit dem klangvollen Namen St. *Mary-and-James* stattfinden sollte.

Heute.

Noch lag Helen im Bett, doch es würde nicht mehr lange dauern, bis ihre Zofe hereinkam, um sie zu frisieren und anzukleiden. Und dann ... Dann würde sie Mrs Gabriel Giddeon werden, und dem ausgesetzt, was Phoebe zur Flucht vor diesem Mann getrieben hatte: Kälte, Grausamkeit und am Ende vielleicht dem Tod.

Sie hatte versucht, mit Tante Victoria über Giddeons frühere Ehen zu reden, um wenigstens ein klein wenig über die Umstände zu erfahren, unter denen seine ersten beiden Frauen gestorben waren. Doch ihre Tante hatte jegliches Gespräch darüber im Keim erstickt.

»Das sind unschöne Geschichten, gespickt mit allerlei wilden Gerüchten, die jeder Grundlage entbehren und denen wir keinerlei Bedeutung beimessen«, war ihre Antwort gewesen. »Zerbrich dir darüber nicht den Kopf, meine Liebe. Die Bekanntgabe eurer Verlobung ist auf Überraschung gestoßen, aber positiv aufgenommen worden. Die Gesellschaft ist sich einig, dass du eine gute Partie für ihn bist. Was dir an Geld und Stand fehlt, machst du durch Schönheit, Zurückhaltung und Anmut wett. Ihr werdet eine höchst respektierte Ehe führen. Außerdem hat mir Jonathan versichert, dass Mr Giddeon finanziell hervorragend dasteht. Das ist doch auch etwas.«

Ihr Zukünftiger war also reich, und sie wäre allgemein respektiert. Schön und gut, aber war das wirklich ein Ausgleich dafür, in ständiger Angst vor dem eigenen Ehemann zu leben? Musste sie das überhaupt oder hatte ihre Tante recht und er war gar nicht so schlimm? Andererseits hatte Phoebe an seine Grausamkeit geglaubt und sie selbst erlebt. Also war sehr wohl Vorsicht geboten.

Zugegeben, Gabriel Giddeon war recht ansehnlich mit seinem hellbraunen Haar, den Augen in gleicher Farbe und der geraden Nase, doch über sein Innerstes wusste sie nichts. Warum hatte er sie geküsst und eine Eheschließung forciert?

Dieses *Warum* ließ sie nicht los. Seit Tagen grübelte sie über Giddeons Motiv nach, und alle möglichen Antworten schienen gleichermaßen beunruhigend. Sie war deutlich jünger als er, ähnlich wie seine vorherigen Frauen. Hatte er sie ausgewählt, weil sie ihnen glich? Und bedeutete das, sie würde dasselbe Schicksal erleiden? Das blieb die wichtigste Frage: Hatte er etwas mit dem Tod seiner verstorbenen Frauen zu tun? Wenn sie mehr darüber herausfand, hatte sie eventuell eine Chance, diesem Schicksal zu entgehen. Ein schwacher Lichtschimmer, doch sie griff nach jedem Strohhalm.

Dabei helfen würde ihr sicherlich auch die Wut, die sich in den letzten Tagen in ihr aufgestaut hatte. Giddeon hatte durch sein Verhalten ihr Leben zerstört und ihm eine vollkommen neue Wendung gegeben – ohne jegliche Erklärung. Sie hatte sich fest vorgenommen, genau diese von ihm einzufordern, auch wenn sie das ihren ganzen Mut kosten würde. Doch sie war keine Frau, die die Hände in den Schoß legte und sich in ihr Schicksal ergab.

Es klopfte an der Tür, was Helens widersprüchliche Gefühle dämpfte. Auf ihr »Herein« trat Betsy, ihre Zofe, ein.

»Oh, Miss Helen. Ihr seid noch nicht aufgestanden?«

Helen schüttelte den Kopf, doch es half alles nichts. Sie musste sich zusammenreißen.

Diese Hochzeit war zwar kein großes gesellschaftliches Ereignis, aber man würde dennoch darauf achten, wie sie vonstattenging. Denn egal, wie die Umstände auch waren, sie würde möglicherweise die Mutter des zukünftigen Duke of Kadwell werden.

Ihr schauderte. Mit einem Kind konnte sie sich zwar anfreunden, aber es zu zeugen bedeutete ein Maß an körperlicher Nähe mit Mr Giddeon, das ... Helen schüttelte mehrfach den Kopf. Darüber wollte sie lieber nicht so genau nachdenken.

Eine Stunde später betrachtete sie ihr Spiegelbild und versuchte sich mit einem zittrigen Lächeln Mut zu machen. Sie sah hübsch aus in dem hellblauen Kleid, das mit zarter, weißer Spitze gedoppelt war und ihre Augen zum Strahlen brachte. Das Haar hatte Betsy ihr in kunstvollen Locken aufgesteckt. Gerade griff sie in ihre Schürze und holte ein längliches Kästchen heraus. Vorsichtig öffnete sie es, und zum Vorschein kam eine silberne Tiara, über und über mit Diamanten geschmückt. Nur in der Mitte fand sich ein einzelner Saphir von der Größe ihres Daumennagels. Ein sündhaft teures, unglaublich schönes Schmuckstück.

Helen hatte es nie zuvor gesehen. Neugierig drehte sie sich zu Betsy um.

»Miss, dieses Schmuckstück ist heute Morgen abgegeben worden. Euer Verlobter hat es Euch zukommen lassen.«

»Mein Verlobter? Mr Giddeon?«

Natürlich Mr Giddeon. Sie hatte nur einen Verlobten. Helen verdrehte genervt über sich selbst die Augen.

»Bitte haltet den Kopf still. Mr Giddeon, ja, das wurde mir übermittelt, Miss, zusammen mit der Anweisung, sie Euch erst zu zeigen, wenn sie ins Haar gesetzt wird.«

»Aber das ist …« Helen griff nach dem Schmuckstück und wog es in der Hand. Sie kannte sich nicht aus, aber die Steine kamen ihr echt vor. Warum sollte ihr Zukünftiger ihr so etwas Wertvolles schicken? Am wahrscheinlichsten war, dass es sich um Familienschmuck handelte und er ihr damit seinen Reichtum zeigen wollte.

»Ich kann nur wiederholen, was mir aufgetragen wurde.« Besorgnis mischte sich in die Stimme des Mädchens. »Ich würde diesen Auftrag gern ausführen, denn die Zeit drängt.«

Im selben Moment erklang ein Klopfen an der Tür, begleitet von Tante Victorias Aufforderung, nach unten zu kommen.

»Gleich«, rief Helen, und ihr sank das Herz. Ihre Galgenfrist war abgelaufen. Viel zu schnell hatte Betsy das Schmuckstück an seinen Platz gesetzt, und Helen erhob sich mit einem schweren Seufzer und der Gewissheit, einem schrecklichen Schicksal entgegenzugehen.

»Ich wünsche Euch viel Glück, Miss. Ich werde ja nicht …« Das Mädchen senkte den Kopf. »Also, ich nehme nicht an, dass Ihr mich weiterhin braucht, weshalb ich packen werde, und dann …«

Helen schlug die Hand vor den Mund. Darüber hatte sie bisher nicht nachgedacht. Sie war so sehr mit ihrem eigenen Leid beschäftigt gewesen, dass sie ihre Zofe völlig vergessen hatte. Sie selbst würde nach der Trauung nicht mehr in dieses Haus oder dieses Zimmer zurückkehren.

»O je, Betsy, ich ...« Ihr fehlten die Worte.

Betsy war seit über einem Jahr ihre Zofe und arbeitete zu Helens höchster Zufriedenheit. Ob Mr Giddeon es erlauben würde, sie mitzunehmen? Sie waren beinahe im selben Alter und verstanden sich gut. Als Freundin würde sie ihre Zofe nicht bezeichnen, aber sie mochte sie. Es wäre sicher schön, in dem fremden Haus ein vertrautes Gesicht um sich zu haben. Nur war es das Haus von Mr Giddeon. Wollte Betsy in seinen Diensten stehen? »Würdest du denn gern weiter für mich arbeiten?«

»Natürlich, Miss.« Ihre Wangen röteten sich. »Ich habe mich umgehört. Mir wurde versichert, dass Mr Giddeon ein hervorragender Arbeitgeber sei.«

Helen runzelte die Stirn. Ein hervorragender Arbeitgeber? Ihr blieb keine Zeit, weiter darüber nachzudenken, weil es erneut klopfte, diesmal energischer.

»Ich werde Mr Giddeon bitten, dich in seinen Haushalt zu übernehmen.«

»Wirklich?« Freude zeigte sich auf Betsys Gesicht. »Da packe ich gleich mit leichterem Herzen.« Wenigstens ihre Zofe freute sich.

»Helen?«, erklang Tante Victorias Stimme von draußen. »Wir müssen wirklich los, wenn du nicht zu deiner eigenen Hochzeit zu spät kommen willst.«

Das wollte sie nicht. Allerdings legte sie auch keinen allzu großen Wert darauf, pünktlich zu sein. Am liebsten würde sie diesen Mann gar nicht heiraten, doch das stand leider nicht zur Debatte. Also straffte sie die Schultern und verließ das Zimmer.

Ihre Tante musterte sie liebevoll von oben bis unten, bevor ihr Blick an der Tiara hängenblieb. »Ist das der

Schmuck, den Mr Giddeon am Vormittag hat abgeben lassen?«

»Ja«, antwortete Helen und berührte die Tiara mit der Hand.

Tante Victoria nickte anerkennend. »Sie ist wunderschön und passt perfekt zu deinen Augen. Vielleicht triffst du es mit ihm ja besser, als du denkst.« Sie hakte sie unter, und langsam gingen sie die Treppe hinunter. Mit jedem Schritt wurde Helens Herz schwerer.

Draußen stand die Kutsche bereit, doch von ihrem Onkel war weit und breit nichts zu sehen.

»Onkel Jonathan reitet zur Kirche«, sagte Tante Victoria, die ihre Gedanken wohl ahnte. »Ich wollte allein mit dir sprechen.«

Hörte Helen da einen unangenehm berührten Unterton heraus? Das passte nicht zu ihrer Tante.

Allerdings war es gut, dass lediglich sie beide in der Kutsche weilten. Denn so konnte Helen etwas fragen, was sie seit Tagen umtrieb. »Hast du irgendetwas von Mr Deering gehört? Hat er nach mir gefragt? Eine Nachricht geschickt, die ihr mir vorenthalten habt?«

Eine Falte bildete sich auf der Stirn ihrer Tante, und sie schüttelte langsam den Kopf. »Es betrübt mich, dass du denkst, ich würde so etwas tun. Dafür gibt es keinen Grund.«

Hitze kroch Helens Wangen hinauf, doch sie hielt dem Blick ihrer Tante stand. »Ich könnte es verstehen. Schließlich ist Phoebe letztes Jahr davongelaufen, und ich gebe zu, auch daran gedacht zu haben. Mit ... mit Mr Deering. Da er sich allerdings nicht gemeldet hat ...« Sie brach ab und schluckte.

»Jonathan hat sich erkundigt. Mr Deering hat London einen Tag nach Bekanntgabe deiner Verlobung mit unbekanntem Ziel verlassen. «

Die Worte lösten nur einen geringen Schmerz in Helen aus. Denn die Tage, an denen sie ihm fern gewesen war, hatten sein Gesicht und seine Worte auf merkwürdige Art verblassen lassen, und nachdem sie drei Tage lang vergeblich auf eine Reaktion seinerseits gewartet hatte, war ihr unbewusst wohl klar geworden, dass er wie auch Wrayburn, ihre erste Liebe, der Vergangenheit angehörte.

Ihr stand eine Ehe mit Gabriel Giddeon bevor. Auch wenn sie sich geschworen hatte, das Beste daraus zu machen und ihm zu zeigen, dass sie sich nicht unterkriegen ließ, gelang es ihr nicht, die Furcht zu unterdrücken, die sie bei der Vorstellung, ihr Leben mit ihm zu verbringen, überkam. Sie hatte sich große Mühe gegeben, die Panik zu verdrängen, die sie immer wieder zu überwältigen drohte. *Er wird dir nichts tun*, waren die Worte, die sie in Endlosschleife wiederholte. So lange, bis sie sie hoffentlich irgendwann glaubte.

»Eigentlich«, sagte Tante Victoria in diesem Moment und lenkte Helens Aufmerksamkeit zurück auf sich, »sollten deine Mutter oder Georgina dieses Gespräch mit dir führen.« Sie räusperte sich und hob entschlossen das Kinn. »Da deine Mutter nicht mehr unter uns weilt und Georgina in Ägypten ist, werde ich diese Aufgabe übernehmen.«

»Wenn es darum geht, was mich im Ehebett erwartet«, warf Helen mutiger ein, als sie sich fühlte, »darüber hat Georgina bereits mit mir gesprochen.« Zumindest angedeutet hatte sie es.

»O, wie erfreulich.« Tante Victoria nickte. »Hat sie erwähnt, wie erquickend es sein kann?«

»Das hat sie. Und auch, dass ich mir nicht vorstellen könne, wie viel Glück ich dabei empfinden werde.«

»Das ist richtig, in jeder Hinsicht.« Jetzt seufzte ihre Tante. »Ich kann nur von meinen Erfahrungen sprechen und sagen, dass es ganz wundervoll ist, wenn man einander liebt und ...« Sie brach ab, und ihre Züge verdunkelten sich kurz, als sei ihr gerade erst klargeworden, dass Liebe in Helens Situation keine Rolle spielte. »Wie dem auch sei«, fügte sie leise hinzu. »Ich kann dir nur raten, was mir meine Mutter damals geraten hat: Sei so entspannt, wie es dir möglich ist, und lass ihn machen. Er weiß, was zu tun ist.«

Helen runzelte die Stirn. Ihn machen lassen? Sie biss sich auf die Lippe. So hatte sie es beim Küssen bisher gehalten. Jeder der drei Männer, denen sie dieses Privileg gewährt hatte – genau genommen hatte sie nur bei zweien eingewilligt –, hatte gewusst, was er tat. Auch Mr Giddeon.

»Und erschrick nicht, falls er von dir verlangt, deine Kleider abzulegen«, fügte Tante Victoria hinzu. »Auch das gehört dazu und kann eine sehr aufregende Erfahrung sein.«

Helen versuchte, Ruhe zu bewahren. Ihre Tante meinte es sicher nur gut mit ihr, doch jedes Wort führte dazu, dass sich Helen noch ein klein wenig mehr vor der kommenden Nacht ängstigte. »Ich bin mir sicher, dass meine Hochzeitsnacht nicht ... dass sie meinen Erwartungen entsprechen wird.« Was auch immer das bedeuten mochte.

Wenn Helen ehrlich war, hatte sie keine genaue Vorstellung davon, was geschehen würde, sondern nur Visionen, wie Giddeon über sie herfiel und ihr seinen Willen aufzwang.

»Wichtig ist eigentlich nur, dass du verstehst, wie der Akt selbst ... Hat deine Schwester das erwähnt?« Fragend hob Tante Victoria die Brauen.

»Sie hat gesagt, dass es wie bei den Tieren abläuft, es aber nicht genauer ausgeführt. Ich habe den Akt bei Schafen und Kühen beobachtet. So ist es auch bei Menschen?« Ihr stieg die Hitze ins Gesicht, aber sie musste diese Frage stellen, denn das war es, was sie erwartete.

»Ja und nein. Letztendlich schon. Es geht nur darum, dass er ... weil er sein ... also, er wird in dich eindringen.«

»Oh.« Ein weiteres Mal wusste Helen nicht, was sie sagen oder wie sie reagieren sollte. Die Vorstellung, so etwas Intimes zu tun, wollte einfach keine Gestalt in ihren Gedanken annehmen.

»Wenn Mr Giddeon ein rücksichtsvoller Mann ist ...« Tante Victoria brach ab und schüttelte den Kopf. Helen meinte sogar, Tränen in ihren Augen zu entdecken. »Und wenn er es nicht ist, dann ... dann halte dich an dem Gedanken fest, dass dir der Akt hoffentlich bald ein Kind gewährt. Das wahre Geschenk der Ehe.« Die Kutsche hielt und ersparte Helen eine Antwort.

Sie hätte sowieso keine gehabt. Das Gespräch hatte nicht geholfen, sie zu beruhigen. Langsam stieg sie aus. Die Beine wurden ihr weich, doch sie hielt sich gerade.

Was sie auch erwartete, sie würde ihrem Schicksal mutig entgegentreten und ihrem Ehemann klarmachen, dass sie sich nicht unterkriegen ließ.

Bis dass der Tod euch scheidet

Gabriel

Kaum zu glauben, er war verheiratet. Schon wieder. Dabei hatte er sich geschworen, das nie wieder einer Frau anzutun.

Gabriel blickte auf Helen und rief sich ins Gedächtnis, was ihn zu dieser Hochzeit verleitet hatte. Im Gegensatz zu ihr war er sehenden Auges in diese Ehe gegangen.

Sie hingegen hatte keine Ahnung, was sie erwartete.

In diesem Moment schauten sowohl sie als auch der Priester ihn auffordernd an. Herrgott, natürlich. Man erwartete von ihm, die Braut zu küssen. Darüber hatte er nicht nachgedacht. Was war in Anbetracht der besonderen Umstände angebracht? Ein Kuss auf die Stirn? Auf die Wange? Oder durfte er es wagen, sie noch einmal auf den Mund zu küssen?

Er hatte sich nie viel aus Küssen gemacht. Lieber widmete er sich anderen Körperteilen, um sie mit seiner Zunge zu verwöhnen. Und dennoch ließ ihn dieser erste, kurze Kuss mit der schönen Helen nicht los. Er hatte sie überrumpelt, doch sie war nicht zurückgeschreckt. Ihr Mund war weich und einladend gewesen und hatte sich für ihn geöffnet, was ihn überrascht und erregt hatte.

Damit hatte er seine Antwort. Ein Kuss auf die Stirn würde es werden. Das Letzte, was er heute brauchen konnte, war Erregung. Langsam beugte er sich zu ihr hinunter. Sie trug die Tiara, und das Blau passte wie erwartet perfekt zu ihren Augen. Augen, die weit aufgerissen auf seinen Mund gerichtet waren. Das Sonnenlicht, gebrochen durch die bunten Fenster, zeichnete ein wundervolles Muster auf ihr Gesicht und verleitete ihn dazu, sanft mit den Fingerspitzen über ihre Wange zu fahren. Wieder schreckte sie nicht vor ihm zurück, stattdessen sah er Erstaunen in ihrem Blick. Und bei Gott, leckte sie sich über die Lippen?

Im letzten Moment änderte er seinen Plan und küsste sie, wie es sich für einen Ehemann gehörte. Sie war warm, verführerisch anschmiegsam, und erneut öffnete sie sich für ihn. Verdammt sollte sie sein! Gabriel überlegte nicht lange, sondern ließ seine Zunge zwischen ihre Lippen gleiten. Ihr entwich ein leiser Laut, der wie ein Stich durch seinen Körper fuhr. Ob sie aus Überraschung oder Freude gestöhnt hatte, wusste er nicht, doch er spürte ihre Hand auf seinem Arm. Sie stieß ihn nicht weg, sondern reckte sich ihm entgegen.

Wie unerwartet.

Entschlossen umfasste er sie und zog sie enger an sich. Er wollte sie kosten, sie schmecken. Erkunden, was ihre Küsse von anderen unterschied. Warum nur hatte er das Gefühl, sich in ihr zu verlieren?

Erschreckt unterbrach er den Kuss und sah auf Helen hinab. Sie wirkte leicht atemlos, die Wangen gerötet, genau wie ihre Lippen. Herrgott, was sollte er nur mit ihr anstellen? In seinen Breeches wurde es eng, eine Tatsache, die ihm nicht gefiel. Er hatte sie lediglich geküsst. Verdammt noch mal. Er musste ihre Wirkung auf ihn unterdrücken, nicht ihr nachgeben.

Gabriel setzte ein spöttisches Lächeln auf und suchte erneut ihren Blick. »Damit seid Ihr nun Lady Windham.«

Ihr Stirnrunzeln sorgte dafür, dass er seufzte. Nicht ihretwegen. Sie wusste ja nichts von der *Ehre*, die ihm sein Vater hatte zuteilwerden lassen. »Ein Hochzeitsgeschenk meines Vaters. Vor Euch steht der frischgebackene Viscount Windham, was Euch zur Viscountess macht«, erklärte er und beugte sich so weit zu ihr hinab, dass nur sie ihn hören konnte. »Mein Vater ist wohl der Meinung, dass die potenziellen Eltern eines zukünftigen Duke of Kadwell einen angemessenen Titel brauchen.«

»Welch Überraschung«, antwortete Helen mit leicht zusammengekniffenen Augen. »Werdet Ihr mir verraten, warum Ihr mich in diese Ehe gezwungen habt?«

Verdammt, sie war mutig. In ihren Augen stand Furcht, und dennoch stellte sie ihre Frage. Nur wollte er ihr darauf keine Antwort geben und überlegte noch, was er sagen könnte, als sie auch schon weitersprach: »Ich finde, ich habe ein Recht darauf, es zu erfahren.«

In einem ersten Impuls schüttelte er den Kopf, doch ein Lächeln zupfte an seinen Mundwinkeln. Sie imponierte ihm, und ja, verdammt, ihre offene, tapfere Art, gepaart mit dieser Unschuld, gefiel ihm. Wen hatte er da geheiratet? Eine überaus faszinierende Frau, so viel stand fest.

Leider änderten all diese Gedanken und verwirrenden Gefühle nichts daran, dass er ihr den Grund für sein Verhalten nicht nennen würde. Das begriff sie besser schnell. Er ignorierte also ihre Frage, legte ihre Hand in seine Armbeuge und drehte sich zu den wenigen Gästen, die der Zeremonie beiwohnten. Zu seiner Überraschung sah er seine Mutter unter ihnen. Er hatte beide Eltern eingeladen, genau wie seine Geschwister, war jedoch nicht davon ausgegangen, dass jemand erscheinen würde. Seine Verwandten lebten auf dem Land und kamen nur selten nach London.

Es war auch seine Mutter, die als Erste vortrat, um dem *glücklichen jungen Paar* zu gratulieren. So hatte der Priester sie genannt, und erneut verzog Gabriel spöttisch die Mundwinkel. Jung mochte vielleicht auf seine Braut zutreffen, aber dass sie sich glücklich schätzte, ihn zum Mann zu bekommen, wagte er zu bezweifeln.

»Gabriel.« Seine Mutter ergriff seine Hand und lächelte ihn auf die entzückende Art an, für die sie in ganz England berühmt und beliebt war. »Ich bin überglücklich, dass du dich doch noch entschlossen hast, das Richtige zu tun. Die besten Wünsche auch von deinem Vater und deinem Bruder. Leider hat deine überstürzte Eheschließung ihr Kommen unmöglich gemacht. Es war zu kurzfristig.«

»Selbstverständlich«, sagte er beiläufig. »Es freut mich, dass diese dritte Ehe endlich euren Beifall findet.« So unfreundlich hatte er nicht sein wollen, denn sein Zorn galt eigentlich Bruder und Vater. Gabriels Mutter hatte keine seiner Entscheidungen jemals infrage gestellt und ihn unterstützt, soweit ihr das möglich war.

Sie ignorierte seinen beißenden Kommentar und wandte sich an Helen. »Lady Helen, ich heiße Euch in der Familie herzlich willkommen und werde selbstverständlich einen Ball zu Euren Ehren ausrichten. Gebt mir ein paar Wochen Zeit, um alles zu organisieren.« Natürlich wusste sie, warum er verärgert war, und wie immer war sie zu freundlich, um ihn zurechtzuweisen. Dafür liebte er sie und konnte dennoch nicht aus seiner Haut.

»Um Vater zu überreden, dafür nach London zu kommen, meinst du wohl.« Ihre gekränkte Miene ließ ihn innerlich fluchen. »Das war unpassend, entschuldige«, fügte er sanfter hinzu. »Wir freuen uns über das Angebot und die Möglichkeit, als Lord und Lady Windham aufzutreten.«

Gabriel sah zu Helen, die den Wortwechsel verfolgte und nicht erkennen ließ, was sie über ihn, seine Mutter oder seine Familie dachte. Er sollte sich die Zeit nehmen, um sich mit ihr zu unterhalten. Bis auf ihre Frage eben und den kurzen Wortwechsel in der Bibliothek, der zur Hochzeit geführt hatte, hatten sie lediglich Höflichkeitsfloskeln ausgetauscht, und auch das lag über ein Jahr zurück, als er ihrer Schwester den Hof gemacht hatte.

»Lady Helen«, sagte seine Mutter nun. »Ich freue mich darauf, Euch kennenzulernen, und lade Euch gerne übermorgen zum Tee nach Kadwell House ein. Dich natürlich ebenfalls, Gabriel.«

»Ich fürchte, da bin ich verhindert. Aber meine Frau nimmt die Einladung sicher gern an.«

Helen

Verunsichert lächelte Helen und war froh, sich aufrecht halten zu können. Zu viel ging ihr durch den Kopf.

Sein Kuss hatte sie komplett aus dem Konzept gebracht. Sie hatte damit gerechnet, dass er sie wieder küssen würde, natürlich. Immerhin gehörte sich das so bei einer Trauung. Einen Kuss wie in der Bibliothek hatte sie erwartet, schnell, und ohne, dass sie etwas dabei empfand. Doch diesmal war es anders gewesen.

Lag es an der sanften Berührung ihrer Wange, kurz bevor er seine Lippen auf ihre gelegt hatte? Oder an der Tatsache, dass sie jetzt verheiratet war und ein Kuss somit keine Gefahr mehr für sie und ihren Ruf darstellte? Was immer es war, sie hatte auf ihn reagiert.

Mein Körper, nicht ich, versuchte sie sich zu beruhigen. Als ob es da einen Unterschied gab. Stimmte mit ihr etwas nicht? Sie konnte sich unmöglich zu so einem Mann hingezogen fühlen. Auch wenn er sich ihr gegenüber bisher als Gentleman erwiesen hatte, blieben die Gerüchte um seine Frauen und die Tatsache, dass er Helen mithilfe einer Falle in diese Ehe gelockt hatte.

Die Anwesenheit ihrer Schwiegermutter, denn um die handelte es sich offensichtlich bei der Frau, die gerade vor ihr stand, verbesserte ihre Situation nicht gerade. Denn das Problem war, dass ihr Mann sie einander nicht vorgestellt hatte und Helen keine Ahnung hatte, wie sie sich gegenüber der Duchess verhalten sollte. Brachte ihr frisch Angetrauter sie absichtlich in diese Lage oder war eine Vorstellung in Anbetracht der Umstände schlicht und ergreifend nicht nötig?

Helen beschloss, dass Letzteres der Fall sein musste, und tat so, als würden sie sich bereits kennen. Sie knickste tief vor der Duchess. »Ich nehme Eure Einladung gern an, Euer Gnaden«, sagte sie höflich, ohne die Frau anzusehen.

»Ach herrje, *Euer Gnaden* ist viel zu hochgestochen, findet Ihr nicht?« Bei diesen Worten hob Helen nun doch den Kopf. Die Duchess lächelte sie freundlich an, und so erlaubte Helen sich, sie ein wenig genauer in Augenschein zu nehmen. Sie trug eine der neuesten Mode entsprechende Pelisse in zartem Flieder mit reichlich Verzierungen an Brust und Ärmeln, dazu einen kecken kleinen Hut mit Schleier auf den braunen Locken, die mit grauen Strähnen durchzogen waren. Gabriels Mutter strahlte Schönheit gepaart mit Eleganz und Würde aus, ohne unnahbar zu wirken, was Helen beeindruckte.

»Was meinst du, wäre die angemessene Anrede für mich, Gabriel-Darling?«

Gabriel-Darling? Diese Wortwahl entlockte Helen beinahe ein Lächeln, was natürlich vollkommen unpassend in ihrer Situation war. Ihre Nerven waren eindeutig überspannt.

Ihr Mann hob lediglich die Brauen und zeigte mit einem Schulterzucken, dass er dazu keine Meinung hatte.

»In dem Fall würde ich *Mutter* für passend erachten.«

»*Mutter?* Bist du sicher?«, fragte Gabriel jetzt doch. Er klang irritiert, allerdings schien es Helen, als würde eine Prise Humor seine Worte begleiten. Sicher irrte sie sich. Das passte nicht zu diesem Mann. »Soweit ich mich erinnere, mussten meine beiden ersten Frauen dich *Euer Gnaden* nennen. Was ist an dieser hier anders?«

Seine Worte trafen Helen bis ins Mark. *An dieser hier?* Jeder noch so kleine Funken Hoffnung, diese Hochzeit könnte sich doch als nicht so schlimm erweisen, schwand. Sie war eine austauschbare Ware, sonst nichts.

»Du weißt, dass es dein Vater war, der darauf bestanden hat, und nicht ich. Aber in diesem Fall wird er keine Einwände haben. Immerhin gehört sie zur Gentry.«

»Ah, richtig.« Giddeon, nein, Windham tippte sich an die Stirn. »Ein echter Duke kann nicht von einer gewöhnlichen Frau zur Welt gebracht werden.« Abschätzig sah er zu seiner Mutter. »Das hat Vater oft genug betont. Zum Glück stammt Helen ja aus gutem Haus, und mit dem Viscount Titel können wir nun einen einwandfreien Erben liefern.«

»Gabriel!«, wies seine Mutter ihn zurecht und wandte sich dann, sehr zu Helens Überraschung, an sie. »Nehmt seine Ausbrüche nicht zu ernst, meine Liebe. Wenn es um seine Herkunft geht, ist er ein wenig empfindlich. Gabriel hat eine äußerst spitze Zunge, die er gern einsetzt – besonders seiner Familie gegenüber. Aber messt dem nicht zu viel Bedeutung bei. Er ist enttäuscht, dass weder sein Vater noch sein Bruder zur Hochzeit erschienen sind. Aber er muss sich wirklich nicht wundern, angesichts ...«

»Danke für deine Ausführungen, Mutter«, unterbrach Gabriel sie in eisigem Tonfall. »Es warten andere Gäste, die uns gratulieren wollen.«

»Keiner von denen ist so wichtig wie ich, würde ich sagen.« Die Duchess überging seine schlechte Laune einfach. Statt darauf einzugehen, lächelte sie Helen fröhlich an. »Wie wäre es mit einem kurzen Gespräch, in dem ich Euch über die Eigenarten meines Sohnes aufkläre? Ich bin sicher, das wird Euer Zusammenleben erleichtern. Im Grunde seines Herzens ist Gabriel ein sensibler und liebenswerter Mann, der ...«

»Das reicht, Mutter!«, unterbrach er sie schneidend, wenn auch leise. »Helen wird dich übermorgen zum Tee besuchen. Da hast du genug Zeit, ihr Unsinn über mich zu erzählen.« Die beiden sahen sich in die Augen, und Helen hatte das Gefühl, dass ein Kampf zwischen Mutter und Sohn stattfand, den sie nicht verstand. Die Duchess war es, die gelassen nachgab.

»Nun gut. Wir sehen uns in zwei Tagen, meine Liebe.« Sie zwinkerte Helen verschwörerisch zu, ignorierte ihren Sohn und ging davon.

Was für eine merkwürdige Begegnung. Der Umgang der beiden miteinander war eher ungewöhnlich. Doch Helen blieb keine Zeit, weiter darüber nachzudenken, da Tante Victoria und Onkel Jonathan bereitstanden, um sie zur Eheschließung zu beglückwünschen. Auch ihre Tante lud sie zum Tee ein und versicherte, dass Helen weiterhin jederzeit in ihrem Haus willkommen sei.

Es folgte eine Reihe von Gratulanten, die meisten mehr oder weniger weit entfernte Verwandte sowie ein paar ausgesuchte Mitglieder des *ton*. Als Letztes übermittelten Lord und Lady Whitesporn ihre Glückwünsche. Es wunderte Helen ein wenig, dass sie tatsächlich erschienen waren. Sie hatte nie viel Kontakt zu den beiden gepflegt und war sicher, dass Gleiches für Onkel und Tante galt. Allerdings waren sie Zeugen des Skandals gewesen, und da war es nicht das Schlechteste, wenn sie auch Zeugen der Hochzeit wurden. Und vielleicht waren sie enge Bekannte von Mr Gid... Lord Windham, korrigierte sie sich selbst.

Mit einem Titel hatte sie wahrhaftig nicht gerechnet. Es würde eine Weile dauern, sich daran zu gewöhnen.

Auch die Whitesporns waren inzwischen mit ihrer Gratulation zum Ende gekommen, was bedeutete, dass die Hochzeit vorüber war. Es würde keinen Empfang oder dergleichen geben. Nun fehlte nur noch der Umzug in ihr neues Zuhause.

Gemeinsam verließen sie die Kirche. Überraschenderweise stand jedoch statt der erwarteten geschlossenen Kutsche ein Phaeton mit zwei prächtigen Pferden vor der Kirche. Windham half ihr beim Einsteigen und nahm dann selbst die Zügel in die Hand.

Der Tag wurde immer merkwürdiger.

Dark Hall

Helen

Der Phaeton bot kaum Platz, sodass Helen keinen Spielraum hatte, von ihrem frisch angetrauten Ehemann wegzurutschen. Nun war sie also verheiratet und auf dem Weg in das Stadthaus ihres Gatten.

Wenn sie sich recht erinnerte, trug es den Namen *Dark Hall*, was nicht gerade einladend klang, sondern eher bedrohlich. Dort hatte Gabriel vermutlich auch mit seinen ersten beiden Frauen gelebt. Zweimal war sie in den vergangenen Tagen versucht gewesen, daran vorbeizufahren, hatte jedoch zu viel Angst gehabt, ihm zu begegnen und zu einem Gespräch gezwungen zu werden. Es hätte ja auch nichts geändert, das Haus zu sehen. Sie würde so oder so dort einziehen.

Durch kontrolliertes Atmen versuchte sie, ihr wild schlagendes Herz zu beruhigen und dachte dabei über die Ereignisse des Tages nach. Zum zweiten Mal hatte man ihr heute gesagt, dass ihr Ehemann möglicherweise nicht so schlimm war, wie sie befürchtete. Betsy schien keine Angst davor zu haben, in seine Dienste zu treten. Wie konnte das sein? Phoebe sah in ihm einen grausamen Mann und war sich ihrer Sache so sicher gewesen.

Ihr gegenüber zeigte er sich freundlich, unnahbar und kühl. *Außer bei dem Kuss. Da war er alles andere als unnahbar gewesen.* Sie schüttelte leicht den Kopf, um den Gedanken zu vertreiben. Lieber dachte sie daran, wie er seine Mutter behandelt hatte. So redete man nicht mit seinen Eltern, schon gar nicht mit einer Duchess. Allerdings schien dieses Fehlen von Respekt auf Gegenseitigkeit zu beruhen. Am Ende blieb die Frage, ob er gar nicht so böse war, wie Phoebe annahm. Zwar hatte er die Einladung zum Tee ausgeschlagen, Helens Teilnahme allerdings zugestimmt, und das freute sie durchaus. Hieß es doch, dass er nicht vorhatte, sie einzusperren, sondern bereit war, sie am gesellschaftlichen Leben teilnehmen zu lassen.

Verstohlen sah sie zu ihm und überlegte, ob sie es wagen konnte, ein Gespräch zu beginnen. Allerdings gebot es die Etikette, dass sie schwieg, wenn er sie nicht ansprach. Sie hatte ihren Standpunkt sehr deutlich gemacht und würde jetzt erst einmal abwarten, was der Tag brachte. So konnte sie in Ruhe versuchen, sich mit ihrer Situation anzufreunden, ihre Ängste zur Seite schieben und sich auf das Positive dieser Ehe konzentrieren.

Die Kutsche war dafür ein guter Anfang. Diese hier war mit Sicherheit teuer gewesen. Von bester Bauart fiel Helen besonders die einzigartige Federung auf. Auf den Straßen von London fanden sich unzählige Schlaglöcher, was Fahrten in der Regel recht holprig gestaltete. Doch in dieser Kutsche merkte man nichts davon.

Verwundert war sie auch über den Stallknecht, der hinten mitfuhr. Normalerweise nahm man für diese Aufgabe einen jungen, leichtgewichtigen Burschen und keinen zwei Meter großen, muskelbepackten Hünen.

Des Weiteren stellte Helen fest, dass es sich bei ihrem Ehemann um einen versierten Kutscher handelte. Er lenkte die Pferde sicher durch die Straßen. Sie reagierten auf jede kleine Bewegung, und er verzichtete fast gänzlich auf den Einsatz der Peitsche. Das war ungewöhnlich, besonders für einen Mann, dem nachgesagt wurde, er würde gern Tiere quälen. Die Pferde sahen in Helens Augen gesund und aufgeweckt aus.

»Wir erreichen *Dark Hall* in wenigen Minuten«, sagte Windham und richtete somit zum ersten Mal das Wort an sie. »Eure Kleidung sollte im Laufe des Tages eintreffen. Ich denke, Ihr werdet Euch recht schnell einleben. Abgesehen davon steht euch das Personal jederzeit zur Verfügung. Es fehlt lediglich eine Zofe.« Er zögerte unmerklich. »Ich war nicht sicher, ob Ihr Eure eigene mitbringen würdet.«

»Ich wusste nicht, ob Ihr damit einverstanden seid. Es wäre schön, wenn Ihr Betsy in Eure Dienste nehmen könntet.«

»Natürlich. Ich werde bei Eurem Onkel darum bitten, sie mir zu überstellen. Habt Ihr sonst noch einen Wunsch?«

Helen schüttelte den Kopf. Worum sollte sie auch bitten? Sie war seine Frau, doch sie hatte keinerlei Vorstellung, was er von ihr erwartete.

Ihre Frage nach den Gründen für diese Ehe hatte er nicht beantwortet und würde es wahrscheinlich auch jetzt nicht tun. Sie krallte die Finger in ihr Kleid und hatte Mühe, sie zu lösen. Er sollte nicht sehen, wie beklommen sie sich fühlte. Zur Ablenkung stellte sie Überlegungen darüber an, was sie den Rest des Tages erwartete. Geplant war sicher eine Führung durch sein Haus und ein gemeinsames Essen. Und die Hochzeitsnacht.

Sie schluckte. »Wie werden wir den Tag verbringen?«, platzte es jetzt doch aus ihr heraus.

Er sah in ihre Richtung und musterte sie aus diesen unergründlichen Bernsteinaugen. »Ihr werdet Euch häuslich einrichten, nehme ich an. Macht Euch mit dem Personal vertraut, damit Ihr die Haushaltsführung übernehmen könnt.«

Das klang vernünftig. »Werden wir gemeinsam dinieren?« Ihre Stimme zitterte bei der Frage, was sie ärgerte.

»Nein«, kam seine knappe Antwort, und Helen erstarrte.

Was bedeutete dieses *Nein*? Bevor sie weiter nachfragen konnte, brachte er das Gefährt zum Stehen. Sein Haus lag in der Duke Street am äußersten Rand von Mayfair. Es war breiter als das der Castletons, allerdings konnte sie nicht erkennen, wie weit es sich nach hinten erstreckte. Die Fassade war einfacher gehalten und hatte nur wenige Fenster, zeigte jedoch die Eleganz eines typischen Stadthauses. Dunkelheit konnte sie nicht darin erkennen.

»Ich werde Euch der Dienerschaft vorstellen und Euch in deren erfahrene Hände übergeben.« Mit diesen Worten stieg er von der Kutsche, ging um sie herum und reichte Helen die Hand.

Wollte er damit sagen, dass er vorhatte, sie hier allein zu lassen? Sie öffnete den Mund, um Gewissheit zu erlangen, schloss ihn jedoch sofort wieder. Sie kannte ihn zu wenig, um diese Frage zu stellen. Was, wenn er zu den Männern gehörte, die eine ruhige Ehefrau bevorzugten? Sie wollte auf keinen Fall seinen Zorn auf sich ziehen.

Während er ihr herunterhalf, blieb er auf Abstand und ließ sie sofort los, sobald sie festen Boden unter den Füßen hatte. Seltsamerweise hatte seine Berührung sie eher beruhigt, als dass sie ihr unangenehm gewesen wäre.

Ihr blieb keine Zeit, weiter über diese Empfindung nachzudenken, da sich die Tür des Hauses öffnete und die Bediensteten heraustraten. Es handelte sich um sechs Diener, allesamt große Männer mit breiten Schultern, eine Köchin, zwei Dienstmädchen und eine Magd. Oben an der Treppe stand ein Butler, der ebenfalls mehr an einen starken Mann vom Jahrmarkt erinnerte und weniger an einen Hausangestellten. Neben ihm wartete eine grauhaarige Frau. Die Hausdame, wie Helen annahm.

»Stetson, Mrs Pullock«, wandte sich ihr Ehemann an die beiden. »Das ist Ihre neue Herrin, Lady Helen. Ich erwarte, dass Sie jeden ihrer Wünsche erfüllen. Sie hat vollkommene Freiheit bei allem, was die Haushaltsführung oder die Umgestaltung der Räume betrifft. Ihre Zofe wird in Bälde erwartet und unseren Hausstand erweitern.«

»Es ist uns eine Ehre«, antwortete der Butler und verbeugte sich. »Und darf ich im Namen der Dienerschaft meine Glückwünsche übermitteln? Wir sind alle aufs Höchste erfreut, Mylady willkommen zu heißen.«

»Danke«, sagte Windham, bevor Helen auch nur den Mund öffnen konnte, und wandte sich ab. Er verbeugte sich kurz in Helens Richtung. »Ich wünsche Euch einen angenehmen Tag.« Ohne auf eine Antwort zu warten, ging er zurück zur Kutsche und schickte sich an, sie wieder zu besteigen. Der Pferdeknecht saß jetzt auf dem Kutschbock. Noch etwas, was ihr ungewöhnlich erschien. Seit wann ließ ein Gentleman seinen Groom vorne mitfahren?

»Ihr bleibt nicht?« Unter den gegebenen Umständen fand sie, dass sie ein Recht darauf hatte, zu erfahren, wie seine Pläne für den Rest des Tages aussahen, egal wie wenig damenhaft es wirken mochte, danach zu fragen.

»Ich habe Verpflichtungen, denen ich nachkommen muss. Unsere Eheschließung kam recht unerwartet. Niemand kann von mir verlangen, mein gesamtes Leben ad hoc danach auszurichten.« Mit diesen Worten schwang er sich in den Phaeton und fuhr los. Helen starrte ihm mit offenem Mund hinterher.

Was wollte er damit bitte schön sagen? Das klang ja gerade so, als habe sie ihn gegen seinen Willen zu dieser Hochzeit gezwungen und nicht umgekehrt. Und was für Verpflichtungen waren das? Was tat er den lieben langen Tag? Ging er einem Beruf nach? Oder lebte er vom Geld seines Vaters? Sie wusste nichts über ihren Ehemann und wie es aussah, hatte er vor, es dabei zu belassen.

»Mylady, erlaubt mir, Euch die anderen Bediensteten vorzustellen.« Die Hausdame, Mrs Pullock, lächelte sie freundlich an. Sie führte sie an der Reihe der Diener vorbei, nannte ihre Namen, und Helen bemühte sich, jeden einzelnen im Gedächtnis zu behalten. Später würde sie sich ausführlich mit ihnen beschäftigen, doch im Moment fühlte sie sich nicht in der Lage, so zu tun, als sei das Verhalten ihres Ehemannes für sie normal. Sie war zu wütend und verletzt und wollte das nicht an der Dienerschaft auslassen.

»Wenn Ihr mir bitte ins Innere folgen wollt, Mylady? Ich habe mir erlaubt, eine kleine Erfrischung für Euch bereitzustellen. Oder wollt Ihr lieber zuerst auf Euer Zimmer?« Mrs Pullock lächelte immer noch. »Wir haben nicht viel Erfahrung damit, eine Lady im Haus zu haben«, sagte sie. »Aber wir freuen uns und werden unser Bestes geben, um Euren Wünschen jederzeit nachzukommen.«

»Das ist sehr freundlich, danke.« Auch Helen versuchte sich an einem Lächeln. Die Situation war verwirrend, und es fiel ihr von Minute zu Minute schwerer, ruhig zu bleiben.

Er hatte sie allein in diesem fremden Haus gelassen. Warum? Wann würde er zurückkommen? Wie sollte ihr gemeinsames Leben aussehen? Viele Fragen und keine Antworten. Sie brauchte Zeit für sich, um über die Ereignisse nachzudenken. »Ich würde gern mein Zimmer sehen, wenn es keine Umstände macht.«

»Aber nicht doch. Kommt. Eure Räume und die von Mr ...« Sie stockte und schüttelte den Kopf. »Die von Lord Windham befinden sich im ersten Stock.«

Helen war offenbar nicht die Einzige, die Schwierigkeiten hatte, sich an Mister Giddeons neuen Titel zu gewöhnen. Zudem fragte sie sich, warum das Personal keine Erfahrung mit einer Frau im Haus hatte. Sie wusste, dass seine zweite Frau vor vier Jahren verstorben war. Hatte er das Personal danach ausgetauscht? Und wenn ja, warum? Weil sie zu viel gewusst hatten? Oder interpretierte sie zu viel in die Worte der Hausdame hinein?

Mrs Pullock blieb stehen und öffnete freundlich lächelnd eine Tür. »Hier wären wir. Der Raum ist ein wenig altbacken, aber Mylord hat ja gesagt, dass Ihr verändern könnt, was Ihr wollt.«

Ein hübsch eingerichtetes Schlafzimmer erwartete sie, dominiert von einem breiten Himmelbett, das aus dem letzten Jahrhundert stammte. Es war mit schweren Vorhängen versehen und aus dunklem Holz, genau wie der Sekretär, ein Nachttisch und eine Kommode. Ein dicker Teppich dämpfte ihre Schritte, und an der Wand hing ein Bild von einem hochherrschaftlichen Anwesen, dessen Mauern in der Sonne wie Gold glänzten.

»Das ist *Kadwell Castle*«, sagte Mrs Pullock vergnügt. »Jedes Mal, wenn ich dieses Bild sehe, frage ich mich, ob der Sitz des Duke wirklich wie Gold glänzt. Eigentlich bin ich sicher, dass der Maler maßlos übertrieben hat. Oder habt Ihr schon einmal eine Mauer gesehen, die auf diese Art leuchtet?«

»Nein, noch nie«, bestätigte Helen. Das Gemälde kam auch ihr in höchstem Maße übertrieben vor.

»Seht Ihr, ich auch nicht. Aber Lord Windham behauptet, dass es dort genauso aussieht.« Die ältere Frau lehnte sich vertraulich zu Helen. »Ich glaube ja, er beliebt zu scherzen. Er ist ein humorvoller Mann, müsst Ihr wissen.«

Humorvoll war kein Attribut, das Helen mit ihrem frisch gebackenen Ehemann verband. Sie war sich nicht einmal sicher, ob sie ihn je lachen gesehen hatte. Allerdings hatte sie beim Gespräch mit seiner Mutter durchaus den Eindruck gehabt, dass er sich amüsierte und seine Worte ein winzige Prise Schalk enthalten hatten.

»Wie dem auch sei«, plapperte die Haushälterin weiter. »Eure Zofe wird bestimmt bald eintreffen. Die ersten Kleider befinden sich im Ankleidezimmer, das Einräumen können wir ihr überlassen, nehme ich an.«

»Betsy«, sagte Helen, um nicht die ganze Zeit schweigend danebenzustehen.

»Wundervoll, ich werde alles in die Wege leiten. Sie wird es gut bei uns haben. Der Herr ist äußerst großzügig.«

Helen fragte sich, warum diese Frau Windhams Qualitäten in einem fort betonte. Dafür gab es meist einen Grund. Versuchte sie, sich selbst einzureden, dass sie einen guten Herrn hatte? Oder hatte er gar befohlen, gut über ihn zu reden? Womöglich unter Androhung von Strafe?

Helens erster Eindruck war, dass die Frau vollkommen ohne Zwang sprach und nicht aus Angst. Sie würde genau beobachten, was es damit auf sich hatte.

»Hier findet Ihr ein wenig Wasser und Tücher, um Euch frisch zu machen«, sagte Mrs Pullock und deutete auf die Utensilien. »Ich lasse Euch allein und hole Euch für eine Besichtigung durch das Haus später ab.«

»Danke.« Helen bemühte sich um ein Lächeln. So viel ging ihr durch den Kopf. Sie atmete langsam ein, fuhr mit der Fingerspitze über das Holz des Sekretärs und sah selbst, wie sehr sie zitterte.

Die Haushälterin trat zu ihr, und in ihren Augen stand ausschließlich Freundlichkeit. »Darf ich offen sprechen, Mylady?«

»Ich bitte darum«, antwortete Helen leise.

»Wir kennen den Ruf unseres Herrn. Wir wissen, was über ihn geflüstert wird. Nichts davon ist wahr.«

Hitze breitete sich auf Helens Gesicht aus, und sie senkte den Blick. »Ich dachte nicht … Also, ich …« Sie brach ab und seufzte schwer.

»Natürlich nicht, Mylady.« Mrs Pullock knickste kurz, aber nach wie vor mit diesem warmen Ausdruck in den Augen. »Ich wollte lediglich zum Ausdruck bringen, dass es Euch hier gut gehen wird und Lord Windham alles Menschenmögliche unternimmt, Eure Sicherheit zu gewährleisten.«

»Meine Sicherheit? Gibt es einen Grund, Angst zu haben?« Helen hatte die Frage nicht stellen wollen, doch sie war ihr herausgerutscht. Vor was sollte sie geschützt werden, wenn nicht vor ihm?

»Das denke ich nicht«, sagte Mrs Pullock und schenkte Helen ein warmes Lächeln. »Kommt erst einmal an, macht Euch frisch und seid gewiss, dass Euch hier kein Leid droht. Ich bin dann in zwanzig Minuten zurück.« Sie verließ das Zimmer, und Helen blieb an Ort und Stelle stehen.

Konnte sie Mrs Pullock trauen? Besser sie blieb auf der Hut und versuchte, sich keine Blöße zu geben. Das hier war sein Haushalt, seine Leute, und keiner von ihnen sollte etwas Schlechtes über sie sagen können.

Möglicherweise war das ja auch ein Test, um zu sehen, wie sie sich verhielt.

War er deshalb gegangen? Um herauszufinden, wie sie über ihn redete, wenn er nicht da war? Nur warum?

Auf dieses *Warum* kam sie immer wieder zurück. Sie hatte keine Ahnung, warum ihr Mann sie geheiratet oder hier allein gelassen hatte. Warum die Angestellten so nett zu ihr waren. Warum seine Mutter behauptete, er habe ein weiches Herz, während Chadwick ihn des Mordes an seinen ersten beiden Frauen verdächtigte und Phoebe so viel Angst vor ihm hatte, dass sie vor ihm geflohen war.

Sie würde keine Antworten finden, indem sie sich in diesem Zimmer versteckte, selbst wenn die Vorstellung verlockend war. Stattdessen sollte sie sich das Haus ansehen. Man hatte es ihr angeboten, also würde sie es auch tun!

Mit erhobenem Kopf ging sie zu der Schüssel und spritzte sich kaltes Wasser ins Gesicht.

Eine überraschende Hochzeitsnacht

Helen

Seufzend legte Helen den Dessertlöffel zur Seite.

Das Signal, dass sie ihr Mahl beendet hatte. Ihr Hochzeitsmahl, das sie allein in einem fremden Speisezimmer zu sich genommen hatte.

Lord Windham hatte Wort gehalten und war dem Essen ferngeblieben. Entgegen jeder Vernunft machte sie das nervös. Sollte sie nicht froh über seine Abwesenheit sein?

Nach wie vor gab es keine Anzeichen dafür, dass man ihr in diesem Haus Böses wollte, doch sie würde auf der Hut bleiben. Immer wieder fragte sie sich, was ihr Mann wohl so Dringendes zu erledigen hatte. Kurz war sie versucht gewesen, Mrs Pullock danach zu fragen, hatte jedoch Abstand davon genommen. Es war sinnlos, Bedienstete nach den Plänen ihres Herren auszufragen. Entweder wussten sie nicht, was er trieb, oder sie würden sich weigern, ihn zu verraten.

Die Haushälterin war zusätzlich zum Diener während des Dinners im Esszimmer geblieben. »Um Euch den Einstieg zu erleichtern«, wie sie sagte. Eine freundliche Geste, durchaus, die dennoch bei Helen einen schalen Nachgeschmack hinterließ. Sollte die Frau sie überwachen oder meinte sie es mit ihrer Fürsorge ernst?

Oder waren Helens Nerven nur restlos überspannt?

Sie erhob sich so würdevoll wie möglich und wandte sich an die Hausdame. »Danke für das wundervolle Mahl, und mein Kompliment an die Köchin. Ich werde mir in der Bibliothek ein Buch für den Abend aussuchen und früh zu Bett gehen.«

Zu ihrer Freude hatte sie festgestellt, dass ihr Ehemann eine weitläufige Büchersammlung über Kutschenbau und Pferdezucht besaß. Beides Gebiete, die sie faszinierten, allerdings gab sie Kutschen dabei den Vorzug. Sie würde sicher unterhaltsame Lektüre finden.

Zu ihrer Überraschung folgte ihr niemand. Zum ersten Mal seit ihrer Ankunft konnte sie sich frei bewegen. Möglicherweise waren ihre Ängste doch unbegründet. Helen nahm sich fest vor, das am nächsten Tag herauszufinden.

Zurück in ihrem Zimmer ließ sie sich in einen Sessel sinken. Betsy war am späten Nachmittag mit ihren Kleidern eingetroffen und hatte sofort damit begonnen, Helens Schlafzimmer in ein Zuhause zu verwandeln. Die Zofe hatte an alles gedacht, was Helen lieb und teuer war. Die Porträts ihrer Familie schmückten jetzt den Kaminsims und ihr Bett zierten zwei Kissen, die Helen selbst bestickt hatte.

Ihre Utensilien lagen auf dem Schminktisch und ihr Reisesekretär stand ebenfalls bereit. Sie liebte es, ihre

Briefe darauf zu schreiben, während sie auf dem Bett saß.

»Ich hoffe, Euch hat das erste Dinner im neuen Haus gemundet?«, fragte Betsy nach einer kurzen Begrüßung. Mit leicht geröteten Wangen half sie Helen aus dem Kleid und in den Hausmantel.

»Es war köstlich«, antwortete Helen, denn das war die Wahrheit. »Die Köchin versteht ihr Geschäft.«

»Das kann ich nur bestätigen«, plapperte Betsy weiter und löste Helens Frisur. »Lord Windham scheint überaus großzügig, was das Essen seiner Bediensteten angeht. Er gestattet der Dienerschaft viermal die Woche Fleisch.« Ihre Augen strahlten. »Nicht, dass es mir bei den Castletons schlecht ergangen wäre«, fügte sie schnell an. »Ich hatte nie einen Grund zu klagen.«

»So etwas würde ich nie denken«, sagte Helen.

Betsy errötete. »Ihr seid zu gütig, Mylady. Euer Tee steht bereit, und ich habe Euer Nachtgewand herausgelegt.« Sie sah kurz zum Bett und dann zu Helen zurück. »Damit wäre alles erledigt.«

So war es. Sie lächelte Betsy schwach zu und nickte kurz. Das Zeichen, dass sich die junge Zofe entfernen durfte.

Und schon war Helen allein. Einsamkeit legte sich über sie, ein erstickendes Gefühl, welches sie in den letzten Monaten nur zu gut kennengelernt hatte. Die ersten achtzehn Jahre ihres Lebens hatte sie an der Seite ihrer Zwillingsschwester verbracht. Sie waren unzertrennlich gewesen, beste Freundinnen, Vertraute und Weggefährtinnen. Phoebe fehlte ihr jeden Tag, aber gerade vermisste sie ihre Schwester so sehr, dass es körperlich schmerzte.

Um sich abzulenken, sah sie sich um und betrachtete das Nachtgewand auf ihrem Bett. Tante Victoria hatte es als *einer Hochzeitsnacht angemessen* bezeichnet. Vorsichtig fuhr Helen mit den Fingern über den weichen, beinahe durchsichtigen Batist, der an der Brust und den Schultern von feinster Spitze zusammengehalten wurde. Ein wunderschönes Stück, doch auch eines, bei dem Lord Windham kaum etwas von ihrem Körper verborgen bleiben würde.

Hitze stieg Helen ins Gesicht. Und sie dachte unweigerlich an den Kuss früher am Tag. Obwohl sie den Mann kaum kannte, hatte sie dieser Kuss fasziniert. Was sagte es über sie aus, dass sie so auf einen Fremden reagierte?

Ihr Instinkt vermittelte keine drohende Gefahr von Windham.

Nur konnte sie sich darauf verlassen, Männer richtig einzuschätzen? Sie hatte Wrayburn vor einem Jahr vertraut, und der hatte eine andere geheiratet – allerdings aus edlen Gründen. Das war zu verzeihen.

Dieses Jahr war sie auf Graham hereingefallen, anders konnte sie es nicht nennen. Um ihre Menschenkenntnis war es wohl nicht allzu gut bestellt. Graham war schließlich seit jenem Abend wie vom Erdboden verschluckt. Vorher war er auf allen Veranstaltungen anzutreffen gewesen, die auch sie besucht hatte. Nun war es fast so, als habe er nie existiert.

Ein Gedanke durchfuhr sie, und ihre Hand krallte sich in den feinen Stoff des Nachthemdes. War es möglich, dass Lord Windham seine Finger im Spiel hatte? Er war es gewesen, der sie in die Falle gelockt hatte.

War er auch für Grahams Verschwinden verantwortlich? Nein, das konnte unmöglich sein.

Langsam hatte sie das Gefühl, den Verstand zu verlieren.

Die Ungewissheit nagte an ihr und brachte sie auf verrückte Gedanken. Würde ihr Ehemann sie aufsuchen? Was würde er mit ihr anstellen?

Langsam entfernte sie sich vom Bett, denn sie wollte über nichts davon nachdenken. Sie sollte ihren Tee trinken, lesen und sich zur Ruhe begeben.

Ihr Blick wanderte zurück zu dem Spitzennachthemd. Würde so ihre Ehe aussehen? Er, der obskuren Tätigkeiten nachging und sie sich selbst überließ? Abende, an denen sie in ihrem Zimmer wartete, ob er erscheinen würde?

Ein gutes Los, wenn man die Alternativen bedachte. Wenn das die einzigen Qualen waren, die er ihr angedeihen ließ, konnte sie sich wohl glücklich schätzen. Fürs Erste blieb ihr nur, ihren Plan in die Tat umzusetzen. Tee trinken, lesen und warten, dass er wieder auftauchte.

Doch er kam nicht. Nicht in dieser Nacht, nicht am nächsten Morgen, und auch nicht zum Lunch.

Helen hatte den Vormittag damit verbracht, das Haus gründlich zu erforschen. Auch dabei hatte man sie allein gelassen. Wenn sie es recht bedachte, war Mrs Pullocks Anwesenheit beim Essen am Abend davor vielleicht doch nur reine Höflichkeit gewesen. Helen war durch die Zimmer gestreift, von denen viele unbenutzt waren. Sie dienten offensichtlich als Gästezimmer, die Möbel waren überall mit weißen Laken verhüllt.

Benutzt wurden die Bibliothek, ein Salon, um Gäste
zu empfangen und das Speisezimmer. Sie begegnete
den beiden Dienstmädchen, die Staub wischten und
sich freudig miteinander unterhielten, selbst als sie
dazu kam. Das sprach für eine entspannte Atmosphäre
im Haus. War das immer so oder nur jetzt, weil der
Herr nicht anwesend war?

Sie erreichte eine weitere Tür, die jedoch verschlossen war, und machte sich auf die Suche nach Mrs Pullock, um den Schlüssel zu erbitten. Schließlich war sie
die Herrin des Hauses, und ihr Mann hatte ihr erlaubt,
sich alles anzusehen.

Sie fand die Hausdame in der Küche, wo sie mit der
Köchin plauderte. Die beiden Frauen wirkten erfreut,
als sie Helen sahen.

»Ah, wie passend, dass Ihr vorbeischaut«, sagte Mrs
Pullock strahlend. »Mrs Dundee, die Köchin, kennt Ihr
ja bereits. Wir besprechen gerade das Essen der nächsten Tage. Wenn ihr es wünscht, können wir den Plan
zusammen durchgehen, damit alles zu Eurer Zufriedenheit ist.«

Diesmal schlug Helen das Angebot der Hausdame
nicht aus und fühlte sich zum ersten Mal wie die Herrin des Hauses. Sie segnete auch den Plan für das Essen
der Bediensteten ab und erkannte, dass Betsy recht
hatte. Es stand reichlich Fleisch darauf.

Als sie wieder nach oben gehen wollte, fiel ihr ein, warum sie Mrs Pullock ursprünglich gesucht hatte, und
sie fragte nach dem Schlüssel für das verschlossene
Zimmer.

»Den habe ich leider nicht.« Bedauern sprach aus Mrs
Pullocks Stimme. »Es ist das Arbeitszimmer Seiner

Lordschaft. Er verschließt es und lässt nur hin und wieder eines der Mädchen zum Saubermachen hinein. Aber auch das nur, wenn er anwesend ist.«

»Warum?«, fragte Helen.

»Das weiß nur er allein.« Mrs Pullock lächelte. »Er hat mal erwähnt, dass er es hasst, wenn jemand *seine Ordnung* durcheinanderbringt.« Verschwörerisch lehnte sich die ältere Frau näher zu Helen. »Wenn Ihr mich fragt, ist ihm die Unordnung auf seinem Schreibtisch peinlich.« Sie lachte fröhlich über ihren eigenen Witz, und Helen versuchte, sich ihren Mann vor einem unordentlichen Schreibtisch vorzustellen. Kein leichtes Unterfangen.

Das Arbeitszimmer also. Schade, dass es verschlossen war. Es wäre der perfekte Ort gewesen, um die Tiara zurückzulegen. Helen war inzwischen zu der Überzeugung gelangt, dass es sich tatsächlich um ein Familienschmuck handeln musste, und wertvolle Erbstücke verwaltete traditionell der Hausherr. Nun würde sie sich etwas anderes überlegen müssen.

Mit wenigen Worten verabschiedete sie sich von der Hausdame. Als sie die Treppe emporstieg, beschloss sie, das Schmuckstück in Giddeons Schlafzimmer zurückzulegen. Direkt setzte sie ihre Überlegung um, doch vor der Schlafzimmertür ihres Gatten legte sie nur zögerlich die Hand auf die Klinke.

Sein Schlafzimmer war ein Ort, den sie nur aufsuchen sollte, wenn er sie einlud. Dass er das nicht wünschte, war offensichtlich, schließlich war er nicht da.

Helen hatte zwar nur eine vage Ahnung vom Eheleben, aber sie war ziemlich sicher, dass es unüblich war, in der Hochzeitsnacht nicht aufzutauchen. Doch daran konnte sie nichts ändern. Also legte sie die Tiara zurück auf ihren Frisiertisch. Sie würde später oder morgen den Mut finden, sein Schlafzimmer zu betreten, oder – noch besser – sie ihm persönlich zurückgeben, sobald er zu Hause weilte.

Womit sollte sie sich die kommenden Stunden vertreiben? Im Haus hatte sie jedes Zimmer genaustens inspiziert, abgesehen von den Dienstbotenräumen im Dachgeschoss. Die waren tabu. Mrs Pullock hatte sie gestern kurz erwähnt, doch es geziemte sich nicht für eine Lady, die Privaträume der Dienerschaft aufzusuchen.

Blieb noch der Stall. Dort konnte sie hingehen, ohne Aufsehen zu erregen. Ihre Vorliebe für Kutschen und Pferde war kein Geheimnis, und sie war neugierig. Windhams Umgang mit Tieren hatte ihm Phoebes tiefe Abneigung eingebracht und Helen war fest entschlossen, dem auf den Grund zu gehen.

Sie verließ das Anwesen durch die Tür am Ende des Eingangsbereiches und stand auf einmal unter einem schmalen, überdachten Durchgang neben der Terrasse. Was für eine wundervolle Konstruktion. So konnte man trockenen Fußes vom Haus zum Stall dahinter gelangen.

Dort stieg ihr sofort der typische Geruch nach Heu und Pferd in die Nase, den sie so sehr liebte. Ein Blick nach links und rechts zeigte, dass der Stall für ein Stadthaus recht groß gebaut war. Der ihres Onkels bot lediglich Platz für fünf Pferde und die beiden Kutschen der Familie. Aus diesem Grund war es Helen auch nicht möglich gewesen, ihren eigenen Sulky mit nach London zu bringen, den sie schmerzlich vermisste. Er war unwiderruflich verloren, denn der Erbe von Georginas verstorbenem ersten Mann hatte alles zu Geld gemacht, was ihm in die Finger kam.

Diese wehmütigen Erinnerungen verblassten, sobald sie Lord Windhams Stall genauer in Augenschein nahm. Er bot Raum für ein gutes Dutzend Tiere, auch wenn nur die Hälfte der offenen Stellplätze besetzt war.

Die beiden Pferde von gestern waren nirgendwo zu sehen, was sie jedoch nicht weiter verwunderte. Bestätigte es doch nur, was sie geahnt hatte: Ihr Mann war bisher nicht zurückgekehrt.

Zwei der anwesenden Pferde, ein Fuchs und ein Schimmel, erweckten den Eindruck gesunder Reitpferde. Ihnen gegenüber waren allerdings drei Tiere angebunden, die ein eher bemitleidenswertes Bild boten. Sie waren von Striemen übersät, und bei einem konnte man deutlich Wunden von übertriebenem Sporeneinsatz erkennen. Man hatte ihnen übel mitgespielt.

Sah sie hier seine Grausamkeit gegenüber Tieren, von der Phoebe gesprochen hatte?

»Wer wagt es, einfach so meinen Stall zu betreten?« Eine herrische Stimme ließ Helen den Kopf drehen, und sie sah sich einem mürrisch dreinblickenden Mann mittleren Alters gegenüber.

Helen zuckte schuldbewusst zusammen, fing sich jedoch schnell. Sie war die Herrin des Hauses, was auch den Stall mit einschloss. Da der Mann von *seinem* Stall redete, nahm sie an, dass es sich um den Stallmeister handelte, und musterte ihn unverfroren. Mitte fünfzig machte er ganz den Eindruck eines Mannes, der sein

Leben im Freien mit harter Arbeit verbracht hatte. Die Fältchen in seinem wettergegerbten Gesicht ließen ihn mürrisch erscheinen. Gerade deshalb beschloss Helen, ihm mit einem strahlenden Lächeln zu begegnen.

»Ich glaube, wir sind einander noch nicht vorgestellt worden«, sagte sie strahlend. »Ich bin Lady Windham und gekommen, um mir anzusehen, welche Pferde und Kutschen zur Verfügung stehen.«

Der Mann zog die Brauen zusammen. »Die neue Lady also.« Er schien nicht im Mindesten beeindruckt, was Helen merkwürdig amüsant fand. »Versteht Ihr etwas von Pferden?«

»Genug, um zu sehen, dass diese Tiere in bemitleidenswerten Zustand sind.« Ihre Antwort war beinahe unverschämt, doch das war sein Benehmen auch. Hoffentlich wusste er Offenheit zu schätzen.

»Natürlich sind sie das. Euer Gemahl kauft jeden gottverdammten Klepper in dieser Stadt, dem ein Leid angetan wird.« Die Worte klangen zwar harsch, doch Helen meinte, einen gewissen Stolz aus der Stimme des Stallmeisters herauszuhören.

»Er kauft misshandelte Tiere? Aber wozu?«

»Um sie gesund zu pflegen.« Der Stallknecht musterte sie. »Was dachtet Ihr denn, Mylady?«

Der Mann war nicht auf den Mund gefallen und schien keine Angst vor seiner Herrschaft zu haben. Genau wie die Diener, denen sie bisher begegnet war.

Ein Winseln erregte ihre Aufmerksamkeit, und Helen drehte den Kopf in die entsprechende Richtung.

»Das sind nur Daisy und ihre Welpen«, sagte der Mann, dessen Namen sie immer noch nicht kannte.

»Wie wunderbar, Mister ...?« Sie sah ihn herausfordernd an, und er hatte den Anstand, den Blick zu senken.

»Carter, Mylady«, antwortete er und zog sich schnell seine Kappe vom Kopf, während er eine Verbeugung andeutete.

»Würden Sie mir die Welpen zeigen, Mister Carter?«

»Wenn es unbedingt sein muss«, brummte er und setzte die Kappe wieder auf.

Mit der Unterwürfigkeit war es offensichtlich vorbei, doch das scherte Helen nicht. Sie fand diese robuste Art erfrischend und hatte schon früher die Erfahrung gemacht, dass in Ställen ein eher rauer Umgangston herrschte.

Der Gedanke verflüchtigte sich, sobald sie die einzige geschlossene Box betraten. Im Heu lag eine große, zottelige Otterhündin mit drei Welpen, die kaum die Köpfe hoben.

»Das ist Daisy, Mylady. Ihr Wurf ist wenige Tage alt.«

Helen musste breit grinsen. »Die sind herzallerliebst«, sagte sie, während sie in die Knie ging und der offensichtlich misstrauischen Mutter ihre Hand entgegenstreckte. Da sie sich genaugenommen noch im Haus befand, trug sie keine Handschuhe und hoffte, die Hündin würde durch ihren Geruch beruhigt.

»Gebt ihr das«, brummte Carter und drückte Helen zwei Streifen getrocknetes Fleisch in die Hand.

Sofort schnüffelte Daisy, erhob sich und kam näher. Dabei sah Helen, dass der Hündin das linke Vorderbein fehlte, was sie überraschend wenig zu behindern schien.

»Unsere Daisy war eine Streunerin, die in einen Kutschunfall mit dem Herrn verwickelt war. Er nahm sie auf und hat sich persönlich um sie gekümmert«, sagte Carter nicht ohne einen gewissen Stolz in der Stimme.

»Dann ist mein Mann also so eine Art Heiliger?« Die Worte waren gesagt, bevor Helen über sie nachdenken konnte. Den Sarkasmus hatte sie nicht aus ihrer Stimme heraushalten können. Es war fast schon lächerlich, wie die gesamte Dienerschaft, einschließlich ihrer eigenen Zofe, darauf bedacht war, Lord Windham wie einen sanftmütigen Wohltäter mit großem Herzen darzustellen, obwohl er ein Schuft war, der unschuldige Jungfrauen hinterhältig in die Falle lockte.

Irgendetwas stimmte hier nicht.

Weder Mr Carter noch Mrs Pullock sahen so aus, als würden sie unter Druck oder gar Angst handeln. Niemand im Haus wirkte angespannt oder auf der Hut. Allerdings war ihr Herr auch nicht anwesend, was sicherlich zur Entspannung beitrug. Es würde interessant werden, zu beobachten, ob eine Änderung bei den Angestellten eintrat, sobald er zurück war.

»Es ist nicht an mir, zu beurteilen, ob der Herr ein Heiliger ist, Mylady. Ich sage lediglich, dass er an keinem verletzten Tier vorbeigehen kann, ohne diesem zu helfen. Und wenn Ihr mich fragt, ist das eine gute Eigenschaft.« Mr Carter kratzte sich am Kopf. »Ich muss jetzt weiterarbeiten, aber Ihr könnt gern der alten Daisy Gesellschaft leisten. Ich glaub, sie mag Euch.«

Die Hündin blickte aus treuen Augen zu ihr auf und schnupperte nach wie vor an der Hand, in der Helen das Fleisch gehalten hatte. »Ich glaube, sie mag eher die Leckerbissen, die ich ihr gegeben habe.«

»Fürs Erste ist das ein und dasselbe.« Mr Carter nickte, tippte sich an die Kappe und verließ die kleine Box.

Helen sah ihm grübelnd nach.

Wie passte diese angebliche Tierliebe mit dem zusammen, was Phoebe über Lord Windham erzählt hatte?

Darüber konnte sie nachdenken, solange er durch Abwesenheit glänzte.

Die Duchess of Kadwell

Helen

Auch in dieser Nacht kam Lord Windham nicht nach Hause. Helen hatte angespannt bis weit nach Mitternacht auf ihn gewartet und war am Ende eingeschlafen.

Am nächsten Morgen vertrieb sie sich die Zeit damit, einen Brief an ihre Tante zu schreiben, in dem sie beteuerte, wie gut es ihr ging. Das war nicht gelogen. Bis auf die Tatsache, dass ihr Ehemann sich unmittelbar nach der Trauung aus dem Staub gemacht hatte, fühlte sie sich durchaus wohl. Sie war weit weniger nervös, als sie es im Haus der Castletons in Erwartung der Hochzeit gewesen war. Sie hatte nicht das Gefühl, eine Gefangene zu sein, was eine große Last von ihren Schultern nahm. Erst jetzt, wo diese Anspannung langsam schwand, merkte Helen, wie sehr die Situation sie belastet hatte.

Stetson überbrachte die Morgenpost, und Helen war überrascht, neben einer erneuten Einladung ihrer Tante auch eine von Lady Whitesporn zu erhalten. Sie solle gern zum Tee vorbeischauen. Doch das war das Letzte, worauf Helen Lust verspürte. Sicher wollte die

Dame nur wissen, wie es zu der Verbindung zwischen ihr und ihrem Gatten gekommen war. Klatsch und Tratsch war allgegenwärtig im *ton* und Lady Whitesporn hoffte bestimmt darauf, mehr von ihr zu erfahren. Fürs Erste würde Helen mit dem Hinweis, sich in den Flitterwochen zu befinden, ablehnen.

Nach dem Lunch besuchte sie den Stall und spielte mit Daisy und den Welpen, bevor sie sich für den Tee bei ihrer Schwiegermutter umkleidete.

Sie hatte vergeblich versucht, mehr über die Duchess herauszufinden. Mr Carter behauptete, nichts über sie zu wissen, und Mrs Pullock meinte nur: »Lord Windhams Verhältnis zu seiner Familie ist angespannt. Wir bekommen selten Besuch und wenn, dann meist nur sehr kurz.« Die Mutter ihres Mannes war in diesem Haus offenbar eine Unbekannte.

Die nächste Überraschung erwartete sie, als sie *Dark Hall* verließ. Einer der riesigen Lakaien übernahm den Kutschbock, und ein anderer begleitete sie als Groom auf dem Trittbrett. Dieser Mann folgte ihr auch die Stufen zum Haus des Duke of Kadwell hinauf.

Sie drehte sich zu ihrem Begleiter um und versuchte sich an einem Lächeln, das er nicht erwiderte. »Ich denke, dass ich ab hier allein zurechtkomme.«

»Anweisungen des Herrn, Mylady. Wenn Ihr *Dark Hall* verlasst, ist es meine Aufgabe, Euch zu beschützen.«

Ein unangenehmes Kribbeln kroch Helens Rücken hinauf. Warum hatte ihr Mann das angeordnet? Wurde sie doch überwacht? Dachte er, sie würde fliehen? Dann hätte er sie nicht allein lassen sollen, ganz einfach. Zorn wallte in ihr auf und sie wandte sich dem jungen Mann zu. Sie wollte ihm sagen, dass sie im Haus von Lord Windhams Eltern sicher sein würde, doch sie erkannte an seinem Blick, dass ein Kommentar in diese Richtung verschwendeter Atem war. Er würde sich nicht wegschicken lassen. Also machte sie gute Miene zum bösen Spiel, nickte und betätigte den Türklopfer.

Es öffnete ein Butler mit grauen Haaren und einem so distinguierten Aussehen, dass es Helen schwerfiel, ein Grinsen zu unterdrücken. Genauso stellte sie sich den Butler eines Duke vor.

»Wen darf ich melden?«, fragte er in genau dem richtigen näselnden Tonfall und betrachtete sie von oben herab.

»Lady Windham«, sagte Helen mit fester Stimme. »Ich hatte noch keine Gelegenheit, Karten drucken zu lassen, aber Ihre Gnaden erwartet mich zum Tee.« Dabei setzte sie ihr bestes Lächeln auf, und der Butler trat zur Seite. Er nahm ihren Hut entgegen und deutete eine Verbeugung an.

»Wenn Ihr mir bitte folgen wollt. Ihre Gnaden wartet im Blauen Salon.« Sein Blick blieb an dem Diener hängen. »Ich nehme an, James wird an Eurer Seite bleiben?«

»Das nehme ich auch an.« Wie es aussah, war der große Diener für Lady Kadwells Butler kein Unbekannter. Begleitete er normalerweise ihren Ehemann? Waren Söhne von Dukes immer mit einer Art Leibwache unterwegs? Eher unwahrscheinlich.

Der Butler blieb stehen und klopfte an eine wunderschön verzierte Tür. Ein resolutes »Herein!« war die Antwort, und er öffnete mit einer Verbeugung. »Lady

Windham, Euer Gnaden«, sagte er und ließ Helen passieren.

»Ah, meine Liebe, kommt näher und setzt Euch.« Die Duchess wedelte einladend mit der Hand und Helen ging die paar Schritte zu ihr hinüber. Nach einem ordentlichen Knicks lächelte sie schüchtern und musterte ihre Schwiegermutter verstohlen.

Schon bei der Hochzeit war ihr die Diskrepanz zwischen dem, was sie über die Duchess wusste und dem, was sich ihr zeigte, aufgefallen. Lady Kadwell war dem Aussehen nach in den Fünfzigern, was Helen irritierte, wusste sie doch, dass Lord Windhams älterer Bruder deutlich über vierzig war. Die Duchess sah nicht aus, als könne sie einen Sohn in so fortgeschrittenem Alter haben. Langsam dämmerte Helen, dass es klug gewesen wäre, sich vor der Hochzeit genauer über die Familienverhältnisse ihres Mannes zu informieren. Vielleicht sollte sie Tante Viktoria einen Besuch abstatten, die wusste sicher eine Menge darüber zu erzählen.

Für den Augenblick blieb ihr nichts anderes, als sich auf die Frau vor sich zu konzentrieren. Auch heute war ihre Schwiegermutter nach der neuesten Mode gekleidet. Das Haar trug sie in viele kleine Locken gelegt und kunstvoll aufgesteckt. Ihr Kleid war aus leuchtend blauem Stoff, die Taille direkt unterhalb der Brust. Den Saum zierten unzählige Rüschen, genau wie den Ausschnitt. Lady Kadwell war groß für eine Frau, dabei aber von feingliedriger Gestalt. Alles in allem schien sie großen Wert auf ihr Äußeres zu legen und wusste genau, wie man Wirkung auf sein Gegenüber erzielte. Eine Eigenschaft, der Helen Respekt zollte und die

durchaus nützlich war, wenn man im *ton* bestehen
wollte.

»Wie schön, dass Ihr es geschafft habt, Lady Helen.«
Sie reckte den Kopf, offensichtlich in Erwartung, noch
jemanden zu sehen. »Mein Sohn hat es sich nicht anders überlegt und Euch begleitet?«

»Nein, Euer Gnaden, er ...«

»Hatten wir uns nicht darauf geeinigt, dass Ihr mich
Mutter nennt?«

Helen erinnerte sich selbstverständlich daran, doch
sie war unsicher gewesen, ob die Duchess das wirklich
ernst gemeint hatte. »Wenn Ihr es wünscht, fühle ich
mich geehrt, Mutter.« Es fühlte sich seltsam an, diese
fremde Frau so zu nennen, nicht zuletzt, weil ihre eigene Mutter vor Jahren gestorben war.

Ein Lächeln war die Belohnung. »Setzt Euch, mein
Kind.« Sie wies auf ein kleines Sofa, dem ihren gegenüber. Es war im gleichen Blau gehalten wie die Vorhänge, die Tapete und das Kleid der Duchess.

»Also, was hindert meinen undankbaren Sohn daran,
seine Mutter zu besuchen?«, wiederholte sie ihre Frage
und sah Helen in die Augen.

»Er ist sehr beschäftigt, Euer ... Mutter.« Helen wählte
diese diplomatische Antwort, denn sie hatte beschlossen, nichts von Lord Windhams Abwesenheit zu erzählen. Diese warf weder ein gutes Licht auf sie noch auf
ihn. Schlimmstenfalls erzählte seine Mutter herum,
was Helen preisgab. Das würde für Spott und Häme
sorgen. Bestenfalls behielt die Duchess es für sich und
brachte ihr Mitleid entgegen. Nichts davon erschien
Helen erstrebenswert.

Aber ihre Schwiegermutter kannte ihren Sohn offenbar. »Lasst mich raten: Er spielt den Schweigsamen und weiht Euch nicht in seine Gedanken und Vorhaben ein?«

Helen nickte zaghaft.

Die ältere Frau seufzte und sah zu dem Leibwächter, der keine Miene verzog. »James, ich denke, wir können davon ausgehen, dass Lady Helen hier sicher ist. Ich bitte Sie, draußen zu warten.«

Helen rechnete damit, dass der Mann widersprechen würde, doch er nickte lediglich. »Wie Euer Gnaden wünschen«, sagte er und verließ prompt den Salon.

»So ist es besser.« Die Duchess lächelte. »Dinge nicht zu erklären entspricht leider dem Wesen meines Sohnes, und ich entschuldige mich dafür. Gabriel ist ...« Sie wiegte den Kopf hin und her. »Er hat viel durchgemacht und redet nur ungern darüber, was ihn bewegt. Ein Charakterzug, der ihm schon als Kind zu eigen war.«

Helen quittierte die Aussage mit einem Nicken. Wenn sie es zusammenzählte, hatte er kaum fünfzig Worte mit ihr gewechselt, wovon die meisten Begrüßungen und Verabschiedungen gewesen waren.

»Und wenn Schweigen keine Option ist, flüchtet er sich in Sarkasmus«, fuhr die Duchess dort. »Ihr müsst verstehen, dass Gabriel als mein Sohn keinen leichten Stand hat. Sein Halbbruder Nathaniel ist der Erbe meines Mannes. Erstgeborener und Sohn einer Frau noblen Geschlechts.«

Helen hatte das Gefühl, sie müsste etwas dazu sagen, doch sie hatte keine Ahnung, wovon ihre Schwiegermutter redete. Sollte sie versuchen, ihre Unwissenheit zu verbergen? Sie entschied sich dagegen. Die Duchess machte einen offenen und ehrlichen Eindruck. Das war schon in der Kirche so gewesen, und auch jetzt schien sie Helen gegenüber aufrichtig zu sein.

So beschloss sie, es ihr gleichzutun. »Es tut mir leid, aber die Umstände, die zur Hochzeit mit Eurem Sohn führten, haben nur eine äußerst kurze Verlobungszeit erlaubt. Ehrlich gesagt habe ich es versäumt, mich gebührend mit der Familiensituation meines Mannes zu befassen. Ich weiß nur, was man sich unter den jungen, heiratswilligen Frauen Londons erzählt: Lord Windhams möglicher Sohn wird eines Tages den Titel erben, da sein älterer Bruder nicht mit einem männlichen Nachkommen gesegnet ist. Bitte entschuldigt meine Unwissenheit.« Den Atem anhaltend sah Helen vorsichtig zur Duchess. Es bestand durchaus die Möglichkeit, dass sie zu offen gesprochen hatte. Sie wollte nicht den Eindruck einer Frau erwecken, die viel auf Klatsch und Tratsch gab.

»O je, natürlich.« Die Duchess lächelte warmherzig. »Für die jungen Mädchen ist es am wichtigsten, dass ein zukünftiger Sohn den Titel erbt. Ich habe völlig vergessen, dass Ihr bisher nicht in den gleichen Kreisen verkehrt habt wie wir und über unsere Familiengeschichte nicht im Bilde seid.«

Die Worte hätten verletzend klingen können, doch Lady Kadwell sprach sie mit so viel Anteilnahme in der Stimme, dass Helen sie nicht als Spitze verstand.

»Lasst es mich kurz zusammenfassen«, sagte die Duchess lächelnd.

»Das ist äußerst zuvorkommend.«

»Also dann: Mein Mann, der Duke, heiratete in erster Ehe die Tochter eines anderen Duke. Sie gebar ihm drei Kinder, bevor sie starb. Nathaniel, den Erben, und zwei Töchter. Ich bin die zweite Frau des Duke und von niederer Geburt. Mein Vater war … eigentlich ist es egal, wo meine Familie herkommt, sagen wir einfach, der Duke hat mich erwählt und zu seiner Duchess gemacht. Unsere gemeinsamen Kinder, Gabriel und seine drei Schwestern, sind damit von weniger edlem Blut als seine älteren Geschwister. Das war auch ein Grund, warum sein Vater ihm nie einen Titel verliehen hat.« Sie suchte Helens Blick. »Aber da mein Sohn sich nun dazu entschieden hat, standesgemäß zu heiraten, noch dazu eine junge Frau, die hoffentlich vielen Kindern das Leben schenken wird, darunter womöglich dem zukünftigen Duke of Kadwell …« Seufzend schloss sie die Augen. »Jetzt reden wir über Familiengeschichte, ohne uns zu kennen, meine Liebe. Aber ich hoffe, Ihr versteht, warum mein Mann so erfreut über die Verbindung zwischen Euch und unserem Sohn ist, und warum er sich entscheiden hat, ihn anlässlich eurer Hochzeit zum Viscount zu erheben.«

Helen hätte gern behauptet, dass dem so war. Doch in Wahrheit fiel es ihr schwer, dem Ganzen einen Sinn zu entlocken. Sie gehörte zur Gentry, worauf der Duke offenbar Wert legte. Nach allem, was sie bisher gehört hatte, vermutete sie, dass die ersten beiden Frauen ihres Mannes bürgerlich gewesen waren. Abstammung spielte natürlich eine gewisse Rolle, aber hatte die Duchess nicht eben selbst angedeutet, dass sie von niederer Geburt war? Wie passte das zusammen?

Ein Klopfen an der Tür und zwei Diener, die mit Tee, Gebäck und Toast hereinkamen, ersparten Helen eine Antwort. Die nächsten Minuten verbrachte die Duchess damit, Tee einzuschenken und Helen einen mit Marmelade bestrichenen Scone zu reichen.

Sobald sie wieder saß, nahm sie einen ordentlichen Schluck Tee und seufzte ein weiteres Mal. »Ich werde offen mit Euch sprechen, mein Kind, schließlich werdet Ihr, so Gott will, den Rest Eures Lebens mit meinem Sohn verbringen.«

Offenheit schien das oberste Gebot dieser Frau zu sein. Das gefiel Helen.

»Was ich sagen will, ist Folgendes: Gabriel hat ein gutes Herz, das ihn oft in Schwierigkeiten gebracht hat. Seine früheren Ehen waren ... nicht mit Kindern gesegnet und endeten beide tragisch, wie Ihr sicher wisst.«

Konnte man es tragisch nennen, wenn die Frauen verstarben und er möglicherweise derjenige war, der das zu verantworten hatte? Aus Sicht einer Mutter sicherlich.

»Ja«, antwortete Helen vorsichtig. »Ich habe davon gehört.«

»Selbstverständlich habt Ihr das. Ihr wisst auch, was darüber erzählt wird. Ich gehe davon aus, dass Ihr nichts davon glaubt, sonst hättet Ihr ihn kaum geheiratet.«

Helen spürte die Hitze in die Wangen steigen, sagte aber nichts dazu.

Die Duchess musterte sie stirnrunzelnd. »Er hat niemanden getötet, so etwas würde er nie tun. Vergesst das nicht, falls Euch irgendjemand etwas anderes weismachen will. Er hat diese Frauen gegen den ausdrücklichen Willen seines Vaters geheiratet und damit viel aufgegeben, ohne eine Sekunde zu zögern.« Ihre Blicke trafen sich, und Helen meinte, Aufrichtigkeit darin zu erkennen. Zumindest glaubte die Duchess, was sie sagte.

»Es ist schwierig, zu so einem verschwiegenen Mann Vertrauen aufzubauen und die Gerüchte zu ignorieren. Aber ich werde mir Eure Worte zu Herzen nehmen«, sagte Helen und sah nicht weg. Sie wollte wirklich versuchen, das Gute in ihrem Ehemann zu finden. Um seinet- und ihretwillen.

»Wunderbar.« Das Gesicht der Duchess hellte sich auf. »Dann sprechen wir jetzt über den Ball zu Euren Ehren. Ich habe mir erlaubt, mit der Planung zu beginnen.«

Der Rest des Nachmittags verging wie im Flug, und als Helen ihre Schwiegermutter verließ, schwirrte ihr der Kopf. Das Planen hatte ihre Laune gehoben, und sie freute sich sogar auf den bevorstehenden Ball. Er sollte zum Ende der Saison stattfinden und gleichzeitig ihre Einführung in den *ton* als Lady Windham sein. Sie hoffte, dass es ihr bis dahin gelingen würde, Zeit mit ihrem Mann zu verbringen und ihn besser kennenzulernen. Wie schön wäre es, wenn ihr erster Ball als verheiratete Frau ein unvergesslicher Abend werden würde, wie sie es sich immer gewünscht hatte.

Ein Abend mit Lord Windham

Gabriel

Müde betrat Gabriel *Dark Hall*. Eigentlich wollte er nichts lieber, als sich hinzulegen und bis zum Morgen durchzuschlafen. Er hatte in den letzten drei Tagen viel zu wenig Ruhe bekommen und langsam forderte sein Körper den fehlenden Schlaf ein. Er wurde nicht jünger, und an Tagen wie diesen fühlte er sich deutlich älter als Mitte dreißig. Jeder Knochen im Leib tat ihm weh, doch das war es wert gewesen. Alles war gelaufen wie geplant, und nur darauf kam es an.

Stetson begrüßte ihn und teilte ihm mit, dass Lady Helen in den Ställen weilte. Gabriel nahm das zur Kenntnis und begab sich direkt in sein Schlafzimmer. Arnaud, sein Kammerdiener und Leibwächter, begleitete ihn, obwohl er genauso erschöpft sein musste wie er selbst. Aber der Mann nahm seine Pflichten sehr ernst. Er würde sich erst zur Ruhe begeben, wenn Gabriel das tat, und ihm so lange zu Diensten sein.

»Ihr werdet das Dinner mit Eurer Gattin einnehmen?«, fragte Arnaud und ging, noch während er sprach, ins angrenzende Ankleidezimmer, um die passende Kleidung herauszulegen.

»Ja«, antwortete Gabriel. Er nahm die Halsbinde ab, legte Jacke und Weste aufs Bett und wartete darauf, dass Arnaud zurückkam, um ihm mit den Stiefeln zu helfen.

»Dann würde ich ein Bad und eine Rasur vorschlagen.« Arnaud stellte sich rücklings vor ihn und zog am ersten Stiefel. Der löste sich, und Gabriel warf einen flüchtigen Blick in den großen Spiegel, der gegenüber stand. Arnaud hatte wie immer recht. Er hatte die letzten Tage auf der Straße verbracht, und das sah man ihm an.

Also nickte er. »Für ein schnelles Bad sollte Zeit sein.«

»Ich habe bereits alles veranlasst.« Noch während Arnaud sprach, ging die Tür auf und drei Diener traten mit der gusseisernen Wanne ein. Ein Mädchen folgte, legte den Boden und die Wanne mit Tüchern aus, und zwei weitere kamen mit Eimern voll heißen Wassers. Nach wenigen Minuten war die Wanne gefüllt, und Gabriel ließ sich hineingleiten. Arnaud stellte Handspiegel und Rasiermesser bereit und verließ den Raum.

Gabriel badete gern allein. Er genoss die Minuten der vollkommenen Ruhe, wenn er sich so klein machte, dass er mit dem Kopf unter Wasser tauchen konnte. Dabei hingen seine Beine aus der Wanne. Das sah von außen sicherlich komisch aus, doch es befreite seinen Geist. Für diese kurze Zeit fühlte er sich frei von Schuld, frei von allem, was er getan hatte. Da war nur er, die Stille um ihn herum und beinahe so etwas wie Frieden.

Der wurde just in diesem Augenblick durch einen Schrei gestört. Einen weiblichen Schrei. Schnell tauchte Gabriel auf, zog die Beine in die Wanne, wischte sich das Wasser aus den Augen – und sah sich seiner Ehefrau gegenüber.

Helen stand einige Schritte von der Tür entfernt, umklammerte etwas, das sie eng an die Brust gedrückt hielt, und blickte ihn aus großen Augen an.

Im ersten Moment starrte er wie gebannt auf ihre leicht geöffneten Lippen. Mehrere Locken hatten sich aus ihrer Frisur gelöst, was ihr wunderbar stand. Und war das Stroh hinter ihrem rechten Ohr?

Sie war in den Ställen gewesen, hatte Stetson gesagt. Was zum Teufel hatte sie dort getrieben, um so auszusehen? Sofort formten sich Bilder in seinem Kopf. Sie, die im Stroh schlief, rein und unschuldig, und er, wie er sich ihr näherte, die Rundungen ihrer Brüste betrachtend, die sich sanft im Schlaf auf und ab bewegten. Wie er sich zu ihr hinabbeugte, bis seine Lippen ganz nah an ihren waren.

Gabriel atmete hörbar ein und versuchte den Gedanken zu verscheuchen. Doch es funktionierte nicht, er war zu müde. Es war so lange her, dass ihn eine Frau nur durch ihre Anwesenheit erregt hatte, und dennoch geschah es. Unter Wasser zuckte seine Männlichkeit, und es kostete ihn fast mehr Willenskraft, als er aufbringen konnte, sich nicht zu berühren. Stattdessen setzte er sich vorsichtig in der Wanne auf und blickte sie dabei an.

Er konnte nicht mit Sicherheit sagen, ob sie ihn ansah oder durch ihn hindurch, doch da ihre Augen sich noch ein wenig mehr weiteten, tippte er auf Ersteres. Er musste sich seines Körpers nicht schämen. Schon lange achtete er darauf, ausreichend körperliche Betätigung zu betreiben, sei es durch Reiten, Fechten und seit einigen Jahren auch Boxen. Damit hatte er nach dem Tod seiner zweiten Frau begonnen und das Training hatte sich mehrmals als nützlich erwiesen.

»I–ich …«, stotterte Helen, und ihm wurde bewusst, dass er sie die ganze Zeit angestarrt hatte, während er seinen Gedanken nachhing. Wie unhöflich von ihm.

»Ich wusste nicht«, fuhr sie fort, »dass Ihr zurück seid, My–Mylord.«

Mylord? Die Ansprache ließ Wut in ihm aufwallen. Sie war seine Frau, gottverdammt. Sie sollte ihn mit seinem Vornamen ansprechen.

Dann solltest du ihr das anbieten.

Wie so oft debattierte er in Gedanken mit sich selbst, trotzdem schwieg er. Stattdessen betrachtete er sie vollkommen unverfroren.

Sie war mutig, das hatte er schon bei ihrem ersten Zusammentreffen vor über einem Jahr bemerkt. Die schöne Helen mochte jung sein und wie ein Engel aussehen, doch sie hatte seinem Blick standgehalten, als er damals im Salon ihrer Tante erschienen war, um ihre Schwester zu umwerben. Sie war die Einzige, die nicht weggesehen hatte. Stattdessen schien ihr Blick zu sagen, dass er es nicht wagen sollte, ihrer Schwester weh zu tun. Das hatte ihn amüsiert, denn er hatte selbstverständlich niemals die Absicht gehabt, Miss Phoebe ein Haar zu krümmen.

In gewisser Weise hatte Helen ihm damals schon imponiert, sie schien eine Kämpferin zu sein. Unterbewusst hatte das wahrscheinlich auch zu seinem spontanen Entschluss beigetragen, sie in der Bibliothek zu küssen. Er war sicher gewesen, dass sie dem gewachsen war, und ihr bisheriges Verhalten unterstützte den Eindruck einer schönen, willensstarken und mutigen Frau.

»Ich ...« Sie biss sich auf die Lippe, und ihre Finger krampften fester um das, was sie hielt. Sie schien es zu merken, denn sie lockerte den Griff und er erkannte die Tiara, die sie bei ihrer Hochzeit getragen hatte. »Die gehört Euch, und ich wollte sie zurückbringen.«

Zurückbringen? »Das war ein verdammtes Geschenk«, murmelte er, hatte aber wohl so laut gesprochen, dass sie es hörte.

Sie zuckte bei seinem Fluch zusammen und reckte das Kinn nach vorn. »Wenn das so ist, bedanke ich mich und ...« Wieder ein Biss auf die Unterlippe. Wenn sie nicht aufhörte, würde sie sich noch blutig beißen.

Kam sie einen Schritt auf ihn zu? Ihm stockte der Atem. Wenn sie jetzt näherkam, würde er aus der Wanne aufstehen, sie an sich ziehen und von diesen roten Lippen kosten. Er würde ihr Kleid zur Seite schieben und einen Blick auf ihre Brustwarzen erhaschen. Waren sie dunkel und groß oder klein und rosig?

Gabriel schluckte, erneut zuckte es unter Wasser als Antwort auf seine Gedanken.

»Ich überlasse Euch Eurem Bad«, unterbrach Helen seine Fantasien, drehte sich abrupt um und flüchtete aus seinem Schlafzimmer.

»Wir sehen uns gleich beim Dinner«, rief er ihr hinterher, erhielt jedoch keine Antwort.

Er lehnte sich in seiner Wanne zurück.

Zur Hölle mit ihr, und zur Hölle mit seinem Schwanz, der ausgerechnet diesen Tag gewählt hatte, um allein beim Anblick einer Frau zu erwachen. Einer verdammten Jungfrau, die keine Ahnung hatte, was er begehrte, was er brauchte.

Dennoch war es ihre Anwesenheit, die dafür verantwortlich war, dass Gabriel sich berührte und mehrmals auf und ab rieb, zuerst langsam, und dann immer schneller. Dabei hatte er ihr Bild vor Augen: Das zerzauste Haar, das Stroh darin und diese vollen Lippen, die in einem so verführerischen Rot glänzten, dass er für sein Leben gern hineingebissen hätte. Sie am Boden liegend, schlafend, das Kleid verrutscht, die Brust fast entblößt. Gleich würde er den überflüssigen Stoff beiseiteschieben und erfahren, wie ihre Nippel aussahen. Sie in den Mund nehmen, daran saugen, sie aufwecken und seine Lust in Helens Augen gespiegelt sehen.

Gabriels Atem ging schneller, er legte den Kopf in den Nacken und kam schnell und hart.

Langsam holte er Luft und brach in Gelächter aus. Das war ihm noch nie passiert! Ihre Anwesenheit hatte ihn auf eine Art erregt, die er nicht mehr für möglich gehalten hatte.

Allerdings bestärkte ihn das auch in seinem Vorsatz ihr gegenüber. Jetzt musste er ihr das nur noch erklären.

Helen

Die Tiara an sich gedrückt, stand Helen an die Tür gelehnt in ihrem Zimmer und holte tief Luft.

Er war zurück – und sie floh vor ihm. Windhams pure Präsenz sorgte dafür, dass ihr Herz davongaloppierte, versuchte, ihre Brust zu verlassen, um ...

Warum eigentlich? Weil sie sich vor ihm fürchtete? Oder war das Gegenteil der Fall? Der Anblick seines nassen Haares und seiner nackten Brust hatte sie überrascht und aus dem Gleichgewicht gebracht. Er hatte verletzlich und gleichzeitig unnahbar gewirkt und sie mit so gierigem Blick gemustert, als sei er ein Raubtier auf der Pirsch.

Helen sah zu dem Schmuckstück in ihrer Hand und rief sich seine Worte in Erinnerung: *Das war ein verdammtes Geschenk.* Er hatte leise gesprochen, aber mit einem so dunklen Unterton, dass ihr gleichzeitig heiß und kalt geworden war. Deshalb hatte sie gezittert, nicht weil er ihr Angst gemacht hatte. Denn das hatte er nicht.

In dem Moment, in dem er aus der Wanne aufgetaucht war, nackt, verletzlich und mit einem Ausdruck des Erstaunens in den Augen, war ihr das klar geworden: Lord Windham würde ihr nichts antun.

Hing es mit dem zusammen, was seine Mutter am Nachmittag über ihn erzählt hatte? Möglicherweise. Helen wusste nur, dass sie sich in seiner Gegenwart nicht fürchtete.

Kalt und schwer lag die Tiara in ihren Händen. *Ein verdammtes Geschenk.* Eines, das er extra für sie ausgesucht hatte? Kein Familienschmuck? Es fiel ihr schwer, sich diesen ernsten, schweigsamen Mann dabei vorzustellen, wie er in der Bond Street in einem Geschäft stand und Schmuck aussuchte. Dieses Bild brachte sie zum Grinsen, und das führte wiederum dazu, dass sie sich endlich entspannte.

Die Situation war merkwürdig gewesen, aber nicht schlimm. Immerhin war sie mit diesem Mann verheiratet. Früher oder später würde sie ihn sowieso nackt sehen. Da machte es keinen Unterschied, dass das bereits geschehen war.

Sie war sogar bereit, sich einen anderen Punkt einzugestehen: Er gefiel ihr. Die Erinnerung an seinen warmen, leidenschaftlichen Kuss war in ihr zum Leben erwacht, und für einen kleinen Augenblick war sie versucht gewesen, zu ihm an die Wanne zu treten und ihre Lippen auf seine zu legen. Am Ende hatte ihr der Mut dazu gefehlt.

Stattdessen war sie geflohen, und nun stand sie in ihrem Zimmer, ihr Atem ging zu schnell und sie umklammerte nach wie vor die Tiara. Kopfschüttelnd verstaute sie das Schmuckstück in ihrem Schminktisch und erhaschte einen Blick auf ihr Spiegelbild.

Kein Wunder, dass ihr Mann sie angestarrt hatte. Ihre Frisur war zerzaust und ihr Kleid in Unordnung. Lächelnd zupfte sie einen Halm Stroh aus ihren Locken. Das musste passiert sein, als sie mit Daisy und den Welpen gespielt hatte. Sie war in die Hocke gegangen, und die große Hündin hatte sie beschnuppert, während die Kleinen versucht hatten, auf ihren Schoß zu krabbeln. Helen war aus dem Gleichgewicht geraten und lachend ins Stroh gefallen.

Wenn man bedachte, in welcher Lage er gewesen war, konnte man ihren Aufzug vergleichsweise anständig und züchtig nennen. Für das bevorstehende Dinner sollte sie sich allerdings angemessen zurechtmachen. Sie zog am Klingelzug und wartete auf Betsy.

Jetzt, wo Lord Windham wieder da war, gab es viel zu klären. In den letzten beiden Tagen waren mehrere Einladungen für sie eingetroffen. Sie musste mit ihm besprechen, welche davon sie annehmen würden und welche nicht.

Hatte er vor, sie zu begleiten, oder würde er sie allein schicken?

Er hatte gesagt, dass sie die Räume nach Belieben umgestalten könne, doch wie sah es mit anderen Dingen aus, für die sie Geld ausgeben müsste? Kleidung, Accessoires und dergleichen? Wenn sie Besuch empfing, wo sollte sie das tun? War es in Ordnung, über seine Kutschen und Pferde zu verfügen, wenn sie ausreiten wollte? Welche sollte sie nehmen, welche waren nur für ihn bestimmt?

Und zuletzt die wichtigste aller Fragen: Würde er bleiben und an ihrer Seite leben oder erneut verschwinden?

Weil ihr der Kopf schwirrte und Ordnung sie für gewöhnlich beruhigte, setzte sie sich hin und schrieb eine Liste mit all den Fragen, die ihr einfielen. Diese Liste würde sie mit zum Abendessen nehmen und danach bei einer Tasse Tee mit ihm besprechen.

Und später dann ... Sie schloss die Augen und schüttelte den Kopf. Auch diese *Sache* sollte sie auf ihre Liste setzen. Denn Helen war das Warten abends leid. Er sollte ihr sagen, wann er vorhatte, sie in ihrem Bett zu besuchen, und ihr so die Gelegenheit geben, sich darauf vorzubereiten.

Das war er ihr schuldig.

Betsy trat ein und begann damit, Helens Haar zu frisieren. Dabei schwieg sie, was eher verwunderlich war. Normalerweise schaffte es Betsy kaum fünf Minuten, den Mund zu halten.

»Bedrückt dich etwas?«, fragte Helen und sah sofort am schuldbewussten Blick ihrer Zofe, dass sie richtig lag.

»Verzeiht, ich will Euch nicht mit meinen Sorgen belästigen.« Betsy seufzte.

»Nur zu. Ich habe gefragt, damit du mir erzählst, was los ist.«

»Es ist meine Schwester, Mylady. Sie steht kurz vor der Niederkunft und braucht Hilfe im Haushalt. Ich bin an meinem freien Tag für sie da, aber bald wird sie für einige Zeit jemanden brauchen. Sie hat bereits zwei Kinder, und ihr Mann ist die meiste Zeit auf dem Feld. Sie bewirtschaften einen kleinen Hof, müsst Ihr wissen. Wir haben nur uns.«

»Würde es helfen, wenn ich dir die Abende freigebe? Hier gibt es sicher jemanden, der mir abends mit dem Kleid helfen kann.«

»Das ist überaus freundlich von Euch, aber sie lebt in Stratford.«

»Wie dumm von mir. Einen Hof führt man selbstverständlich nicht mitten in London.« Helen tippte sich mit dem Finger ans Kinn und überlegte. »Sei unbesorgt, ich werde sehen, was ich tun kann.«

Ein weiterer Punkt auf ihrer Liste von Dingen, die sie mit ihrem Mann zu klären hatte.

Die perfekte Ehe

Helen

Derart gewappnet betrat Helen eine Stunde später das Speisezimmer, in dem ihr Mann auf sie wartete. Das blaue Kleid betonte ihre Augen, und ihr lockiges Haar war wieder ordentlich frisiert und hochgesteckt.

Er sah gut aus in seiner schlichten schwarzen Jacke und den beigen Kniebundhosen mit passender Weste. Sein Krawattentuch saß tadellos, und im Gegensatz zu vorhin war er rasiert. Sein Blick war distanziert, die Miene kühl und reserviert, was Helen auf den Gedanken brachte, dass er ihr in der Wanne besser gefallen hatte.

Himmel. Solche Gefühle sollte sie gar nicht erst aufkommen lassen. Das führte nur dazu, dass sie seine breite Brust vor Augen hatte. Seine *nackte, muskulöse* Brust, von der das Wasser abperlte.

Was war bloß los mit ihr? Sie sollte sich darauf konzentrieren, ihn kennenzulernen und dabei die Frage in den Fokus stellen, wer ihr Gatte wirklich war: Ein brutaler, kaltblütiger Mörder oder ein humorvoller, mitfühlender Gentleman. Auch wenn die Wahrheit vermutlich irgendwo dazwischen lag.

Als Windham sie bemerkte, stellte er seinen Portwein ab, stand auf und musterte sie von oben bis unten, bevor er ihr höflich zunickte.

Sie antwortete mit der gleichen Geste, und es gelang ihr, die Mundwinkel zu heben.

Der Platz des Hausherrn bei Tisch befand sich am Kopfende, und Helen hatte erwartet, am anderen Ende der Tafel zu sitzen. Ihr Gatte deutete jedoch mit der Hand auf einen Stuhl direkt neben sich an der Längsseite. Dort lag ein Gedeck für sie bereit.

»Da wir einiges zu besprechen haben, dachte ich, diese Sitzordnung wäre angebracht. Wir sollten unsere Beziehung nicht damit beginnen, dass wir uns über den Tisch hinweg anschreien.«

Helen biss sich auf die Zunge, um nicht zu erwidern, dass ihrer Meinung nach *anschreien* eine deutliche Verbesserung zu *im Unklaren lassen und ignorieren* darstellte.

Er schien keine Gedanken in diese Richtung zu haben, denn er rückte ihr den Stuhl zurecht, bis sie bequem saß, bevor er selbst Platz nahm.

Sie folgte jeder seiner Bewegungen und fragte sich, ob er sich ähnlich beklommen fühlte wie sie. Wobei *beklommen* ihre Gefühlswelt nicht vollkommen beschrieb. Vorsichtige Neugier traf es besser. Ihm ging es sicher ähnlich, denn diese Ehe war auch für ihn recht kurzfristig gekommen. Das hatte er zumindest gesagt. Bedachte sie allerdings die Umstände, war es durchaus möglich, dass er diese Verbindung von langer Hand geplant hatte. Die Frage nach dem *Warum* gehörte genaugenommen ganz oben auf ihre Liste. Das durfte sie nicht vergessen. Helen trug den kleinen Zettel gut verstaut in der Seitentasche ihres Kleides. Leider konnte sie ihn nicht hervorholen, um diesen Punkt zu notieren. Allerdings erschien es ihr ohnehin unwahrscheinlich, dass sie heute darauf zu sprechen kommen würden. Das war ein Thema für später, wenn sie sich besser kannten.

Ein Diener brachte die Suppe und zog sich diskret zurück. Lord Windham griff nach seinem Löffel, tunkte ihn jedoch nicht ein, sondern sah sie an.

»Ich entschuldige mich in aller Form für mein rüdes Verhalten an unserem Hochzeitstag. Leider hielten mich dringende Geschäfte davon ab, Zeit mit Euch zu verbringen, wie es sich gehört hätte.«

»Verratet Ihr mir, welche Geschäfte das waren?« Es war unhöflich, ihn danach zu fragen, doch jetzt, da er es angesprochen hatte, fand sie, dass sie es dennoch wagen konnte.

»Nein«, antwortete er knapp und nahm nun Suppe auf seinen Löffel auf. »Aber seid versichert, dass es nicht aufzuschieben war.«

»Werdet Ihr diesen ... *Geschäften* ... weiter nachgehen?« Vor ihrem Einzug in dieses Haus hätte sie gedacht, dass es sich um etwas Verruchtes oder Illegales handelte. Jetzt war sie sich da nicht mehr so sicher.

Er verharrte mit dem Löffel kurz vor seinem Mund und nickte dann langsam, bevor er zu essen begann.

Helen quittierte das, indem sie ebenfalls schwieg, hielt es jedoch nur zwei Löffel lang aus. Sie wollte Antworten. »Heißt das, Ihr werdet mich wieder allein lassen? Obliegt es mir dann, zu entscheiden, welche Besuche angemessen sind und welche nicht? Auf welchen

Gesellschaften ich mich ohne Euch verlustiere und welche ich meide? Kann ich einkaufen, wo und was ich will, ohne mir Euren Zorn zuzuziehen?« Trotzig streckte sie ihm das Kinn entgegen und hängte ein provozierendes »Eure Lordschaft« an.

Sie hatte nicht vorgehabt, diese Fragen jetzt und aneinandergereiht vorzubringen, doch dass er nicht über die letzten drei Tage reden wollte, erregte ihren Unmut.

Er hielt erneut in der Bewegung inne, legte den Löffel zur Seite und den Kopf ein klein wenig schief, was ihn für Helen irgendwie verletzlich erscheinen ließ. »Zuerst einmal«, setzte er an und tupfte sich den Mund mit seiner Serviette ab, »werdet Ihr aufhören, mich *Eure Lordschaft* zu nennen. Wir sind verheiratet, da ist *Gabriel* die richtige Anrede. Wenn Ihr über mich sprecht, benutzt Ihr selbstverständlich *Windham*, wie alle anderen auch.«

Sie nickte und wusste doch, dass sie ihn nicht bei seinem Vornamen nennen würde. Das erschien ihr unangemessen für einen Mann, den sie kaum kannte. Mit etwas sprachlichem Geschick konnte man sich durchaus um Anreden herumwinden, und genau das würde sie tun.

»Was die anderen Punkte betrifft, tut es mir sehr leid, wenn meine Vorgaben Euch überfordert haben. Mein Vermögen ist beträchtlich, und Ihr habt vollkommen freie Hand, darüber zu verfügen. Wenn es Euch nichts ausmacht, dass ich mein Geld mit harter Arbeit und nicht durch ein Erbe verdient habe, sind Euch keine Grenzen gesetzt. Ihr könnt gerne versuchen, alles durchzubringen, seht es als Herausforderung. Es sei denn, Euch fällt ein besserer Weg ein, mich für das, was ich getan habe, zu bestrafen.«

Sein süffisanter Tonfall erinnerte sie daran, was seine Mutter am Nachmittag gesagt hatte. Gabriel griff auf Sarkasmus zurück, wenn er sich gezwungen sah zu reden. Oberflächlich betrachtet hatte er sich über sie lustig gemacht. Doch darunter schwang noch etwas anderes mit: Selbsthass. Ein Bedürfnis, die eigenen Errungenschaften kleinzureden und sich selbst herabzuwürdigen. Ein interessanter Gedanke, den sie weiterverfolgen wollte.

»Womit verdient Ihr Euer Geld?«

»Import von Luxusgütern, meist aus Frankreich. Wein, Seide und Cognac hauptsächlich. Das Geschäft läuft praktisch von allein. Die feine englische Oberschicht würde natürlich niemals Waren kaufen, die von verabscheuungswürdigen französischen Revolutionären stammen. Wie durch ein Wunder besteht trotzdem eine gigantische Nachfrage. Müssen wohl die Bettler sein, die nicht genug davon bekommen können. Kann mir aber auch egal sein, wer das Geld ausgibt, solange es mich reich macht.«

Sarkasmus troff aus jedem seiner Worte. Helen konnte kaum einschätzen, wen er mehr verabscheute: den englischen Hochadel oder sich selbst.

»Ihr solltet Euer Licht nicht unter den Scheffel stellen«, entgegnete sie sanft. »Es ist nichts Schlechtes daran, ein fähiger Kaufmann zu sein.«

Er hob lediglich die Brauen und aß weiter. Doch es dauerte nicht lange, bis er weitersprach. »Nachdem wir diesen Punkt geklärt haben, sollte ich Euch erläutern, was ich von dieser Ehe erwarte.«

»Das wäre sehr freundlich«, antwortete sie, legte ihren Löffel zur Seite und begegnete seinem Blick mit fester Miene. Er sollte nicht denken, dass sie Angst vor
ihm hatte.

Gabriel

Wie mutig sie war. Er hatte sich in den letzten Tagen
wahrlich nicht mit Ruhm bekleckert, sie in diese Ehe
gezwungen und danach ignoriert. Dennoch saß sie vor
ihm, begegnete ihm mit Freundlichkeit und verlangte
einzig und allein Erklärungen, die ihre Lebensumstände betrafen. Sie wirkte fest entschlossen, das Beste
aus der Situation zu machen, und das respektierte er.

Hinzu kam diese irritierende Anziehung, die sie auf
ihn ausübte. Nachdem er im Bad selbst Hand angelegt
hatte, hätte diese Wärme in seinen Lenden verschwinden müssen. Doch das Gegenteil schien der Fall. Seine
Männlichkeit sehnte sich nach ihr. Nun, da hatte Gabriel schlechte Nachrichten für seinen Unterleib.

Seine Diener traten ein, entfernten die Teller und
brachten den Fisch. Das gab ihm Zeit, noch einmal zu
überdenken, wie er seiner Frau verdeutlichen konnte,
was er von ihr erwartete. Sobald sie allein waren, begann er zu sprechen, wohlwissend, dass er einen Monolog halten würde, was er verabscheute. Doch es musste
getan werden.

»Mir ist bewusst, dass die Umstände dieser Eheschließung alles andere als glücklich waren.«

Ihrem Gesicht sah er an, dass sie diese Aussage für die Untertreibung des Jahrhunderts hielt. Selbstverständlich wollte sie wissen, was ihn zu seinem Vorgehen bewogen hatte, doch das würde sie – wenn es nach ihm ging – nie erfahren.

»Zuerst: Ich habe vor, in den nächsten Wochen die meiste Zeit an Eurer Seite zu bleiben. Wir werden am gesellschaftlichen Leben teilnehmen und uns am Ende der Saison auf meinen Landsitz nach Sussex zurückziehen. Ich hoffe, das findet Eure Zustimmung?«

Sie nickte und zerteilte den Fisch auf ihrem Teller, aß jedoch nicht.

»Gut. Wir werden gemeinsam frühstücken und dinieren. Was die Gesellschaften angeht, gehen wir vor wie folgt: Sonntags beim Frühstück schlage ich einige Einladungen vor, die wir gemeinsam wahrnehmen könnten, und wir einigen uns, welche das sein werden. Eine oder zwei sollten genügen. Die restlichen Abende stehen Euch zur freien Verfügung. Nichtsdestotrotz werdet Ihr mir stets mitteilen, wo Ihr Euch aufhaltet. Ein Ehemann sollte immer wissen, in welcher Gesellschaft seine Frau sich befindet.«

»Keine Sorge, Einladungen zu konspirativen Treffen in einer Bibliothek werde ich nicht wieder annehmen. Ich habe meine Lektion gelernt.« Ihr trockener Tonfall brachte ihn beinahe dazu, die Mundwinkel zu heben, doch er behielt seine Züge unter Kontrolle. Schön, mutig und witzig. Sie gefiel ihm von Minute zu Minute besser. Er sollte sich schnell darüber klar werden, wie er mit diesem Umstand umgehen wollte.

»Bleibt nur noch eins«, fuhr er unbeirrt fort. »Die Frage, wann wir die Ehe vollziehen.«

Ihr Besteck fiel laut klirrend auf den Teller, und sie sah ihn aus großen Augen an. Na, schau an. Er hatte es tatsächlich geschafft, ihre Gelassenheit zu durchbrechen. Seine Fantasien über sie im Stroh hatten ihn beinahe vergessen lassen, dass er es mit einer unschuldigen Frau zu tun hatte. Sie war nur halb so alt wie er und ohne Erfahrung. Aber er musste dieses Thema ansprechen.

»Ich werde heute Abend nicht zu Euch kommen. Auch nicht morgen oder übermorgen. Ihr braucht Euch deshalb also nicht zu beunruhigen.«

»Dann wird diese Ehe nicht vollzogen?« Er meinte Überraschung in ihrer Stimme zu hören, aber auch – Gott bewahre – Enttäuschung?

»Irgendwann. Aber ...« Er stockte, denn die Worte, die er sich zurechtgelegt hatte, waren ihm in dem Moment entfallen, als sie durch das Kräuseln ihrer Nase ihren Unmut über seine Ankündigung kundgetan hatte. Bedauerte sie, dass er sie nicht in ihrem Bett aufsuchen wollte? Ein Gedanke, der seine unteren Regionen in helle Aufregung versetzte. Er rückte sich zurecht und setzte erneut an. »Ich habe kein Interesse daran, den Akt mit einer Frau zu vollziehen, die nicht weiß, was sie zu tun hat.«

Ihre Augen verengten sich zu Schlitzen. »Wie soll ich das verstehen? Hättet Ihr lieber eine erfahrene Frau? Stellt meine Jungfräulichkeit etwa ein Problem dar?«

»Ja! Nein!« Er hob abwehrend die Hände. »Das ist es nicht. Es ist mehr Eure Unerfahrenheit ...« *Verdammt*, wann hatte er verlernt, sich anständig auszudrücken? Er räusperte sich und ignorierte den finsteren Blick, mit dem sie ihn strafte. »Was ich sagen will, ist Folgendes: Der Akt zwischen Mann und Frau ist etwas, das beide Seiten genießen sollten. Besonders, wenn man die Art bedenkt, die ich ...« Er schüttelte den Kopf und seufzte. »Dafür ist Vertrauen notwendig.« So konnte es gehen. »Vertrauen, das zwischen uns erst wachsen sollte, bevor wir ... Ihr wisst schon. Ich kann Euch nicht zumuten, das Bett mit einem Fremden zu teilen. Noch dazu, wenn er ...« Seine Wangen fühlten sich warm an, und er schloss die Augen.

Hätte man ihm vor zwei Wochen gesagt, dass er rot werden würde, weil er mit seiner Frau über den Vollzug der Ehe sprach, wäre er in Gelächter ausgebrochen. Zu diesem Zeitpunkt hatte er nicht einmal geglaubt, dass er je wieder heiraten würde. Und heute saß er dieser Frau gegenüber, die eine Anziehung auf ihn ausübte, wie er sie selten erlebt hatte – und er hatte keine Ahnung, wie er damit umgehen sollte.

Gabriel war sich bewusst, dass sie ihn beobachtete. Doch er brachte es nicht über sich, den letzten Satz zu beenden, und sie schien nicht in der Stimmung, seine bisherigen Ausführungen weiter zu kommentieren. Doch er hatte auch nicht damit gerechnet, dass sie viel dazu sagen würde. Wenn sie über die Verletzung ihres persönlichen Stolzes erst einmal hinwegkam, würde sie höchstwahrscheinlich dankbar dafür sein, von ihm in Ruhe gelassen zu werden.

Der Fisch wurde abgeräumt und das Rindfleisch serviert. Sie aßen stumm, wobei Helen eher in ihrem Essen stocherte, als wirklich etwas zu sich zu nehmen. Zwei- oder dreimal hatte er den Eindruck, sie wolle zum Sprechen ansetzen, doch sie tat es nicht. Also schwiegen sie beide. Er war losgeworden, was er zu sagen gehabt hatte, nur fühlte es sich deutlich weniger gut an als erwartet.

Bereits nach ein paar gemeinsamen Stunden unter einem Dach wurde ihm klar, dass seine ursprüngliche Vorstellung davon, wie diese Ehe verlaufen würde, rein gar nichts mit der Realität zu tun hatte. Für ihn würde sie zur Qual werden. *Und genau aus diesem Grund hättest du die Finger von ihr lassen sollen.* Nur leider hatte er keinen anderen Ausweg gesehen. Er hatte nicht tatenlos zusehen können, wie sie in ihr Verderben rannte.

Und jetzt mussten sie beide mit den Konsequenzen leben.

Ein Besuch bei Tante Victoria

Helen

»Meine Liebe, wie schön, dass du da bist.« Tante Victoria streckte ihr beide Hände entgegen, die Helen dankbar ergriff. Selbstverständlich entging ihr der kritische Blick nicht, mit dem ihre Tante sie musterte. Sie musste furchtbar aussehen, denn sie hatte kaum geschlafen.

Leider hatte die Rückkehr ihres Ehemannes das Gegenteil von dem bewirkt, was sie sich erhofft hatte. Sie hatte erst recht die Nacht wach gelegen und darüber nachgedacht, was er gesagt hatte und damit gerechnet, dass er trotz seiner Versicherung, ihr Bett nicht aufzusuchen, genau das tun würde.

Konnte es sein, dass er seine Frauen zuerst in Sicherheit wog und dann über sie herfiel? Bei Tageslicht erschien ihr der Gedanke lächerlich, doch in der Nacht hatte er wie ein dunkler Schatten über ihr gehangen und sie am Schlafen gehindert.

Je später es geworden war, desto mehr hatten sich andere Gedanken in ihren Kopf geschlichen. Seine nackte Brust in der Wanne, seine Lippen auf ihren bei dem Kuss in der Kirche. Die Wärme, die das in ihrem Bauch ausgelöst hatte und nicht zuletzt der Wunsch, ihn noch einmal zu küssen. Und sei es nur, um herauszufinden, ob es wieder so sein würde.

Eins hatte sie in dieser Nacht über ihren Ehemann gelernt: Er stand zu seinem Wort, denn er hatte ihr Zimmer nicht betreten. Auch beim Frühstück hatte er sich von seiner besten Seite gezeigt, ihr ein Kompliment für ihr Kleid gemacht und über das Wetter geplaudert. Danach war er in seinem Arbeitszimmer verschwunden, nicht ohne ihr mitzuteilen, dass sie heute Abend über die Einladungen für diese Woche sprechen würden. Schließlich war bereits Dienstag. Kurzum, er vermittelte den Eindruck eines Mannes, der darum bemüht war, ihre Gunst zu erlangen.

»Es war Zeit für einen Besuch«, antwortete Helen und nahm vor dem Kamin im privaten Salon ihrer Tante Platz.

James hatte sich angeschickt, vor der Tür auf sie zu warten und auf Nachfrage zugegeben, dass sein Herr ihm neue Anweisungen erteilt hatte. Sobald sie sich in einem Raum mit vertrauenswürdigen Menschen befand, dürfe er draußen warten. Helen würde noch mit ihrem Mann über diesen persönlichen Schutz reden müssen. Heute Abend vielleicht, wenn sie die Einladungen durchgingen.

»Möchtest du einen Tee?« Tante Victorias Worte zogen Helens Aufmerksamkeit auf sich. »Eine gute Tasse Tee hilft immer, und dann erzählst du mir, wie es dir ergangen ist. Ich nehme an, es ist einiges geschehen?«

»Das kann man so sagen. Einen Tee könnte ich gut gebrauchen, danke.«

»Das dachte ich mir und habe ihn bereits bringen lassen.« Tante Victoria schenkte ihnen beiden eine Tasse ein. »Wie geht es dir, meine Liebe?«

»Gut.« Das war nicht ganz gelogen, denn schlecht ging es ihr nicht.

»Das ist schön. Allerdings … wie ich höre, lehnst du Einladungen ab?«

»Mein Mann und ich werden noch gemeinsam entscheiden, welche wir annehmen oder ablehnen. Die einzige, die ich bisher abgelehnt habe, war die von Lady Whitesporn. Ich sah mich außerstande, ihr gegenüberzutreten, nur um ihre Sensationslust zu befriedigen.«

»Das verstehe ich gut, und dennoch solltest du dich in der Öffentlichkeit sehen lassen. Die Whitesporns wissen um das, was geschehen ist, und wir sollten uns gut mit ihnen stellen. Gerüchte machen schnell die Runde, und in deinem Fall noch schneller. Dein Ehemann ist … nun ja, er hat einen gewissen Ruf.« Tante Victoria seufzte und ließ erneut den Blick über Helen gleiten, der nicht entging, dass ihre Tante besorgt war. »Wo wir davon sprechen: Deine Ehe gestaltet sich angenehm?«

Angenehm war nicht das Wort, das Helen verwendet hätte, aber es würde ihre Tante beruhigen, also nickte sie.

»Windham ist äußerst bemüht, und er hat ein schönes Haus mit nettem Personal. Ja, es ist *angenehm*.«

Ihre Tante lächelte beruhigt. »Und jetzt bist du plötzlich eine Viscountess: Lady Windham. Ich kann es noch gar nicht fassen. Wie kam es dazu? Dahinter steckt doch bestimmt eine spannende Geschichte.«

Kurz war Helen versucht, von der schwierigen Beziehung zwischen ihrem Mann und dessen Vater zu erzählen, aber es kam ihr falsch vor. Anständige Frauen tratschten nicht über ihren Ehemann. Also zuckte sie nur mit den Schultern. »Wir hatten noch keine Gelegenheit, darüber zu sprechen.«

»Verstehe. Ich hoffe, deine ersten Tage in seinem Haus haben dich nicht allzu sehr mitgenommen. Weißt du, Männer neigen dazu, sich anfangs merkwürdig zu benehmen.«

War es *merkwürdig*, wenn er sie allein ließ und ihr dann verkündete, dass er die Ehe nicht vollziehen würde? Abermals zog sie in Erwägung, ihre Tante ins Vertrauen zu ziehen, entschied sich aber erneut dagegen.

Helen ahnte, was die Castletons von ihrem Mann hielten, und hatte kein Interesse daran, diese Haltung noch zu verstärken. Besonders, da sie mehr und mehr zu dem Schluss kam, dass diese Einschätzung ungerechtfertigt war.

Da ihre Tante allerdings eine Antwort erwartete, sagte sie: »Er ist durch und durch ein Gentleman. Nur ...« Sie stockte, unsicher, wie sie formulieren sollte, was ihr auf der Seele brannte.

»Was hast du auf dem Herzen? Du kannst offen mit mir sprechen. Ich weiß, dass ich deine Schwestern nicht ersetzen kann, und ich ahne, wie sehr dir die beiden fehlen, doch ich will mich bemühen, einen adäquaten Ersatz zu bieten und dir nach bestem Wissen und Gewissen zur Seite zu stehen.«

»Das weiß ich zu schätzen, Tante. Es ist nur ...«

»Oh mein Gott!« Im Gesicht ihrer Tante zeigte sich Schrecken und Mitleid. »Wollte er dich ... ich meine, hat er ... unnatürliche Dinge von dir verlangt? Im Schlafzimmer? Ist er dabei handgreiflich geworden? Denn wenn das so ist, könnten wir ...«

»Es ist nichts dergleichen.« Beruhigend hob Helen eine Hand. »Eher das Gegenteil.«

»Wie meinst du das?«, fragte Tante Victoria stirnrunzelnd.

»Er ist nett und freundlich, geradezu zurückhaltend, würde ich sagen. Wusstest du, dass er kranke und misshandelte Pferde aufnimmt und gesund pflegen lässt? Er hat auch eine dreibeinige Hündin.« Beim Gedanken an Daisy lächelte Helen.

»Davon höre ich zum ersten Mal, meine Liebe. Aber es freut mich. Das lässt mich hoffen, dass er auch dich gut behandelt?«

»Ich kann nicht klagen, aber ich gebe zu, dass ich Fragen habe. Lord Windham ist ein schweigsamer Mann, und ich würde gern mehr über ihn erfahren. Das könnte mir helfen, ihn besser zu verstehen und ihm eine gute Ehefrau zu sein.« Mit angehaltenem Atem sah sie zu ihrer Tante. Sie war ihre beste Chance auf Informationen außerhalb der Familie ihres Mannes, und Helen hoffte inständig, dass sie bereit war, ihr zu helfen.

Tante Victoria verzog nachdenklich das Gesicht und nickte schließlich. »Ich habe bereits vor einem Jahr Erkundigungen über ihn eingeholt, als er um deine Schwester warb. Es war erstaunlich schwierig, etwas über ihn herauszubekommen, aber was wir erfuhren, war doch recht schockierend. Jonathan hielt es für das

Beste, dir vor der Hochzeit nichts davon zu erzählen, um dich nicht unnötig zu belasten. Zumal es sich größtenteils um wilde Gerüchte und Spekulationen handelt.« Sie hob einen Finger in die Luft. »Willst du es trotzdem hören?«

»Ja. Ich muss wissen, mit was für einem Mann ich unter einem Dach lebe. Selbst wenn nicht alles stimmt, möchte ich herausfinden, was über ihn erzählt wird. Ich bin seine Frau, und damit fällt es auch auf mich zurück.«

Tante Victoria suchte Helens Blick und strich ihr liebevoll über den Arm. »Dann werde ich dir berichten, was man über ihn sagt.«

»Fangen wir mit der Herkunft meines Gatten an. Gestern war ich bei seiner Mutter, der Duchess of Kadwell, zum Tee, und sie hat gewisse Andeutungen gemacht, von denen ich nicht weiß, ob ich sie richtig deute. Ich glaube, sie ist die zweite Frau des Duke und damit nicht die Mutter des Erben. Außerdem hat sie über ihrem Stand geheiratet, aber das ist ja recht wahrscheinlich, wenn man bedenkt, dass ihr Mann ein Duke ist, nicht wahr?«

Seufzend schürzte Tante Victoria die Lippen. »Ja, die Hochzeit des Duke of Kadwell mit seiner zweiten Frau löste seinerzeit einen handfesten Skandal aus. Ich erinnere mich dunkel daran, auch wenn es vor meiner ersten Saison war. Die heutige Duchess war eine beliebte und vielgerühmte Schauspielerin, ihre Herkunft unangemessen für einen Duke. Doch da er bereits einen Erben von seiner ersten Frau hatte, wurde es ihm verziehen. Niemand konnte ahnen, dass er mit seiner zweiten

Frau einen weiteren Sohn zeugen würde, der später relevant für die Erbfolge sein könnte. Dein Mann ist das älteste von vier Kindern, die in dieser Ehe zur Welt kamen, allerdings der einzige Junge. Eigentlich ist er damit ein Lord, durch den heiligen Bund der Ehe legitimiert. Doch für manche Mitglieder des *ton* ist er nur der Sohn einer gemeinen Schauspielerin. Nicht so schlimm wie ein Bastard, aber trotzdem kein *echter* Lord. Dass sein Vater ihm bei seiner Geburt keinen seiner Titel weitergab, wie es eigentlich üblich ist, verschärfte Windhams Lage. Aber das hat sich ja nun geändert.«

So weit hatte sich Helen die Geschichte selbst zusammengereimt. Sicher war es nicht leicht für ihren Mann gewesen, den Makel seiner Geburt bei jeder Gelegenheit vorgehalten zu bekommen, auch wenn sie nicht fand, dass ein Mann weniger wert sein sollte, nur weil seine Mutter nicht in einem herzoglichen Bett gezeugt worden war.

»Und Lord Windhams erste Frauen? Waren sie Bürgerliche?«, fragte sie weiter.

»Richtig. Seine erste Frau war die Tochter einer Wäscherin und eines Tagelöhners, sagte man. Außerdem soll er sie in einem Haus mit höchst zweifelhaftem Ruf getroffen haben, wenn du verstehst, was ich meine.«

Helen schluckte. Sie hatte davon gehört, dass Gentlemen gewisse Häuser aufsuchten, um unerfüllte Triebe zu befriedigen. Häuser, in denen Frauen ihre Gunst gegen Geld anboten. »Ich verstehe.«

Auch wenn sie sich direkt fragte, was ihn dazu bewogen hatte, sich in ein solches Etablissement zu begeben und eine der Frauen zu heiraten.

»Das ist vierzehn Jahre her. Man fand die Arme nur wenige Wochen nach der Hochzeit tot in Covent Garden. Sie soll in einem bemitleidenswerten Zustand gewesen sein, was auch immer das heißen mag. Zwar sprach niemand laut aus, dass es ihr Mann war, der sie so zugerichtet haben könnte, aber es schwang zwischen den Zeilen mit. Windham ging jedenfalls kurz darauf in diplomatischer Angelegenheit nach Frankreich.« Tante Victoria stockte. »Es gab Gerüchte, dass er sich dort ebenfalls in gewissen Kreisen bewegt haben soll. Kreise, über die man nicht laut spricht. Ich erzähle dir das Folgende nur, weil du jetzt eine verheiratete Frau bist. Es ist recht verstörend. Diese Dinge sind … Die menschliche Natur treibt mitunter seltsame Blüten.«

Helen biss sich auf die Lippen, sagte aber nichts. Sie war verheiratet, so viel stimmte. Nach ihrer Hochzeit ging man davon aus, dass sie über gewisse Dinge Bescheid wusste, und man schonte sie nicht mehr, was das anging. Dass ihre Ehe nicht vollzogen war, wusste ja niemand.

»Also dann.« Es schien Helen, als müsse ihre Tante sich selbst Mut zusprechen. »Für manche Menschen ist das, was ins Ehebett gehört, nicht genug. Sie haben andere … Vorlieben. Ich habe dir gesagt, dass es im Idealfall mit Liebe und Zärtlichkeit zu tun hat, aber das ist nicht für jeden so. Angeblich gehört dein Mann … also, er soll …« Sie atmete schwer aus und blickte Helen hilflos an.

»Er hat etwas gegen Liebe und Zärtlichkeit im Ehebett?« Helen verstand nicht.

»Das kann ich nicht mit Sicherheit sagen.« Tante Victoria fuhr sich durch die kurzen Locken. »Weder dein

Onkel noch ich teilen diese ... Passion, weshalb ich nicht viel darüber weiß. Es geht darum, dass man seinen Partner fesselt, schlägt oder auf andere Arten quält und misshandelt.« Sie schüttelte sich. »Gerüchte, wie gesagt.«

Helen sah ihre Tante mit großen Augen an.

Wie passte das mit dem zusammen, was Windham gestern zu ihr gesagt hatte? Hatte er das gemeint? Bereitete es ihm wahrhaftig Lust, andere zu schlagen und ihnen Schmerzen zuzufügen? Dagegen sprach, dass er sie aus Rücksicht auf ihre Gefühle nicht anrührte, obwohl er jedes Recht dazu hatte.

Nein, ihre Tante musste das falsch verstanden haben. Oder war sie es, die die Lage falsch einschätzte?

»Zurück zu seiner Geschichte«, sagte Victoria und streckte das Kinn vor. »Sicher ist, dass er sich etwa zehn Jahre langin Frankreich aufhielt. Vor vier Jahren kam er zurück und brachte eine französische Ehefrau mit. Ein junges Ding, kaum älter als du heute, mit bestenfalls gebrochenen Englischkenntnissen. Es gab Gerede, dass sie seine dunklen Leidenschaften teile. Sie starb wenige Wochen nach Ihrer Ankunft auf grausame Weise. Man fand ihre Leiche am Hafen, ebenfalls entsetzlich zugerichtet. Die Gerüchteküche brodelte, aber Verdächtigungen wurden niemals laut ausgesprochen, wohl weil der Duke of Kadwell seine schützende Hand über seinen Zweitgeborenen hielt. Letztes Jahr, kurz vor eurer Ankunft in London, kam dann Gerede auf, dass sich Lord Windham oder besser Mister Giddeon, wie er damals noch hieß, wieder auf Brautschau begäbe, um den dringend benötigten Kadwell-Erben zu zeugen.«

Helens Gedanken rasten. Also stand ihr Mann tatsächlich im Verdacht, seine ersten beiden Frauen im Ehebett getötet zu haben.

Aber das kann unmöglich sein, fuhr es ihr durch den Kopf. Sie konnte sich vorstellen, dass er im Bett ungewöhnliche oder gar abartige Vorlieben hegte, das würde zu seinen Andeutungen passen. Aber einen Mord oder sogar zwei traute sie ihm eigentlich nicht zu.

»Ich weiß, das ist viel auf einmal, und du bist sicherlich schockiert, dass wir die Hochzeit zugelassen haben, aber sei ver...«

»Er hat es nicht getan«, unterbrach Helen ihre Tante im Brustton der Überzeugung. »Seine Frauen ermordet, meine ich. Lord Windham ist ein Ehrenmann. Er ist großzügig und rücksichtsvoll. Ich werde nicht zulassen, dass in meiner Gegenwart schlecht über ihn geredet wird.« Ihre Worte überraschten sie, doch es war genau das, was sie fühlte.

Sie mochte sich in Deering getäuscht haben, doch bei ihrem Gatten lag sie richtig.

Die Augen ihrer Tante weiteten sich, und Helen erkannte Respekt darin. »Du machst mich stolz, meine Liebe. Eine Frau sollte zu ihrem Mann stehen und ihm in jeder Situation den Rücken stärken. Es freut mich außerordentlich, dass du diese Grundsätze beherzigst.«

»Danke.« Lächelnd drückte Helen die Schultern durch. Zumindest verstand sie nun besser, womit sie es zu tun hatte, und konnte sich wappnen. Sowohl für das, was ihr Mann in Zukunft möglicherweise von ihr verlangte, als auch gegen das, was ihr zweifelsohne entgegenschlagen würde, wenn sie die ersten Gesellschaften besuchten.

»Aber mir gegenüber kannst du ehrlich sein.« Tante Victoria hatte die Stimme gesenkt. »Wir sind eine Familie. Wenn er dich schlecht behandelt, werden Jonathan und ich alles versuchen ...«

»Lord Windham behandelt mich mit dem allergrößten Respekt, das versichere ich dir. Ich habe wirklich keinen Grund, mich zu beklagen«, fiel Helen ihrer Tante erneut ins Wort, doch dann lächelte sie, um ihren Worten die Schärfe zu nehmen.

Die Lippen ihrer Tante wurden schmal. Auf ihrer Stirn bildete sich eine steile Falte, doch sie schwieg. »Dann ist ja alles in bester Ordnung.«

»Das ist es.« Fieberhaft überlegte Helen, was sie noch fragen konnte, wurde aber von Stimmen abgelenkt.

Der Butler erschien und kündigte Constance und ihre Tochter Leonore an, was Helen dazu veranlasste, aufzustehen. Sie wollte der ehemaligen Freundin nicht begegnen. Schließlich hatte sie ihr diesen Skandal nebst Ehe zu verdanken. Für Helen ging es dabei ums Prinzip. Echte Freundinnen verrieten einander nicht. Niemals.

»In diesem Fall werde ich mich verabschieden«, sagte sie daher und lächelte ihre Tante an.

»Bitte, bleib doch. Leonore würde dich bestimmt gern sehen.«

»Ich sie aber nicht«, antwortete Helen entschieden und knickste kurz. »Danke für deine offenen Worte, du hast mir wirklich sehr weitergeholfen. Einen guten Tag.« Helen war sich bewusst, wie unhöflich sie klang, doch mit einem Mal war ihr alles in diesem Haus zu viel.

Sie wollte nur weg, allein sein und ordnen, was ihre Tante erzählt hatte. Es in Einklang mit dem bringen, was sie in *Dark Hall* gesehen und gehört hatte.

Auf dem Flur stieß sie beinahe mit den beiden Frauen zusammen, die auf dem Weg in Tante Victorias Salon waren. Sie murmelte einen kurzen Gruß, ignorierte Leonores Frage nach ihrem Befinden und trat ins Freie. Hinter sich hörte sie Schritte und erinnerte sich daran, dass James sie begleitete. Er trat neben sie, verbeugte sich und öffnete die Kutschentür. Dankbar stieg sie ein und fuhr zurück in ihr neues Heim.

Sie führte nun ihr eigenes Leben.

Das Leben in Dark Hall

Gabriel

Er hörte, wie Helen von ihrem Morgenbesuch bei den Castletons zurückkam und hatte sich halb erhoben, bevor ihm bewusst wurde, was er da tat. Langsam setzte er sich wieder und lachte leise über sich selbst.

Junge, unschuldige Frauen waren schon immer seine Schwäche gewesen. Gabriel hätte wissen müssen, dass die schöne Helen da keine Ausnahme bildete. Doch die Verlockung war trügerisch.

Die Aussicht auf Liebe, Glück und eine Familie hatte ihn zweimal unvorsichtig werden lassen. Dem würde er diesmal zuvorkommen, indem er sie gar nicht erst an sich heranließ. Ihr erlaubte, sich einen Liebhaber zu suchen, einen Mann, der ihr das geben konnte, wozu er nicht in der Lage war. Und wenn aus dieser Liaison ein Kind entstand, nun, dann würde er es anerkennen, und der sehnlichst erwartete Kadwell-Erbe war vielleicht von blauerem Blut als erwartet.

Noch während er daran dachte, dass ein anderer Mann sie berühren könnte, spürte er, wie seine Hände sich unwillkürlich zu Fäusten ballten. Er musste aufhören, unentwegt an sie zu denken, bevor dieses Gefühl noch schlimmer wurde.

Doch Gabriel kam nicht dagegen an. Stattdessen verbrachte er Stunden mit Tagträumen davon, wie er sie noch einmal berührte und leidenschaftlich küsste. Er sehnte sich nach ihrer Gegenwart, obwohl er sie kaum kannte. In einer besseren Welt würden sie Zeit miteinander verbringen, sich näherkommen und eventuell sogar lernen, einander zu lieben. Aber das war reines Wunschdenken. Den Luxus von Gefühlen konnte er sich schlicht und ergreifend nicht leisten. Am besten blieb er bei seinem ursprünglichen Plan und hielt sich von ihr fern. Also würde er in seinem Arbeitszimmer sitzen bleiben, zum Dinner herauskommen, ein kurzes Gespräch über die Termine der Woche führen und wieder seiner Wege gehen. Ohne sie.

Beim Abendessen saßen sie sich diesmal an den Kopfseiten der Tafel gegenüber, wie es sich gehörte. So trennten sie beinahe sechs Meter, was ihre Unterhaltung auf ein Minimum beschränkte. Gabriel bemerkte ihre Überraschung und kämpfte den Wunsch nieder, die Sitzordnung spontan zu ändern. Stattdessen bat er sie danach in den Salon zum Gespräch. Dort teilte er ihr mit, dass sie in zwei Tagen den Ball der Countess Blake besuchen würden.

»Sie ist eine Freundin meiner Mutter. Außerdem werden meine Eltern beide auf dem Ball anwesend sein, was wiederum ein guter Zeitpunkt ist, meinen Vater kennenzulernen, wenn es sich schon nicht vermeiden lässt.« Gabriel wich ihrem Blick aus und schickte sich zum Gehen an. Er hatte die Tür fast erreicht, als hinter ihm ihre Stimme erklang.

»Warum lebt Daisy im Stall?«

Stirnrunzelnd blieb er stehen. »Wie meinen?«

»Eure Hündin. Warum lebt sie im Stall und nicht im Haus? Wenn Ihr Euch die Mühe macht, ihr das Leben zu retten, solltet Ihr sie auch ins Haus lassen.«

»Aber Daisy lebt doch im Haus.« Langsam drehte er sich wieder um. »Sie hat nur, aus mir unerfindlichen Gründen, entschieden, ihre Welpen im Stall zu bekommen. Ich respektiere diesen Wunsch. Wenn sie bereit ist, wird sie hoffentlich von allein zurückkommen. Niemand hindert sie daran.«

Helen blinzelte, und ihre Lippen formten ein zauberhaftes O. »Ich hatte keine Ahnung.«

»Deshalb habt Ihr gefragt, und das ist gut so. Ihr solltet Euch niemals scheuen, mich irgendetwas zu fragen.« Den letzten Satz bereute er, sobald er ihn ausgesprochen hatte. *So viel zu deinem kläglichen Versuch, Abstand zu halten.*

»Wir werden den Ball gemeinsam besuchen.«

»Ist das eine Frage oder eine Feststellung?«

»Dann formuliere ich es anders: Werden wir gemeinsam hinfahren? Oder kommt Ihr später, und wir treffen uns dort? Einige Gentlemen halten das so, und ich ...«

»... und da ich Euch vom ersten Tag an auf unverzeihliche Weise vernachlässigt habe, geht Ihr davon aus, dass ich auch weiterhin vorhabe, Euch zu quälen, so gut ich es vermag. Bravo, Ihr seid äußerst scharfsinnig.« *Herrgott, was redete er denn da!* Aber vielleicht war es eine gute Idee, auf diese Art die nötige Distanz zu wahren.

»Sagtet Ihr nicht, ich solle mich nicht scheuen, Euch Fragen zu stellen?« Entgegen ihrer deutlichen Zurechtweisung strahlte ihre ganze Haltung Verunsicherung aus, und er bereute sofort sein harsches Auftreten.

Sie hatte es wirklich nicht verdient, dass er seine Frustration an ihr ausließ. »Verzeiht mir bitte meine unbedachten Worte. Ich bin derzeit gestresst. Das ist keine Entschuldigung für mein grobes Benehmen, lediglich eine Erklärung. Eure Frage war absolut berechtigt. Ich werde an dem fraglichen Abend selbstverständlich mit Euch zusammen von hier aufbrechen.«

Sie nickte ihm huldvoll zu. »Habt Dank, das ist gut zu wissen. Ich bedaure sehr, dass Ihr so beschäftigt seid. Ich selbst bin daran wohl nicht unschuldig, denn so eine Heirat gestaltet das Leben sicher nicht unkomplizierter. Trotzdem hoffe ich, dass Ihr heute Abend ein wenig Zeit für mich finden könnt. Hättet Ihr Lust, etwas zu spielen? Eine Partie Schach? Oder wollt Ihr mir von Eurer Zeit in Frankreich erzählen? Sind die Menschen dort wirklich so frivol und dekadent, wie man sagt? Ihr wart Diplomat, habe ich gehört. Habt Ihr dann auch Napoleon kennengelernt? Ist er das Monster, für das ihn alle halten?«

»Das sind viele Fragen.« Fragen, von denen er nicht sicher war, ob er sie beantworten sollte, denn jedes Gespräch würde die Verbindung zwischen ihnen vertiefen.

»Ich habe Zeit. Aber wenn Euch nicht nach Reden ist, könnten wir auch fürs Erste lediglich eine Runde Schach ins Auge fassen.«

So kam es, dass er sich wenige Minuten später ihr gegenüber an einem Tisch wiederfand, ihre Blicke auf das Brett und die Figuren zwischen ihnen gerichtet. Sie war eine gute Spielerin, und er merkte schnell, dass er sich auf die Partie konzentrieren musste, wenn er nicht verlieren wollte.

Nach den ganzen Fragen hatte er damit gerechnet, dass sie während des Spiels ohne Unterlass reden würde. Aber das Gegenteil war der Fall. Ihre volle Aufmerksamkeit galt dem Schachbrett, und Gabriel gewann am Ende mit knapper Not in einem schwierigen Bauernendspiel.

»Wo habt Ihr so spielen gelernt? Soweit ich mich erinnere, gehört Schach nicht zur Ausbildung für junge Frauen.«

»Ich habe vieles gelernt, was nicht unbedingt als weiblich angesehen wird«, antwortete sie leichthin. »Ich kann zwar sticken und liebe es, aber ich bin ebenso gut im Schachspielen oder Kutsche lenken.«

Das erregte seine Aufmerksamkeit. »Von welcher Art Kutsche reden wir?«

»Ich hatte einen Sulky, bis wir letztes Jahr nach London gezogen sind.« Ein dunkler Schatten legte sich über ihren Blick und er konnte sich denken, woran sie dachte. Der neue Baron Livingstone, ihr ehemaliger Vormund, war ein äußerst unangenehmer Zeitgenosse.

»Warum habt Ihr Eure Kutsche nicht mitgebracht?«

»Weil mein Vormund der Meinung war, dass sie nicht mir gehöre. Sie war ein Geschenk meines verstorbenen Schwagers, dem vorherigen Baron. In den Augen des neuen Barons war sie allerdings nur eine Leihgabe.« Sie bemühte sich darum, emotionslos zu klingen, was ihr jedoch misslang und ihm ein merkwürdig gemischtes Gefühl in der Brust bescherte. Ehrliches Mitgefühl angesichts ihres Verlustes regte sich in ihm, gepaart mit Zorn und dem dringenden Verlangen, Baron Livingstone eine angemessene Tracht Prügel zu verpassen.

»Hier in London habe ich keinen Sulky, aber solange wir hier sind, könntet Ihr meinen Gig für Ausflüge nutzen.« Noch so ein Angebot, das er bereuen würde. Er war es gewohnt, über seine Pferde und Gefährte frei zu verfügen.

»Seid Ihr sicher?«

»Nein, ich wollte Euch nur falsche Hoffnungen machen, um sie in einem geeigneten Moment grausam zu zerquetschen. Das bereitet mir Vergnügen.« Die Worte waren ihm entschlüpft, bevor er darüber nachgedacht hatte, und er bereute sie sofort.

Überraschenderweise wirkte Helen diesmal nicht verletzt, sondern amüsiert. »Ihr Schuft. Treibt Eure Spielchen mit einer armen, unschuldigen Jungfrau, die sich nicht wehren kann«, sagte sie mit einem spitzbübischen Grinsen, während sie eine lose goldene Locke verführerisch um ihren Zeigefinger wickelte und ihn aus großen, unschuldigen Augen ansah. »Wäre es so schlimm, wenn jemand anderes mit einer Eurer geliebten Kutschen spielt?«

Gegen seinen Willen musste er lachen. »In gewisser Weise. Ich mag es, jederzeit frei in der Wahl meines Fortbewegungsmittels zu sein. Euch meinen Gig zur Verfügung zu stellen, schränkt mich aber nur wenig ein. Nehmt ihn, wenn Euch danach ist. Jederzeit.«

Das Lächeln auf ihrem Gesicht ließ eine angenehme Wärme von seinem Brustkorb bis in den Unterleib zucken. Er schüttelte den Kopf, um die Empfindung loszuwerden, blieb dabei allerdings an ihren Augen hängen. Sie hatten die Farbe des südfranzösischen Meeres, und wenn er nicht aufpasste, lief er Gefahr, darin zu ertrinken. Wissentlich und willentlich.

Mit diesem Lächeln und dem direkten Blick ihrer Meeresaugen war sie eine helle Kerzenflamme in seiner selbstauferlegten Dunkelheit, doch aus Erfahrung wusste er, wie trügerisch dieses Licht war. Ein winziger Windhauch genügte, um es zum Erlöschen zu bringen – und ihn in noch tieferer Dunkelheit zurückzulassen. Abrupt stand er auf und wandte sich von ihr ab.

»Ihr brecht auf?« Ein Hauch Enttäuschung klang in ihrer Stimme mit, doch er verschloss sich dagegen.

»Ich habe noch zu tun, und wir haben besprochen, was es zu besprechen gab. Ich wünsche Euch eine angenehme Nacht.« Ohne auf Antwort zu warten, verließ er das Zimmer und schloss die Tür hinter sich. Draußen im Flur war es deutlich kühler und dunkler als bei ihr im Salon. Genau wie es sein sollte.

Helen

Stirnrunzelnd sah Helen ihrem Gatten nach. Er war ihr ein Rätsel. Für einen Moment hatte sie die Schichten seiner Fassade aus Höflichkeit, Zurückhaltung und beißendem Sarkasmus durchdrungen. Zum ersten Mal hatte sie ihn lachen gesehen, und das gefiel ihr sehr. Sie war in seinen Augen versunken, und es hatte sich fast wie während ihres Hochzeitskusses angefühlt. Obwohl ihre Lippen sich nicht berührt hatten, war es dennoch genauso magisch gewesen.

Helen war sich nun absolut sicher: Unter all diesen Schutzschichten steckte ein anderer, liebenswerter Mann, den sie noch nicht wirklich kennengelernt hatte.

Doch jetzt war er fort. Allerdings konnte sie einen kleinen Erfolg für sich verbuchen. Er hatte bereits vor über einer Stunde gehen wollen und war dennoch geblieben, um sie zu unterhalten. Und sie hatte die Erlaubnis, seinen Gig zu nutzen. Das würde sie so bald wie möglich tun.

In dieser Nacht schlief Helen tief und fest, zum ersten Mal, seit sie in *Dark Hall* angekommen war. Entsprechend frisch und ausgeruht erwachte sie am nächsten Morgen. Beim Frühstück gab sich ihr Mann einmal mehr zurückhaltend. Er versteckte sich hinter seiner Zeitung, was sie allerdings nicht daran hinderte, ihm Fragen zu stellen. Am Abend zuvor war er gegangen, bevor sie alles hatte loswerden können.

»Erklärt Ihr mir, warum Ihr mir einen Bewacher zur Seite stellt?« Sie schob sich eine Gabel mit Rührei in den Mund und sah in seine Richtung. Windham saß am anderen Ende des Tisches und sie musste die Stimme erheben, damit er auf sie aufmerksam wurde.

Sie vermeinte, ein Murmeln zu hören, vielleicht ein leises Fluchen. Doch die Zeitung raschelte, als er sie zusammenfaltete und neben seinen Teller legte. »Selbstverständlich«, antwortete er höflich und so laut, dass sie ihn gut verstehen konnte. »Ihr seid nicht nur die Viscountess Windham, sondern potenziell auch die zukünftige Mutter eines Duke sowie die Ehefrau eines äußerst wohlhabenden Geschäftsmannes. Das sind genug Gründe, Euch besonderen Schutz zukommen zu lassen. Hinzu kommt die Tatsache, dass Ihr mit mir verheiratet seid. Zweifelsohne wisst Ihr, welches Schicksal meine ersten beiden Frauen ereilt hat. Wundert es Euch da, dass ich auf einem ständigen Beschützer bestehe?«

»Habt Ihr Feinde? Besteht eine unmittelbare Gefahr oder ist es eine reine Vorsichtsmaßname?« Merkwürdigerweise verspürte sie keinerlei Furcht.

»Sagen wir so: Ich bin mir derzeit keiner konkreten Gefahr bewusst, aber Vorsicht ist besser als Nachsicht.«

Das war eine Aussage, die alles und nichts bedeuten konnte. Angesichts des Schicksals seiner ersten beiden Frauen schien es Helen trotzdem klüger, sich erst einmal auf eine mögliche Gefahrensituation einzustellen.

»Hängt es mit diesen Geschäften zusammen, wegen denen Ihr einige Tage außer Haus wart?«

»Hatte ich Euch nicht ausdrücklich gebeten, dieses Thema nie wieder anzuschneiden? Die Neugier ist der Katze Tod, schöne Helen.«

Obwohl der Tadel deutlich war, überwog bei ihr die Freude, dass er sie mit ihrem Vornamen angesprochen hatte. Wenn ihr diese Kleinigkeit solch ein Vergnügen bereitete, war es für ihn vielleicht ähnlich? Sie sollte es bei Gelegenheit versuchen und ihn Gabriel zu nennen.

Denn am Morgen hatte sie einen Entschluss gefasst. Sie wollte eine glückliche Ehe führen. Gabriel war kein Monster, und gestern hatte er gezeigt, dass er bereit war, Zeit mit ihr zu verbringen. Also überging sie seine Zurechtweisung und lächelte stattdessen.

»Ich bin die mit Abstand am wenigsten neugierige Heart-Schwester. Da könnt Ihr jeden in meiner Familie fragen.«

»In dem Fall bin ich froh, mit Euch verheiratet zu sein.« Wieder tat ihr Herz einen kleinen, freudigen Sprung. Sie sollte den nächsten Schritt wagen.

»Was haltet Ihr davon, wenn wir eine gemeinsame Ausfahrt im Hyde Park unternehmen, um diese Freude mit der ganzen Welt zu teilen?« Der Einfall war ihr spontan gekommen. Sie hatte das Gefühl, es würde ihre Verbindung stärken, gemeinsam gesehen zu werden. Nachdem, was Tante Victoria ihr am Tag zuvor erzählt hatte, fand Helen es wichtig, dem *ton* zu zeigen, dass es ihr gutging und sie in ihrer Rolle als Ehefrau aufblühte.

»Wenn das Euer Wunsch ist, komme ich dem selbstverständlich nach.«

Sie ignorierte seine Zurückhaltung und schenkte ihm ein strahlendes Lächeln. »Wie wunderbar. Dann frühstücken wir zu Ende und ziehen uns für eine Kutschfahrt um. Ist eine halbe Stunde genug Zeit für Euch?«

Diese Frage sollte eigentlich er ihr stellen, und das leichte Zucken seiner Mundwinkel zeigte ihr, dass er den Scherz verstand.

»Knapp bemessen, aber ich denke, das bekomme ich hin.« Mit diesen Worten nahm er seine Zeitung auf und versteckte sich erneut dahinter.

Das Gespräch war ein voller Erfolg gewesen. Als Nächstes würde sie versuchen, ihn dazu zu bringen, sie noch einmal zu küssen. Sie musste wissen, ob es wieder so kribbeln würde wie bei ihrer Hochzeit.

Nachdem sie die Gefühle ergründet hatte, die seine Gegenwart in ihr auslösten – und seit sie erkannt hatte, dass er nicht der Teufel war – würde es bestimmt noch besser werden. Nur wie sollte sie erreichen, dass er es tat? Wie brachte man den Ehemann dazu, einen zu küssen? Gab es da ein Patentrezept? Sie nahm sich vor, das so bald wie möglich herauszufinden.

Tage einer Ehe

Gabriel

Wie war es dazu gekommen, dass er mit seiner Frau in einer Kutsche durch den Park fuhr wie ein ganz normaler Gentleman? Fast normal, denn es war eher unüblich, dass die Frau die Zügel in der Hand hielt. *Gib zu, es gefällt dir.* Gabriel lächelte in sich hinein – denn das tat es.

Heute Morgen beim Frühstück hatte er schließlich vor ihrem sprühenden Charme kapituliert und ihrem Wunsch entsprochen. Es war nichts dabei, sich mit ihr zu zeigen. Im Gegenteil, es würde etwaigen Feinden vor Augen führen, dass er bereit war, zu beschützen, was ihm gehörte. Und der Rest des *ton* konnte sehen, dass er seine ehelichen Pflichten ernst nahm. Mit Glück würde die Kunde davon bis zu seiner Verwandtschaft vordringen.

Gabriel war bereit, Frieden zu schließen und in den Schoß der Familie zurückzukehren, wenn sein Vater das auch wollte. Dafür war er sogar bereit, sich so zu benehmen, wie man das von einem Angehörigen der Peerage erwartete.

»Gabriel, bist du das?« Die erstaunte Stimme erklang rechts von ihm, und er drehte den Kopf so, dass er den Mann sehen konnte, der ihn angesprochen hatte. Er saß auf einem Rappen und lupfte gekonnt seinen Zylinder.

»Lighton«, sagte Gabriel erfreut, sobald er den Freund erkannte. »Du bist zurück in London?«

»Seit gestern. Schottland ist mir selbst in den Sommermonaten zu kalt und verregnet.« Baron Lighton schüttelte sich. »Du weißt, ich mochte dieses alte Gemäuer, das meine Mutter so liebt, nie. Da bevorzuge ich die Ländereien meines Vaters in Sussex.«

Lightons Vater war der Earl of Huddleston. In ihren Kindertagen waren sie Nachbarn gewesen und hatten die Sommer gemeinsam auf dem Land verbracht, weil Lighton schon als kleiner Junge seine Eltern ungern nach Schottland begleitet hatte.

»Ich hoffe, deiner Mutter geht es gut?«

»Sie erfreut sich bester Gesundheit.« Der Blick seines Freundes richtete sich auf Helen und er hob die Brauen. Gabriel sollte sie miteinander bekanntmachen, doch alles in ihm sträubte sich dagegen. Lighton war zwar ein Freund, aber auch ein ziemlicher Casanova und damit kein Mann, den man gerne seiner Frau vorstellte. *Hast du Angst, sie könnte sich für ihn interessieren?* Zu seinem Leidwesen lautete die Antwort: Ja.

»Darf ich vorstellen?«, sagte er und behielt Lighton dabei genau im Auge. »Meine Ehefrau, Lady Helen Giddeon, Viscountess Windham.« Er deutete auf sie und dann auf ihn. »Und das, meine Liebe, ist George Burdon, Baron Lighton, mein ältester Freund aus Kindertagen.«

»Viscount? Und dann auch noch von Windham, Glückwunsch. Und ein weiteres Mal verheiratet? Ich war lediglich drei Wochen weg. Unfassbar! Warum hast du nichts gesagt, dann wäre ich zur Hochzeit gekommen.« Er wandte sich Helen zu. »Euer ergebenster Diener, Lady Windham.« Lighton verbeugte sich, so gut es auf einem Pferd sitzend ging. Das Tier tänzelte kurz, blieb jedoch ruhig.

»Ich bin erfreut, Eure Bekanntschaft zu machen«, antwortete Helen und musterte Lighton interessiert, was dazu führte, dass Gabriel mit den Backenzähnen knirschte.

Lighton war ein Schürzenjäger, wie er im Buche stand. Nur wenige Jahre jünger als er selbst, war er nie verheiratet gewesen, sondern unterhielt stattdessen diverse Liebschaften, bevorzugt mit verheirateten Frauen. Das bot einen erhöhten Nervenkitzel, während es gleichzeitig das Risiko minimierte, sich mit enttäuschten Liebschaften herumplagen zu müssen, die seine Avancen falsch aufgefasst hatten. Außerdem frönte er dem Kartenspiel sowie Wetten jeglicher Art. Er war genau wie Gabriel ein jüngerer Sohn und hatte keine echten Verpflichtungen zu erfüllen, was sie früher verbunden hatte.

Lighton war damals einer der wenigen gewesen, der ihn nach seiner Eheschließung mit seiner ersten Frau Nora nicht gemieden hatte. Nach seiner Rückkehr aus Frankreich war ihr Kontakt allerdings nie wieder so eng gewesen wie in Jugendtagen, nicht zuletzt, weil Gabriel nicht gut darin war, Freundschaften zu pflegen. Doch Lighton ließ sich davon nicht abschrecken und war der Einzige, der sich nach wie vor regelmäßig bei ihm meldete.

»Ich glaube, wir hatten noch nie das Vergnügen, Mylady, oder irre ich mich?« Lighton musterte Helen vollkommen unverfroren aus seinen grauen Augen, die Frauenherzen zum Schmelzen brachten. Auch das seiner Frau? Gabriel biss erneut die Kiefer aufeinander. Fand auch sie die Kombination von dunklen Locken und grauen Augen unwiderstehlich? Zwar hatte er überlegt, ihr einen Liebhaber zu erlauben, aber Lighton war ganz sicher der Falsche.

Und überhaupt hatte er sich entschlossen, dass eine Liaison erst zur Debatte stand, wenn der gewünschte Erbe gezeugt war. *Weshalb du dich endlich überwinden solltest, sie in ihrem Bett aufzusuchen, anstatt dich zurückzuhalten.*

»Nicht, dass ich mich erinnern könnte.« Helen sprach höflich und in leichtem Plauderton, was Gabriel beruhigte. Es sah nicht danach aus, als wäre sie von seinem Freund besonders angetan.

»Das sollten wir ändern, denn eine Frau, die es schafft, den guten Giddeon einzufangen, muss etwas ganz Besonderes sein«, sagte Lighton und versuchte, ihren Blick festzuhalten.

Doch Helen blieb unbeeindruckt. »Ich bin sicher, dass wir uns das eine oder andere Mal über den Weg laufen werden«, antwortete sie unverbindlich lächelnd. »Wir beabsichtigen, ab morgen am gesellschaftlichen Leben teilzunehmen.«

»Dann freue ich mich darauf.« Er richtete sich wieder an Gabriel. »Wir sehen uns im Club? Du hast einiges zu erzählen. Ich kann nicht fassen, dass ein alter Griesgram wie du sich so eine reizende Ehefrau angeln konnte.« Er tippte sich an den Hut. »Ich wünsche einen angenehmen Tag.« Gemächlich ritt er davon.

»Ich kann mich nicht daran erinnern, dem Baron je bei einer Veranstaltung begegnet zu sein.« Helen fuhr an, und Gabriel kam nicht umhin, ihre Fahrkünste zu bewundern. Obwohl sie weder die Kutsche noch die Pferde kannte, kontrollierte sie das Gefährt mit minimalen Handbewegungen, als wäre sie schon oft damit gefahren.

»Das liegt daran, dass Lighton jeglichen Anlass meidet, bei dem er eine Ehefrau finden könnte. Hinzu kommt, dass er ein Glücksritter und Spieler ist. Ich bezweifle sehr, dass er jemals in den Hafen der Ehe einlaufen wird.« Gabriel rollte die Augen über sich selbst. Er hatte es nicht nötig, den Freund schlecht zu machen. Deshalb fügte er hinzu: »Seine Qualitäten als Freund und Gentleman schmälert das aber in keinster Weise. Lighton ist mein loyalster und ältester Freund. Ich würde jederzeit meine Hand für ihn ins Feuer legen.« Er erinnerte sich gut daran, wie ihm Lighton vor so vielen Jahren beigestanden hatte. Ohne ihn wäre er vielleicht nicht mehr am Leben.

»Es muss schön sein, einen solchen Menschen an seiner Seite zu wissen.« Hatte sie nie diese Art von freundschaftlicher Zuneigung genossen? Es klang beinahe so.

»Ihr habt doch Eure Schwestern, die Euch sehr zugetan sind.«

»Ja, auf die beiden kann ich mich verlassen, da liegt Ihr richtig. Doch sie befinden sich in Ägypten, wie Ihr sicher wisst.« Dem, was sie nicht sagte, entnahm er, dass sie dadurch sehr einsam sein musste.

»Habt Ihr Freundinnen, die Ihr gern einladen würdet? *Dark Hall* steht ihnen offen. Es ist ebenso Euer Haus wie meins, und Ihr könnt einladen, wen Ihr wollt.«

»Das ist sehr freundlich, doch erst einmal bin ich zufrieden damit, mich einzuleben und Euch kennenzulernen.« Sie tat es erneut. Mit einem einfachen Satz weckte sie eine Hoffnung, von der er geglaubt hatte, sie sei mit Ameline vor vier Jahren endgültig gestorben.

»Versprecht Euch nicht zu viel davon«, murmelte er und lehnte sich nachdenklich zurück. Die unterschiedlichsten Gefühle stritten in ihm um die Vorherrschaft, von denen eines immer stärker wurde: Angst vor ihrer Ablehnung und der Verachtung in ihrem Blick, wenn sie herausfand, wie er wirklich war.

Helen

Die Ausfahrt hatte sich gelohnt. Helen freute sich, Gabriel ein klein wenig näher gekommen zu sein. Er hatte sie die Kutsche lenken lassen und sich kein bisschen an den Blicken gestört, die ihnen das eingebracht hatte. Sie glaubte sogar, dass er es genossen hatte. Jedes Mal, wenn er dachte, unbeobachtet zu sein, war ein verräterisches Zucken um seine Mundwinkel aufgetaucht.

Erst nach der Begegnung mit Lighton war diese düstere Aura zurückgekehrt, die ihn üblicherweise umgab.

Merkwürdig, denn Gabriel schien seinem Freund ehrlich zugetan zu sein. Ihr war nicht entgangen, dass der Mann versucht hatte, mit ihr zu flirten. Sie hoffte, dass Gabriels Reaktion darauf von Zuneigung zu ihr bestimmt war und nicht von männlichem Besitzdenken. Waren das die ersten Anzeichen einer echten Beziehung zwischen ihnen?

So schwer es ihr fiel, das zuzugeben: So richtig schlau wurde sie nicht aus ihrem Gemahl. Doch sie würde nicht aufgeben.

Nach ihrer Rückkehr ins Haus verabschiedete sich Gabriel von ihr und ging in sein Arbeitszimmer.

Also beschloss Helen, mit der Umgestaltung ihres Schlafzimmers zu beginnen. Der Raum war nicht hässlich oder abweisend, aber sie hatte noch nie die Möglichkeit gehabt, ein Zimmer komplett so einzurichten, wie es ihrem Geschmack entsprach. Bei ihren Eltern hatte sie im Kinderzimmer gelebt und später bei William und Georgina den Raum so gelassen, wie die beiden ihn ihr zugewiesen hatten. Genauso war es bei den Castletons gewesen. Hier in *Dark Hall* hatte sie zum ersten Mal freie Hand und beschloss, der Bond Street einen Besuch abzustatten, um sich ein Bild von den Möglichkeiten zu machen.

Mehrere Stunden später kam sie erschöpft, aber glücklich zurück. Sie hatte eine neue Einrichtung und neue Lampen ausgesucht, modern und ohne die wuchtigen Schnörkel, die das letzte Jahrhundert bestimmt hatten. James trug mehrere Musterbücher mit Stoffen und Tapeten ins Haus, die sie in den nächsten Tagen durchsehen wollte. Sie veranlasste, dass diese in die

Bibliothek gebracht wurden, und begegnete auf dem Weg nach oben Mrs Pullock.

»Mylady, gut, dass Ihr zurück seid. Ich muss Euch leider mitteilen, dass wir das Dinner heute von außerhalb besorgen müssen, und wollte Euch fragen, wie Eure Wünsche diesbezüglich aussehen. Seine Lordschaft hat sich für den Abend verabschiedet. Ich soll Euch ausrichten, dass er einen Freund im Club trifft.«

Er hatte also vor, mit Baron Lighton zu speisen. Eine Tatsache, die Helen einerseits freute, ihr andererseits vor Augen führte, wie gern auch sie jemanden gehabt hätte, mit dem sie reden konnte. Leonore kam ihr in den Sinn, und zum ersten Mal seit jenem verhängnisvollen Tag auf dem Ball der Whitesporns zog sie es in Erwägung, der Freundin zu verzeihen. Sie hatte es ja nur gut gemeint und nicht wissen können, was geschehen würde. Falls Leonore versuchen sollte, mit ihr in Kontakt zu treten, würde sie sich mit ihr treffen. Helen war es ihr schuldig, sie zumindest anzuhören.

Wichtiger war allerdings erst einmal das Abendessen. »Ist die Köchin unpässlich?«, fragte sie und öffnete die Tür zu ihrem Zimmer.

»Mrs Dundees Tochter ist erkrankt, und seine Lordschaft hat ihr frei gegeben, um sie zu pflegen.«

»Wie überaus großzügig von ihm.« Helen löste die Schleife ihres Hutes und legte ihn auf ihrer Kommode ab.

»Das ist es zweifellos. Er wird von vielen unterschätzt«, sagte Mrs Pullock in einem Tonfall, der Respekt zeigte, aber dennoch andeutete, dass sie auch Helen dazu zählte. »Ich hoffe, Ihr habt Euch gut bei uns eingelebt. Und verzeiht mir die Dreistigkeit, aber ich möchte Euch sagen, dass ich seine Lordschaft nur selten so guter Laune gesehen habe wie heute Morgen. Eure Gegenwart tut ihm gut.«

»Wie lange stehen Sie bereits in seinen Diensten?«

»Seit knapp vier Jahren, Mylady. Die meisten sind etwa zur gleichen Zeit eingestellt worden. Das war kurz nach dem Tod der letzten Mrs Giddeon.«

»Mein Mann hat sein gesamtes Personal ausgetauscht?« Das erschien ihr doch eine recht drastische Maßnahme.

»Nicht alle. Der Stallmeister ist geblieben, soweit ich weiß, genau wie sein Kammerdiener. Ich nehme an, die anderen Dienstboten haben ihn zu sehr an glücklichere Zeiten erinnert.« Sie winkte ab. »Aber was rede ich. Ihr habt mir noch nicht gesagt, was Ihr zum Abendessen wünscht.«

»Wir haben doch sicher Brot und Schinken im Haus? Und Obst zum Nachtisch. Wegen mir muss sich niemand Mühe machen.«

»Da wäre ... Ich habe zusammen mit dem Küchenmädchen eine Suppe für die Dienstboten zubereitet. Darf ich Euch davon etwas anbieten?«

»Sehr gern. Lasst sie bitte in die Bibliothek bringen. Ich werde mich mit Tapeten- und Stoffmustern beschäftigen. Stellen Sie sich auf Handwerker und Umbaumaßnahmen ein. Ich habe vor, den unteren Salon, das Speisezimmer und mein Zimmer neu einrichten zu lassen. Wenn es nicht zu große Umstände macht.« Es war ungewohnt, Dinge selbst zu entscheiden, und Helen unterdrückte das Bedürfnis, sich für die Unannehmlichkeiten, die sie dem Personal bereitete, zu entschuldigen.

»Was für eine wundervolle Idee, Mylady.« Mrs Pullock nickte anerkennend und lächelt breit. »Es wird Zeit, dass jemand frischen Wind in dieses Haus bringt. Wenn es jemand schafft, ein Haus mit dem Namen *Dark Hall* in einen fröhlicheren Ort umzugestalten, seid Ihr es.«

Helen dankte ihr die Worte mit einem Lächeln und hatte zum ersten Mal seit ihrer Verlobung das Gefühl, dass am Ende alles gut werden konnte.

Auf dem Weg nach Sussex

Helen

Helen schlug die Augen auf und sah nur Dunkelheit. Irgendetwas hatte sie geweckt, doch sie war nicht sicher, was. Ein leises Klicken ... schloss sich ihre Zimmertür?

Alarmiert drehte sie den Kopf in Richtung des Geräusches und sah ihren Mann mit einer brennenden Kerze mitten im Raum stehen.

Er trug nach wie vor seine Abendgarderobe und musterte sie aus gebührender Entfernung. Neben der spärlichen Helligkeit seiner Kerze gab es nur eine andere Lichtquelle: das Mondlicht, welches durch das Fenster direkt auf ihr Bett fiel. Es vermochte zwar nicht das ganze Zimmer zu erhellen, doch es enthüllte ihre bloßen Schultern und Schlüsselbeine unter den dünnen Trägern des feinen Nachtgewands, das für ihre Hochzeitsnacht bestimmt gewesen war. Sie mochte den weichen Seidenstoff auf der Haut und fand, dass es zu schade war, um ungenutzt im Schrank zu liegen.

Gerade wünschte allerdings ein Teil von ihr, sie hätte ein hochgeschlossenes Gewand gewählt und keines, welches die Ansätze ihrer Brüste so schamlos unbedeckt ließ. Denn sein Blick war eindeutig auf diese

Stelle gerichtet. Um seine Lippen erschien ein Zug, den sie schon an dem Tag, als sie ihn nackt in der Badewanne vorgefunden hatte, bei ihrem Gatten gesehen hatte. Sie ahnte, dass es mit dem zu tun hatte, was zwischen Mann und Frau im Schlafzimmer vorging. So musste es sein, denn in ihrem Inneren weckte dieser Blick eine Hitze, die sich langsam von ihren Wangen über die Brust bis in den Bauch ausbreitete – und tiefer.

Warum war er hier? Hatte er seine Meinung geändert und wollte die Hochzeitsnacht jetzt nachholen? Hatte er getrunken, was dafür sorgte, dass seine dunklen Triebe, von denen ihre Tante gesprochen hatte, die Oberhand gewannen?

Helen hatte wenig Erfahrung mit derlei Dingen, doch Georgina hatte einmal erwähnt, dass Männer sich mitunter merkwürdig benahmen, wenn sie unter dem Einfluss von Alkohol standen. Das war der Grund, warum sie nach Williams Tod das Herrenhaus, in dem der neue Baron lebte, nicht mehr betreten hatten.

»Habt keine Angst«, erklang seine leise Stimme, die eine Nuance tiefer und rauer war, als Helen sie bisher wahrgenommen hatte. »Ich bin lediglich hier, um Euch mitzuteilen, dass wir morgen in aller Frühe nach *Windham Manor* aufbrechen, meinem Landsitz.«

»Nach Sussex?«

»Richtig. Es wird uns guttun, mehr Zeit miteinander zu verbringen, um uns besser kennenzulernen und zu entscheiden, wie unsere Zukunft aussehen soll.« Seine Worte klangen wie auswendig gelernt, so schnell brachen sie aus ihm heraus. Er sah sie nicht mehr an, sondern fand besonderen Gefallen am Fußboden.

»Wenn es Euer Wunsch ist.«

»Das ist es. Wir reisen gleich nach dem Frühstück ab. Ich wünsche eine angenehme Nacht.« Sie meinte noch die Andeutung einer Verbeugung zu erkennen, bevor er hinausstürmte und die Tür hinter sich zuschlug. Verwirrt saß sie im Bett und starrte noch eine Weile auf die Tür, halb hoffend, halb bangend, dass er zurückkommen würde, doch das tat er nicht.

Also ließ sie sich zurücksinken, und ihre Gedanken begannen zu wandern. Eine Fahrt nach Sussex bedeutete mindestens zwei Tage gemeinsam in einer Kutsche – und in Gasthäusern. Das war die ideale Gelegenheit, ihn dazu zu bringen, sie noch einmal zu küssen. Aber wie sollte sie das am besten anstellen? Ein Kleid mit gewagtem Ausschnitt? Eine Ohnmacht vortäuschen, um in seine Arme fallen zu können? Oder beides?

Ein anderer Gedanke kam ihr, und sie machte sich eine geistige Notiz, es am Morgen nicht zu vergessen. Wenn sie auf unbestimmte Zeit in Sussex war, würde sie Anweisungen bezüglich der geplanten Umbauarbeiten hinterlassen müssen. Oder sollte sie diese besser verschieben, bis sie zurück war?

Mit sich hadernd ob all dieser offenen Fragen fiel sie allmählich zurück in den Schlaf.

Gabriel

Mit geschlossenen Augen stand er vor der Schlafzimmertür seiner Frau und versuchte, sein aufgewühltes Inneres zu beruhigen. Ihr schlafender Anblick im

Mondlicht hatte ihn beinahe um den Verstand gebracht. Gott sei Dank war sie erwacht, bevor er sich zu etwas hatte hinreißen lassen, das er später bereut hätte.

Die engelsgleiche Silhouette ihres schlafenden Körpers, silberglänzend im schwachen Licht des Mondes, hatte sich trotzdem in sein Gehirn gebrannt. Der Schwung ihres linken Oberarms, neben ihrem Kopf, ihre leichtgeöffneten Lippen und der Ansatz ihrer Brüste in diesem Hauch von Nichts, das sie trug.

Selbst als sie sich verschlafen aufgesetzt hatte, war sein Blick an ihr haften geblieben. Wie hätte es auch anders sein können? Sie hatte weder verschämt die Decke bis zum Hals gezogen noch ihn aufgefordert, sich umzudrehen, sondern einfach im Bett gesessen, als sei es vollkommen selbstverständlich, dass er sie so sah.

Zum Glück war ihm wieder eingefallen, was er von ihr zu dieser Stunde wollte, und er hatte den Rückzug antreten können, bevor seine untere Körperregion das Denken übernahm. Er spürte seine Männlichkeit gegen die Breeches drücken und lachte leise. Wenn das so weiterging, würde er diese Ehe schneller vollziehen als geplant. Oder er musste sich an anderer Stelle Erleichterung verschaffen, doch diesen Gedanken verwarf er sofort. Er würde sich erst eine Geliebte suchen, wenn auch sie einen anderen hatte. Und dafür war er noch nicht bereit.

Also blieb ihm nur die Möglichkeit, sich selbst zu helfen. Denn eines war vollkommen sicher: Komplett unterdrücken konnte er die Erregung, die sie in ihm auslöste, nicht. Vorläufig würde er sich mit Fantasien begnügen, aber damit konnte er sich abfinden. Denn es bedeutete auch, dass er sein wahres Ich und dessen unziemlichen Gelüste noch eine Weile vor ihr verbergen konnte.

Seufzend ging er in sein Schlafzimmer. Seine dunklen Neigungen waren im Moment allerdings nicht sein Problem.

Jetzt war erst einmal wichtig, sie aus London wegzubringen.

Helen

Sie hatte beinahe vergessen, wie sehr sie Kutschfahrten hasste, wenn sie selbst nicht lenken durfte. Reisen war langweilig und ermüdend. Gabriel hatte bereits in London verkündet, dass er arbeiten müsse und nicht gestört werden wolle. Er saß ihr gegenüber, den Reisesekretär auf den Knien und vertieft in seine Korrespondenz.

Auch sie hatte einen Brief an Georgina und Phoebe verfasst, jedoch die letzte Stunde damit verbracht, die am Fenster vorbeiziehende Landschaft zu betrachten und ihren Gedanken nachzuhängen.

Hin und wieder erhaschte sie einen Blick auf James, der neben der Kutsche ritt. Auf der anderen Seite begleitete sie Gabriels Kammerdiener, ebenfalls zu Pferd. Auf dem Kutschbock saßen zwei kräftige Angestellte, die Helen noch nie gesehen hatte. Sie kannte den Grund für dieses Aufgebot an Männern nicht und musste sich mit dem begnügen, was ihr Mann erzählt hatte. ›Reisen sei grundsätzlich gefährlich‹, hatte er verkündet, und durch seine ablehnende Haltung und den mürrischen Tonfall deutlich gemacht, dass er nicht weiter darüber reden wollte.

Für Helen klang es nach einer schwachen Ausrede. Die Straßen im Königreich waren sicher. Wegelagerer gab es kaum, und wenn, dann waren sie nicht so dumm, geschlossene Kutschen zu überfallen, in denen sich bewaffnete Männer aufhalten konnten.

Hatte seine Vorsicht einen anderen Grund?

»Erzählt mir von Eurer Kindheit.« Gabriels Frage riss sie aus ihrer Lethargie und ließ sie blinzeln.

»Meiner Kindheit?« Sein ungewohntes Interesse an ihr raubte ihr die Worte, sodass sie nur fähig war, seine zu wiederholen.

»Ja. Wo seid Ihr aufgewachsen, bevor Eure Eltern starben?«

»Mein Vater hatte ein kleines Anwesen zwischen Bristol und Gloucester. Nichts Großes oder Eindrucksvolles, aber wir haben es geliebt. Von unserem Haus aus konnte man in der Ferne das Meer sehen. Phoebe hat das immer fasziniert. Sie liebt diese raue Wildheit und ist gerne durch die Wälder gestreift, die an unser Land grenzten. Ihre Kleider waren abends oft zerrissen und fast so schmutzig wie sie selbst. Bei mir war das anders. Wir sind zwar Zwillinge, aber wir waren von klein auf recht unterschiedlich. Im Gegensatz zu ihr bin ich gern zu Hause geblieben und habe Handarbeiten erledigt, Schach gespielt oder gelesen.«

»Habt Ihr dort auch das Kutschieren gelernt? Von Eurem Vater?«

Helen schüttelte den Kopf. Der Gedanke, ihr Vater könne ihr irgendetwas über Pferde beigebracht haben, erheiterte sie. »Mein Vater hat niemals einen Zügel in der Hand gehalten. Er konnte mit Pferden nichts anfangen und ist nur selten geritten. Es war Georginas erster Mann William, der mir das nahegebracht hat. Nach dem Tod unserer Eltern war ich untröstlich, und niemand schaffte es, mich aus meinem Schneckenhaus zu holen. William hatte die Idee, mich zu Kutschfahrten mitzunehmen und ließ mich ab und zu die Zügel führen. Ich fand großen Spaß daran.« Sie zuckte mit den Schultern und spürte ein Lächeln auf ihren Lippen. »Es gibt mir das Gefühl, selbst die Kontrolle zu haben. Ich bestimme die Richtung, in die wir fahren, genauso wie die Geschwindigkeit. Zu meinem dreizehnten Geburtstag schenkte er mir einen Sulky, und ich ...« *begann, Rennen zu fahren*, hatte sie sagen wollen, verkniff es sich jedoch.

Das würde er mit Sicherheit nicht verstehen. Wagenrennen war kein Sport für Frauen. Genaugenommen war sie auch nur gegen männliche Jugendliche aus der unmittelbaren Umgebung gefahren. Zwar hatte niemand etwas dagegen gesagt, aber ihr war stets klar gewesen, dass sie diese Leidenschaft irgendwann würde aufgeben müssen. Einer Dreizehnjährigen auf dem Land ließ man so etwas vielleicht durchgehen, einer Viscountess in London sicher nicht.

»Und Ihr?« Gabriel beugte sich vor. »Was wolltet Ihr sagen? Keine Scheu, ich bin der Letzte, der Euch für irgendetwas verurteilen würde.«

Sein Blick war offen, sein Lächeln ehrlich.

Helen glaubte ihm.

Wenn sie Vertrauen aufbauen wollte, sollte sie jetzt damit anfangen. »Ich bin Rennen gegen die jungen Männer der Umgebung gefahren«, gestand sie, bevor sie der Mut verließ.

»Wagenrennen? Mit einem Sulky? Auf dem Land? Ist das nicht gefährlich?« Seine Mundwinkel hoben sich, und seinen Augen glitzerten amüsiert.

»Nur wenn man nicht weiß, was man tut.« Sie reckte das Kinn nach vorn, merkte aber schnell, dass sein Lächeln ansteckend war, und entspannte sich.

»Ihr müsst gegen mich fahren«, sagte er und unterstrich diesen Vorschlag mit einem Händereiben. »In meiner Jugend bin ich selbst Rennen gegen Freunde gefahren. Zugegeben, das ist einige Jahre her, doch bilde ich mir ein, es nicht verlernt zu haben.«

»Ihr seid ein versierter Kutscher, das ist mir aufgefallen.« Es lag ihr fern, ihm zu schmeicheln, doch sie fand, dass sie durchaus die Wahrheit sagen durfte.

»Danke, das Kompliment gebe ich gern zurück.« Ihre Blicke trafen sich, und zum ersten Mal fielen ihr die grünen Sprenkel in seinen Augen auf. Es mochte am Lichteinfall liegen, dass sie nicht mehr braun wirkten. Gerade erkannte sie helle Punkte darin, die sie an tanzende Sterne erinnerten. Ihr Herz raste beinahe, als schlüge ein Schmetterling mit seinen Flügeln stürmisch gegen ihren Brustkorb. Alles nur ausgelöst durch einen Blick.

Wie viel intensiver musste das Gefühl sein, wenn er sie berührte? Leider saß er ihr gegenüber, und die Kutsche war derart geräumig, dass nicht einmal ihre Beine Gefahr liefen, aneinanderzustoßen. Die Seiten zu wechseln und sich neben ihn zu platzieren wagte sie nicht. Doch es war Zeit, ein heikles Thema anzusprechen, das sie beschäftigte.

»Wie werden wir übernachten?«, fragte sie in die Stille hinein und sah ihn unverwandt an. Er hielt ihrem Blick stand.

»In einem Gasthaus«, antwortete er langsam. »In getrennten Zimmern, wenn Ihr das wünscht.«

Langsam fuhr sie sich mit der Zunge über die Lippen. Ihre Kehle war trocken, genau wie ihr Mund. »Und wenn ich es nicht wünsche?«, fragte sie leise.

Die Worte hingen zwischen ihnen. Helen vermeinte, ein leichtes Zucken seiner Augenbrauen wahrzunehmen, welches auf Erstaunen hinwies.

»Wir sind immerhin verheiratet, da ist es doch normal, sich ein Zimmer zu teilen«, setzte sie nach, den Blick weiter auf ihn gerichtet. Sie spürte, dass ihre Worte etwas bei ihm auslösten. Fühlte er ähnlich wie sie? Trotz aller Abwehr? »Selbst Georgina und William haben es auf Reisen so gehalten, auch wenn sie zu Hause niemals gemeinsam übernachtet haben.«

»Ihr unterschätzt die Lautstärke meines Schnarchens. Selbst ich schlafe nur ungern im selben Zimmer mit mir. Außerdem sagt man mir nach, dass ich dazu tendiere, gutaussehende junge Frauen zu belästigen, die sich nachts in mein Zimmer wagen. Nicht dass ein Wort davon wahr wäre.« Er lächelte kläglich und hob dabei nur einen Mundwinkel, wie er es oft tat, wenn er eine seiner zynischen Bemerkungen über sich selbst machte. »Ich dachte, es sei Euch lieber, wenn Ihr allein schlaft.«

»Ist es nicht«, antwortete sie wahrheitsgemäß. Sie nahm ihren Mut zusammen, denn sie wollte ein für alle

Mal geklärt haben, wie es zwischen ihnen stand. »Dieses ... Arrangement ... Es ist ... Bereut Ihr diese Ehe? Habt Ihr vor, sie annullieren zu lassen?«

»Was? Nein!« Die Heftigkeit seiner Reaktion überraschte sie. »Ist es wegen des Vollzugs der Ehe? Ich habe Euch doch erklärt, wie ich darüber denke. Für mich ... Also, es braucht ...« Fluchend schüttelte er den Kopf. »Ich habe nicht vor, die Ehe aufzulösen. Wir werden ...« Er schloss die Augen. »Lasst uns abwarten, bis es so weit ist – bis Ihr so weit seid.«

Es lag ihr auf der Zunge, zu sagen, dass das der Fall war, doch seine Miene hielt sie davon ab. Es lag eine Warnung in der Art, wie er die Augen und den Mund zusammenkniff, dass sie lieber stumm blieb.

»Wenn Ihr es wünscht, werden wir uns ein Zimmer teilen«, fügte er hinzu. »Das erleichtert es mir, für Eure Sicherheit zu sorgen.« Er drehte den Kopf und schien mit einem Mal die vorbeiziehende Landschaft ihr vorzuziehen.

Helen entspannte sich wieder. Der erste Schritt auf ihrem Weg zu einer Annäherung war getan. Nun harrte sie gespannt der Dinge, die da kommen würden.

Ein heikles Gespräch

Gabriel

Wie stellte sie das nur an? Diese Frau besaß eine unheimliche Begabung dafür, ihn um den Verstand zu bringen. Noch vor einer Stunde hätte er geschworen, eher im Stall zu schlafen, bevor er mit ihr ein Zimmer teilte. Nicht, weil er sich das nicht vorstellen konnte. Im Gegenteil. Der Gedanke, sie noch einmal zu küssen, sie an sich zu reißen und schamlos ihren Körper zu erkunden, drängte sich jedes Mal in den Vordergrund, wenn sie ihn anlächelte. Genau deshalb versuchte er, so viel Abstand zu halten wie möglich.

Andererseits waren ihre Ängste nicht unbegründet. Das Nichtvollziehen der Ehe war ein anerkannter Annullierungsgrund. Verständlich, dass sie den Verdacht hegte, er bliebe dem Ehebett aus diesem Grund fern. Wenn er darüber nachdachte, klang es auch viel plausibler als seine fadenscheinigen Erklärungen. Leider konnte er ihr lediglich versichern, dass sie sich irrte, denn er war noch nicht so weit, ihr die Wahrheit zu sagen.

Die Versuchung war zwar groß, aber er konnte sich nicht dazu durchringen, Dinge von ihr zu verlangen, zu denen sie nicht bereit war. Unanständige Dinge, für die sie ihn zutiefst verachten würde. *Und was, wenn ihr gefällt, was du dir ersehnst?* Diese Vorstellung war noch schlimmer, denn sie weckte Hoffnungen, denen er sich nicht hingeben durfte.

Fürs Erste musste er die nächsten beiden Nächte überstehen. Eine oder zwei gemeinsame Übernachtungen würden ihn nicht umbringen, auch wenn sie seine Selbstbeherrschung auf eine harte Probe stellten. Er konnte nichts gegen die Bilder in seinem Kopf tun, die ihr Vorschlag heraufbeschworen hatte.

Sie, unschuldig schlafend auf dem Bett, wenn er von einer letzten Besprechung mit seinen Männern zurück ins Zimmer kam. Er, der sein Krawattentuch ablegte, dann ihre Handgelenke umfasste und ... Ihm entfuhr ein Schnauben, und ganz schnell verschloss er diese Fantasien in der dunkelsten Kammer seines Bewusstseins.

Sie war noch nicht so weit, würde es vermutlich nie sein, und letztendlich war das besser für sie. Er durfte sie nicht in den Strudel dunkler Begierden hineinziehen, die sein Innerstes bestimmten.

Da ihm die unbehagliche Stille zu viel Zeit zum Nachdenken gab, beschloss er, das Gespräch wieder aufzunehmen. »*Windham Manor* ist der Ort, an dem ich viele Jahre meiner Kindheit verbracht habe.«

Sie drehte den Kopf zu ihm, und das leichte Lächeln verdeutlichte, wie sehr sie sich darüber freute, dass er das Schweigen brach. »Aber es ist nicht Euer Familiensitz?«

»Richtig. *Kadwell Castle* liegt weiter im Norden, in Yorkshire.«

»Wie kommt es dann, dass Ihr Eure Kindheit im Süden verbracht habt?«

»Meiner Mutter gefällt der Familiensitz nicht. Ich nehme an, es erinnert sie zu viel an ihre Vorgängerin, die verstorbene Duchess. *Kadwell Castle* atmet förmlich Geschichte und adlige Borniertheit. *Windham Manor* dagegen war recht vernachlässigt und heruntergekommen. Vater hat es für sie instand setzen lassen.« Er seufzte. »Natürlich nach seinen Vorstellungen. Er liebt Pferde – eines der wenigen Dinge, die wir gemeinsam haben. Deshalb ist ein Gestüt mit Rennbahn angeschlossen, welches allerdings derzeit nicht genutzt wird. Vater kommt nicht mehr oft. Seine Tiere, die er für Rennen züchtet, sind inzwischen in seinem Gestüt in *Kadwell Castle*. Und mit der Übertragung des Titels gehört *Windham Manor* nun mir.«

»Dann habt Ihr dort keine Pferde mehr?« Helen klang etwas enttäuscht.

»Doch, natürlich. Achtundzwanzig müssten es derzeit sein, wenn ich mich nicht irre. Aber sie sind nicht zur Zucht dort. Die meisten sind ältere Tiere, die ich in London erstanden habe. Die jüngeren dienen als Reit- oder Kutschpferde, wenn sie nicht auf den Feldern der Umgebung eingesetzt werden.«

»Es ist äußerst großherzig von Euch, vernachlässigte Tiere aufzunehmen.« Ihr Lächeln kam so von Herzen, dass er nicht anders konnte, als sie erneut auf Distanz zu halten. Wo sollte das nur hinführen?

»Warum anderen den Spaß überlassen, sie zu Tode zu quälen?«, wehrte er deshalb ab.

Es erschien ihm falsch, sich mit seinen guten Taten zu brüsten, weil sie nur ein kläglicher Versuch waren, sich von seinen unverzeihlichen Fehlern freizukaufen.

»Wart Ihr glücklich dort?« Helen überging seine letzten Worte. Sie verstand offensichtlich, dass er nicht darüber reden wollte. Das gefiel ihm, auch wenn ihre Frage seltsam war.

»Ja«, antwortete er spontan und positiv überrascht. »Ich bin immer gern von der Schule nach Hause gekommen und habe die Sommer mit meinen Schwestern genossen.«

Mit Beginn seines Studiums in Oxford waren die Aufenthalte auf *Windham Manor* von Jahr zu Jahr kürzer geworden. Heutzutage verbrachte er kaum noch Zeit dort. Seine Schwestern und seine Mutter nutzten das Haus als Sommerresidenz. Dieses Jahr wollte er das zum ersten Mal wieder selbst tun. Die Vorstellung, mit seiner ganzen Familie den Sommer zu verbringen, sorgte für eine sonderbare Wärme in seiner Brust. *Es ist nicht deine ganze Familie. Nathaniel wird nicht da sein, und Vater auch nur selten, wenn überhaupt.* Die Wärme schwand, und Gabriel kräuselte selbstironisch die Lippen.

»Wie viele Schwestern habt Ihr?«

»Fünf«, antwortete er mit einem leicht gequälten Gesichtsausdruck und dankbar, dass sie seine Gedanken von Vater und Bruder ablenkte. »Zwei ältere und drei jüngere. Bei uns im Haus war es nie langweilig. Wir werden eine von ihnen treffen. Penelope, meine jüngste Schwester. Sie lebt ständig in *Windham Manor*. Sie kann London wenig abgewinnen und hat es sich in den Kopf gesetzt, die Menschen im Dorf zu unterrichten.«

»Sie arbeitet als Lehrerin in einer Schule?«

»Es ist keine Schule im eigentlichen Sinn, und sie wird auch nicht nur von Kindern besucht. Penelope lehrt jeden, der es will, Lesen, Schreiben und die Grundlagen des Rechnens. Unentgeltlich.«

»Was für eine wundervolle Idee!« Helen richtete sich auf und strahlte. »Darf ich ihr dabei zusehen? Oder noch besser: helfen?« Der Eifer in ihrer Stimme führte ihm unweigerlich ihre Jugend vor Augen. Genau wie Penelope mit ihren vierundzwanzig Jahren verfügte seine Frau über eine Begeisterungsfähigkeit, die ihm abhandengekommen war. Wenn er sie denn je besessen hatte. Mit neunzehn war er ein arroganter Junge gewesen, der dachte, er könne die Welt erobern. Mit vierundzwanzig hatte er als Witwer jegliche falsche Hoffnung verloren.

»Selbstverständlich«, antwortete er freundlich.

Sie klatschte freudig strahlend in die Hände, und er kam sich unendlich alt vor.

Die Kutsche hielt und unterbrach ihre Unterhaltung. Sie hatten ihren Zielort für die Nacht erreicht, und Gabriel musste die Unterkunft arrangieren.

»Ich kümmere mich um alles Nötige und hole Euch dann.« Er bemühte sich, möglichst distanziert zu klingen, um die Nähe, die sich eben zwischen ihnen entwickelt hatte, abzumildern, bevor sie sich das Zimmer teilen würden.

Mit einem knappen Nicken verabschiedete Gabriel sich und ging in Richtung Gasthaus. So langsam fragte er sich, ob es wirklich eine gute Idee gewesen war, London zu verlassen. Bestimmt nicht für seinen Seelenfrieden. Aber Lighton hatte ihm dringend geraten, Helen für eine Weile an einen sicheren Ort zu bringen. Hinzu kam, dass James mehrfach das Gefühl gehabt hatte, beobachtet zu werden. Gabriel hatte zwar keinen Verfolger ausmachen können, aber er vertraute den Instinkten des Mannes. Also hatte er kurzerhand entschieden, die Stadt zu verlassen, und *Windham Manor* bot sich an. Dort waren sie weit weg von London und Fremde würden sofort auffallen. Außerdem konnte er so besser ein Auge auf sie haben und abwarten, was sein Freund in London währenddessen herausfand.

Aber erst einmal musste er die kommende Nacht in unmittelbarer Nähe der schönen Helen überstehen.

Helen

Beklommen betrat Helen das Zimmer, in dem sie die Nacht verbringen würden. Endlich war der Zeitpunkt gekommen.

Auf ihren eigenen Wunsch hin würde sie zusammen mit ihrem Mann in einem Raum schlafen. Sie bereute die Entscheidung nicht, doch bereitete ihr der Umstand Sorge, dass sie nicht genau wusste, was er von ihr erwartete.

Ein Vollzug der Ehe war nicht vorgesehen, das hatte er deutlich gemacht. Dazu war er erst bereit, wenn sie *so weit war*, was auch immer das bedeuten mochte. Hatte er nicht gesagt, sie könne ihn alles fragen? Dazu gehörte auch, woran er zu erkennen gedachte, dass sie *so weit war.* Oder was sie dafür tun musste. Sollte sie diese Frage wagen? Vielleicht ergab sich dazu später eine Gelegenheit.

Helen stellte ihre Reisetasche ab, in der sie das Nötigste für die Fahrt mit sich führte. Sie reiste ohne Zofe. Gabriel hatte ihr versichert, dass es auf *Windham Manor* genug Personal gab, das diese Aufgabe übernehmen könne. Dadurch hatte Betsy Gelegenheit, ihrer niederkommenden Schwester zur Seite zu stehen. Die Zofe war zu Tränen gerührt gewesen, als sie gehört hatte, dass sie zu diesem Zweck frei bekommen würde.

Bis zu ihrer Ankunft auf *Windham Manor* würde Helen also mit dem zurechtkommen müssen, was in diese Tasche passte. Einen Vorteil hatte es: Es würde ihren Gatten zwingen, sich ihr zu nähern. Danach zu urteilen, was sie über Männer und ihre Begierden gehört hatte, konnte es einen Mann erregen, wenn er das Kleid einer Frau aufknöpfte.

»Ich habe das Abendessen aufs Zimmer bestellt«, hörte sie ihn hinter sich. »Das erspart uns den überfüllten Gastraum.«

»Danke«, sagte sie und sah sich um. »Ich würde mich vor dem Essen gern frisch machen und das Reisekleid ablegen.« Sie zog ihren Spencer aus. »Wenn Ihr mir mit dem Kleid behilflich sein könntet?« Sie drehte sich so, dass sie ihm den Rücken zuwandte, und wartete mit angehaltenem Atem auf seine Reaktion.

Zuerst geschah nichts, und sie dachte schon, er würde ihre Bitte ignorieren, doch dann vernahm sie seine Schritte auf dem Holzboden. Ohne das Wort an sie zu richten, stand er auf einmal hinter ihr, und sie spürte seine Finger an den kleinen Knöpfen nesteln. Genaugenommen berührte er sie nicht, und dennoch durchlief sie ein wohliges Schaudern.

Routiniert öffnet er die Knöpfe beinahe so schnell, wie Betsy es getan hätte, und entfernte sich dann wieder.

»Ich überlasse Euch ... was immer Ihr vorhabt, und schaue noch einmal nach den Pferden und den Männern.« Wie in der Nacht in ihrem Schlafzimmer klang seine Stimme eine Nuance tiefer. Ob das etwas mit männlicher Erregung zu tun hatte? War er überhaupt in beiden Situationen erregt gewesen? Woran würde sie das erkennen?

Sie faltete die Arme vor der Brust, um das Kleid am Herunterrutschen zu hindern, und sah ihn gerade noch durch die Tür verschwinden. Er musste beinahe gerannt sein, um sie so schnell zu erreichen. War er vor ihr geflüchtet oder lag sie richtig mit ihrer Vermutung? Oder gar beides?

Nicht zum ersten Mal verfluchte sie die Gesellschaft, die es jungen Frauen verbot, über derlei Dinge Bescheid zu wissen. Wie viel einfacher wäre das Leben, wenn sie die Reaktionen ihres Mannes deuten könnte oder nicht fragen müsste, was er mit gewissen Andeutungen meinte.

Gabriel

Er rannte vor ihr weg wie ein unerfahrener, verschreckter Schuljunge. Seine Finger hatten bei jedem dieser verdammten Knöpfe mehr gezittert, zwischen seinen Beinen wuchs ein Verlangen, dem er kaum Herr wurde, und seine Frau schien sich nicht einmal bewusst zu sein, wie sehr sie ihn eben gereizt hatte.

Wie gerne hätte er mit den Fingerspitzen ihre nackte Haut berührt. Die Gänsehaut gesehen, die sich dabei unweigerlich gebildet hätte. Ihren Nacken geküsst und sie gepackt ... Verdammt! Er musste diese Bilder loswerden, bevor sie sich zum Schlafen legten, sonst konnte er für nichts garantieren.

Gerade hatte er den Schankraum erreicht und überlegte, ob er in den Stall gehen sollte, als ein lautes »Mylord!« ertönte.

Arnaud, sein Kammerdiener, saß allein an einem Tisch und winkte ihm zu. Gabriel überlegte nicht lange. Die Gesellschaft eines Mannes, der ihn verstand, war genau das, was er jetzt brauchte.

»Na, hat sie Euch schon vertrieben?« Arnauds amüsierte Miene entlockte Gabriel ein Stöhnen.

»Frag nicht.«

Arnaud klopfte mit der Hand neben sich auf die Bank, und Gabriel setzte sich zu seinen langjährigen Gefährten. Sie hatten sich vor über zehn Jahren in Paris kennengelernt. Kennengelernt war übertrieben. Sie waren zur gleichen Zeit am falschen Ort gewesen, in einem Bordell mit einschlägigem Ruf, das einer Kontrolle unterzogen wurde. Weder er noch Arnaud hatten großen Wert darauf gelegt, den Herren Rede und Antwort zu stehen, also waren beide auf den Gedanken gekommen, die Flucht über die Dächer von Paris anzutreten. Dabei waren sie sich gegenseitig an so manchem Vorsprung zu Hilfe gekommen und hatten den Abend gemeinsam in einer Schenke mit viel Schnaps ausklingen lassen.

Am nächsten Morgen hatte Gabriel Arnaud, der eigentlich von Beruf Schneider war, als Kammerdiener eingestellt. Durch seinen Lebenswandel und die Gefahren, denen er sich und seine Garderobe hin und wieder aussetzte, war diese Position in Gabriels Haushalt einmal mehr unbesetzt gewesen. Seitdem begleitet ihn Arnaud in allen Lebenslagen, als Kammerdiener, Kutscher und Sparringspartner beim Boxen. Sie waren weit mehr als Herr und Diener, weshalb Gabriel ihm den Kommentar durchgehen ließ.

»Sie plant etwas, und ich weiß nicht, was es ist«, gab er nun doch zu. »Was ich weiß, ist, dass sie mich an meine Grenzen bringt, was die Selbstbeherrschung angeht.« Er fluchte. »Warum kann sie nicht einfach eine schüchterne, zurückhaltende Frau sein, die beschämt den Blick senkt und sich darüber freut, dass ihr Ehemann sie in Ruhe lässt?«

»Sie fordert Euch heraus.« Arnaud zuckte mit den Schultern. »Zwingt Euch, aus der Deckung zu gehen, in der Ihr seit Amelines Tod lebt. Das ist doch gut.«

Schnaubend schüttelte Gabriel den Kopf. »So gut, dass wir aus London fliehen, weil ich nicht weiß, ob sie sicher ist?«

»Auf jeden Fall ist sie sicherer, als wenn Ihr nicht eingegriffen hättet.« Wenigstens darin stimmten sie überein.

»Aber ich weiß nach wie vor nicht, wer wirklich dahintersteckt. Ich befürchte, dass diese Ehe nicht Schutz genug für sie sein wird. Dass es ihr am Ende ergeht wie

Ameline und Nora.« Er spreizte die Hände, bemerkte die Anspannung und lockerte sie frustriert.

»Ihr seid zu streng mit Euch, Mylord.« Das war ein Satz, den Gabriel häufig von seinem Diener zu hören bekam. Arnaud war eine Frohnatur, ein Filou, der seine weiblichen Bekanntschaften wechselte wie seine Wäsche, und dabei nie auch nur den Anflug eines schlechten Gewissens zeigte. Er war bei den Frauen beliebt, und sie gewährten ihm gern ihre Gunst, selbst dann, wenn er sie um eine härtere Gangart bat. Sie hatten nie darüber gesprochen, wie genau Arnauds Vorlieben gelagert waren. Aber wenn man den Ort bedachte, an dem sie sich kennengelernt hatten, konnte Gabriel es sich denken.

»Redet mit ihr«, sprach sein Kammerdiener weiter, und Gabriel stöhnte.

»Was soll ich ihr denn sagen?« *Dass ich sie ans Bett fesseln möchte, um jeden Zentimeter ihres Körpers zu erkunden? Dass ich davon träume, ihr den Hintern zu versohlen, bis sie vor Lust stöhnt und um mehr bettelt?* Angewidert verzog er den Mund. »Auch wenn sie furchtlos sein mag: Das, was ich begehre, kann ich ihr niemals zumuten.«

»Das wisst Ihr erst, wenn Ihr mit ihr gesprochen habt. Ich kenne sie nicht, bilde mir aber ein, Menschen, besonders Frauen, einschätzen zu können. Lady Helen mag das Aussehen eines Engels haben, aber tief in ihr brennt ein unstillbares Feuer. Es muss nur entfacht werden. Behutsam.«

»Behutsam!« Gabriel holte tief Luft und stieß dann hervor: »Sie ist eine verdammte Jungfrau. Genauso unschuldig wie an dem Tag ihrer Geburt. Ich habe nicht das Recht, sie zu verderben, selbst wenn sie dazu bereit wäre.« Er winkte ab. »Du warst nie verheiratet. Was diskutiere ich das überhaupt mit dir?«

»Ich nehme an, weil Ihr wisst, dass ich Euch immer gut beraten habe.« Arnaud grinste übers ganze Gesicht. »Jede Frau war irgendwann einmal unberührt.« Jetzt zuckte er mit den Schultern. »Ich muss Euch doch nicht sagen, wie sich das ändern lässt?«

Noch so eine Frechheit, die Gabriel niemandem außer ihm hätte durchgehen lassen. Heute war es genau das, was er hören musste. »Ich soll sie verführen?« *Gib zu, dass du daran denkst, jeden Tag, seit du sie in dieser verfluchten Bibliothek geküsst hast.*

»Das ist es, was Männer im Allgemeinen tun, wenn sie eine Frau im Schlafgemach haben.«

»Mmmh.« Konnte er es wagen? Irgendwann musste er sich dazu überwinden. Beim Wort *überwinden* zog er spöttisch die Brauen nach oben. Körperlich war er mehr als bereit dazu. Vielmehr sträubte sich alles in ihm, ihre Reinheit zu beschmutzen. Sie war perfekt, und er stand kurz davor, ihre Unschuld zu zerstören. Auf die eine oder andere Weise.

»Ich kann Eure dunklen Gedanken förmlich hören und sage noch mal, was ich Euch oft gesagt habe: Ihr seid, was Ihr seid, und daran ist nichts Schlechtes. Geht es behutsam an und findet heraus, was in Eurer schönen Frau wirklich steckt.«

Gabriel fuhr sich mit der Hand durchs Haar, eine Geste der Rastlosigkeit, wie er sehr wohl wusste. In ihm erwachte das Tier, der Dämon. Der Teil von ihm, den er vor seiner Frau die ganze Zeit versteckt gehalten hatte. War es wirklich eine gute Idee gewesen, sich Arnaud anzuvertrauen? Sein Kammerdiener lebte mit der dunklen Seite, genoss sie und sah nichts Verkehrtes darin, wenn gewisse Regeln eingehalten wurden. *Bring ihr diese Regeln bei und genieße es*, flüsterte sein innerer Dämon ihm zu, und angewidert verzog Gabriel das Gesicht. *Sie wird es nicht verstehen. Sie wird vor mir flüchten und blindlings in ihr Verderben rennen.* Das stimmte heute genauso wie am Tag ihrer Hochzeit. Was würde sie über den Tod seiner Frauen denken, wenn sie erfuhr, wonach er sich tief in seinem Inneren sehnte? Würde sie einen Zusammenhang sehen? Ihn für ein Monster halten? Und warum verdammt noch mal machte ihm das etwas aus?

»Ihr zerstört Euch, wenn Ihr dagegen ankämpft. Sie gefällt Euch und weckt Gefühle, das ist etwas Gutes, Mylord.« Arnaud schob ihm seinen Becher hin. »Stärkt Euch, geht zurück zu ihr und nehmt Euch, was einem Ehemann zusteht.«

Skeptisch sah Gabriel auf das Getränk. Arnaud bevorzugte Hochprozentiges. Das war nicht das Richtige für diesen Abend. Einerseits könnte der Alkohol zwar helfen, seine Zunge zu lösen. Andererseits wollte er einen klaren Kopf bewahren. Letzteres war ihm wichtiger, weshalb er das Angebot ablehnte.

»Jeder, wie er mag«, sagte Arnaud und zog den Becher zu sich zurück.

»Ihr haltet Wache, wie besprochen?« Die Sicherheit seiner Frau ging vor. Nicht zuletzt deshalb war eine Verführung absolut ausgeschlossen. Noch dazu hatte er ausdrücklich versprochen, sie nicht anzurühren, obwohl er alles andere als sicher war, dass er die nötige Selbstbeherrschung dafür aufbringen konnte, wenn sie ihm weiter so schöne Augen machte wie während der Fahrt.

»Die Männer wissen Bescheid. Seid unbesorgt.«

Gabriel nickte und stand auf. Aus dem Augenwinkel hatte er gesehen, wie sich zwei Mädchen mit vollbeladenen Tabletts auf den Weg nach oben machten. Das Essen wurde gebracht, und er sollte auf sein Zimmer zurückkehren. Mit einem kurzen Nicken verabschiedete er sich von seinem Kammerdiener, weiter darüber nachgrübelnd, wie er die kommende Nacht überstehen sollte.

Die Verführung einer Lady

Helen

Mit gemischten Gefühlen beobachtete Helen die beiden Mädchen dabei, wie sie das Abendessen auf einem Tisch in der Zimmermitte arrangierten. Von Gabriel war weit und breit nichts zu sehen. Hatte er entschieden, doch nicht mit ihr zu speisen?

Noch bevor sie weiter darüber nachgrübeln konnte, trat er ein, verbeugte sich leicht in ihre Richtung und dankte den Mädchen.

Mit den Worten: »Wir wollen nicht mehr gestört werden«, entließ er sie und wandte sich an Helen. »Setzen wir uns?«

Helen konnte sich des Eindrucks nicht erwehren, dass er es angestrengt vermied, sie anzuschauen. Sie hatte seine Abwesenheit dazu genutzt, darüber nachzugrübeln, was sie tragen sollte. Am Ende hatte sie sich für das aufreizende Nachtgewand sowie ein leichtes Morgenkleid im Mantelstil entschieden. Auch deshalb, weil sie das einzige richtige Kleid in ihrer Tasche nicht allein anziehen konnte. Das Morgenkleid gehörte zu ihrer Brautausstattung und hatte einen weiten Ausschnitt, der ihrer Meinung nach zu viel preisgab. Die Schneiderin und Tante Victoria waren da anderer Meinung gewesen.

Obwohl Helen den vagen Plan verfolgte, ihren Mann zu verführen, hatte sie sich dennoch für ein Fichu entschieden, welches züchtig ihr Dekolleté bedeckte. Das Morgenkleid brachte ihr lose fallendes Seidennachthemd auf Figur, und es fühlte sich himmlisch an, kein einengendes Korsett zu tragen. Das Haar trug sie offen, sodass es ihr über den ganzen Rücken fiel. Sie hatte es lediglich mit einem Band aus dem Gesicht gebunden.

Ihre leise Hoffnung war, dass ihm ihr offenes Haar und die äußerst private Kleidung dazu veranlassen würde, ihr ein Kompliment zu machen, was ihr dann wiederum Gelegenheit geben würde, darauf einzugehen. Sowohl Wrayburn als auch Deering hatten ihr mehrfach zugeflüstert, wie gern sie ihre goldenen Locken ungebändigt sehen würden. Gabriel hatte es entweder nicht bemerkt oder es war ihm keinen Kommentar wert, wie sie enttäuscht feststellte.

Mit einer Handbewegung forderte er sie auf, sich ihm gegenüberzusetzen, und schenkte Wein ein.

Der Tisch war klein und sie würde nicht schreien müssen, um sich mit ihm zu unterhalten. »Sind die Pferde gut versorgt? Und Eure Männer?«, fragte sie, um keine Stille aufkommen zu lassen.

»Ja«, war alles, was er antwortete. Dabei sah er sie immer noch nicht an.

Wenn er schweigen wollte, musste sie eben selbst für ein Gespräch sorgen. Dann konnte sie auch genauso gut gleich mit dem beginnen, was ihr auf der Seele brannte. »Gefalle ich Euch?«, fragte sie und suchte seinen Blick.

Seine Brauen hoben sich, und er ließ die Gabel sinken, die er gerade zum Mund geführt hatte. »Bitte?«

Sie atmete zittrig ein, ließ sich jedoch nicht von ihrem Plan abbringen. »Entspreche ich Eurem Schönheitsideal? Wenn dem nicht so ist, könnte ich versuchen …«

»Ihr seid wunderschön«, unterbrach er sie und blickte ihr endlich direkt in die Augen. »Lasst Euch von niemandem sagen, dass es anders sei. Am allerwenigsten von mir.«

Helen spürte, wie ein Lächeln an ihren Mundwinkeln zupfte. »Dann bin ich beruhigt, denn das macht es leichter.«

»Macht was leichter?« Sie hörte Unsicherheit in seiner Stimme, was ihr den Mut verlieh, weiterzusprechen.

»Ich möchte … dass Ihr mir sagt, was ich tun kann, um Euch zufrieden zu stellen.« Sie fuhr sich mit der Zungenspitze über die Lippen, weil sie auf einmal das Gefühl hatte, sie seien viel zu trocken. »Im Schlafzimmer, meine ich«, ergänzte sie und zwang sich, den Blickkontakt zu halten. Ihr Verhalten war frivol. Eine gesittete Lady redete nicht über solche Dinge. Nicht einmal mit ihrem Ehemann. Und dennoch – oder gerade deswegen – pochte das Blut in ihren Adern wie nie zuvor.

Sie nahm jedes Detail an ihm wahr, wohingegen der Rest der Welt verblasste. Eine Strähne seines Haares hatte sich aus seiner Frisur gelöst und hing ihm auf der rechten Seite in die Stirn. Das war ihr bereits aufgefallen, als er den Raum betreten hatte. Wie gut es ihm wohl stehen würde, wenn auch der Rest nicht mehr akkurat läge?

Er antwortete nicht, stattdessen hob er eine Hand zu seinem Halstuch und nestelte daran herum. *Er ist im Begriff, es zu öffnen*, ging es Helen durch den Kopf. Aber das tat er nicht. Stattdessen weitete er es nur, offenbar hatte er Schwierigkeiten, Luft zu bekommen. Sein Gesicht, das eine tiefrote Farbe angenommen hatte, untermauerte diesen Verdacht.

»Entschuldigt bitte, das kam unerwartet.« Nach einem ausgedehnten Räuspern fuhr er fort. »Ich freue mich, dass Ihr genug Vertrauen zu mir habt, um diese Frage so offen auszusprechen. Aber ich denke wirklich, dass wir dieses Thema aufsparen sollten, bis es relevant wird.« Er sah nach unten. »Es ist … Wie dumm von mir, ich muss … wartet nicht auf mich.« Mit diesen Worten sprang er auf und verließ fluchtartig den Raum. Schon wieder.

Helen seufzte enttäuscht. Gabriel erwies sich als eine harte Nuss. Sie musste daran denken, was man ihr, Phoebe und auch anderen jungen, heiratswilligen Frauen ständig erzählt hatte. Angeblich wollten Männer immer nur das eine und würden jede Chance nutzen, es zu bekommen, weshalb Frau besondere Vorsicht walten lassen musste. Ihr Ehemann strafte diese Geschichten Lügen. Lag es am Ende an ihr? Fand er sie doch nicht attraktiv? Er hatte angedeutet, dass ihm ihre Unerfahrenheit nicht gefiel, doch daran konnte sie nichts ändern. Sollte sie in Erwägung ziehen, Georgina um mehr Informationen zu bitten, wie man einen Mann verführen konnte? Das war lächerlich. Ein Briefwechsel mit Ägypten dauerte Monate, und am Ende würde Georgina noch aus Sorge um sie zurückkommen.

Nein, sie musste eine andere Lösung finden.

Ein warmes Bad würde ihr sicher helfen, ihre Gedanken zu ordnen und die Anspannung zu lösen, die ihren ganzen Körper ergriffen hatte.

Gabriel

Sein Schritt verlangsamte sich erst, als er das Gasthaus verlassen hatte. Ein weiteres Mal war er vor seiner Frau davongelaufen. Lächerlich, und doch entschied er, weiterzugehen.

Um das Gasthaus herum standen vereinzelte Gebäude, und das Licht der untergehenden Sonne würde es ihm erlauben, noch einen kleinen Spaziergang zu unternehmen, bevor es zu dunkel wurde. Frische Luft und Bewegung halfen hoffentlich, seine aufgewühlten Gedanken zu ordnen.

Seine Situation war fast komisch, wäre da nicht ihr verzweifeltes Gesicht gewesen, das sich unablässig in seine Gedanken schob. Es hatte sie mit Sicherheit viel Mut gekostet, so mit ihm zu reden, und er hatte sich wie ein prüder, alter Mann verhalten, der sich bei der bloßen Erwähnung eines ansatzweise unanständigen Wortes zurückzog.

Dabei war das Gegenteil der Fall. In dem Moment, in dem er das Zimmer betreten und sie in diesem Nichts von einem Kleid vor ihm gestanden hatte, war es um ihn geschehen gewesen. Sein Denken hatte sich in seine unteren Regionen verabschiedet und er war damit beschäftigt gewesen, sich davon abzuhalten, sofort über sie herzufallen.

Ihre Frage hatte ihm dann den Rest gegeben.

Obwohl es draußen recht kühl war, spürte er noch den Druck in seinen Breeches. Er schlug sich mit den Handflächen mehrmals kräftig auf die Wangen, um einen klaren Kopf zu bekommen.

Was war nur los mit ihm? Normalerweise zählte er sowohl gute Vorbereitung als auch Schlagfertigkeit zu seinen Stärken. Doch aus irgendeinem Grund tendierte sein Verstand dazu, in ihrer Gegenwart komplett auszusetzen.

Tu nicht so, als wüsstest du nicht, was hier los ist. Du Esel bist dabei, dich Hals über Kopf in diese Frau zu verlieben.

Ja, das war nicht zu leugnen. Bedauerlicherweise änderte es nichts daran, dass er ihr nicht geben konnte, was sie sich wünschte. Sich ihr zu öffnen, würde sie ganz gewiss vergraulen. Sie würde vor ihm davonlaufen und damit ihre eigene Sicherheit kompromittieren. Dieses Risiko konnte er unmöglich eingehen.

Gedankenverloren lief er durch die Finsternis, mit sich selbst und dem Schicksal hadernd. Aber wie er die Argumente auch drehte und wendete, er kam immer zum gleichen Ergebnis. Erst als das Gasthaus und die Ortschaft vollständig außer Sichtweite waren, blieb er stehen. Ein kurzer Blick auf seine Taschenuhr zeigte, dass er seit einer guten Viertelstunde unterwegs war. Zumindest hatte er jetzt einen klaren Kopf. Einen peinlichen Augenblick wie den eben würde es nicht noch einmal geben, das hatte er sich fest vorgenommen. Und dass seine Ehefrau keineswegs abgeneigt zu sein schien, das Bett mit ihm zu teilen, war eine gute Neuigkeit. Auch wenn er seinen Gelüsten keinen freien Lauf lassen durfte.

Er würde ihr höflich, aber bestimmt sagen, dass der Vollzug ihrer Ehe in Bälde geschehen würde. Aber nicht heute, nicht in einem Gasthaus. Er war schließlich kein Jüngling mehr, der seiner Triebe nicht Herr werden konnte, sondern ein Gentleman, der sie zu unterdrücken und seine Pflichten zu erfüllen wusste.

Mit diesen Gedanken machte er sich auf den Weg zurück zum Gasthof.

Helen

Sie hatte eine ganze Weile gebraucht, sich ohne Hilfe so weit präsentabel zu machen, dass sie das Zimmer verlassen konnte. Von Gabriel war weit und breit nichts zu sehen. Zum Glück lief sie seinem Kammerdiener Arnaud in die Arme, der sich auf Nachfrage bereit erklärte, für ein warmes Bad zu sorgen. Zufrieden kehrte sie in ihr Zimmer zurück.

Es dauerte nicht lang, und Gabriels Männer trugen eine große, gusseiserne Badewanne herein, um sie mitten im Zimmer abzustellen. Helen bemerkte einen Stapel Leinentücher darin und legte, mangels Zofe, selbst den Boden und die Wanne damit aus. Während Arnaud vor der offenen Tür wartete, verschwanden die Lakaien, nur um kurz darauf mit Eimern voll heißem, dampfendem Wasser wieder aufzutauchen. Das ging noch einige Male so, bis die Wanne leidlich voll war.

»Vielen Dank, das ist genug«, sagte Helen schüchtern, und die Männer verabschiedeten sich mit tiefen Verbeugungen.

Arnaud hingegen blieb weiterhin vor der Tür stehen. »Macht Euch keine Sorgen, ich werde hier Wache halten, bis Ihr fertig seid. An mir kommt niemand vorbei, außer Eurem Ehemann.« Er zwinkerte ihr verschwörerisch zu, bevor er die Tür zuzog.

Helen fand, dass sich der Mann für einen gewöhnlichen Kammerdiener einiges herausnahm, aber sie war in solchen Dingen nie besonders empfindlich gewesen. Also zuckte sie die Schultern und begann damit, sich aus den überflüssigen Schichten Kleidung zu schälen. Sie war bei Fichu und Nachthemd angekommen, als es an der Tür klopfte.

»Einen Augenblick«, rief sie erschreckt, griff nach dem Morgenkleid, das noch auf dem Bett lag, und schlüpfte hinein. Sie schloss es, warf einen letzten prüfenden Blick in den großen Spiegel, der in der Zimmerecke stand, und rief: »Herein!«

Die Tür öffnete sich, und Gabriel betrat das Zimmer. Er sagte nichts, aber sein Blick ruhte auf ihr, bevor er zwischen der dampfenden Badewanne und ihr hin und her wanderte.

Ohne ein Wort zu sagen, kam er auf sie zu, zog dabei sein Halstuch aus und legte es auf einen Stuhl. Sein Jackett warf er achtlos darüber. Hemdsärmelig stand er ihr gegenüber und griff nach seinem Wein, der auf dem Tisch stand. Helen war erstarrt und beobachtete fasziniert seinen Adamsapfel, der sich bei jedem Schluck bewegte. Sie hatte bereits Männer ohne Halstuch gesehen. Die Arbeiter auf Williams Landgut hatten im Sommer oft weniger getragen, doch sie hatte ihnen keinen zweiten Blick geschenkt.

Ebenso hatte sie unzählige Male Männer trinken gesehen. Niemals war ihr der Gedanke gekommen, es könne sich dabei um einen sinnlichen Akt handeln. Gabriel machte es zu einem. Sie konnte förmlich sehen, wie der Wein den Weg seine Kehle hinab nahm, und fasste sich unwillkürlich an ihre eigene.

Er stellte das Glas weg, fuhr sich langsam mit der Zungenspitze über die Lippen und suchte ihren Blick. »Ihr nehmt ein Bad«, stellte er das Offensichtliche fest, und sie dachte unweigerlich an das eine Mal, als sie ihn in der Badewanne überrascht hatte. Helen setzte zu einer Antwort an, doch er kam ihr zuvor, indem er einen weiteren Schritt auf sie zukam.

»Sagt jetzt nichts.« Er heftete den Blick auf ihr Dekolleté, und unter dem dünnen Seidenstoff richteten sich ihre Brustwarzen auf, sodass sie selbst die zarte Berührung spürte. »Nehmt dieses Tuch ab und das Band aus dem Haar«, sagte er mit dunkler Stimme, den Blick nach wie vor auf ihre Brüste gerichtet.

Sie tat, was er verlangte, weil sie keine Wahl hatte, weil sie wusste, was jetzt kommen würde und es ersehnte. Flüssige Hitze breitete sich in ihr aus, nahm sie gefangen – und sie ergab sich.

Gabriel

Er erinnerte sich vage, während seines Spaziergangs einen Plan gefasst zu haben, einen, der beinhaltete, dass er sich von ihr und ihren Reizen nicht überrumpeln ließ. Doch er war nicht mehr in der Lage, sich daran zu erinnern, wie verdammt nochmal er das hatte bewerkstelligen wollen.

Seit er ins Zimmer gekommen war, gelang es ihm kaum, die Augen von seiner Frau abzuwenden. Nur noch ein Gedanke beherrschte ihn: Sie wollte ihn reizen? Dann sollte sie bekommen, was sie wollte.

Ihr Nachthemd verbarg kaum noch etwas und betonte ihre wunderbaren Kurven. Er wollte unbedingt den Stoff von ihren Schultern schieben. Und jetzt, wo dieses unsägliche Tuch verschwunden war, sah er die Ansätze ihrer Brüste, die sich viel zu schnell hoben und senkten.

Gabriel nahm noch einen Schluck Wein und ließ seinen Blick weiter gleiten, bis zu den aufgerichteten Brustwarzen darunter. Hell und rosig schimmerten sie unter der dünnen Seide. Wie gern hätte er sich hinabgebeugt und sie geküsst.

Doch das musste warten. Fürs Erste genügte die Gewissheit, dass Helen erregt war, auch wenn sie es vielleicht nicht ahnte.

»Werdet Ihr tun, was ich von Euch verlange?« Seine Stimme klang rau, was ihn in Anbetracht der Enge in seiner Hose nicht weiter verwunderte. Darum würde er sich später kümmern. Zuerst einmal ging es darum, dass Helen ihre eigene Medizin zu kosten bekam. Er

würde ihr zeigen, was es bedeutete, bis aufs Äußerste
gereizt zu werden.

Sie reagierte auf seine Frage mit einem schwachen
Nicken und einem kleinen Lächeln, das sein Herz zum
Stolpern brachte.

»Stellt Euch neben die Wanne«, befahl er, und sie leistete seiner Anweisung Folge, ohne zu zögern. Langsam
ging er hinter ihr her und krempelte währenddessen
die Ärmel hoch. Es lag an ihm, die Kontrolle zurückzu-
gewinnen. Eine Balance zu schaffen, zwischen dem,
was er wirklich wollte, und dem, was er ihr geben
konnte.

Helen

Sie spannte sich an, als sie seine langsamen Schritte
hinter sich hörte. Nicht aus Angst, sondern weil ... Ihr
fehlten die Worte für das, was sie empfand. Ganz sicher
zitterte sie nicht nur innerlich, was ein Blick auf ihre
Finger bestätigte.

»Habt keine Angst«, flüsterte er direkt neben ihrem
Ohr. Sein heißer Atem streifte ihren Nacken, und sie er-
schauderte. »Ich habe Euch gesagt, dass es um Vertrauen geht, und genau das werde ich Euch beibringen.
Bleibt so und lasst mich die Führung übernehmen.«

Er trat noch dichter hinter sie. Seine Hände berührten
sie an der Seite, kurz unter dem Ansatz ihrer Brüste. Zuerst übte er leichten Druck aus, dann glitten seine Fingerspitzen nach vorne, den Stoff der Seide auf ihre
Brüste drückend, was einen wohligen Schauer ihre

Arme hinabgleiten ließ. Ein kurzer Ruck an dem Band, welches ihr Kleid hielt, dann glitt es von ihren Schultern.

Sofort kreuzte sie die Arme vor der Brust. Eine nutzlose Geste, stand er doch hinter ihr und sah dank seiner Größe all das, was sie zu verbergen suchte.

»Nicht«, sprach er wieder. »Versteckt Euch nicht.«

Zögernd kam sie seinen Worten nach und ließ die Arme sinken. Mit einem Mal fühlte sie sich verletzlich und gleichzeitig auch nicht. Etwas in seiner Stimme ließ sie ahnen, dass auch er nicht ganz Herr seiner Sinne war, was sie auf merkwürdige Weise beruhigte.

Seine Wärme verschwand aus ihrem Rücken, denn er trat vor sie, den Blick auf ihre entblößten Brüste gerichtet. Ihre Brustwarzen reckten sich ihm vorwitzig entgegen, und Helen widerstand dem Drang, sich erneut zu verstecken. Stattdessen drückte sie den Rücken durch. Sie hatte das hier herausgefordert. Es ging ihm um Vertrauen? Das wollte sie ihm schenken.

Sein Blick wanderte über ihren Körper. An den Stellen, an denen er verweilte, prickelte ihre Haut. Ihre Brüste, ihre Taille, ihr Bauch, und schließlich die Stelle zwischen ihren Beinen, die kein Mann bisher zu Gesicht bekommen hatte, und die sich seltsam feucht anfühlte. Unwillkürlich spannte sie die Muskeln dort unten an, was eine weitere Hitzewelle durch ihren Körper jagte. Ein Keuchen entwich ihren Lippen, was ihren Mann zum Lächeln brachte.

»Wunderschön«, sagte er und sah ihr in die Augen. »Bitte zieht die Strümpfe aus. Einen nach dem anderen.«

Langsam, um nicht das Gleichgewicht zu verlieren, beugte sie sich nach vorn und öffnete ihr Strumpfband. Zu wissen, dass er sie dabei beobachtete, brachte alles in ihr zum Vibrieren. Es war, als würden nur noch sie beide existieren. Sie, die sich für ihn entkleidete, und er, der ihr dabei mit brennendem Blick zusah.

Sie schob den Strumpf nach unten und über ihren Fuß, der andere folgte. Jetzt war sie vollkommen nackt. Der Drang, sich zu bedecken, war verschwunden. Das hier war es, was sie wollte. Helen richtete sich auf, sie hob den Kopf und suchte seinen Blick. In seinen Augen erkannte sie das gleiche Feuer, welches auch sie verspürte. War das Begehren? Lust?

»Seht mir zu«, sagte er und begann langsam, seine Weste aufzuknöpfen. Sobald er sie zur Seite gelegt hatte, klaffte sein Hemd noch weiter auf, und sie sah zum zweiten Mal die feinen blonden Härchen auf seiner Brust. Diesmal glänzten sie nicht nass, sondern kräuselten sich unter seinem Hemd. Helen zuckte es in den Fingern, sie hätte gern erforscht, ob die Haare auf seinem Körper so weich waren, wie es den Anschein hatte. Doch sie hielt still und beobachtete ihn weiter, wie er Schuhe und Strümpfe auszog.

»Steigt hinein«, befahl er ihr nun, und sie gehorchte.

Um seiner Anweisung Folge zu leisten, musste sie an ihm vorbeigehen. Das war ihre Gelegenheit, ihm zu zeigen, was sie wollte. Denn kaum etwas ersehnte sie mehr, als noch einmal von ihm geküsst zu werden. Also stellte sie sich auf die Zehenspitzen, legte ihre Hand auf seine Brust und ...

»Nein!« Gabriel trat so schnell zurück, dass sie ins Straucheln geriet. Doch er fing sie auf, legte seine Hand unter ihr Kinn und zwang sie, ihm in die Augen zu schauen. »Heute Nacht gilt eine wichtige Regel: Ihr berührt mich nicht, es sei denn, ich fordere Euch ausdrücklich dazu auf.« Seine Miene zeigte deutlich, dass es ihm ernst damit war. Er schien einen Zweck zu verfolgen, und Helen war neugierig genug, ihn gewähren zu lassen.

Und dir gefällt es, wenn er so mit dir spricht, gib es ruhig zu.

Vorsichtig, nicht sicher, ob sie das Gleichgewicht würde halten können, schwang sie ein Bein über den Rand der Wanne. Doch ihre Sorge war unbegründet. Ihr Gatte hielt sie fest, zärtlich und sanft, sodass sie kein Problem damit hatte, hineinzusteigen. Widerstandslos ließ sie sich in das warme Wasser gleiten. Es liebkoste ihren Körper, genau wie seine Finger, die nun über ihre Haut glitten.

Helen keuchte leise auf, was dazu führte, dass er von ihr abließ.

»Legt den Kopf zurück«, hörte sie ihn leise an ihrem Ohr, und als sie tat, was er verlangte, stieß sie gegen ihn. Er befand sich so nahe hinter ihr, dass ihr schwindlig wurde. Ganz instinktiv schmiegte sie sich an seine Brust und genoss den Schauder, der ihre Wirbelsäule hinunterlief.

»Ich werde Euch nun waschen«, flüsterte er, und schon berührte er sie sanft an der Schulter. Lächelnd registrierte sie den Duft von Orangenblüten, denn er benutzte ihre Seife.

»Neigt den Kopf nach links.« Sie gehorchte und wurde mit seinen Lippen auf ihrer Haut belohnt. Sanft fuhr er ihren Hals entlang, und ein sinnliches Prickeln erfasste sie, ähnlich dem, das sie bei seinem Kuss gespürt hatte. Helen lehnte sich noch ein kleines bisschen weiter zurück, bot ihm mehr von ihrem Hals und überließ sich vertrauensvoll dem, was kommen mochte.

Endlich am Ziel

Gabriel

Ihr Anblick, ihr leises Stöhnen und die Verzückung auf ihrem Gesicht erregten ihn so sehr wie lange nichts. Er wollte jeden Zoll ihrer Haut erkunden, und das Wissen, dass er der Erste war, der dies tat, war auf eine Art befriedigend, die ihn beinahe erschreckte. Gabriel hatte sich nie für einen Mann gehalten, dem dies wichtig war. Eigentlich zog er erfahrene Frauen vor.

Doch die Erregung war deutlich spürbar, und er genoss das Gefühl in seinen Lenden. Langsam ließ er seine Hand mit der Seife über ihre Schulter gleiten, das Schlüsselbein entlang, bis er ihre Brüste erreichte. Sanft umkreiste er ihre steifen Brustwarzen, berührte sie ganz leicht mit dem Daumen und wurde mit einem Stöhnen belohnt. Der Drang, seine Frau aus dem Wasser zu ziehen, sie zu fesseln, sich an ihr zu reiben, sie überall zu schmecken, während sie sich unter ihm rekelte, war schier überwältigend.

Doch er zwang sich dazu, ruhig und kontrolliert zu atmen, um nicht die Beherrschung zu verlieren. Deswegen hatte er ihr untersagt, ihn anzufassen. Es war ein schmaler Grat, auf dem er wanderte, und er brauchte seine gesamte Konzentration, um nicht in den Abgrund zu stürzen und sie mitzuziehen.

Helen stöhnte ein weiteres Mal auf, und ihre lustvolle Reaktion ließ ihn mutiger werden. Langsam ließ er auch seine zweite Hand ins Wasser gleiten und umfasste ihre andere Brust, spielte mit ihr. Jede dieser Berührungen ließ ihn noch härter werden, und das entlockte ihm ein Lächeln. Wie lange war es her, dass ihn eine Frau dermaßen erregt hatte?

Langsam fuhr er mit seiner Hand und der Seife weiter nach unten, rieb sanft über ihren Bauch und ihre Hüften. Bis seine Fingerspitzen die zarten Locken zwischen ihren Beinen berührten.

»Oh«, keuchte sie, und schloss die Schenkel. »Das ist nicht ...«

»Vertrauen«, murmelte er heiser an ihrem Ohr.

War er zu weit gegangen?

Sie entspannte sich spürbar in seinen Armen, und er sah, wie sie ihre Schenkel öffnete. Jetzt war er es, dem ein tiefes Seufzen entwich. Sachte streichelte er sie, arbeitete sich Stück für Stück an die Stelle heran, die ihr die größte Lust verschaffen würde.

Denn das war es, was er vorhatte.

Sie sollte sich ihm hingeben, alle Hemmungen fallen lassen und nur für ihn kommen.

Vorsichtig, um sie nicht zu verschrecken, teilte er ihre Scham und suchte mit einem Finger die kleine Perle, die für sie die Erfüllung bedeuten würde. Helen wand sich unter ihm, ihre Finger krallten sich in den Rand der Wanne. Zärtlich drang er weiter in sie ein, während seine andere Hand mit ihren Brustwarzen spielte und sein Mund ihren Hals liebkoste.

Sie war eng und feucht, nicht nur vom Wasser, und reckte sich ihm verlangend entgegen.

»Gabriel, bitte«, murmelte sie, und in seinem Kopf explodierte etwas.

Es reichte ihm nicht mehr, sie von hinten zu umfassen. Er wollte sie ansehen, seinen Mund auf ihren pressen, ihren Atem zu seinem machen, wenn sie ihre Erfüllung fand.

Das war nicht der Plan, sagte die leise zynische Stimme in seinem Kopf, doch diesmal ignorierte er sie. Diesmal gab es kein Zurück.

Helens Lust war alles, was ihn vorantrieb.

Gabriel ließ von ihr ab, verließ seine Position hinter der Wanne und kniete sich seitlich daneben. Ihr protestierendes Stöhnen quittierte er mit einem Lächeln. Denn schon fanden seine Hände zu ihren intimsten Körperstellen zurück. Diesmal jedoch hielt er den Blick dabei auf ihr Gesicht gerichtet.

Gerötet von der Hitze des Wassers und seinen Berührungen hielt Helen die Augen geschlossen und den Kopf nach hinten geneigt. Ihre Lippen waren ein klein wenig geöffnet, und ihre Zungenspitze zeigte sich immer wieder. Sie spiegelte, was er mit seinen Fingern tat. Ihr Körper war bis zum Äußersten angespannt und er sah deutlich, dass sie sich der Erlösung näherte. Sanft erhöhte er den Druck auf ihre Perle, spürte, wie sie den Rücken durchstreckte, und suchte ihre Lippen.

In der Sekunde, in der ihr Höhepunkt sie erfasste, stieß er seine Zunge in ihren Mund. Hart und leidenschaftlich. Sie bäumte sich auf und zuckte wild unter seinen Händen, bis sie nach einer gefühlten Ewigkeit voller Ekstase zurück ins Badewasser sank. Ihr Atem ging schnell, genau wie seiner. Gern hätte er sie noch einmal geküsst, sie in seinen Armen gehalten, doch das war angesichts seiner eigenen Erregung viel zu gefährlich. Nur widerwillig ließ er von ihr ab, brachte sich in einen sicheren Abstand.

»Das war …« Sie beendete den Satz nicht, aber das sinnliche Lächeln auf ihrem Gesicht zeigte deutlich ihre Gefühle. Seine Frau hatte die Liebkosungen genossen, und er musste zugeben, dass sie auch ihm Vergnügen bereitet hatten – vielleicht sogar ein wenig zu sehr. Gabriel war erregt und wusste zugleich, dass er keine Erlösung finden durfte. Er war ein Meister darin, sich zurückzunehmen, den Frauen Lust zu schenken und sich selbst erst am Ende Erfüllung zu erlauben.

Nur gab es in diesem Fall kein solches Ende. Er konnte nicht in sie eindringen, sie an sich ziehen und …

Kopfschüttelnd entfernte er sich weiter von der Wanne. Er musste weg, einen weiteren Spaziergang unternehmen, sie aus seinem Denken verbannen und sehen, wie er den Rest der Nacht überstand.

Sein Plan hatte funktioniert. Er hatte seiner Gattin Lust bereitet. Jetzt musste er mit den Folgen leben. Ohne weiter auf sie zu achten, zog er sich an, ignorierte dabei das nasse Hemd und die Wasserflecke auf seiner Hose und verließ ein weiteres Mal das Zimmer.

Im Vorbeigehen sah er Arnaud im Gastraum sitzen, der ihn mit einem wissenden Lächeln ansah, jedoch keine Anstalten machte, ihn anzusprechen. Sein Kammerdiener hatte recht gehabt mit seiner Vermutung, dass unter Helens unschuldiger Oberfläche ein unstillbares Feuer brannte. Und Gabriel musste überlegen, wie er damit umzugehen gedachte. Denn eines war sicher. Jetzt, da er von ihr gekostet hatte, würde es ihm umso schwerer fallen, sie in Ruhe zu lassen.

Helen

Helen saß allein in der Kutsche und starrte nach draußen in den Regen. Seit Stunden grübelte sie über das nach, was am gestrigen Abend geschehen war. Ihr Mann hatte sie verführt, als sie baden wollte. Er hatte ihr Lust geschenkt, dafür gesorgt, dass sie im siebten Himmel zu schweben glaubte, und sich dann zurückgezogen. Zwar war er irgendwann wieder ins Zimmer gekommen, jedoch nicht zu ihr ins Bett.

Die Ehe hatten sie immer noch nicht vollzogen.

Er hatte sich an den Kamin gesetzt und sie beobachtet, mehr nicht.

Sie hatte sich bemüht, ihn nicht zu beachten, spürte instinktiv, dass sie ihm diese Distanz erlauben musste, und war irgendwann eingeschlafen. Am Morgen hatte sie sich allein im Zimmer befunden. Sie hatte Gabriel erst bei der Abreise gesehen, und da hatte er sie darüber unterrichtet, dass er reiten würde. Das war Stunden her.

Der Abend dämmerte, und als die Kutsche langsamer wurde, wusste Helen, dass sie zur Nacht einkehrten.

Ihr Mann öffnete die Tür und verbeugte sich vor ihr. »Wir sind angekommen. Ich begleite Euch auf Euer Zimmer.«

»Meins? Nicht unseres?« Ihre Stimme klang rau, weil sie den ganzen Tag geschwiegen hatte.

Gabriel half ihr aus der Kutsche, doch danach trat er einen Schritt von ihr weg. »In Anbetracht des gestrigen Abends hielt ich es für besser, getrennte Zimmer zu nehmen.«

»Ich nicht«, antwortete sie klar und deutlich. »Da Ihr nicht mit mir in der Kutsche fahren wolltet, muss ich auf einem gemeinsamen Zimmer bestehen, denn wir müssen uns dringend unterhalten.«

Eine Sache war ihr in den letzten Tagen klar geworden. Wenn sie etwas von ihm wollte, musste sie klar und deutlich mit ihm reden. Sie hatte ihren Ehemann noch nicht vollkommen durchschaut, doch sie würde sich von den widersprüchlichen Signalen, die sie von ihm empfing, nicht davon abbringen lassen, diese Ehe zum Erfolg zu führen.

Es war ihr nach wie vor ein Rätsel, was in ihm vorging, und möglicherweise würde sie es nie verstehen. Aber sie war fest entschlossen, nichts unversucht zu lassen.

»Ich denke nicht, dass wir ...«

»Dann möchtet Ihr unsere privaten Angelegenheiten hier und jetzt vor diesem Gasthaus besprechen?« Es war eine leere Drohung, denn sie hatte gewiss nicht vor, ihr Liebesleben vor aller Welt auszubreiten. Aber das konnte er ja nicht wissen.

Seine Mundwinkel zuckten, und Helen war unsicher, ob er ein Lachen oder einen Wutanfall unterdrückte.

»Wie Ihr wünscht«, antwortete er mit ausdrucksloser Miene und bot ihr den Arm.

Schweigend gingen sie nebeneinanderher, begleitet von seinem Kammerdiener und James, die sich misstrauisch umsahen. Das hatten sie am Abend vorher nicht getan und Helen fragte sich, ob Gabriels Wunsch, die Kutsche reitend zu begleiten, etwas damit zu tun hatte. War ihre Einschätzung falsch, und die gestrigen Ereignisse waren gar nicht der Grund dafür?

Nun, sie würde es hoffentlich gleich erfahren.

Sobald sie das Zimmer betreten hatten, drehte sie sich zu ihm um. »Ich werde aus Euch nicht schlau«, sagte sie und zupfte an ihren Handschuhen. »Nach gestern Abend dachte ich ...«

»Verzeiht, aber ich kann mir keine Ablenkung leisten. Wir müssen mein Landgut so schnell wie möglich erreichen, dort sind wir in Sicherheit. Bis dahin kann ich nachts leider nicht bei Euch bleiben. Bitte verschließt die Tür und öffnet nur, wenn ich Euch persönlich dazu auffordere.« Mit diesen Worten verbeugte er sich, doch bevor er hinausging, drehte er sich noch einmal zu ihr um. »Sobald wir *Windham Manor* erreicht haben, werden wir mehr Zeit miteinander verbringen.«

Sanft schloss er die Tür hinter sich.

War das zu fassen? Was meinte er damit, dass sie auf dem Landgut in Sicherheit waren? Waren sie das hier nicht? Drohte Gefahr? Und wenn ja, woher? Warum wollte er ihr nicht sagen, was los war?

Fürs Erste war sie bereit, das dringend benötigte Gespräch mit ihrem Mann zu verschieben, bis sie auf *Windham Manor* angekommen waren.

Vertrauen.

Die Reise dauerte weitere anderthalb Tage, die sie allein in der Kutsche verbrachte, und Helen war erleichtert, als der Kutscher ihre Ankunft verkündete.

Ein wenig steif stieg sie aus und sah sich um. *Windham Manor* gefiel ihr auf den ersten Blick. Das aus rotem Backstein errichtete Haus bildete einen herrlichen Kontrast zu der üppig blühenden Einfahrt. Mehrere Gärtner waren damit beschäftigt, die Blütenpracht zu bändigen und Helen freute sich darauf, den Park hinter dem Haus zu sehen. Er war sicherlich beeindruckend.

Gabriel trat neben sie, reichte ihr den Arm und lächelte. »Willkommen auf *Windham Manor*, Mylady«, sagte er so gelöst, wie Helen ihn selten gesehen hatte.

Sie standen am Fuß einer breiten Treppe, die in zwei geschwungenen Bögen zu einer Flügeltür führte, welche sich just in diesem Moment öffnete. Eine junge Frau trat heraus und kam ihnen mit weit geöffneten Armen entgegen.

»Gabriel, was für eine Freude.« Sie umarmte ihn und wandte sich dann Helen zu. »Ist das deine Frau?« Im nächsten Moment schlug sie die Hand vor den Mund und suchte Helens Blick. »Wie unhöflich von mir, so zu tun, als wärt Ihr nicht da. Bitte verzeiht. Ich bin Penelope.«

»Darf ich vorstellen«, sagte Gabriel mit einem Lachen in der Stimme. »Lady Penelope Giddeon, meine Schwester. Lady Helen, meine Gattin.«

»Sehr erfreut.« Helen deutete einen Knicks an, da sie keine Ahnung hatte, ob die Schwester ihres Mannes im

Rang über ihr stand. Schließlich war sie die Tochter eines Duke, und sie selbst nur die Frau eines Viscount.

»Hier auf *Windham Manor* lassen wir die Förmlichkeiten beiseite. Schön, Euch kennenzulernen.« Lady Penelope zog auch Helen in eine Umarmung, die sie zögerlich erwiderte. »Kommt erst einmal herein und wascht euch den Staub der Reise ab. Ich habe ein eigenes Zimmer für Helen vorbereiten lassen, wie du verlangt hast ...« Lady Penelope musterte ihren Bruder. »... und für dich steht das Zimmer direkt daneben bereit. Ich lasse für jeden von euch ein Bad vorbereiten.« Sie wandte sich an Helen. »Gabriel hat mich informiert, dass Ihr eine Zofe braucht?« Überwältigt vom Redefluss ihrer Schwägerin nickte Helen stumm. »Das ist kein Problem, wir haben genug Personal. Treffen wir uns nachher im kleinen Salon zum Tee?« Sie sah von Helen zu Gabriel, der nickte. »Sehr gut.« Ein breites Lächeln erschien auf ihrem Gesicht. »Ihr glaubt gar nicht, wie ich mich über euren Besuch freue.« Sie winkte den beiden, ihr zu folgen. »Ich hoffe, es ist in Ordnung, dass ich darauf verzichtet habe, die komplette Dienerschaft antreten zulassen. Ich hielt es für übertrieben, zumal deine Frau sie ja ohnehin im Laufe der Zeit kennenlernen wird, Ihr bleibt doch den Sommer über? Ich freue mich so! Das wird beinahe wie früher.«

Würden sie den ganzen Sommer bleiben? Gabriel hatte nichts in der Richtung erwähnt. Allerdings hatte Helen nichts gegen einen längeren Aufenthalt einzuwenden. Das Innere des Hauses war hell und luftig, mit großen Fenstern, die den Blick in einen Garten freigaben, wie Helen ihn nach der Einfahrt erwartet hatte.

Gepflegt und mit vielen Blumenbeeten, die in allen Farben des Frühlings leuchteten.

Helen erinnerte sich, dass dieses Haus für Gabriels Mutter umgestalten worden war und fand, dass es zur Duchess passte. Modern und fröhlich.

Unterdessen hatten sie den zweiten Stock erreicht, und Penelope öffnete eine Tür. »Ich hoffe, Euch gefällt, was ich für Euch ausgesucht habe. Genaugenommen würden Euch die Herrenräume zustehen, nun, da Gabriel Lord Windham ist. Wir haben aber erst vor Kurzem davon erfahren, daher hatten wir noch keine Gelegenheit, die Besitztümer meiner Eltern woanders hinzuschaffen. Ihr macht Euch keine Vorstellung davon, wie viele Kleider meine Mutter ihr Eigen nennt.« Penelope rollte in gespielter Verzweiflung mit den Augen, bevor sie weiterplapperte. »Also müsst ihr vorerst mit den eher bescheidenen Räumlichkeiten im Gästeflügel vorliebnehmen. Immerhin gibt es eine Verbindungstür, sodass ihr nachts nicht über den Flur schleichen müsst.« Sie zwinkerte Helen zu, die diese junge Frau sofort mochte. Penelope war das Gegenteil ihres Bruders. Offen, herzlich, humorvoll und von Anfang an darum bemüht, Helen den Aufenthalt so angenehm wie möglich zu machen.

Sie traten in einen großen, luftigen Raum, in dem helle Blautöne dominierten. An der rechten Wand stand ein Bett mit Baldachin gegenüber einem großen Schminktisch mit Spiegel. Des Weiteren gab es einen Sekretär und einen wunderschönen Marmorkamin mit zwei Chippendale-Sesseln davor.

Bescheiden, wie Penelope es ausgedrückt hatte, war nicht das Wort, welches Helen bei diesem Anblick in den Sinn kam. Ihre neue Unterkunft war deutlich luxuriöser als ihr Zimmer in *Dark Hall*. Die Verbindungstür, von der Penelope gesprochen hatte, befand sich neben dem Bett.

»Ich lasse Euer Gepäck heraufbringen und schicke Euch Bridget. Sie ist ein reizendes Mädchen in Eurem Alter. Ihr werdet wunderbar miteinander zurechtkommen.«

Penelope sollte recht behalten.

Wie sich herausstellte, war Bridget fast im selben Alter wie Helen und stammte ursprünglich aus Cornwall. Die Suche nach Arbeit hatte sie nach London und am Ende hierher nach *Windham Manor* geführt.

»Du ziehst also das Landleben dem in der Stadt vor?«

»O ja, Mylady.« Bridget griff nach einer Haarsträhne und steckte sie fest. »London ist …« Im Spiegel sah Helen deutlich, wie ein Schatten über das Gesicht des Mädchens huschte. »Ein Sündenpfuhl, dem ich froh bin, entkommen zu sein.« Sie schlug sich die Hand vor den Mund. »Entschuldigt, Mylady, ich weiß, dass London Eure Heimat ist, genau wie die des Lords, und ich wollte mir nicht anmaßen …«

»Schon in Ordnung«, sagte Helen. »London ist nicht wirklich meine Heimat. Aufgewachsen bin ich in der Nähe von Gloucester, weit weg vom Trubel der Stadt. Auch mir ist London oft zu laut und betriebsam.«

Bridget nickte. »Ja, Mylady.« Sie lächelte, doch ihre Augen waren nicht beteiligt, und Helen fragte sich, ob sie etwas Falsches gesagt hatte. Bridget mochte in ihrem Alter sein, und doch umgab sie eine Aura, wie man sie sonst nur bei alten Leuten fand, die in ihrem Leben viel mitgemacht hatten. Was war der jungen Frau widerfahren? Sie sah nicht aus, als wolle sie darüber reden, daher nahm Helen sich vor, Penelope unter vier Augen danach zu fragen.

Zuhause ändert sich alles

Gabriel

Er war ein Feigling. Schloss sich in seinem Zimmer ein, um über Dinge zu brüten, an denen er nichts ändern konnte, anstatt wie versprochen Zeit mit seiner Frau zu verbringen und ihr Rede und Antwort zu stehen.

Kurz nach ihrer Ankunft hatte ihn ein Brief von George erreicht. Wie erwartet hatte er frappante Lücken in Deerings Hintergrund gefunden. Weder wurde dieser als Mitarbeiter der indischen Handelsgesellschaft geführt, der er angeblich angehörte, noch war sein Name auf irgendwelchen Passagierlisten zu finden. Es war völlig unklar, was der Mann wirklich trieb und woher er kam. Gabriels Befürchtungen waren damit bestätigt worden, und er war froh, Helen aus der Stadt gebracht zu haben.

Fürs Erste war sie hier sicher. Doch er konnte sie nicht ewig auf dem Land verstecken.

Noch schlimmer war, dass Helen nicht aufhörte, Fragen zu stellen, die er nicht beantworten wollte. Er kannte sie gut genug, um zu wissen, dass sie sich nicht heraushalten würde, wenn sie von seinen Geheimnissen erfuhr. Das Risiko konnte er unmöglich eingehen.

Die Episode in der Wanne hatte ihn so nah an seine Grenzen getrieben wie lange nichts mehr. Er konnte sie kaum ansehen, ohne diese brennende Sehnsucht in sich zu spüren.

Das Gefühl wollte einfach nicht verschwinden, egal wie sehr er ihr aus dem Weg ging. Er konnte lediglich versuchen, es unter Kontrolle zu halten, indem er auf Distanz blieb.

Dabei gierte er danach, mit ihr zu sprechen, ihren Duft einzuatmen, sie zu berühren. Doch das wäre ein Fehler. Einer, den er nicht noch einmal begehen durfte.

Also schloss er sich ein, gab vor, zu arbeiten und grübelte darüber nach, wie er sie am besten beschützen konnte. Auch vor sich selbst.

Fast wünschte er, sie würde an seine Tür hämmern, ihn schelten, ihm sagen, wie falsch sein Verhalten war und wie sehr er sie damit verletzte. Er wollte, dass sie ihn anschrie und ihm vorwarf, wie schändlich er sich ihr gegenüber verhielt. Sie sollte seinen Namen verfluchen, genau wie die Tatsache, dass er sie gegen ihren Willen zu dieser Ehe gezwungen hatte.

Das hatte er zweifelsohne verdient. Doch vor allem wäre es um einiges leichter für ihn, ihr fernzubleiben, in dem Wissen, dass sie ihn hasste. Doch das tat sie nicht.

Deswegen saß er nun hier und suhlte sich in seinem Elend. Anstatt seinen Gefühlen und Gelüsten nachzugeben, hieß er den Schmerz der Einsamkeit willkommen wie einen alten, vertrauten Freund.

Denn eines war klar: Egal wie sehr er sich nach ihr verzehrte, sie hatte einen besseren Mann verdient.

Er versuchte gewaltsam, seine Gedanken in eine andere Richtung zu lenken, und sein Blick ging zum Fenster mit der vertrauten Landschaft dahinter. Sein Vater hatte bewusst einen Titel für ihn ausgewählt, den er nicht hatte ablehnen können. Gabriel liebte diese Ländereien, auf denen er aufgewachsen war, seit jeher, und ihr Aufenthalt würde viel zu kurz sein. Er sollte ihn nicht eingeschlossen in diesem Zimmer verbringen. Ein schneller Ritt würde ihm guttun und auf andere Gedanken bringen, ihm helfen, den Kopf freizubekommen. Denn im Moment wohnte darin nur diese eine Person, die ihn mit ihrer sinnlichen, engelsgleichen Gestalt und ihrem hinreißenden Lächeln langsam, aber sicher in den Wahnsinn trieb.

Helen

»Mein Bruder beehrt uns wohl auch dieses Mal nicht mit seiner Gegenwart.« Lady Penelope seufzte, zeigte dabei jedoch ein nachsichtiges Lächeln. »Das wird sich schon geben. Die erste Zeit in *Windham Manor* verbringt er meist mit Arbeit und Grübeln, doch das wird mit jedem Tag besser. Er braucht nur länger, um zu entspannen. Du wirst schon sehen. Überlassen wir ihn für heute seiner Einsamkeit und nutzen die Zeit, um uns besser kennenzulernen.«

Penelope hatte an diesem Morgen spontan entschieden, dass sie ja so gut wie Schwestern seien und das vertrauliche *Du* somit völlig angebracht. Helen hatte kurz geschluckt und sich dann damit abgefunden. Die gute Laune ihrer Schwägerin war einfach ansteckend.

Es gefiel ihr hier, und sie war neugierig angesichts dessen, was Gabriel ihr über seine Schwester erzählt hatte. Die junge Frau strahlte eine unbändige Energie aus. Sie trug ein einfaches Kleid und das Haar nur mit ein paar Nadeln aufgesteckt. Es war dunkler als das von Gabriel, aber sie hatten die gleiche Nase und die gleichen braunen Augen, die je nach Lichteinfall ihre Farbe änderten. Damit endeten die Ähnlichkeiten allerdings.

Während Gabriel schweigsam war und kaum redete, hörte seine Schwester gar nicht mehr damit auf. »Hat er dir erzählt, was ich mache?«

»Du unterrichtest die Leute?«

»Richtig.« Penelope schenkte ihnen Tee ein. »Wenn du willst, nehme ich dich nach dem Tee mit. Ich gebe morgens und abends Unterricht. Den Tag über sind alle zu beschäftigt. Die Angestellten hier im Haus werden für diese Zeit freigestellt, falls sie sich uns anschließen wollen.«

»Ist Bridget eine von ihnen?«

»O ja. Sie ist seit drei Jahren bei uns und eine meiner besten Schülerinnen. Dazu kommt, dass sie über einen aufgeweckten Verstand verfügt. Bridget unterstützt mich beim Unterricht der Kinder am Vormittag. Sie ist eine tapfere Frau.«

»Wie meinst du das?«

»Bridget ist eine von …« Penelope zögerte. »Du weißt, was Gabriel tut?«

»Er sagte, er verdient sein Geld mit dem Import von französischen Gütern.« Helen war klar, dass ihre

Schwägerin etwas anderes gemeint haben musste. Damit hatte die junge Zofe wohl kaum etwas zu tun.

Bezog Penelope sich auf die geheimnisvollen Aktivitäten, die Gabriel nach der Hochzeit von ihr ferngehalten hatten?

»Entschuldige mein vorlautes Mundwerk.« Zerknirscht nahm Penelope einen Schluck Tee. »Es steht mir nicht zu, dir davon zu erzählen. Frag ihn am besten selbst. Sagen wir einfach, dass die gute Bridget einiges durchgemacht hat.« Sie stellte ihre Tasse ab. »Es bleibt doch dabei, dass du mich begleitest? Falls dir langweilig wird, kannst du dich auch gern auf dem Gelände umsehen. Gabriel hat gesagt, dass James dir zur ständigen Verfügung steht. Er kennt sich hier aus. Wusstest du, dass seine Schwester unsere Köchin ist?«

»Nein, das war mir nicht bekannt.« Helen beschloss, nicht weiter auf Penelopes Andeutungen einzugehen. Sie wusste längst, dass ihr Mann etwas vor ihr verbarg. Zwar war sie neugierig, was das sein mochte, doch Helen hatte sich geschworen, ihm genau das Vertrauen entgegenzubringen, von dem er gesprochen hatte. Er würde darüber reden, wenn er dazu bereit war. Daran glaubte sie fest.

Immerhin hatte Penelope gesagt, dass er sich auf dem Land früher oder später öffnete. Ob das diesmal auch so war, würde sich zeigen.

Helen war gewillt, ihm ein paar Tage Zeit zu geben, bevor sie den nächsten Versuch unternahm, ihre Ehe so umzugestalten, dass sie diesen Namen auch verdiente. Und Antworten auf all die Fragen zu bekommen, die ihr auf der Zunge brannten.

»Ich fürchte allerdings, James ist genauso wortkarg wie Gabriel«, sagte Penelope gerade. »Mein Bruder umgibt sich gern mit Männern, die seine Vorliebe fürs Schweigen teilen. Hach, es ist so schade, dass du ihm nicht begegnet bist, als er noch jünger war. Ich erinnere mich daran, wie er mit mir durch den Garten getobt ist, als wäre es gestern.«

»Zu der Zeit war ich noch nicht einmal geboren, fürchte ich.« Intuitiv kamen die Worte aus ihrem Mund, und sofort bereute sie diese. Es war ungehörig, den Altersunterschied zwischen ihrem Gatten und ihr zu betonen. Zudem war das irrelevant – sie hatte bisher nicht einmal darüber nachgedacht. Warum kam ihr das ausgerechnet jetzt in den Sinn?

»O je, ich habe ein Talent dafür, immer das Unpassendste zu sagen. Vor mir ist kein Fettnäpfchen sicher.« Penelope schob ihre Tasse zur Seite und suchte Helens Blick. »Bitte verzeih mir. Ich versuche nur zu sagen, dass du einen großartigen Mann geheiratet hast. Ich bin so gut wie nie in London, aber ich weiß, was dort über meinen Bruder geredet wird. Er ist weder grausam noch herzlos, und niemand betrauert den Tod seiner Frauen mehr als er. Er ist nicht verantwortlich dafür, auch wenn er sich wie so oft die Schuld gibt.« Sie winkte ab. »Aber das weißt du, sonst hättest du ihn kaum geheiratet.« Helen spürte, wie ihr wieder einmal die Hitze ins Gesicht stieg. Warum sagten die Leute das ständig? Sie bekam jedes Mal ein schlechtes Gewissen. Penelope schien davon nichts mitzubekommen, denn sie redete unbeschwert weiter. »Mit seinen Marotten hast du dich offenbar längst abgefunden. Aber sei unbesorgt, Gabriel ist viel mehr als nur ein Mann, der jedem hilft und das Leid der Welt allein auf seinen Schultern trägt.« Penelope lächelte kurz, wurde aber direkt wieder ernst. »Hab Geduld mit ihm, und du wirst feststellen, dass er über eine Menge Qualitäten verfügt, von denen du bisher nichts geahnt hast. Lass ihm nur ein bisschen Zeit, seine innere Gelassenheit zu finden. Denn dafür ist dieser Ort bestens geeignet.« Sie nickte selbstsicher. »Aber genug davon. Hast du dich schon entschieden, ob du mich begleiten oder lieber das Landgut erkunden willst?«

Helen blinzelte ob des Themenwechsels. »Äh, ich würde gern sehen, wie du unterrichtest.«

»Wunderbar! Dann statten wir meinen Räumen einen kleinen Besuch ab.«

Helen folgte ihrer Schwägerin und versuchte sich auf das zu konzentrieren, was sie über ihre Schule erzählte. Doch es gelang ihr nicht.

Inzwischen befanden sie sich vor dem kleinen Gebäude, welches das Klassenzimmer beherbergte. Penelope erzählte ihr Einzelheiten über dessen Entstehung, doch Helens Blick wurde magisch von dem Reiter angezogen, der in einiger Entfernung auf seinem Pferd saß. Sie erkannte Gabriel sofort.

Er blickte in eine andere Richtung und sah so einsam und verloren aus, dass Helen am liebsten zu ihm gelaufen wäre, um ihn in den Arm zu nehmen und ihm Trost zu spenden.

Doch er wollte Abstand, und sie respektierte das.
Zumindest noch eine kleine Weile.

Gabriel

Gabriel schöpfte mit den Händen Wasser aus seiner Waschschüssel und befeuchtete sein Gesicht, bevor er sich kritisch im Spiegel musterte. Testweise versuchte er sich an einem offenen, aufrichtigen Lächeln. Es fiel ihm schwer, und sein Gesicht schien ihm beinahe fremd ohne den Hauch von gelangweiltem Zynismus, den er sich zu eigen gemacht hatte.

Beim Aufwachen an diesem Morgen war zu seinem Erstaunen alles leicht gewesen, ein bisschen mehr wie früher, als er noch ein Kind und jeder Tag ein neues Abenteuer gewesen war. Damals hatte er keine Angst gekannt, keine Scham und keine unterdrückten Gefühle.

Heute schienen all die Sorgen, die ihn in den letzten Wochen geplagt hatten, lächerlich und unwirklich.

Was war er nur für ein Dummkopf. Er hatte eine wunderschöne, fantastische junge Ehefrau, die zu allem bereit schien. Abstand brachte sie nicht weiter. Es lag an ihm, die Situation zu entschärfen, das sah er deutlich.

Gabriel war zwar weiß Gott kein perfekter Ehemann, aber er musste zumindest versuchen, sie glücklich zu machen. Das war er ihr schuldig.

Seine dunklen Gelüste konnte er im Zaum halten, das hatte er sich im Gasthaus bewiesen. Das würde ihm auch weiterhin gelingen.

Er sollte die Ehe mit ihr vollziehen. Das würde für ihn nicht besonders befriedigend sein, aber ihr bestimmt gefallen. Vor allem würde es ihr die Angst vor einer Annullierung nehmen. Denn das war das Letzte, woran er dachte.

Und sollte sie unangenehme Fragen stellen, die er nicht zu beantworten bereit war, würde er sie mit Zärtlichkeiten ablenken oder, wenn das keine Option war, auf später vertrösten.

Damit hatte er keinen Grund mehr, Abstand zu halten, und er fragte sich, warum er nicht früher darauf gekommen war. Vielleicht lag es an *Windham Manor.* Hier fühlte er sich frei, und das schien auch auf sein Gemüt abzufärben. Oder es lag an den Menschen, die hier arbeiteten. Die meisten verdankten ihm viel, einige sogar ihr Leben. Egal wohin er ging, überall strahlten ihm dankbare Augen entgegen.

So viel positive Energie geht selbst an einem alten Griesgram wie dir nicht spurlos vorüber. Gegen seinen Willen musste er lachen. Selbst seine innere Stimme, die sonst nur Hohn und Spott für ihn und den Rest der Welt übrighatte, war der Wirkung von *Windham Manor* nicht gewachsen.

Gabriel beschloss, sich auf den Weg zu seiner bezaubernden Frau zu machen. Gestern hatte er sie mit Penelope an der Schule stehen sehen, aber sie hatte nicht auf ihn reagiert. Hoffentlich nahm sie ihm seine Reserviertheit der letzten Tage nicht allzu übel. *Und wenn schon. Dann entschuldigst du dich eben, wie es sich für einen Gentleman gehört.*

War es wirklich so einfach?

Nun, er würde damit beginnen, dass er am Frühstück teilnahm. Dabei würde er vorschlagen, eine Kutschfahrt durchs Grüne zu unternehmen. Zu gern wollte er ihr sein Land zeigen. Dabei würde er natürlich ihr die Zügel überlassen. Das gefiel ihr bestimmt.

»Ihr seht gut gelaunt aus«, stellte Arnaud fest, der hereinkam, um ihm beim Ankleiden zu helfen. »Darf ich annehmen, dass Ihr beschlossen habt, Eure Frau nicht weiter zu vernachlässigen?«

»Darfst du«, antwortete Gabriel in lockerem Ton. »Ab heute werde ich eine Ehe führen.«

»Eine weise Entscheidung, zu der ich Euch alles Gute wünsche.«

»Danke.« Voller Elan zog er sich das Hemd über und schlüpfte in seine Breeches. »Wir werden den Tag mit einer Kutschfahrt und einem Picknick beginnen.«

»Das klingt nach einem angenehmen Zeitvertreib.«

Ein Grinsen schlich sich auf Gabriels Gesicht. »Das wird es bestimmt.« Ihm kam ein Gedanke, der ihn ernst werden ließ. »Das Gelände ist sicher? Ich beabsichtige, ohne Eskorte zu fahren.«

»Wahrscheinlich. Allerdings würde ich trotzdem raten, Männer in einiger Entfernung zu positionieren. Wir wissen nach wie vor nicht, ob wir auf dem Weg hierher verfolgt wurden. Die Chance schätze ich gering ein, da wir nach dem ersten Halt keine Anzeichen mehr gesehen haben, aber man weiß nie.«

Gabriel nickte. »Gut. Du wirst die Eskorte anführen und dafür sorgen, dass meine Frau euch nicht sieht. Sie soll sich keine Sorgen machen.«

»Wäre es nicht besser, ihr zu erzählen, was ...«

»Das lass getrost meine Sorge sein. Solange die geringste Gefahr besteht, wird sie nichts erfahren, und dabei bleibt es.«

Arnaud nickte, aber Gabriel sah ihm seine Bedenken an. Sein Freund hatte nicht ganz unrecht. Irgendwann würde er Helen erklären müssen, warum er sie auf diese Weise zur Ehe genötigt hatte, und warum sie aus London geflohen waren.

Sie war eine intelligente und neugierige Frau, die gewiss nicht aufhören würde, Fragen zu stellen. Dennoch war es vorerst besser, sie im Ungewissen zu lassen. Es würde sie nur unnötig ängstigen und sie schlimmstenfalls dazu verleiten, eine Dummheit zu begehen, die sie das Leben kostete. Diese Lektion hatte er auf bittere Weise gelernt, und Ameline hatte dafür zahlen müssen.

Entschlossenen Schrittes betrat er den Frühstücksraum, in dem seine Frau und seine Schwester bereits am Tisch saßen. Er begrüßte beide mit einem freundlichen »Guten Morgen«, was ihm einen überraschten Blick von Helen und einen zufriedenen von Penelope einbrachte.

Sie war es auch, die zuerst antwortete: »Dir auch, Bruderherz. Die Landluft scheint dir gutzutun.«

Seine Antwort war ein Lachen. »Darf ein Mann sich in seinem Zuhause nicht wohl fühlen? Besonders, wenn ihn seine zwei liebsten Frauen am Frühstückstisch erwarten?«

Bei seinen letzten Worten schaute er zu Helen, über deren Gesicht ein Lächeln zog. »Guten Morgen«, sagte sie und suchte seinen Blick. Fast glaubte er, seine gute Laune sei auf sie übergesprungen. Oder sah er nur, was er sehen wollte? Egal. Sie strahlte ihn an, und das sorgte für Wärme in seinem ganzen Körper. Am liebsten hätte er sich zu ihr hinabgebeugt und sie geküsst. Da er allerdings befürchtete, dass sie das eher verschrecken würde, beschränkte er sich auf ein Grinsen und lud sich seinen Teller am Buffet voll.

Sobald er saß, fragte er: »Helen, meine Liebe, was haltet Ihr von einer Kutschfahrt heute Morgen?«

»Oh, ich …« Sie lief rot an und senkte den Kopf. »Ich habe gestern Abend im Stall Bescheid gegeben, dass ich nach dem Frühstück eine Ausfahrt mit dem Sulky unternehmen will. Aber wenn Ihr wünscht …«

»Nein, nein, nein.« Immer noch lächelnd hob er eine Gabel mit Ei an, hielt jedoch kurz vor dem Mund inne und ließ sie wieder sinken. Er hatte eine Idee. »Was haltet Ihr davon, wenn wir ein Rennen fahren?«

»Ein Rennen?«, kam es ungläubig von beiden Frauen gleichzeitig.

»Meine Frau hat mir anvertraut, dass sie eine passionierte Rennfahrerin ist«, erklärte er an Penelope gewandt. Und an Helen: »Oder spricht etwas dagegen?«

»Nein, natürlich nicht.« Die reizende Röte auf ihren Wangen verstärkte sich ebenso wie die Wärme in seinem Bauch.

»Gut. Am besten nehmen wir die alte Rennstrecke. Wir sollten sie vorher gemeinsam abgehen, um zu sehen, wie gut sie noch in Schuss ist.«

»Einverstanden. Man sollte niemals eine Strecke mit hoher Geschwindigkeit fahren, die man nicht kennt. Machen wir das gleich nach dem Frühstück?«

»Gerne. Aber nehmt ein bisschen Rücksicht auf einen alten Mann.« Er deutete mit der Gabel auf sich. »Mein letztes Rennen ist weit über ein Jahrzehnt her.«

Helen nickte und verzog den Mund zu einem spitzbübischen Grinsen, wodurch sich entzückende Grübchen um ihre Mundwinkel bildeten. »Mir sind Pferd und

Kutsche fremd. Dazu bin ich seit über zwei Jahren nicht mehr gefahren. Und Ihr sucht jetzt schon nach Ausreden?«

»Vergesst, dass ich etwas gesagt habe. Möge der Bessere gewinnen.«

»Ihr meint wohl: die Bessere«, korrigierte sie ihn schmunzelnd.

»Das werden wir dann sehen. Wollen wir danach picknicken? Nicht weit von der Rennstrecke entfernt liegt ein Teich, an dessen Ufer meine Mutter für solche Gelegenheiten einen Pavillon hat errichten lassen.«

»Das klingt wunderbar.« Die freudige Erwartung in ihrer Stimme bestärkte ihn in der Überzeugung, das Richtige zu tun.

Das würde ein famoser Tag werden.

Kutschenrennen

Helen

Aufmerksam sah Helen sich um. Nach Gabriels Worten hatte sie die Rennstrecke in einem schlimmeren Zustand erwartet. Zwar waren hier und da Bäume und Hecken nicht gestutzt, sodass sie in die Bahn hineinragten, und an einer Stelle verursachte eine Baumwurzel eine beachtliche Bodenwelle, doch alles in allem wirkte die Strecke gut befahrbar.

Gabriel spazierte neben ihr, und sie hatte das Gefühl, er würde mehr sie als die Strecke begutachten. Überhaupt erschien er ihr wie ausgewechselt. Wie seine Schwester vorausgesagt hatte, war er offener, lockerer und machte den Eindruck eines Mannes, der mit sich im Reinen war.

Ihr entging auch nicht, dass weder James noch sonst einer der allgegenwärtigen Beschützer in der Nähe waren. Welche Gefahr ihnen in London auch gedroht haben mochte, er schien keine Sorge zu haben, dass sie ihnen nach *Windham Manor* gefolgt sein könnte.

Nachdem sie ihren Rundgang beendet hatten, gingen sie zurück zu den Ställen. »Habt Ihr genug gesehen?«, fragte er.

»Ja. Kann ich vor dem Rennen ein oder zwei Testfahrten machen?«

»Selbstverständlich.« Sein offenes Lächeln ermutigte sie. »Und da Ihr weder Kutschen noch Pferde kennt, habe auch ich einen Vorschlag. Ich wähle zwei Paarungen aus, die meiner Meinung nach ungefähr gleichwertig sind. Ihr entscheidet dann, welches Gespann Ihr und welches ich fahre. Das sollte für Chancengleichheit sorgen.«

»Einverstanden.« Prickelnde Vorfreude breitete sich in Helen aus. Ihr letztes Rennen war lange her, doch sie brannte darauf, noch einmal den Rausch der Geschwindigkeit zu spüren und sich mit einem ebenbürtigen Gegner zu messen.

Im Stall begann Gabriel ein Gespräch mit dem Stallmeister, um zu klären, welche Pferde zur Verfügung standen. Helen nutzte die Zeit, um sich umzusehen.

Die Stallungen waren großzügig angelegt und nicht einmal zur Hälfte gefüllt. Sie zählte zwanzig Tiere, obwohl mehr Plätze belegt aussahen. Die anderen mussten wohl auf der Weide oder irgendwo im Einsatz sein. Helen musterte die Pferde genauer und entdeckte an einigen Spuren früherer Misshandlung, Narben von Sporen, Peitschen oder Kandaren. Das waren bestimmt Pferde, die Gabriel gerettet hatte. Sie sahen allesamt kerngesund und wohlgenährt aus.

Helen ging auf eine schöne Fuchsstute mit glänzendem Fell zu, die sie bereits mit wachen Augen und nach vorne gelegten Ohren beobachtete, in der Hoffnung auf eine kleine Leckerei, wie Helen annahm. Sie sprach beruhigend auf das Tier ein, während sie ihm den Hals tätschelte. Es zeigte keinerlei Scheu und war vor allem daran interessiert, sie von oben nach unten auf Essbares zu untersuchen. Lachend wehrte Helen die Versuche ab und kraulte die samtweichen Nüstern der Stute, was diese huldvoll akzeptierte.

»Na, habt Ihr Freundschaft geschlossen?« Gabriel war hinter sie getreten.

»Dafür hätte ich besser ein Stück Brot oder Gemüse mitgebracht«, antwortete sie vergnügt. »Wie heißt sie?«

»Ich habe sie *Reflection* genannt.«

»Das ist ein schöner Name. Wie alt ist sie?«

»Sicher bin ich nicht, vier bis fünf Jahre vielleicht.«

»Ist sie an den Sulky gewöhnt?«

»Das ist sie in der Tat. Sie ist eines der Pferde, die ich im Sinn hatte. Das andere ist *Midnight Star*.« Er zeigte auf einen Rappen mit einer sternförmigen Blesse.

»Gehören die beiden zu den Pferden, die Ihr gerettet habt?«

Die Frage war ihm sichtlich unangenehm. »Möglich.« Er zuckte mit den Schultern. »Wozu Buch darüber führen, wenn man sie am Ende gar nicht zu Tode quälen darf?«

Da war er wieder, der emotionslose Gesichtsausdruck, gepaart mit beißendem Sarkasmus, auf den er zurückgriff, wenn er seine wahren Gefühle nicht zeigen wollte. Vor allem dann, wenn er glaubte, dass sie ihm als Schwäche ausgelegt werden könnten.

Langsam verstand Helen, warum ihre Schwester ihn für grausam und gefühlskalt gehalten hatte. Dabei war genau das Gegenteil der Fall. Eine Welle von Zuneigung durchströmte sie, und sie hakte sich bei ihm ein.

»Mir macht Ihr nichts vor. Ohne Euch wären diese Tiere längst beim Abdecker gelandet. Ihr seid ein viel besserer Mensch, als Ihr den Leuten zeigt.«

Er sah sie verblüfft an. »Ihr wisst, was ein Abdecker ist?«

Sie schlug ihm spielerisch mit der freien Hand auf den Arm. »Sicher. Ich bin kein Kind mehr. Sagt mir lieber, warum Ihr dem Rest der Welt vorspielt, grausam und herzlos zu sein.«

»Woher wollt Ihr wissen, welches mein wahres Wesen ist?«, antwortete er mit einem Augenzwinkern. »Ist Euch nie in den Sinn gekommen, dass ich in meinem tiefsten Inneren ein wahrhaft schlechter Mensch bin und nur versuche, mich mit ein paar guten Taten von meiner immensen Schuld freizukaufen?«

Helen hörte den bitteren, selbstzerfleischenden Unterton heraus, auch wenn er versuchte, ihn durch ein ironisches Heben der Augenbrauen zu verbergen. Welche Dämonen ihn auch plagten, er konnte sie nicht allein abschütteln. Sie wünschte wirklich, sie könnte ihm helfen.

Doch bevor sie antworten konnte, wedelte er mit der Hand. »Das soll heute nicht unser Thema sein. Wir wollen ein Rennen fahren.« Er deutete auf die beiden Pferde. »Trefft Eure Wahl.«

Da musste sie nicht lange überlegen.

Helen zügelte *Reflection*, die freudig vor ihrem Sulky tänzelte. Offenbar spürte die Stute, dass sie gleich alles geben musste.

Ein Lächeln zog über Helens Gesicht. Bei diesem Rennen ging es einzig und allein ums Vergnügen. Sie musste ihrem Mann nichts beweisen. Er hatte bereits gezeigt, dass er sie für eine kompetente Fahrerin hielt und sie im Hyde Park den Gig lenken lassen. Und doch verspürte sie dieses ganz besondere Prickeln, die Aufregung eines Wettbewerbs und diese innere Anspannung, wenn ein möglicher Sieg winkte. Sie war die Strecke zweimal abgefahren und hatte sich eine Strategie zurechtgelegt.

Die Innenbahn war zwar streckenmäßig kürzer, doch auch am schlechtesten in Schuss. Dort gab es zwei Stellen, an denen man das Tempo drosseln musste, wenn man keinen Achsbruch riskieren wollte. Trotzdem hatte sie den inneren Startplatz gewählt und an Gabriels Gesichtsausdruck gesehen, dass er ihre Wahl für einen Fehler hielt.

Aber ihr Plan war einfach: Die kritischen Stellen befanden sich erst in der zweiten Hälfte der Strecke. Wenn sie die erste langgezogene Kurve nutzte, um in Führung zu gehen, konnte sie früh genug nach außen ziehen und sich vor ihn setzen. Dann hatte er die Wahl: Hinter ihr bleiben oder einen Überholversuch starten. Aber ihrer Meinung nach boten ihm weder die holprige Innenbahn noch die längere Außenbahn gute Siegeschancen.

Sie musste es also schaffen, bis zum Ende der ersten Kurve eine volle Wagenlänge Vorsprung herauszufahren, rief sie sich ins Gedächtnis. Es kam auf einen guten Start und die ersten Meter an.

Neben ihr hielt Gabriel sein Pferd ebenfalls zurück. Er war die Testrunden mit ihr zusammen gefahren, und sie musste zugeben, dass er auf dem Sulky eine gute Figur machte. Er wusste, was er tat, und er würde es ihr nicht leicht machen.

Penelope war auf der Rennstrecke erschienen. Sie hatte darauf bestanden, das Zeichen für den Start zu geben. Mit einem weißen Taschentuch in der Hand zählte sie von fünf rückwärts.

Helen holte ein letztes Mal tief Luft, schnalzte mit den Zügeln, und dank des leichten Sulky war *Reflection* binnen kürzester Zeit im vollen Galopp.

Gabriel war zwar auch gut gestartet, aber er hatte wohl vor, die Kräfte seines Pferds einzuteilen, um ausreichend Energie für einen Endspurt übrig zu haben. Ein taktischer Fehler aus Helens Sicht.

Meter für Meter arbeitete sie sich nach vorne. Mit voller Geschwindigkeit ging es in die erste Kurve. Sobald *Reflection* eindrehte, hob das innere Rad des Sulkys von der Bahn ab, und Helen drohte, nach außen zu kippen. Sie lehnte sich weit nach innen, um das zu verhindern. Eine halbe Schrecksekunde später setzte das Rad auf, ohne dass ihr Sulky dabei ins Schleudern gekommen wäre. Sie hatte die Kurve erfolgreich ganz innen genommen.

Ein kurzer Blick nach hinten bestätigte ihr, dass sie am Kurvenausgang genug Vorsprung hatte, um sich gefahrlos vor Gabriel und *Midnight Star* zu setzen. Helen wechselte die Spur, dankbar, dass *Reflection* bereitwillig auf ihre Kommandos reagierte. Die Stute schien genauso viel Spaß an diesem Rennen zu finden wie sie selbst.

Hinter sich hörte sie ein lautes Fluchen, was ihr ein Lächeln entlockte. Offensichtlich hatte Gabriel mit diesem Manöver nicht gerechnet. Sie ließ *Reflection* etwas Leine, um Kraft zu sparen, und richtete immer wieder

kurz den Blick nach hinten, um Gabriels Reaktion zu
beobachten.

Gabriel

Helen zog vor ihn, und Gabriel entfuhr ein lauter Fluch.
Damit hatte er nicht gerechnet. Sie hatten nie über
Spurwechsel gesprochen, insofern konnte er Helen keinen Regelbruch vorwerfen. Er hätte damit rechnen
müssen, dass sie etwas im Schilde führte, als sie die Innenbahn gewählt hatte. Die Möglichkeit, dass sie ihn
überholen wollte, hatte er einfach nicht in Betracht gezogen.

Einem anderen Gentleman hätte er unsauberes Spiel
vorgeworfen, aber wie die Dinge lagen, musste er zugeben, dass er seine junge Frau wieder einmal unterschätzt hatte. Sie hatte die gefährlichen Bodenwellen
genauso gesehen wie er. Aber sie hatte sich darauf verlassen, dass ihr die erste Innenkurve einen ausreichen-
den Vorsprung sicherte, und ihr Plan war aufgegangen.
Seine Chancen, dieses Rennen zu gewinnen, standen
nun denkbar schlecht.

Ihre ständigen Blicke nach hinten zeigten deutlich,
dass sie jederzeit dazu bereit war, vor ihm zu bleiben,
wenn er die Bahn wechselte. Es sei denn, er riskierte,
die zweite, kleinere Bodenwelle der Innenbahn vor der
letzten Kurve mit voller Geschwindigkeit zu nehmen.
Das war zwar nicht ungefährlich und würde den Sulky
ins Schlingern bringen, aber er traute sich dieses Manöver mit dem gut gefederten Wagen zu.

Sein höheres Körpergewicht, das bei diesem Rennen eigentlich ein Handicap war, würde ihm dabei zugutekommen.

Gabriel konzentrierte sich und hielt den Blick auf die Bahn. Warten. Noch ein wenig …

Sie passierten die erste, große Bodenwelle, und sofort wechselte er die Spur nach innen. Er sah Helens entgeisterten Blick und musste unwillkürlich grinsen.

Das hatte sie offensichtlich überrascht. Würde sie es wagen, vor ihn zu ziehen, und damit die zweite Bodenwelle riskieren? Offenbar nicht!

Das war die Gelegenheit, auf die er gewartet hatte. Er trieb *Midnight Star* nach vorn, bemüht, näher an Helen heranzurücken, was ihm auch gelang. Nach und nach zog er mit ihr gleich. Wenn er die Bodenwelle meisterte und gut durch die letzte Kurve kam, war ihm der Sieg so gut wie sicher.

Vor sich sah er die Stelle nahen und bereitete sich darauf vor. Sein Pferd nahm die Wurzel problemlos, aber der Sulky machte einen gewaltigen Satz. Gabriel bemühte sich, das Gleichgewicht zu halten, dennoch kamen die Räder nicht gerade auf, was die Kutsche wie erwartet heftig ins Schlingern brachte. Noch dazu näherten sie sich mit rasender Geschwindigkeit der finalen Kurve.

Helen, die immer noch neben ihm fuhr, sah besorgt zu ihm herüber. Die Wahrscheinlichkeit war hoch, dass er mit ihr kollidierte, wenn er die Kontrolle verlor. Das durfte er auf keinen Fall riskieren. Er parierte minimal, damit sein Sulky langsamer wurde und sich stabilisieren konnte. Schnell hatte er den Wagen wieder unter Kontrolle und bog auf die Zielgerade ein. Helen auf der Außenbahn hatte nicht abgebremst, weshalb sie eine gute Pferdelänge vor ihm lag. Es würde ein Kopf-an-Kopf-Rennen werden. Pure Freude pumpte durch Gabriels Körper. Er hatte vergessen, wie es sich anfühlte, etwas nur aus Spaß zu tun.

Sein Pferd hatte auf jeden Fall die größeren Reserven. Stückchen für Stückchen arbeitete er sich an seine Frau heran. Nur noch ein kleines bisschen.

Im selben Moment schrie Helen triumphierend auf, und Gabriel stellte überrascht fest, dass sie die Ziellinie bereits überquert hatten.

So gut hatte er sich lange nicht mehr gefühlt! Es war ihm völlig egal, dass er verloren hatte. Er stoppte den Sulky, sprang herab und war bei Helen, bevor sie aussteigen konnte.

In einem Anfall von Übermut griff er mit beiden Händen nach ihr, und sie ließ sich lachend von ihm aus der Kutsche heben. Er schlang die Arme um sie, drückte sie an sich und drehte sich einmal mit ihr im Kreis. Dabei rutschte sie tiefer, bis ihre Gesichter auf gleicher Höhe waren.

Plötzlich stand alles um ihn herum still. Ihre Blicke verfingen sich ineinander, und ihr süßer Atem streifte seine Wange. Ihr zauberhaftes Lächeln ließ ihn dahinschmelzen, und mit einem Mal lagen ihre Lippen auf seinen.

Hatte er sie geküsst oder sie ihn? Helen öffnete ihren Mund für ihn, tastete federleicht mit der Zunge nach seinen Lippen, und er verlor sich in ihr. Sie war alles, was existierte.

Ein hörbares Räuspern brachte ihn in die Gegenwart zurück. Peinlich berührt setzte er Helen ab und drehte sich zu seiner Schwester um. Er hatte Penelope völlig vergessen.

Die musterte ihn mit spöttischem Blick. In der Hand hielt sie einen geflochtenen Ring aus Zweigen, die sie von einem Busch abgerissen haben musste. Als sie seinen Blick registrierte, zuckte sie mit den Schultern. »Ich hatte eben keinen Lorbeerkranz zur Hand.« Sie wandte sich an Helen. »Die offizielle Siegerin des großen Windham Wagenrennens in diesem Jahr ist ...« Es folgte eine dramatische Pause, als wenn das Wort *Siegerin* nicht eindeutig genug gewesen wäre, und rief dann aus vollem Hals: »... mit einer Nasenlänge Vorsprung: Lady Helen!«

Helen neigte lächelnd den Kopf und knickste, während Penelope versuchte, ihr den widerspenstigen Reif aus Zweigen aufzusetzen, womit seine Frau noch viel entzückender aussah.

Was aber auch an ihren vom Kuss geröteten Lippen liegen konnte.

Helen

Noch immer war sie atemlos dank seines stürmischen Kusses und konnte sich kaum auf ihre Schwägerin konzentrieren.

»Helen, du fährst besser als die meisten Männer und sogar besser als Gabriel, und das will etwas heißen.« Die geröteten Wangen und das Glänzen in Penelopes Augen gaben Helen das Gefühl, in einen Spiegel zu schauen.

»Danke«, sagte sie. »Aber das war ich nicht allein. *Reflection* gebührt die Anerkennung für den Sieg.« Sie sah zu dem Pferd, das in diesem Moment mit einem leisen Schnauben zustimmend den Kopf hob und senkte.

Alle drei begannen zu lachen. »Ich habe eine Frau mit vielen Talenten geheiratet, wie mir scheint.«

Helen wollte erwidern, dass er bisher noch gar nicht versucht hatte, ihre Talente zu ergründen, hielt sich jedoch zurück. Er wirkte heute so viel befreiter und entspannter, das wollte sie nicht durch eine unbedachte Äußerung gefährden. Also lächelte sie dankbar und ergriff *Reflections* Zügel.

»Wir sollten die Pferde in den Stall bringen, meint Ihr nicht?«

Gabriel nickte. »Danach wird das Picknick vorbereitet sein.«

»Das ist mein Stichwort, mich zu verabschieden.« Penelope grinste. »Ich merke, wenn ich das fünfte Rad am Wagen bin. Außerdem soll man Jungvermählten Raum lassen.« Sie zwinkerte ihrem Bruder zu und lächelte Helen danach anerkennend an. »Ein großartiger Sieg, wirklich. Wir sehen uns beim Abendessen.« Mit einer energischen Drehung wandte sie sich ab und ging mit schwungvollen Schritten auf das Haus zu.

»Entschuldigt«, sagte Gabriel neben ihm. »Penelope spricht meist frei heraus. Ich fürchte, das hat sie von meiner Mutter.«

»Ich mag sie.« Und das stimmte. Penelope war ihr lieber als die jungen Damen in London, die in Gegenwart anderer freundlich taten, nur um sich hinterrücks das Maul übereinander zu zerreißen. »Sie hat mich zur

Schwester ehrenhalber ernannt und mir das *Du* angeboten.«

Gabriel lachte laut auf. »Ja, das klingt nach meiner Schwester. Und? Habt Ihr das Angebot angenommen?«

»Natürlich. Ich glaube nicht, dass es viele Menschen gibt, die ihr etwas abschlagen können.«

»Da mögt Ihr recht haben.«

Insgeheim war Helen froh darüber. Seit sie mit Leonore gebrochen hatte, fehlte es ihr, sich mit einer anderen Frau auszutauschen. Zwar schrieb sie Briefe an Phoebe, doch das war nicht dasselbe, zumal meist Monate vergingen, bis sie eine Antwort erhielt. Was sie brauchte, war jemand, mit dem sie hier und jetzt reden konnte.

Sie erreichten die Ställe, übergaben die Pferde, und Gabriel reichte ihr seinen Arm. Gemeinsam spazierten sie zurück zur Rennstrecke, ließen sie rechts liegen und kamen zum See, an dem wie versprochen ein weiß gestrichener Pavillon stand. Im Inneren fanden sie Speis und Trank und eine mit Kissen aufgepolsterte Steinbank, auf die sie sich ganz nah nebeneinandersetzten.

Gabriel schenkte Tee ein und begann auf eine Art zu erzählen, wie Helen ihn noch nie erlebt hatte. Er redete von seiner Kindheit, Familienpicknicks, die sie an diesem See abgehalten hatten, dem Training mit den Pferden und kleinen Streichen, die die Geschwister sich gegenseitig gespielt hatten.

Fast meinte Helen, einen anderen Mann zu erleben.

Wie hatte sie nur glauben können, er besäße keinen Humor?

Der war stets vorhanden gewesen, und im Gegensatz zu den meisten Menschen war er bereit, über sich selbst zu lachen, eine Eigenschaft, die ihr imponierte.

Während ihres Gesprächs berührte er sie immer wieder wie zufällig am Arm oder am Oberschenkel, und mit jedem Mal wurde Helens Verlangen stärker, die Ehe zu vollziehen.

Sie beendeten den Tag mit einem Dinner, bei dem auch Penelope anwesend war, doch Helen hatte nur Augen für Gabriel. Nach dem Essen überlegte Helen, wie sie eine Verlängerung des Abends vermeiden konnte.

Sollte sie Kopfschmerzen vortäuschen? Nein, die würden Gabriel davon abhalten, sie in ihrem Zimmer zu besuchen. Was konnte sie sonst tun?

»Penny, du bist nicht böse, wenn wir uns zurückziehen?«, sagte Gabriel in diesem Moment, als hätte sie ihre Gedanken laut ausgesprochen, und Helen konnte sich gerade noch davon abhalten, dankbar aufzuseufzen. »Es war ein anstrengender Tag, und wir ...«

»Ihr wollt allein sein und braucht keine altjüngferliche Anstandsdame.« Penelopes Grinsen nahm den Worten die Schärfe. »Ich weiß sehr gut, mir die Zeit zu vertreiben, Bruder. Zieht ihr euch zurück und macht euch um mich keine Sorgen.«

Gabriel erhob sich und gab ihr einen Kuss auf die Stirn. »Danke.« Dann wandte er sich an Helen und hielt ihr die Hand hin. »Darf ich Euch nach oben geleiten?«

Sein intensiver Blick sorgte dafür, dass Helens Herz einen Schlag aussetzte und sie nicht sicher war, ob ihre Beine sie tragen würden.

»Selbstverständlich«, antwortete sie, und ihre Stimme klang dabei kaum wie ihre eigene. Sie legte ihre Hand in seine und ließ sich von ihm führen.

Vor ihrem Zimmer angekommen drückte er einen heißen Kuss auf ihren Mund und flüsterte: »Seid in einer halben Stunde für mich bereit. Unbekleidet.« Dann wandte er sich scheinbar seelenruhig ab und ließ eine schweratmende Helen zurück. *Unbekleidet* hatte er gesagt und ihrem Herz damit einen weiteren Aussetzer beschert. Mit zittrigen Fingern öffnete sie die Tür. Heute war es so weit.

Gabriel würde sie zur Frau machen.

Eheliche Freuden, eheliche Pflichten

Helen

Dreißig Minuten waren vorüber.

Helen hatte Betsy weggeschickt und saß allein vor ihrem Frisiertisch – in ihrem Nachthemd. *Unbekleidet*, hörte sie die leise geflüsterten Worte ihres Mannes. Das war ungehörig. Allein die Vorstellung trieb ihr die Schamesröte ins Gesicht, und doch ...

In ihrem Unterleib baute sich ein Pochen auf, wie es auch seine Berührungen in der Wanne ausgelöst hatten. Verlangen.

Sie sah in den Spiegel und fand ihre Wangen gerötet. War es schamlos, sich für den eigenen Mann auszuziehen? Nein. Diese Intimitäten gehörten zu einer Ehe, besonders wenn man Kinder haben wollte – und das wollte sie unbedingt.

Vorsichtig schob Helen das dünne Hemd von ihren Schultern. Sie zog die Arme heraus, und es fiel auf ihre Hüften hinab. Im Licht der Kerzen sah sie ihre nackten Brüste im Spiegel. Sie standen prall hervor, die Spitzen aufgerichtet, und ohne nachzudenken, fuhr sie sanft mit den Fingern darüber. Genauso, wie Gabriel es getan hatte. Ein wohliger Schauer durchlief sie.

Hinter sich hörte sie ein leises Klicken.

Ihr Mann betrat den Raum. Ihr erster Impuls war es, die Arme vor ihre Brust zu heben, doch sie widerstand dem Drang. Stattdessen beobachtete sie ihn im Spiegel. Er trug einen dunklen Hausmantel und nichts darunter, soweit sie erkennen konnte. Sobald er ihrer ansichtig wurde, verharrte er und senkte den Blick auf ihre Hand an der Brust.

Ein Lächeln erschien auf seinen Zügen, und er kam langsam näher. »Bleib so«, flüsterte er heiser. Hinter ihr angekommen schob er ihr Haar zur Seite und küsste sie auf den Nacken. Einmal, zweimal, dreimal.

Ein Seufzer entfuhr Helen, atemlos schloss sie die Augen und reckte sich ihm entgegen.

»Streichle dich.« Seine raue Stimme in Kombination mit seinen Küssen verstärkte das Pochen in ihrem Unterleib, und Helen rutschte ein wenig auf ihrem Stuhl hin und her, um es zu stillen. Doch statt abzuflauen, baute es sich weiter auf. Besonders als sie seinem Befehl gehorchte. Der Drang, sich umzudrehen und ihn ebenfalls zu berühren, wurde beinahe übermächtig. Sie tat es nicht. Beim letzten Mal hatte er ihre Berührung zurückgewiesen, und sie wollte das, was sie miteinander teilten, nicht zerstören.

Er griff nach ihrer Hand, um ihr aufzuhelfen. »Steh auf«, forderte er nun. Das Hemd rutschte von ihren Hüften auf den Boden, sodass sie jetzt vollkommen entblößt vor dem Spiegel stand.

»Sieh dich an.« Gehorsam hob sie den Blick, und das Bild, das sich ihr bot, verschlug ihr den Atem.

Ihr Mann hielt sie umfasst, während sie an ihm lehnte. Eine seiner Hände lag auf ihrem Bauch, die andere auf ihrer rechten Brust. Sie selbst liebkoste die Spitze ihrer linken. Das wirklich Überraschende war ihr Gesichtsausdruck. Dieses Leuchten in den Augen und die Sehnsucht nach etwas, von dem sie nicht wusste, was es war, kannte sie nicht.

»Du bist wunderschön«, murmelte er an ihrem Hals und küsste sie erneut an der empfindlichen Stelle kurz unterhalb ihres Ohres. »Und mutig«, sprach er weiter. »Hast du Angst vor mir?«

»Nein«, antwortete sie wahrheitsgemäß. »Nur vor dem, was gleich geschieht.«

»Das verstehe ich. Deine Sorge ist unbegründet. Ich leite dich an und werde versuchen, vorsichtig zu sein.« Ein weiterer Kuss auf ihren Hals unterstrich seine Worte, ebenso die sanften Berührungen an ihrem Bauch. »Ich lasse dich jetzt los. Geh langsam zum Bett und lege dich auf den Rücken. Und dann ... dann öffnest du deine Beine für mich.«

»Aber ich kann doch nicht ...«, protestierte sie, doch sie hörte selbst, wie schwach sie diesen Einwand vorbrachte.

»Vertraust du mir?« Seine Worte strichen zart über ihren Hals.

Bei aller Sorge ... das tat sie. Heiser entwich ihr ein Ja.

»Mach, was ich gesagt habe.« Er ließ sie los und machte keine Anstalten, sie zum Bett zu begleiten. Kurz zögerte sie, weil sie ihm ihr nacktes Hinterteil zeigen würde, ging dann aber zum Bett hinüber. Er hatte sich gedreht, sie spürte seine Blicke im Rücken und hoffte, dass sie verführerisch auf ihn wirkte. Im Spiegel hatte sie Bewunderung in seinen Augen erkannt, gepaart mit einer hungrigen Gier, die sie hätte ängstigen sollen. Das Gegenteil war der Fall. Das Gefühl, ihm gleich hilflos ausgeliefert zu sein, jagte heiße Wellen der Erregung durch ihren Körper.

Am Bett angekommen krabbelte sie darauf und legte sich wie verlangt rücklings auf die Decke.

Konnte sie es wagen? Er hatte sie mutig genannt, und das war sie, oder nicht? Langsam, Zoll für Zoll, spreizte sie die Beine, so wie er es verlangt hatte. Jetzt würde er alles sehen. Diesen Teil von ihr, den sie selbst kaum berührte und den er vor wenigen Nächten so sehr verwöhnt hatte, dass sie beinahe besinnungslos geworden war.

Langsam kam Gabriel näher. Den Blick auf diese Stelle zwischen ihren Schenkeln gerichtet, leckte er sich über die Lippen, und Helen sog scharf die Luft ein. Das Pochen wurde stärker, und sie spürte Feuchtigkeit zwischen ihren Beinen. Ihr Unterleib zog sich in bittersüßer Erwartung zusammen. Würde er erneut seine Finger benutzen? Oder würden sie es so tun, wie Tante Victoria und Georgina es angedeutet hatten? Egal was nun passieren würde, Helen spürte ein Flattern in der Brust, das sie beinahe um den Verstand brachte.

Gabriel überraschte sie erneut, indem er sich vor das Bett kniete. »Rück nach vorne zu mir.« Sein Tonfall war so rau und dunkel, dass sie seine Stimme kaum erkannte. Neugierig, was er vorhatte, folgte sie seiner Anweisung. Jeder Atemzug zitterte in ihrer Kehle. Einerseits, weil sie nach wie vor nicht wusste, was auf sie zukam. Andererseits, weil er so freie Sicht auf ihre intimsten Körperstellen hatte. Was hatte er vor?

Sie hatte den Gedanken noch nicht zu Ende gedacht, als er den Kopf senkte. *Um Himmels willen.* Doch bevor sie sich darüber empören konnte, berührten seine Lippen sie. Dort unten. Ein leises Keuchen entwich ihr.

Es war himmlisch. Beinahe so gut wie ein Kuss. Oder besser?

Helen schloss die Augen und hörte auf, zu denken.

Seine Zunge spielte mit ihr. Er leckte und saugte, bis er schließlich die Stelle küsste, von der sich dieses Ziehen ausbreitete und zu einem Drang wurde, dem sie kaum widerstehen konnte. Sie hob ihre Hüften, bat um mehr, darum, dass er ihr gab, was sie brauchte.

»Gabriel, bitte«, wimmerte sie und reckte sich ihm entgegen. Er verstärkte den Druck, wiederholte die Liebkosung immer wieder, bis alles in Helen sich auflöste, sie einen Schrei ausstieß und sich aufbäumte. Die Welt verschwamm vor ihren Augen, ihr wurde schwindlig und sie konnte nicht fassen, was er da getan hatte. Und noch während dieses unglaubliche, allumfassende Glücksgefühl sie erfüllte, löste er seine Lippen und richtete sich auf. Seine Hände umfassten ihre Oberschenkel, er zog sie näher zu sich und murmelte: »Ich versuche, dir nicht wehzutun.«

Sie spürte etwas Hartes an ihren Schenkeln, spürte, wie Gabriel sich zwischen sie drängte, während er ihren Blick nicht losließ. Und dann war er in ihr. Das war mehr als seine Zunge, mehr als ein Finger. Viel mehr. Und doch tat es nicht weh. Da war lediglich ein leichtes Ziehen und das Gefühl, sich für ihn zu weiten. Er drang tiefer ein, noch tiefer, und mit einem Mal fegte ein stechender Schmerz das Angenehme hinweg. Sie keuchte auf, weil es weh tat, weil der Schmerz sie überraschte, und er hielt mit angespanntem Gesicht inne. Ging es ihm ähnlich wie ihr?

»Entspann dich«, presste er hervor, und Helen gehorchte. Vertrauen. Ihr Mann wusste, was zu tun war.

Ich leite dich an und werde versuchen, vorsichtig zu sein.

Bewusst versuchte Helen, jeden Muskel in ihrem Körper zu lockern. Der Schmerz schwand so schnell, wie er gekommen war – und wich einem Gefühl, das sie nicht kannte und nicht für möglich gehalten hatte. Es war überwältigend und besser als alles, was Gabriel vorher mit ihr getan hatte.

Was würde passieren, wenn sie nicht nur still liegen blieb? Immerhin hatte er ihr diesbezüglich keine Anweisungen erteilt.

Vorsichtig bewegte sie ihre Hüften. War es möglich, dass er ihr noch einmal die gleiche Lust bereiten konnte wie vorher? Oder sie sogar ihm? Der Gedanke beflügelte sie, und erneut ließ sie ihren Körper sprechen.

Gabriel

Gabriel zwang sich, still zu halten und ihr die Zeit zu geben, die sie brauchte, um sich an ihn zu gewöhnen. Mit jeder Sekunde, die verstrich, fiel ihm das schwerer. Helen war ganz Verlockung, Lust und Erfüllung. Er drohte, in ihr zu versinken und sich zu verlieren. Es war so lange her, dass er in einer Frau gewesen war. Jahre, um genau zu sein. Er hatte immer gedacht, es würde ihm nicht fehlen. Wie falsch er damit gelegen hatte. Er wollte sich bewegen, ihre Enge spüren, dem Drang nachgeben und sie zu der seinen machen.

Das ist gefährlich. Der rationale Teil seines Gehirns rebellierte und hatte doch keine Chance mehr. Gerade war Gabriel ganz Trieb, Lust und Instinkt.

Sie entspannte sich unter ihm und begann sogar, sich zu bewegen. Er biss die Zähne aufeinander. Gern würde er dafür sorgen, dass sie noch einmal kam, doch er war nicht sicher, ob er die Kraft dafür aufbringen konnte.

Helens Bewegungen wurden schneller, und er passte sich ihr an. Die Hände um ihre Oberschenkel geschlungen hob er ihre Hüfte an, damit er tiefer in sie eindringen konnte.

Gabriel war fast am Ziel, das spürte er. Seine Frau lag vor ihm, hilflos, nicht in der Lage, sich gegen ihn zu wehren. Der Verzückung auf ihrem Gesicht nach zu urteilen wollte sie das auch gar nicht.

Und dieser Anblick setzte ihm mehr zu, als er erwartet hatte. Gabriel war bereit, sich in ihr zu verlieren. Der Druck in ihm wuchs, er bewegte sich schneller und schneller, und als der Höhepunkt nahte, stieß er ein letztes Mal fest in sie. »Du gehörst mir!«

Den Kopf in den Nacken gelegt spürte er seinem Höhepunkt nach und versuchte, sein wild schlagendes Herz unter Kontrolle zu bekommen. Helen wand sich unter ihm in der verzweifelten Suche nach einer Erlösung, die er ihr nicht mehr geben konnte, und das brachte ihn schnell in die Gegenwart zurück. Er glitt aus ihr heraus und ließ sie aufs Bett sinken.

»Entschuldige«, murmelte er, schloss seinen Hausmantel und wandte sich ab. Gern hätte er sich für einen Moment ausgeruht, doch das wäre unpassend.

»Wofür?« Ihre Stimme irritierte ihn, und er sah sie zum ersten Mal nach dem Akt an. Auch Helen hatte sich aufgerichtet und saß aufrecht auf dem Bettrand. Ihre Nacktheit war ihr offenbar egal. Wie überraschend wundervoll.

»Bitte?« Was wollte sie von ihm wissen?

»Wofür entschuldigst du dich?«

Er blinzelte mehrmals, unsicher, ob ihn die intime Anrede oder ihre Frage mehr verwirrte. »Weil ich ... ich habe die Kontrolle verloren, dich in eine Position gebracht, in der du dich nicht wehren konntest, und am Ende ...«

»Es war wunderschön«, sagte sie, und das tiefe Lächeln um ihre Mundwinkel bezeugte den Wahrheitsgehalt ihrer Aussage. »Gestattest du mir eine Frage?«

»Jede.« Das war unklug, und trotzdem gab es für ihn keine andere Antwortmöglichkeit.

»Darf ich dich beim nächsten Mal berühren?« Er konnte sehen, wie schwer ihr die Bitte fiel, und doch hatte er auch in diesem Fall nur eine Antwort für sie.

»Nein.«

»Warum nicht? Deine Berührungen, sie ... sie sind das Schönste, was ich je erlebt habe. Und ich frage mich, ob ich dir nicht auf eine ähnliche Art Lust bereiten könnte.«

Bei dem Gedanken, sie würde diese herrlichen Lippen um seinen Schwanz schließen, an ihm saugen und mehr, wurde er erneut hart. »Das könntest du, sei dir gewiss«, krächzte er und räusperte sich. »Nur, mich zu berühren ist ... keine Option.«

»Aber warum?«

»Weil ich es sage«, stieß er ungehalten hervor. Das konnte er ja selbst nicht erklären. »Ich mag es nicht, weil ...« Er schüttelte den Kopf. »Ich könnte mich dabei vergessen, noch mehr als eben. Und mehr als du dir vorstellen kannst. Es wäre einfach keine gute Idee, belassen wir es dabei.«

Sie nickte langsam, erhob sich vom Bett und ging zum Spiegel, vor dem ihr Nachtgewand auf dem Boden lag. »Wenn Ihr das sagt.« Gelassen hob sie das Kleidungsstück auf und zog es über den Kopf. »Wie oft gedenkt Ihr, Euren ehelichen Pflichten nachzukommen?«

»Warum zum Teufel wieder *Ihr*?« Hatte er sie verärgert?

Sie blickte ihm direkt in die Augen. »Weil das *Du* eine gewisse Intimität voraussetzt – und das Vertrauen, von dem Ihr so oft sprecht. Das scheint Ihr allerdings nur einzufordern, nicht selbst zu schenken.«

Die Kälte in der Stimme seiner jungen Frau ließ ihm das Blut in den Adern gefrieren. Gabriel blinzelte mehrfach.

Wie hatte sich ein Moment himmlischer Erfüllung so schnell in eine Gerichtsverhandlung verwandeln können, bei der er auf der Anklagebank saß?

»Das hat rein gar nichts mit Vertrauen zu tun. Ich vertraue dir doch.« *Du erzählst ihr nur nicht alles.* Ärgerlich schob er den Gedanken beiseite und ging auf sie zu. »Bitte, Helen.« Gabriel war sich nicht zu schade, sie anzubetteln. Das war besser, als ihr seine dunkle Seite zu offenbaren oder gar zuzugeben, dass er sich ihrer Berührungen, ihrer Liebkosungen für unwürdig befand. Er war es nicht wert, von ihr verwöhnt zu werden.

Nicht, solange er sich dabei vorstellte, wie er sie besinnungslos im Stroh oder mit weit gespreizten Beinen an sein Bett gefesselt nahm.

Das waren Dinge, die sie nie erfahren durfte.

»Es geht ja nicht nur darum,«, sagte sie ruhig und setzte sich exakt so hin wie bei seinem Eintreten. Nur dass sie diesmal bekleidet war. Das tat allerdings ihrem Liebreiz keinen Abbruch.

»Worum denn dann?«

Sie suchte seinen Blick im Spiegel. »Ich möchte an deinem Leben teilhaben. Du hast mir nie gesagt, warum es zu dieser Hochzeit gekommen ist und wir so schnell aus London flüchten mussten. Ich möchte wissen, was dich erfreut, was dich glücklich macht, dich bewegt oder dir Sorge bereitet. Um dann gemeinsam mit dir eine Lösung finden. Ich will deine Partnerin sein, nicht dein Besitz.«

Ihre Worte berührten ihn, zerrten an längst vergessen geglaubten Gefühlen. Er hatte sich auch einst nach Liebe und Glück gesehnt, bevor er der Dunkelheit erlegen war. Helen bot ihm ihre Hand, und er hätte sie zu gern ergriffen. Aber er bezweifelte, dass es für ihn noch einen Weg zurück ins Licht gab.

»Wir finden Lösungen«, sagte er leise. »Nur bitte, gib mir Zeit. Es ist ... es gibt Dinge, von denen du nichts weißt. Dinge, die ich dir nicht erzählen kann, weil sie so ungeheuerlich sind, dass ...« Kopfschüttelnd versteifte er sich. »Bitte verzeiht meine Aufdringlichkeit, Mylady. Ich werde mich zurückziehen.«

Ohne auf ihre Reaktion zu achten, floh er vor ihr. Wieder einmal.

Seine verdammte Frau forderte ihn heraus, zwang ihn, sich mit dem auseinanderzusetzen, was er geworden war. Sie wollte einen Blick in sein Innerstes werfen, aber dafür war er nicht bereit und würde es vielleicht auch nie sein. *Du musst dich nur öffnen und ihr alles erzählen. Aber dafür bist du nicht Manns genug. Weil dir wichtig ist, was sie von dir denkt. Weil du sie seit eurem ersten Kuss belügst. Weil du sie liebst.*

Beschämt verschloss er die Tür hinter sich. So kam er nicht weiter.

Vielleicht war er zu optimistisch gewesen, was seine Fähigkeit anging, den bohrenden Fragen und Forderungen seiner jungen Frau aus dem Weg zu gehen. Aber er hatte auch nie damit gerechnet, dass sie ihn so für sich einnehmen würde. Hätte er das gewusst …

Gabriel musste sich darauf zurückbesinnen, worum es ihm von Anfang an gegangen war: Ihre Sicherheit. Diesem Ziel musste sich alles andere unterordnen, das stand fest.

Rückschritte

Helen

Nach einer unruhigen Nacht war Helen zu dem Schluss gekommen, dass sie die Geheimnisse lüften musste, die Gabriel umgaben. Denn was es auch war, es stand ihrem Eheglück im Weg.

Gestern hatte sie eine Ahnung davon bekommen, was für ein Mann in ihm steckte. Er war aufmerksam, einfühlsam, offen und begeisterungsfähig. Für einen Tag hatte er ihr gezeigt, wie es zwischen ihnen sein könnte, nur um sich am Ende wieder abzukapseln und zu dem zu werden, der er vorher gewesen war: Ein von Selbsthass zerfressener Mann, der auf einem Pfad wandelte, der ihn irgendwann zerstören würde. Aber das würde Helen nicht zulassen. Dafür war er ihr zu wichtig. Nur leider hatte sie keinen Schimmer, wie sie dahinterkommen sollte, was ihm so schwer auf der Seele lastete.

Grübelnd, wie sie dieses Problem lösen sollte, betrat sie das Frühstückszimmer und war nicht überrascht, lediglich ihre Schwägerin vorzufinden.

»Guten Morgen«, begrüßte Penelope sie mit einem warmen Lächeln. »Mein Bruder lässt ausrichten, dass er zu tun hat und ich dich den Tag über beschäftigen soll.« Man sah ihr nicht an, ob sie den Grund für Gabriels Rückzug kannte oder gar, wie sie darüber dachte.

»Was für eine wunderbare Idee. Guten Morgen.« Helen bediente sich am Buffet und nahm ihrer Schwägerin gegenüber Platz. »Was schwebt dir vor?«

»Wir machen einen Ausflug. Longsloe ist ein reizender Fleck, ein kleines Dorf ganz in der Nähe, mit einer Taverne, in der wir uns zum Mittag stärken können. Es gibt außerdem einen Laden, der hübsche Bänder und allerlei Zierrat bereithält.«

Erinnerungen an das Dorf in der Nähe von Williams Anwesen überfluteten Helen, begleitet von einer Nostalgie und Sehnsucht nach diesen einfachen Zeiten, was sie freudig nicken ließ. »Das ist ein hervorragender Vorschlag. Ich war früher oft in solch einem kleinen Dorfladen, und es ist erstaunlich, was man dort alles findet.« Das restliche Gespräch der Frauen drehte sich um Helens früheres Leben auf dem Land und um das, was sie hier erwartete.

Da das Wetter es zuließ, beschlossen die beiden Frauen, die zwei Meilen bis zum Dorf zu Fuß zu gehen. Die frische Luft und das angeregte Gespräch lenkten Helen von ihren Grübeleien ab, zumindest so lange, bis Penelope nach James fragte, der ihnen in einigem Abstand folgte.

»Hat Gabriel dir einen Grund genannt, warum er dich beschatten lässt?«

»Er sagt, es geht nicht darum, mich zu beschatten. James soll mich beschützen.«

Penelope warf einen Blick über ihre Schulter und sah dann wieder zu Helen. »Ja, das hat er mir auch gesagt. Ich frage mich nur, warum er denkt, dass das nötig sei.

Ich kann mir nicht vorstellen, dass wir hier in Gefahr sind.«

Helen erinnerte sich an die Andeutungen, die Penelope vor einiger Zeit gemacht hatte. Konnte ihre Schwägerin weiterhelfen? »Du hast erwähnt, dass Gabriel in gewisse Dinge verstrickt ist. Vielleicht hat es etwas damit zu tun. Seit unserer Heirat lässt er mich stets begleiten, selbst zu eurer Mutter. Irgendetwas muss dahinterstecken, da bin ich sicher. Aber er will mir nichts sagen.«

Penelope biss die Zähne zusammen und schürzte die Lippen, schwieg jedoch. Allerdings arbeitete es in ihr, wie ihre Miene deutlich verriet. Schließlich stieß sie einen tiefen Seufzer aus. »Das hängt mit dem zusammen, was seinen Frauen passiert ist. Er hat Angst davor, du könntest ebenfalls ums Leben kommen.«

»Aber warum? Ich bin vollkommen unbedeutend und ...« Ihr kam ein Gedanke, der so einleuchtend war, dass sie sich wunderte, nicht früher daran gedacht zu haben. »Hat er Feinde, die für die Morde verantwortlich sind? Wurden sie ermordet, um ihn zu treffen?« Wenn dem so war, stellte sich die Frage, wieso jemand das tun sollte, und warum Gabriel nichts dagegen unternahm.

Penelopes Gesichtsausdruck nach war sie auf einer heißen Spur. »Lassen wir das Thema. Ich hätte nie davon anfangen sollen. Es ist nicht an mir, dir davon zu erzählen. Das ist Gabriels Geschichte.«

Helen blieb stehen, fest entschlossen, mehr aus ihrer Schwägerin herauszubekommen, egal was es kostete. »Er hat mir nie den Hof gemacht«, platzte es aus ihr heraus. »Stattdessen hat er mich aus heiterem Himmel zur

Heirat genötigt. Bis heute hat er mir nicht gesagt, warum. Wir kannten uns kaum.«

Penelope schüttelte den Kopf und nahm ihre Hände. »Mein Bruder ist ein guter Mann, der alles daransetzt, Menschen in Not zu helfen. Ich weiß nicht, was ihn dazu gebracht hat, dich zu heiraten. Aber ich weiß, dass es wichtig genug gewesen sein muss, um einen Eid zu brechen. An Amelines Grab hat er geschworen, nie wieder eine Frau an sich zu binden und damit in Gefahr zu bringen.« Sie verstärkte ihren Griff. »Aber das spielt jetzt keine Rolle mehr. Nachdem ich von eurer Heirat hörte, entflammte die Hoffnung in mir, dass er die Liebe wiedergefunden hat. Und so, wie er dich ansieht, bin ich fest davon überzeugt, dass es auch so ist.«

Es freute Helen, das zu hören. Ihr Herz klopfte unwillkürlich schneller, und es bestätigte, was sie zu spüren geglaubt hatte. Sie war ihm nicht egal.

Nur leider brachte es sie nicht wirklich weiter in ihrem Bestreben, das Rätsel um ihren Ehemann zu lösen.

»Gabriel schweigt sich aus, und auch sonst ist niemand gewillt, mir zu sagen, was hier vor sich geht«, sagte sie ungehalten. »Warum glaubt alle Welt, es sei besser, mich im Ungewissen zu lassen? Ich mag jung sein, aber ich habe einiges erlebt und bilde mir ein, über Urteilskraft zu verfügen, die mir logisches Denken und überlegtes Handeln erlaubt. Wenn ich wüsste, wer oder was uns bedroht, könnte ich hilfreich sein.« Sie befreite sich aus Penelopes Griff.

»Leider habe ich die Antworten nicht, nach denen du suchst. Aber ich sehe, dass er komplett vernarrt in dich ist. Was seine sonstigen Aktivitäten angeht, musst du selbst mit ihm sprechen. Ich habe ihm geschworen, sein Geheimnis zu wahren, und das werde ich auch tun.«

»Das ehrt dich«, sagte Helen und hob das Kinn. »Dennoch heißt es im Umkehrschluss, dass du mir nicht alles gesagt hast. Das bedeutet, wir werden fürs Erste nicht so enge Freundinnen, wie ich gehofft hatte – was ich bedauere. Ich werde herausfinden, was hinter all dem steckt und meinem Mann bei seinen Problemen beistehen. Mit oder ohne deine Hilfe.«

»Du bist eine bemerkenswerte Frau, Helen. Meinem Bruder beizustehen ist auch mein erklärtes Ziel, vergiss das nicht. Mich würde es über alle Maßen freuen, dabei eine Frau an meiner Seite zu haben, die ihn ebenso liebt wie ich.«

Diese Worte überraschten Helen. Nicht, weil Penelope völlig ignorierte, was sie über ihre Freundschaft gesagt hatte, sondern weil sie davon ausging, dass Helen Gabriel liebte.

War dem so? Sie mochte ihn, keine Frage. Auch hielt sie ihn für einen Mann, den sie eines Tages lieben konnte. Aber davon war sie noch weit entfernt. Oder nicht?

»Wir beide«, sagte Penelope in diesem Moment, »sollten es uns zur Aufgabe machen, ihm zu zeigen, wie schön das Leben sein kann. Damit er die Abgründe vergisst, in die er geblickt hat. Dafür müssen wir miteinander und nicht gegeneinander arbeiten.« Ihre Stimme wurde eindringlicher. »Wenn ich dir Dinge verschweige, dann weil darüber zu reden ein Vertrauensbruch wäre. Ich vertraue dir, auch wenn es nicht so aussieht, das musst du mir glauben. Ich habe dir schon mehr gesagt, als ich je wollte, eben weil ich es tue.«

Vertrauen. Das war es, worauf es immer wieder hinauslief. War sie bereit, es Gabriel und seiner Schwester zu schenken, ohne etwas dafür zurückzubekommen?

Die Antwort lautete eindeutig *Ja.* Weil ihre Ehe es wert war. Weil der Mann, der sich unter Gabriels kalter Fassade verbarg, es wert war.

»Gut. Dann vertraue ich darauf, dass ...« Ein Geräusch rechts von ihr brachte Helen dazu, den Kopf zu drehen. Sie hatten eine Kreuzung erreicht, und nicht weit von ihr entfernt kam ein Reiter im Galopp auf sie zugeprescht. Sie konnte den Mann nicht erkennen, da er eine Kapuze tief ins Gesicht gezogen hatte. Dennoch kam er ihr merkwürdig bekannt vor. Es war die Art, wie er den Kopf gesenkt hielt. Doch ihr wollte nicht einfallen, an wen er sie erinnerte.

Er kam schnell näher und schickte sich an, eng an ihr vorbeizureiten. Zu eng. Er würde sie über den Haufen reiten.

Doch das war offenbar nicht sein Plan. Stattdessen beugte er sich zu ihr hinunter und griff nach ihr. Instinktiv wollte sie zurückweichen, doch es war zu spät. Seine Hand packte ihre Taille, und im selben Moment hallte ein Schuss durch die Luft. Der Mann auf dem Pferd fluchte, ließ sie los und ritt in vollem Tempo weiter.

Helen konnte sich eben noch fangen, bevor sie fiel. Verdattert sah sie ihm nach, unfähig, einen klaren Gedanken zu fassen. Der Reiter saß weit nach vorn gebeugt und hielt sich den Arm. Die Kugel hatte ihn also getroffen.

Meine Güte, eine Kugel!

Der Mann wollte mich auf sein Pferd ziehen.

Dieser Gedanke sorgte dafür, dass sich Helen mit einem Mal wieder ihrer Umgebung bewusst wurde. Neben ihr redete Penelope auf sie ein, und auch James rief etwas, während er auf sie zugelaufen kam.

»Geht es dir gut?«, fragte ihre Schwägerin und griff nach Helens Hand, die diese zurückzog.

»Ja, mir ist nichts passiert.«

James hatte sie erreicht und musterte sie von oben bis unten. Die rauchende Pistole hielt er in der Hand. »Wir werden sofort umkehren. Lord Windham muss umgehend informiert werden. Bleibt dicht an meiner Seite.«

»Sicher«, antwortete Helen verwirrt und blinzelte. »Was wollte dieser Mann von mir? Warum haben Sie geschossen? Hat mein Mann mit so etwas gerechnet und Sie deshalb zu meinem Schutz abgestellt?«

»Das sind alles Fragen, die ich Euch nicht beantworten kann. Bitte, folgt mir zurück nach *Windham Manor*. Dort seid Ihr in Sicherheit. Ihr natürlich ebenfalls, Lady Penelope. Es ist notwendig, Euren Bruder von den Geschehnissen in Kenntnis zu setzen. Vorkehrungen müssen getroffen werden.«

Penelope nickte. »Ja, ich verstehe. Wir begleiten Euch.«

»Ich verstehe nicht«, protestierte Helen und blieb stehen. »Was für Vorkehrungen?«

»Das werden wir sehen.« Penelope nahm sie am Arm, und diesmal ließ Helen es zu. »Gabriel wird wissen, was zu tun ist.«

Die Fragen in Helens Kopf wurden immer mehr, doch keiner ihrer Begleiter schien geneigt zu sein, ihr zu erzählen, was hier vor sich ging.

Gabriel würde ihr Rede und Antwort stehen müssen. Es war an der Zeit, dass er mit der Sprache herausrückte.

Gabriel

Gabriel saß in seinem Arbeitszimmer und starrte aus dem Fenster. Er konnte sich nicht entscheiden, wie es weitergehen sollte. Wenn er zuließ, dass Helen ihm so nah kam, würde sie unweigerlich über seine Geheimnisse stolpern, was schlimme Konsequenzen hätte. Im besten Fall würde sie ihn nur verachten und sich von ihm abwenden. Im schlimmsten Fall würde sie den Tod finden.

Die Alternative war, wieder auf Distanz zu gehen. Aber wie würde sie darauf reagieren? Natürlich hätte sie keinerlei Verständnis dafür und würde ihn für diese Entscheidung auch verachten. Aber wenigstens war sie sicher.

Nur – was, wenn sie versuchte, davonzulaufen? Sie wäre nicht die erste Heart-Schwester, die vor ihm flüchtete, alle Gefahr ignorierend.

Er seufzte schwer. Irgendeinen Ausweg musste es doch aus diesem Dilemma geben.

In der Ferne sah er drei Gestalten, die sich schnell dem Haus näherten. Zwei Frauen und ein Mann. Er kniff die Augen zusammen, um sie besser erkennen zu können. Das waren eindeutig Penelope, Helen und James. Sie waren vor nicht einmal einer Stunde aufgebrochen und sollten bis zum Tee unterwegs sein.

Unruhe ergriff ihn, und er stand auf. Wahrscheinlich war es nichts, und eine der Frauen hatte sich nur umentschieden. Doch seine innere Stimme sagte ihm, dass das nicht der Grund für ihre Rückkehr war. Er konnte es an nichts Bestimmten festmachen, und dennoch ahnte er, dass irgendetwas geschehen war.

Schnellen Schrittes verließ er sein Arbeitszimmer und ging den dreien entgegen. James eilte seinerseits auf ihn zu.

»Jemand hat versucht, Lady Helen zu entführen.«

Gabriel erstarrte. Bilder von Helen, eingesperrt in einem verliesähnlichen Raum, wimmernd und ängstlich, schossen ihm durch den Kopf. Oder schlimmer noch. Sie, an ein Bett gefesselt, sich windend und außer sich vor Angst, umringt von maskierten Männern.

Sein Nacken und seine Kehle schmerzten. Jeden Herzschlag hörte und spürte er bis in seinen Kopf klopfen, was keinen Raum für etwas anderes ließ.

Das war alles seine Schuld.

Er war nicht aufmerksam gewesen und hatte sich von Helens Reizen ablenken lassen. Seine Unvorsichtigkeit war unverzeihlich.

»Gabriel?« Helens Stimme drängte den Terror beiseite, der in ihm wühlte und dabei war, ihn zu überwältigen.

Sie war hier.

Seine Frau stand vor ihm.

Es war nur eine versuchte Entführung, keine gelungene.

»Ja«, sagte er heiser und massierte sich die Schläfen, um klar denken zu können. »Geht es dir gut?« Er suchte nach Anzeichen von Verletzung, fand aber keine. Lediglich ihre Wangen waren ein wenig mehr gerötet als sonst.

»Ich bin wohlauf, allerdings verstehe ich nicht, was …«

»Geh bitte sofort auf dein Zimmer«, unterbrach er sie. »James, du begleitest Lady Helen, sorgst dafür, dass die Fenster geschlossen sind, und hältst vor der Tür Wache. Ich schicke so bald wie möglich eine Ablösung, dann kommst du zu mir und erstattest detailliert Bericht.« James nickte und schickte sich an, loszugehen, doch Helen beachtete ihn gar nicht, sondern starrte Gabriel fassungslos an. »Was …«

»Begleite James zum Haus, und bleib um Gottes willen in deinem Zimmer«, blaffte er sie an. »Und bereite dich zur Abreise vor.«

»Aber wohin denn? Wir sind doch gerade erst …«

»Das wird sich noch zeigen. Los, jetzt!« Die Härte in seiner Stimme gefiel ihm nicht, aber sie war zwingend notwendig. Er musste seine Gefühle für Helen beiseiteschieben, um einen klaren Kopf zu behalten. Er hatte keine Zeit für Erklärungen!

»Gabriel, was ist hier los? Bitte erkläre es mir.« Sie weinte nun, das konnte er deutlich hören. Ein Teil von ihm hätte sie gern in die Arme genommen und ihr versichert, dass alles gut werden würde. Dass sie Licht in seine Dunkelheit brachte und er ihr jeden Wunsch von den Augen ablesen würde. Doch er behielt seinen Blick stur auf James gerichtet.

Denn er durfte nicht nachgeben. Seine ersten beiden Frauen waren gestorben, und er war schuld an ihrem Tod. Nora war seinem Leichtsinn zum Opfer gefallen, ebenso wie Ameline.

Das würde ihm nicht noch einmal passieren.

Also verschloss er sein Herz vor Helens Tränen und schüttelte mit eisiger Miene den Kopf.

»Geh!«, befahl er und wandte sich an seine Schwester. »Penny, bitte erzähl mir genau, was passiert ist. Bis ins kleinste Detail.«

Die Jagd

Gabriel

Er ritt inmitten seiner Männer und war dankbar, dass es heute nicht regnete. So gelang es Roy, dem besten Fährtenleser, den Gabriel kannte, mühelos, der Spur von Helens Entführer zu folgen. Der Mann hatte die Straße ins Dorf verlassen und ritt querfeldein. Gabriel kannte die Gegend und wusste, dass in dieser Richtung nichts als offenes Feld lag. Es gab lediglich einen oder zwei Unterstände für Schäfer.

Sie würden den Mann hoffentlich bald finden, zumal sich James sicher war, ihn mit der Pistole getroffen zu haben. Wenn das stimmte, hoffte Gabriel, dass der Bastard lang genug lebte, um ihm Rede und Antwort zu stehen. Es bestand eine reelle Chance, mit seiner Hilfe den Mann zu ermitteln, der es auf Helen abgesehen hatte. Den Mann, den Gabriel nur als *Oberon* kannte.

Er hatte ihn nie ohne Maske gesehen und war sicher, dass *Oberon* seine Stimme verstellte, um nicht erkannt zu werden. Doch angesichts seiner Wortwahl und der Umstände, unter denen Gabriel ihn getroffen hatte, war anzunehmen, dass der Mann aus dem *ton* kam.

Und was willst du tun, wenn du ihn findest? Ihn umbringen? Er ignorierte die leise Stimme, die ihm sagte, dass er einen Fehler beging, indem er diesen Mann jagte. *Du hast Helen so gut wie allein zurückgelassen. Nur eine Wache ist bei ihr. Was, wenn noch mehr Männer hinter ihr her sind? Was, wenn das eine Falle ist? Kehr um und beschütze sie.*

Gabriel schüttelte grimmig den Kopf. Er würde den Mann finden, der es gewagt hatte, seine Frau anzufassen, und er würde aus ihm herausprügeln, wer sein Auftraggeber war. Das war der beste Weg, die Sache endgültig zu beenden.

Er gab seinem Pferd die Sporen und preschte voran. Doch sofort wurde ihm bewusst, wie sinnlos dieses Vorgehen war, denn er konnte keine Spuren lesen. Sobald er sich vor Roy setzte, würde er die des Gejagten verwischen. Also ließ er sich zurückfallen und hielt den Blick auf die Kate gerichtet, die in der Ferne in Sicht kam. Wenn er Glück hatte, musste er sich nur bis zu ihrem Erreichen gedulden. Sollte der Gesuchte so schwer verletzt sein, wie James vermutete, dann musste er dort Unterschlupf gesucht haben.

Roy schien seine Gedanken zu lesen, denn er sagte: »Er ist sicher zur Kate geritten. Wir können meilenweit sehen, und das ist der einzige Ort, um sich zu verstecken. Mit einer Verletzung ist er wahrscheinlich verzweifelt genug, um dort zu rasten.«

Mit neuem Mut setzte sich Gabriel wieder an die Spitze des kleinen Trupps. Je näher sie der Kate kamen, desto zuversichtlicher wurde er. Das gesattelte und voll aufgezäumte Pferd, welches in einiger Entfernung mitten auf der Wiese graste, sprach Bände.

Gabriel saß ab, genau wie seine Leute. Sie bemühten sich nicht, leise zu sein, da ihr Opfer ihnen nicht entkommen konnte. Es gab nur eine Tür, und die hatten sie im Blick.

»Lasst mich vorgehen, Mylord.« James war neben ihn getreten und sprach leise. »Wenn sich darin wirklich der verletzte Entführer befindet, könnte er verzweifelt sein und zum Äußersten greifen. Vielleicht hat er eine Pistole auf den Eingang gerichtet.«

So ungern Gabriel es auch zugab, der Mann hatte recht. Also blieb er stehen. »Gut, aber sei vorsichtig.«

James nickte und trat leise rechts neben die Tür. Gabriel stellte sich neben ihn, und der Rest der Truppe platzierte sich auf der anderen Seite. James zählte mit den Fingern von drei runter und stieß mit einem schnellen Schlag die Tür auf.

Nichts geschah.

Sie warteten einige Augenblicke, aber alles blieb still. James spähte vorsichtig hinein und schien keine Gefahr zu erkennen. Er winkte dem Rest der Gruppe, ihm zu folgen.

Im Inneren herrschte Dämmerlicht, und Gabriel brauchte einen Augenblick, um sich daran zu gewöhnen. Schemenhaft sah er einen dreibeinigen Hocker, einen grob gezimmerten Tisch und eine zusammengesunkene Gestalt in der Ecke schräg gegenüber.

Der Mann trug einen weiten Mantel, die Kapuze tief ins Gesicht gezogen, doch er regte sich nicht. War er tot?

Vorsichtig ging Gabriel näher heran, was der Gestalt ein Stöhnen entlockte. Er lebte also noch.

»Habt Ihr mich, Giddeon«, kam es krächzend aus der Ecke. Die Stimme kam Gabriel bekannt vor, doch er konnte sie nicht zuordnen.

»Wer seid Ihr?«, fragte er und erhielt keine Antwort. Bei der Gestalt angekommen, wollte er sich niederknien, um die Kapuze zu entfernen, doch James hielt ihn zurück.

»Lasst mich, Mylord.«

Gabriel nickte und ließ ihn gewähren, auch wenn er nicht glaubte, dass große Gefahr von dem Mann ausging. Er war am Ende.

Neugierig beobachtete er, wie James den Umhang des Entführers zur Seite schob. Auf seiner Kleidung war kein Blut zu sehen, was entweder bedeutete, dass James ihn doch verfehlt hatte, oder dass die Kugel ihn von hinten getroffen hatte und noch in ihm steckte. James schlug die Kapuze zur Seite, und ein schmerzverzerrtes Gesicht erschien.

»Deering«, stieß Gabriel aus und hätte sich am liebsten auf den Mann gestürzt. Doch das war nicht zielführend. »Warum bin ich nicht überrascht?«

»Weil Ihr schlauer seid, als gut für Euch ist.« Deering hustete, und kleine Blutbläschen bildeten sich in seinen Mundwinkeln. »Im Gegensatz zu mir. Hätte mich nie auf diesen Mist einlassen dürfen.«

»Sprecht weiter.« Die Antworten waren so nah, und es kostete Gabriel Mühe, ruhig zu bleiben. Allein der Gedanke an Helen und daran, dass er sie nur schützen konnte, wenn er alles wusste, hielten ihn davon ab, dem Mann den Rest zu geben.

»Die kleine Helen war ein leichtes Opfer«, sprach Deering weiter. »Leicht zu umgarnen, gutgläubig und so unschuldig, dass es fast wehtat.« Er lachte, und mehr Blut erschien zwischen seinen Lippen. »Selbst wenn ich der gewesen wäre, der ich vorgab zu sein, hätte eine Reise nach Indien dieses zarte Pflänzchen zerstört. Aber das muss ich Euch nicht sagen. Habt Ihr sie bereits gebrochen? Ich hoffe für Euch, dass Ihr nicht so gierig wart. *Er* wäre sehr erbost darüber. Er ist wütend genug, dass Ihr sie ihm weggenommen habt.«

»Wer?«, presste Gabriel hervor, kniete sich vor den Mann und ergriff ihn am Kragen. »Wer ist *Oberon*?«

»Ihr habt wirklich keine Ahnung.« Ein röchelndes Lachen erklang. »Er hat gesagt, Ihr wüsstet es nicht, und ich wollte es ihm nicht glauben. Er wird Euch zerquetschen wie die Kakerlake, die Ihr seid.«

»Nennt mir den wahren Namen Eures Auftraggebers. Sofort!« Jetzt schrie Gabriel, aber es war ihm egal.

Deering wurde mit jedem Atemzug schwächer. Wenn er jetzt nichts aus ihm herausbekam, stand er ein weiteres Mal mit leeren Händen da. Dann blieb ihm nur die Gewissheit, dass *Oberon* weiter versuchen würde, Helen in seine Finger zu bekommen.

Ihm war klar gewesen, dass Deering nicht der Drahtzieher war. Dafür bewegte sich der Mann erst zu kurz in Londoner Kreisen.

Er schüttelte ihn und wiederholte seine Frage, erntete aber nur ein krächzendes Kichern.

»Zu wissen, dass Ihr ahnungslos sterben werdet, sobald *Oberon* euch erwischt, wohlwissend, welches Schicksal der Frau blüht, die Ihr vergeblich zu retten versucht, ist meine Genugtuung.« Deerings Stimme wurde schwächer. »Wisst Ihr, er hat mir versprochen, dass ich sie haben kann, wenn er mit ihr fertig ist. Denn dann wäre sie so, wie ich sie mag. Gebrochen und bereit, jederzeit benutzt zu werden. Ist es nicht auch das, was Ihr bevorzugt? Gepeinigtes Fleisch ohne Gegenwehr, in dem man versinken kann und ...«

Gabriel knurrte zornig auf und verpasste dem Mann einen Faustschlag. Dann noch einen und noch einen. Allein der Gedanke, Deering oder jemand anderes könnte Hand an Helen legen, verursachte ihm körperliche Schmerzen. Was bildete der Kerl sich ein?

»Nicht, Mylord«, hörte er Roys und James' Stimme gleichzeitig, doch er konnte nicht aufhören. Er musste Deering schlagen, ihm Schmerzen zufügen, ihn leiden lassen für das, was er Helen antun wollte. Er hob erneut die Hand, und diesmal stoppte ihn Roy.

»Er ist tot«, sagte er ruhig, und Gabriel registrierte, dass Deering sich nicht mehr bewegte. »Die Kugel.« Kopfnickend zeigte Roy auf die Blutlache, die sich unter dem Mann gebildet hatte. »Die Verletzung war zu schwer, er ist verblutet.«

Widerwillig ließ Gabriel von dem Mann ab. Sein Puls raste, und er schaffte es nicht, stillzustehen. »Durchsucht ihn«, befahl er. »Auch sein Pferd. Vielleicht finden wir irgendwelche Hinweise.« Mit der flachen Hand schlug er gegen die Wand der Kate. »Es muss etwas geben!«

Am Rande bemerkte er, dass seine Männer die Befehle ausführten, und versuchte, sich zu beruhigen. Er war nicht wie Deering, und dennoch traf ihn der Vorwurf. *Gepeinigtes Fleisch ohne Gegenwehr, in dem man versinken kann.* Er stieß ein wütendes Brüllen aus, gefolgt von einem erneuten Schlag gegen die Wand, diesmal mit geballter Faust. Der Schmerz klärte seine Gedanken und half ihm, sich zu fokussieren. Hier ging es nicht um seine Vorlieben im Schlafgemach oder darum, wie richtig oder falsch diese waren. Es ging um Helen und ihre Sicherheit.

»Wir haben etwas gefunden«, erklang Roys Stimme, und er hielt Gabriel einen Brief entgegen. Mit jeder Zeile beruhigte sich Gabriels Herzschlag.

Sie hatten einen Treffpunkt für Helens Übergabe festgelegt. In drei Tagen.

»Zurück zum Haus. Wir brechen sofort nach London auf und reiten ohne Pause.« Er schnippte mit dem Zeigefinger gegen das Papier in seiner Hand. »Wir müssen rechtzeitig in der Stadt sein, um das hier ein für alle Mal zu beenden.«

Helen

Gefangen in ihrem Zimmer verstand Helen die Welt nicht mehr. Was in drei Teufels Namen ging hier vor sich? Dass Gabriel ihr Dinge vorenthielt, war ihr klar gewesen, doch es schien deutlich schwerwiegender zu sein, als sie gedacht hatte.

Offensichtlich hatte er damit gerechnet, dass man versuchen könnte, sie zu entführen. Deswegen hatte er ihr die Leibwächter an die Seite gestellt, und vermutlich war das auch der Grund für die Flucht aus London. Aber wer wollte sie entführen? Und warum? Und wieso hatte er sie nicht davor gewarnt? Wie sollte sie ihm vertrauen, wenn er ihr derart wichtige Tatsachen verschwieg?

Seufzend blickte Helen in den Kamin. Auf dem Schoß hielt sie ihren Reisesekretär und tauchte die Feder in die Tinte. Sie musste ihre Gedanken ordnen und ihr Wissen zusammenfassen.

1. Jemand wollte sie entführen, und Gabriel wusste davon. (Woher?)

2. Gabriel ging unbekannten Aktivitäten nach, von denen alle wussten, außer ihr. Niemand wollte mit ihr darüber reden. (Bridget hatte damit zu tun, ebenso James und seine Schwester.)

3. Gabriel war unschuldig am Tod seiner ersten beiden Frauen, gab sich aber trotzdem die Schuld dafür. (War das die Quelle seines Selbsthasses?)

4. Er hatte ungewöhnliche Vorlieben das Schlafgemach betreffend, die ihm peinlich waren.

5. Er spielte die Rolle des unnahbaren und grausamen Mannes nur, obwohl er im Grunde seines Herzens ein tierlieber und mitfühlender Mensch war. Er besaß Humor, war großzügig und beliebt bei seiner Dienerschaft.

Helen setzte den Federkiel ab. Wie passte das zusammen? Oder hatten diese Dinge gar nichts miteinander zu tun?

Vielleicht fehlten ihr auch nur die richtigen Puzzlestücke. Fieberhaft überlegte sie, ob ihr noch etwas einfiel. Irgendetwas, was jemand nebenbei erwähnt hatte. Doch in ihrem Hirn breitete sich ein Nebel aus, der klares Denken erschwerte.

Ihr Entführer kam ihr in den Sinn. Warum hatte sie das Gefühl gehabt, ihn zu kennen? Was hatte diesen Eindruck ausgelöst?

Sie schloss die Augen und versetzte sich auf die Straße zurück. Sah ihn auf sich zukommen, eingehüllt in diesen dunklen Mantel, die Kapuze tief ins Gesicht gezogen.

Sein Gesicht blieb verborgen. Doch es war etwas anderes, was ihre Aufmerksamkeit geweckt hatte. Die Art, wie er den Kopf gehalten hatte, wie er im Sattel saß.

Sie erhob sich so ruckartig, dass ihr der Reisesekretär von den Knien rutschte. Mit einem lauten Schlag landete er auf dem Boden und der Inhalt des Tintenfasses ergoss sich auf selbigen. Laut fluchend bückte sie sich danach und stellte es auf.

Im selben Moment hörte sie das Schloss klicken, und Gabriel trat ein. Er erfasste die Situation mit einem Blick, ging jedoch nicht darauf ein, sondern sagte nur: »In genau dreißig Minuten brechen wir nach London auf, ob du fertig bist oder nicht.« Ohne sie weiter zu beachten, verließ er das Zimmer wieder.

Zu verdattert, um zu antworten, sah sie ihm nach. Eine halbe Stunde? Die Zeit reichte kaum, um ihre Reisekleidung anzuziehen.

»Helen, es tut mir so leid«, erklang Penelopes Stimme von der Tür. »Ich habe Bridget mitgebracht, wir werden dir beim Packen und Umkleiden helfen.« Sie sah die Tinte auf dem Boden und die zerstreuten Blätter. »Lass mich das machen, während du in deine Reisekleidung schlüpfst.«

Helen ließ sie gewähren. Wenn sie eines in den letzten Tagen gelernt hatte, dann dass man Penelope nichts abschlug und sie ihre Fragen nicht beantworten würde. Dafür musste sie sich an Gabriel halten. Und diesmal würde sie ihn nicht davonkommen lassen. Ihnen stand eine mehrtägige Reise mit mindestens zwei Übernachtungen bevor, bei der er ihr nicht mehr ausweichen konnte.

Ein Morgen im Hyde Park

Helen

Wie sich herausstellte, gelang es Gabriel ganz hervorragend, ihr aus dem Weg zu gehen. Er reiste nämlich nicht mit ihr.

Als sie hinaustrat, um die Kutsche zu besteigen, teilte Arnaud ihr mit, dass Lord Windham bereits zu Pferde aufgebrochen sei.

»Was hat das zu bedeuten?«, fragte sie, wohlwissend, dass sie keine zufriedenstellende Antwort erhalten würde.

»Er hat mir die Aufgabe übertragen, Euch sicher nach *Dark Hall* zurückzubringen«, antwortete Arnaud und ging auf sein Pferd zu. »James wird mit Euch in der Kutsche reisen.«

»Ach ja? Und mein Wort zählt gar nichts? Was erlauben Sie sich?« James, der Anstalten gemacht hatte, in die Kutsche zu steigen, erstarrte und sah verwirrt zu Arnaud hinüber. Sie sollte ihren Frust nicht an Gabriels Männern auslassen, die befolgten nur Befehle. Dennoch tat sie es. Denn es war sonst niemand hier, an dem sie sich abreagieren konnte.

Gabriels Kammerdiener schien das nicht groß zu stören, denn er forderte James mit einer Handbewegung auf, in die Kutsche zu steigen, und wandte sich dann ihr zu.

»Selbstverständlich werden wir Euren Anweisungen Folge leisten, Mylady. Solange sie denen Eures Gatten nicht widersprechen.«

»Dann sagen Sie mir gefälligst, was hier los ist. Vor wem oder was flüchten wir ohne Unterlass?«

Arnauds Gesicht wurde ausdruckslos. »Es tut mir leid, Mylady, das kann ich Euch nicht sagen.«

»Können Sie nicht? Oder wollen Sie nicht?« Er zeigte nicht die geringste Reaktion, und sie stieß einen verzweifelten Schrei aus.

»Das wird ein Ende haben, wenn ich meinen Mann in die Finger bekomme. Er kann nicht ewig vor mir davonlaufen.«

Sie stürmte an Arnaud vorbei und stieg zu James in die Kutsche. »Werden Sie mir verraten, was hier vor sich geht?« Er sah sie mit großen Augen an und schüttelte stumm den Kopf. »Dann will ich kein Wort von Ihnen hören, verstanden?«

Erst als er ergeben nickte, ging ihr auf, dass sie sich damit ins eigene Fleisch schnitt. Die Kutschfahrt war so schon langweilig genug.

Die Reise verlief ereignislos, und sie erreichten London drei Tage später am frühen Nachmittag.

Wie Helen erwartet hatte, war Gabriel nicht anwesend. Mrs Pullock bestätigte auf Nachfrage, dass er vor Kurzem das Haus verlassen und Anweisung erteilt habe, nicht mit dem Dinner auf ihn zu warten.

Helen ahnte, dass es keinen Sinn hatte, wach zu bleiben und auf seine Rückkehr zu warten. Ein Ausflug mit der Kutsche erschien ihr nach der langen Reise wenig verlockend, also entschied sie, zu lesen und zeitig ins Bett zu gehen. Damit wäre sie hoffentlich ausgeruht, wenn sie ihm das nächste Mal gegenübertrat.

Dementsprechend früh erwachte sie, nur um festzustellen, dass Gabriel nicht zurückgekehrt war. Kurzerhand beschloss sie, im Morgengrauen nun doch eine Kutschfahrt durch den Hyde Park zu unternehmen. Zu so früher Stunde hielt sich niemand dort auf, und sie konnte so schnell fahren, wie sie wollte. James, der die Nacht über vor ihrer Zimmertür Wache gestanden hatte, begleitete sie in gebührendem Abstand zu Pferd, genau wie ein zweiter Mann neben ihm.

Helen fand das übertrieben, entschied sich jedoch, die beiden zu ignorieren und die Fahrt zu genießen. Es fühlte sich gut an, die Zügel zur Abwechslung wieder selbst in der Hand zu halten.

Trotzdem kreisten ihre Gedanken weiter um das bevorstehende Gespräch mit ihrem Gatten. Es war schwierig, sich einen guten Plan zurechtzulegen. Gabriel reagierte nie so, wie sie es erwartete. Mit Improvisation war sie bisher nicht weit gekommen. Würde er nachgeben, wenn sie ihn beim Wort nahm und auf Ehrlichkeit und Vertrauen pochte?

Es versprach ein wundervoller Tag zu werden. Der Park war voll erblüht, Morgentau glitzerte auf dem Rasen, und Helen lenkte die Kutsche auf einen Weg, der sie einmal um den Park herumführen würde. Das war für den Anfang eine gute Strecke. Nach wenigen Minuten merkte sie, dass das heute nicht das Richtige für ihre Stimmung war. Man sah die Häuser Londons, was sie störte. Sie brauchte Einsamkeit. Also bog sie ab und fuhr tiefer in den Park hinein.

Endlich stellte sich das Gefühl ein, weit weg von allem zu sein, und Ruhe überkam sie. Das Hufgetrappel und die Räder der Kutsche waren die einzigen Geräusche, und Helen entspannte sich etwas – zumindest so lange, bis sie eine Bewegung zu ihrer Linken wahrnahm.

Eine Gestalt torkelte über den Rasen, und Helen hob die Zügel, um sich weiter von dem Betrunkenen zu entfernen.

Doch etwas hielt sie zurück. Sie verlangsamte die Fahrt und sah genauer hin. Der Mann trug zwar Abendkleidung, aber weder Hut noch Umhang. Und er torkelte auch nicht wie ein Betrunkener, sondern wie ein Mann, der sich an der Schulter verletzt hatte. William war einmal vom Pferd gefallen und hatte sich die linke Schulter ausgerenkt. Sein Gang war ähnlich gewesen.

Die Gestalt kam näher, und Helen erkannte dunkelblondes Haar, das unfrisiert in das schmutzige Gesicht fiel. Inzwischen war der Mann so nah, dass sie seine Gesichtszüge erahnen konnte, was ihr einen leisen Schrei entlockte. Der Mann war Gabriel.

Mit einem Satz war sie vom Kutschbock heruntergesprungen und lief auf ihn zu. James tauchte neben ihr auf und erreichte Gabriel kurz vor ihr. Der stieß ein Stöhnen aus, in dem Helen glaubte, ihren Namen zu erkennen, und fiel James in die Arme.

»Was ist mit ihm?« Sie suchte seinen Körper ab und entdeckte einen großen Blutfleck an der rechten Schulter.

»Schusswunde«, murmelte Gabriel und versuchte seinen Kopf in ihre Richtung zu drehen. Doch der gehorchte ihm nicht und fiel stattdessen zur Seite, als sei er zu schwer für seinen Nacken. Auf Stirn und Oberlippe standen Schweißperlen. Er war eindeutig in einer schlechten Verfassung und brauchte dringend Hilfe.

»Bringen Sie ihn zur Kutsche, James.« Noch während sie sprach, hatte sie sich umgedreht und lief zurück zum Wagen. Sie setzte sich auf den Kutschbock und deutete ungeduldig neben sich.

James und der zweite Begleiter folgten und hievten Gabriel zu ihr hinauf. Sie bettete seinen Kopf auf ihren Schoß. So sollten sie es bis nach Hause schaffen. Ihr Mann schien nicht bei vollem Bewusstsein zu sein. Er murmelte zwar leise vor sich hin, doch ergab das, was er sagte, keinen Sinn. Auch erkannte er sie nicht. Das Einzige, was sie verstehen konnte, waren die Worte *Geist* und *Licht*.

»Reiten Sie vor und lassen Sie nach einem Arzt schicken. Schnell!«, fuhr sie James an. Zu ihrer Überraschung gehorchte er ohne Widerrede, sprang auf sein Pferd und preschte davon.

Sie strich Gabriel das Haar aus dem Gesicht, streichelte seine Wange und sprach beruhigend auf ihn ein. »Bitte, Liebster, halte durch. Wir sind gleich zu Hause. Es wird alles gut werden. Bitte, bitte, halte durch.« Sie fuhr vorsichtig an, während sich Tränen in ihren Augenwinkeln bildeten. Ihre Brust war so eng, dass sie kaum atmen konnte. Lediglich schemenhaft nahm sie wahr, dass der zweite Begleiter neben der Kutsche ritt und sich aufmerksam umsah. »Nicht sterben. Nicht jetzt. Ich glaube, ich liebe dich, da kannst du nicht einfach sterben.« Kaum hatte sie die Worte ausgesprochen, erkannte sie, dass es stimmte.

Sie hatte sich in Gabriel verliebt, auch wenn er Dinge tat, die sie nicht verstand und sie mit seiner Geheimnistuerei in den Wahnsinn trieb. Sie liebte seinen Humor, sein weiches Herz, die Art, wie er sie ansah, wenn er glaubte, sie merke es nicht. Was er auch tat, wenn er verschwand, sie war überzeugt davon, dass es nichts Böses war. In Gabriel steckte so viel Gutes, nur verbarg er es unter Distanziertheit, Sarkasmus und vorgespielter Gefühlskälte. »Wage es ja nicht, zu sterben, bevor ich dich richtig kennengelernt habe«, flüsterte sie.

Er antwortete nicht, sondern stöhnte leise, und Helen war froh, dass sie nicht mehr weit von ihrem Haus entfernt waren.

Gabriel

Er versuchte die Augen zu öffnen, doch es war zu anstrengend. Sie brannten fürchterlich, und seine Lider waren so schwer. Stattdessen lauschte er der sanften Stimme, die ihn ermutigte, durchzuhalten. War das ein Engel, der mit ihm sprach? Wie konnte das sein? Die Hölle war ihm gewiss, daran gab es nicht den geringsten Zweifel. Und warum schwankte die Welt um ihn herum?

Eine starke Erschütterung ließ ihn erbeben, und ein sengender Schmerz schoss durch seine Schulter, um hinter seinen geschlossenen Augen in grellen Farben zu explodieren. Er war *Oberon* in die Falle gelaufen wie ein naiver Schuljunge. Überall um ihn herum lauerten maskierte Männer mit Pistolen, während Gabriel versuchte zu fliehen. Doch je schneller er rannte, desto mehr Männer verfolgten ihn. Er spürte, wie eine Kugel in seine Schulter einschlug, und verzweifelte. Es war vorbei, er hatte verloren. Und trotzdem versuchte er, den Tatsachen zu trotzen, weiterzulaufen, gegen jede Vernunft. Weil es irgendwo da draußen etwas gab, wofür es sich zu leben lohnte. Aber was?

Helen!, fuhr es ihm durch den Kopf.

Ihre Stimme beruhigte ihn, auch wenn er nicht wusste, ob das Realität oder Traum war. Sie leitete ihn. Wie ein Licht in der Dunkelheit führte sie ihn zurück ins Leben. Es gelang ihm, die Augen zu öffnen, und sich im Hier und Jetzt zu verankern.

Sein Kopf lag in ihrem Schoß, und er begann zu verstehen, was sie sagte. Seine Frau beschimpfte ihn. Entzückend.

»Du dummer Mann, warum begibst du dich in Gefahr? Einfach davonzulaufen, ohne ein Wort. Damit ist ein für alle Mal Schluss, hörst du?«

»Ich höre«, murmelte er. »Tut mir leid.«

»Du bist wach?« Auf einmal klang sie kein bisschen verärgert mehr, sondern freudig erregt. »Lieg still, wir sind gleich zu Hause. Du brauchst einen Arzt.«

»Nicht so schlimm«, sagte er schwerfällig. »Glatter Durchschuss, kann den Arm ...« Er verlor den Faden und versuchte sich aufzurichten, doch der Schmerz raubte ihm beinahe das Bewusstsein.

»Nicht bewegen, habe ich gesagt!« Ihr Tonfall wurde wieder schärfer. »Wir sind da, und wir warten genau in dieser Position, bis die Männer kommen, um dich herunterzuheben.«

Erneut nutzte er ihre Stimme als Fokus, um nicht das Bewusstsein zu verlieren. Gabriel richtete den Blick auf sie, auf ihr engelsgleiches Gesicht und den Lichtschein, der um ihr Haupt leuchtete. Einige Locken hatte sich aus der Frisur gelöst und umspielten ihre feinen Züge, die verärgert und gleichzeitig liebevoll wirkten. Obwohl sie offensichtlich zornig auf ihn war, erstrahlte sie in einem geradezu überirdischen Glanz. Er wollte sie umarmen, aber sein Körper versagte ihm den Dienst.

Starke Hände griffen nach ihm, richteten ihn auf und zogen ihn weg von ihr.

»Bleib bei mir, mein Engel, mein Licht.« Er hoffte, dass er laut genug gesprochen hatte, damit sie ihn verstand. Niemals wieder wollte er ohne sie sein.

»Ich muss mich darum kümmern, den Arzt zu empfangen, der dich zusammenflicken soll«, erklang ihre nüchterne Antwort.

Helen war so pragmatisch, entschlossen und furchtlos. Wie hatte er nur je denken können, sie sei zerbrechlich?

»Wenn du gehst, verschwindet das Licht, und ich will nicht zurück in die Dunkelheit«, rief er hilflos und versuchte, nach ihr zu greifen, aber sein Körper wollte ihm nicht gehorchen.

Hatte sie ihn gehört? Sie antwortete, doch der Sinn ihrer Worte entglitt ihm. Jemand bewegte seinen Arm, und diesmal nahm ihm der Schmerz endgültig die Besinnung.

Helen

Zwei Tage war es her, dass sie Gabriel schwer verwundet im Hyde Park gefunden hatte. Zwei Tage, in denen ihr Schlaf oder Essen so unwichtig vorgekommen waren wie nie zuvor. Die Erkenntnis, sich in ihn verliebt zu haben, war plötzlich und unerwartet gekommen. Kannte sie sich so schlecht oder hatte sie es verleugnen wollen? Seit ihrer Hochzeit hatten ihre Gedanken nur um ihn gekreist, das war nicht zu leugnen. Auch wenn es ihr nicht gelungen war, all seine Geheimnisse zu lüften, waren sie einander nahe genug gekommen, um sicher zu sein, dass er der Richtige war. Und deshalb würde sie nicht von seiner Seite weichen, bis er über den Berg war.

Helen hatte sich nicht umgezogen. Nach wie vor trug sie das Kleid, welches sie zur Ausfahrt gewählt hatte, und war lediglich bereit gewesen, sich an einer Schüssel zu waschen, die Mrs Pullock ihr hingestellt hatte. Die Haushälterin hatte ihr auch mehrfach angeboten, die Wache an Gabriels Bett zu übernehmen, doch sie hatte stets abgelehnt.

Wenn du gehst, verschwindet das Licht, und ich will nicht zurück in die Dunkelheit. Dieser Satz ließ Helen nicht mehr los. Er brauchte sie an seiner Seite, und sie würde für ihn da sein.

Der Arzt hatte eine Kugel entfernt, die Wunde gesäubert, genäht und verbunden. Ihnen blieb nur, dafür zu beten, dass Gabriel die Infektion überstehen würde.

Seit vierundzwanzig Stunden kämpfte sein Körper gegen das Fieber. Vor einer Stunde hatte es ein wenig nachgelassen, und er atmete ruhiger.

Helen hoffte, dass er damit das Schlimmste überstanden hatte. Am Nachmittag würde der Arzt noch einmal nach ihm sehen und die Wunde neu verbinden. Helen hatte fest vor, sich zeigen zu lassen, wie man das erledigte, und worauf zu achten war. Von Krankenpflege hatte sie keine Ahnung, doch sie war bereit zu lernen.

»Du bist hier.« Sie ahnte die Worte mehr, als dass sie sie hörte, und hätte ihn am liebsten in eine Umarmung gezogen.

Gabriel war wach.

»Wo soll ich denn sonst sein?« Sanft legte sie ihm eine Hand auf die Stirn. Sie war nach wie vor viel zu warm, und unwillkürlich schloss Helen die Augen. Tränen bildeten sich hinter ihren Lidern, und sie versuchte mit aller Macht, sie zurückzudrängen. Stattdessen suchte sie nach seinen Fingern, verflocht sie mit ihren.

»Wenn ich gewusst hätte, dass es dich traurig macht, wenn ich aufwache, wäre ich bewusstlos geblieben«, flüsterte er schwach. Da war er wieder, sein schwarzer Humor, gepaart mit einer Prise Selbsthass.

»Du hättest mich sehen sollen, solange du ohnmächtig warst.« Sie öffnete die Augen und wischte die Tränen weg. »Wage es ja nicht, zu sterben, sonst bekommst du es mit mir zu tun.«

»Das ist ...« Er stöhnte.

Helen ließ ihn los und griff nach dem kleinen braunen Fläschchen, welches der Arzt dagelassen hatte. »Hast du starke Schmerzen? Ich habe Laudanum, falls sie unerträglich werden.«

Angewidert verzog Gabriel das Gesicht. »Ich hasse das Zeug. Es vernebelt den Verstand.« Er stützte sich auf seinen gesunden Arm und versuchte, sich aufzurichten. Der unterdrückte Schmerzenslaut ging Helen durch und durch. Schweiß bildete sich auf seiner Stirn, und er schloss die Augen. Mehrere tiefe Atemzüge später öffnete er sie wieder. »Ein paar Tropfen schaden vielleicht doch nicht.«

»Wie wäre es, wenn ich sie deinem Tee beifüge? Oder lieber direkt vom Löffel? Sollen wir warten, bis du gegessen hast? Du musst hungrig sein und ...« Sie unterbrach sich und lächelte entschuldigend. »Ich rede zu viel, weil ich so froh bin, dass du aufgewacht bist. Das ist bestimmt ein Zeichen, dass du gesund wirst.«

»Löffel. Und nein, ich bin nicht hungrig, nur durstig. Wasser?« Das Sprechen fiel ihm offensichtlich schwer.

»Ja, natürlich.« Sie stand auf, schenkte ihm ein und reichte ihm das Glas. »Geht es?«

Er nickte schwach, trank und stöhnte erneut. »Laudanum?«

Sie träufelte einige Tropfen auf einen Löffel, hielt ihn an Gabriels Lippen, und er schluckte. »Danke«, murmelte er und schloss die Augen. »Wie lange war ich bewusstlos?«

»Etwas mehr als zwei Tage.«

»Die Wunde, ist sie ... was hat der Arzt gesagt?«

»Es war ein Durchschuss. Du hattest Glück, dass nichts Wichtiges getroffen wurde. Wenn alles gut geht, kannst du deinen Arm und die Schulter in ein paar Wochen wieder benutzen. Vorausgesetzt, die Wunde entzündet sich nicht. Dein Fieber scheint zu sinken.« Froh, reden zu können, sprach sie weiter. »In drei Stunden kommt Doktor Webber, um nach dir zu sehen und ...«

Ein Klopfen an der Tür unterbrach sie. Auf ihr »Herein« hin trat Mrs Pullock ein.

»Oh, Mylord ist wach! Was für eine Erleichterung. Dann kann Mylady sich endlich die dringend benötigte Ruhe gönnen. Ich bringe Euer Essen, Mylord.« Und an sie gewandt: »Darf ich anmerken, Mylady, dass Ihr Euch nun die Zeit nehmen solltet, zu essen, auszuruhen und Euch wenigstens umzuziehen? Ich kann so lange bei Mylord Wache halten.«

»Bei mir muss niemand Wache halten. Mir geht es gut.« Seine schwache Stimme strafte die Worte Lügen, doch Mrs Pullock entlockten sie ein freudiges Lächeln.

»Nein, ich ...«, wollte Helen einwenden, doch Gabriel unterbrach sie.

»Ich bestehe darauf«, sagte er und öffnete die Augen einen Spaltbreit. »Geh ruhig. Ich werde sowieso gleich einschlafen. Das Laudanum wirkt schon.«

Hin- und hergerissen zwischen dem Wunsch, bei ihm zu bleiben und der Aussicht auf ein Bad und frische Kleider, zögerte Helen.

»Ihr könnt im Moment ohnehin nichts für ihn tun«, stellte Mrs Pullock fest. »Ihr habt eine Pause bitter nötig, Mylady. Außerdem ist es der ausdrückliche Wunsch seiner Lordschaft.«

Helen fehlte die Kraft, um zu widersprechen. Mit einem Mal waren ihre Glieder schwer. Die Angst um ihn, die sie zwei Tage lang wachgehalten hatte, verflüchtigte sich und wich einer bleiernen Müdigkeit.

»Ein oder zwei Stunden Schlaf können mir sicher nicht schaden«, gab sie zu und erhob sich. Sie sah zu Gabriel. »Ich bin so froh, dass es dir bessergeht.«

»Hauptsache, dir geht es gut«, murmelte er mit halb geschlossenen Lidern. »Du bist mein Licht in der Dunkelheit, deine Stimme hat mich zurückgebracht. Bitte verlass mich nicht.« Die letzten Worte kamen verwaschen und kaum verständlich. Doch Helen hatte sie verstanden.

»Niemals«, antwortete sie froh, nahm seine Hand und drückte sie. Er reagierte kaum, doch auf seinen Zügen zeigte sich ein gelöstes Lächeln, wie sie es noch nie bei ihm gesehen hatte.

Das Laudanum entfaltete seine Wirkung.

Zeit für sie, eine Pause zu machen.

Die Wahrheit

Gabriel

Sein erster Versuch, die Augen zu öffnen, scheiterte. Unsicher, was schlimmer war – der Schmerz in seinem Arm oder der schale Geschmack, den das Laudanum in seinem Mund zurückgelassen hatte – fluchte er leise.

Dunkel erinnerte er sich daran, dass Doktor Webber ihn versorgt und Helen treu an seinem Bett Wache gehalten hatte.

Gabriel bewegte sich vorsichtig, doch der Schmerz machte es ihm unmöglich. So sehr er Laudanum hasste, er würde es brauchen, wenn er nicht vor Schmerz vergehen wollte.

»Helen?«, fragte er mit einer kratzigen Stimme, die ihm selbst fremd vorkam.

»Mylady schläft.« Es war nur Mrs Pullock, die ihm antwortete. »Kann ich etwas für Euch tun, Mylord?«

»Wasser«, sagte er schwach. »Und Laudanum.«

»Selbstverständlich.« Ihre Hände umfassten seinen Kopf und flößten ihm beides ein. Mit geschlossenen Lidern rührte er sich nicht mehr, bis er die Leichtigkeit spürte, die durch das Opium und den Alkohol auf leeren Magen ausgelöst wurde. Schon bald trat der

Schmerz in den Hintergrund, und es gelang ihm, die Augen zu öffnen.

»Mylord, ich werde nach unten gehen und Euch eine leichte Suppe holen, wenn Ihr kräftig genug dafür seid?«

Gabriel wollte erwidern, dass er keinen Hunger habe, nickte aber stattdessen. Er sollte etwas essen, um zu Kräften zu kommen. »Wo ist meine Frau?« Hatte er die Frage schon einmal gestellt? Falls ja, war ihm die Antwort entfallen.

»Sie schläft. Die Arme hat tagein, tagaus in ihrem blutbefleckten Kleid an Eurem Bett gewacht und sich keine Sekunde Ruhe gegönnt, bis klar war, dass Ihr auf dem Weg der Besserung seid. Nachdem Ihr gestern erwacht seid, hat sie sich zur Ruhe begeben. Wenn Ihr darauf besteht, kann ich ...« In diesem Moment öffnete sich die Verbindungstür zwischen den Schlafzimmern. Gabriel drehte den Kopf, und die Welt folgte mit Verzögerung. Er kämpfte gegen die Übelkeit an, indem er einen tiefen Atemzug nahm und lächelte.

Da war sie. Das Haar hing ihr offen über die Schultern, und sie trug lediglich ein Morgenkleid – zu seinem Bedauern nicht das mit dem weiten Ausschnitt.

»Ist Gabriel erwacht? Ich dachte, ich hätte seine Stimme gehört.«

»Bin ich«, antwortete er und lächelte. »Komm her.«

Sie gehorchte und war in Windeseile neben ihm. »Geht es dir besser?«

»Solange das Laudanum wirkt, ja. Mrs Pullock wollte mir Suppe holen.« Die Haushälterin knickste und verließ das Zimmer.

»Hast du noch Fieber?« Helens kleine Hand legte sich sanft auf seine Stirn, und er lachte, unterließ es jedoch sofort, weil seine Schulter dabei zu schmerzen anfing.

»Vermutlich. Aber vor allem tut es weh, wenn ich lache.«

»Was zum Glück nicht häufig vorkommt.«

Ihre Worte brachten ihn erneut zum Lachen, was er direkt bereute. »Schieb es auf das Laudanum. Das hat diese Wirkung auf mich.« Er schloss die Augen und wartete, bis der Schmerz abebbte. Dann sagte er: »Danke, dass du für mich da bist, obwohl ich mich unmöglich benommen habe.«

»Ist es nicht das, was eine Ehe ausmacht? Vertrauen? Das waren deine Worte.«

Sie beschämte ihn, und er war bereit, das zuzugeben.

Nachdem ihn die Kugel getroffen und er nicht mehr daran geglaubt hatte, seine Frau wiederzusehen, hatte er sich geschworen, dass er es in seinem nächsten Leben besser machen würde.

Gabriel sah zu ihr auf, und wieder erschien vor seinen Augen diese Aura aus Licht, die sie wie ein Heiligenschein umgab, während ihr mildes Lächeln sein Herz wärmte.

Der stechende Schmerz in der Schulter verschwand nun vollkommen, und an seiner Stelle flutete ihn ein warmes Wohlgefühl. Und da war er wieder, der leibhaftige Engel mit dem Gesicht seiner Frau.

War es das Laudanum oder war er doch im Himmel gelandet? Das konnte unmöglich sein, denn seine Sünden waren unverzeihlich.

Oder war dies seine letzte Gelegenheit zu bereuen?

War der Engel da, um ihm die Beichte abzunehmen?

So musste es sein.

Er setzte zu sprechen an, bekam aber kein Wort heraus. Die Lichtgestalt beugte sich vor, küsste ihn auf die Stirn, als wolle sie ihm bedeuten, dass Gottes Liebe und Vergebung keine Grenzen kannten. Die Erkenntnis ließ sein Herz leichter werden, und die Worten flossen aus ihm heraus wie aus einer klaren Quelle.

»Bitte vergib mir, denn ich habe gesündigt.«

Helen

Seine Stirn war bei ihrem Kuss immer noch heiß gewesen. Besorgt blickte Helen auf ihn hinab, aber Gabriel sah sie so verzückt an, dass sie gar nicht anders konnte, als zu lächeln.

Mrs Pullock war mit dem Laudanum wohl äußerst großzügig gewesen.

Er fasste ihre Hand. »Ich habe diese finsteren Gelüste seit meiner Jugend.«

Offenbar war er drauf und dran, ihr sein Herz auszuschütten. Das kam unerwartet, und vor allem war es gar nicht typisch für ihren verschwiegenen Ehemann.

Es musste am Fieber oder dem Laudanum liegen – und es fühlte sich nicht richtig an, ihn in diesem Zustand reden zu lassen. Als würde sie seine Situation ausnutzen, um Dinge zu erfahren, die er ihr sonst nie sagen würde.

Andererseits war dies ihre einzige Chance, ihm etwas von der Last abzunehmen, die er glaubte, allein tragen zu müssen.

Zärtlich strich sie ihm über die Wange. »Erzähl mir, was du auf dem Herzen hast, damit ich dir helfen kann.«

Er schloss die Augen unter ihrer Berührung. »Damals, in Eton ... ich war ein junger Mann, der seine ersten Erfahrungen mit Frauen sammelte. Ich merkte schnell, dass ich ... anders bin. Der Akt, so wie er gemeinhin von Mann und Frau praktiziert wird, ist nicht das, was ich brauche. Es befriedigt mich nicht.«

So viel hatte Helen geahnt, doch sie wollte es genauer wissen. »Und was ist es, das du brauchst? Geht es darum, Frauen Schmerzen zuzufügen, sie zu verletzen oder zu foltern?«, fragte sie atemlos.

Gabriel wand sich, es war ihm offenbar selbst in diesem Zustand unangenehm, darüber zu reden. »Ja, nein. Ich würde niemals einer Frau gegen ihren Willen Gewalt antun. Aber ich mag es, wenn sie hilflos *erscheinen* und ich sie dominieren kann. Durch ... Fesseln zum Beispiel oder ja, auch durch Schlagen.«

Helen schloss kurz die Augen. Sie wollte das nicht hören, doch sie musste, um zu verstehen.

»Ich mag es hart und brutal«, fuhr Gabriel fort. »Die Vermischung von Schmerz und Lust führt dazu, dass es sich für mich viel intensiver anfühlt. Es ist ein schmaler Grat, und wenn man nicht aufpasst, können Grenzen überschritten werden. Keine Frau hat es verdient, so behandelt zu werden. Trotzdem tobt in mir dieses Verlangen, über sie herzufallen und mir ohne Rücksicht zu nehmen, was ich begehre. Ich träume von Helen, seit ich sie mit Stroh im Haar aus dem Stall kommen sah. Wie sie dort schläft, leicht derangiert, hilflos und ich ...« Er seufzte verzückt, und Helen wurde heiß in ihrem Inneren. Was sagte er da nur? »Ich nehme mir grob, was mir gehört. Bringe ihr bei, den Schmerz willkommen zu heißen, zu genießen, wie er sich mit Lust mischt und schließlich zu Ekstase wird.« Die letzten Worte kamen gequält. Hasste er sich so sehr für diese Vorlieben? »Ich weiß, dass es falsch ist, aber diese Dunkelheit tief in meinem Inneren lässt sich nicht verdrängen. Ich habe es weiß Gott versucht.«

Helen hätte ihm gern gesagt, dass er nichts Falsches tat, doch dazu fühlte sie sich außerstande. Im Grunde verstand sie nicht einmal, was er ihr zu sagen versuchte. Er sprach von hilflosen und gefesselten Frauen, davon, sie zu schlagen, aber es niemals gegen ihren Willen zu tun. Wie sollte das gehen?

Welche Frau würde zustimmen, dass man ihr Gewalt antat? Wie sollte eine Vermischung von Schmerz und Lust funktionieren? Oder war es eher eine Art Spiel, bei der man nur etwas vorgab? Schmerz war immer real. Das konnte man nicht schauspielern.

Allerdings ... die Vorstellung, wie er über sie herfiel, während sie so tat, als schliefe sie im Stroh, löste eine Wärme zwischen ihren Schenkeln aus, die äußerst ungehörig war.

Gefiel ihr am Ende der Gedanke, von ihm auf diese Art genommen zu werden? Ihm zu gehören?

Gabriel lachte spöttisch auf. »Um mein Verlangen zu stillen, besuchte ich zuerst Freudenhäuser, in denen besondere Dienste angeboten wurden. Anfangs war das in Ordnung. Man bekam, was man verlangte, und der

Fantasie waren keine Grenzen gesetzt, ebenso wenig wie der Grausamkeit. Ich lernte nicht nur, meine Gelüste zu kontrollieren und einzuschätzen, sondern traf auch Menschen, die ähnliche hegten. Dass das böse Menschen waren, war mir nicht klar.« Er hielt inne. »Wasser?«, fragte er und Helen hielt ihm das Glas an die Lippen.

Mit jedem weiteren Wort von Gabriel wünschte sie, er würde doch lieber schweigen. Wie konnte sie mit einem Mann leben, der derartige Grausamkeiten genoss?

Andererseits, wer war sie, ihn für seine Gelüste zu verurteilen? Er war ihr gegenüber nie handgreiflich geworden, und alles in seinem Umfeld deutete auf einen wahren Gentleman hin.

Vertrauen. Immer wieder ging es in ihrer Beziehung um Vertrauen. Das wollte sie ihm auch jetzt entgegenbringen.

Wenn das Laudanum schon seine Zunge löste ... und wer wusste, ob er noch einmal so offen mit ihr sprechen würde. Sie musste bleiben und hören, was er zu sagen hatte. Später konnte sie entscheiden, was zu tun war.

Ihr Nacken schmerzte, und trotz leichten, lockernden Bewegungen fühlte sich alles an ihr verkrampft an.

Was hatte sie denn erwartet? Sie hatte die Wahrheit gewollt, jetzt lag sie offen vor ihr, und Helen musste damit klarkommen.

Gabriel war ihr Mann und würde es für immer sein. Und tief in ihr wollte ihn etwas bedingungslos lieben. Die Frage war nur, wie schwer das wog, was er ihr noch erzählen würde. Er hatte gerade erst begonnen.

Wie bedingungslos waren ihre Gefühle wirklich?

Seine vertraute und doch so fremde Stimme riss sie aus ihren Gedanken.

»Ich wurde Mitglied einer geheimen Organisation von London, der *Maskierten Gesellschaft*, zu der man nur mit besonderer Empfehlung Zutritt bekommt. Dort feiert man nächtliche Orgien, bei denen die dunkelsten Fantasien mit Freudenmädchen ausgelebt werden. Es gibt kaum ein Tabu, das bei diesen Veranstaltungen nicht gebrochen wird. Dort habe ich Nora kennengelernt, meine erste Frau. Sie war erst siebzehn und verstand instinktiv, was mir gefiel. Später habe ich sie oft in dem Freudenhaus aufgesucht, in dem sie arbeitete. Zum ersten Mal im Leben schenkte mir jemand wahre Befriedigung. Bald jedoch entdeckte ich echte Verletzungen an ihrem Körper, Striemen und Wunden von anderen Freiern – und erfuhr die bittere Wahrheit, vor der ich vorher die Augen verschlossen hatte.«

Der Schmerz in seiner Stimme versetzte Helen einen Stich. Doch es war nicht nur Mitleid für ihn, das sie erfüllte. Da war auch ein Stich der Eifersucht – wegen Nora.

»Keine der Frauen war freiwillig dort, und das, was man ihnen antat, war weit schlimmer, als ich es mir hätte ausmalen können. Nora arbeitete bereits seit drei Jahren in dem Freudenhaus. Ihre Eltern hatten sie verkauft, um ihre jüngeren Geschwister satt zu bekommen.« Jegliche Emotion war aus Gabriels Erzählung verschwunden. Er starrte stur an die Decke und sprach mit teilnahmsloser Stimme. »Ich musste sie da rausholen, und genau das tat ich. Ich rettete sie vor dem Bösen. Sie war dafür dankbar, aber da war noch mehr zwischen uns, eine Verbindung, die tiefer ging. Sie verstand und akzeptierte meine dunkle Seite und ich ihre Vergangenheit. Zum ersten Mal hatte ich jemanden, vor dem ich mich nicht verstellen musste, und es war eine Offenbarung. Ich war geradezu trunken vor Liebe zu ihr. Ich habe sie geheiratet, obwohl mein Vater mehrfach drohte, mich finanziell nicht länger zu unterstützen. Aber es war mir egal.«

Helens Herz zog sich bei der Vorstellung zusammen. Wer hätte gedacht, dass ihr Mann derart romantisch veranlagt war?

»Es dauerte nicht lang, bis der erste Drohbrief kam, ich solle für Nora bezahlen. Sie sei eine Investition gewesen, und ich würde ihrem Besitzer Geld schulden. Ich tat es als lächerlich ab und ignorierte die Forderung. Ich war der Sohn eines Duke, was sollte mir schon geschehen?« Abscheu und Selbsthass sprachen aus jeder Silbe, und zum ersten Mal, seit Gabriel angefangen hatte zu sprechen, spürte sie seinen Schmerz beinahe körperlich. Helen ahnte, worauf dieser Teil der Geschichte hinauslief.

»Sie drohten, sie würden sich Nora holen, doch ich lachte darüber. An meiner Seite war sie sicher. Bis sie …« In einer Geste der Hilflosigkeit hob er beide Hände. »Sie wurde entführt, gequält und getötet. Vermutlich wollte man ein Exempel statuieren, damit andere Mädchen nicht auf dumme Gedanken kamen. Wahrscheinlich hätte es auch nichts geändert, wenn ich bezahlt hätte. Das habe ich mir zumindest immer wieder gesagt. Aber ich hätte die Drohungen ernster nehmen müssen, vielleicht …«

»Wer hat sie umgebracht?«, fragte Helen leise.

»Ich weiß es nicht genau. Es gibt eine Menge übles Gesindel in London, und praktisch jeder von denen kommt infrage.« Sein Atem ging schnell und kam stoßweise, auf seiner Stirn bildete sich Schweiß, und er krallte die Hände in die Decke.

»Gabriel«, sagte Helen leise und drückte seine Hand. Er schien es nicht zu bemerken. Seine Vergangenheit mochte schmerzhaft sein, aber sie hatte ihn zu dem geformt, der er heute war. Er konnte kalt wirken, manchmal verbal grausam, zynisch und nicht bereit, sich zu öffnen. Doch er war gewiss kein böser Mensch. Und das war es, woran Helen sich festhielt. Sie würde es aushalten, sich alles anhören und dann mit ihm eine Lösung finden. Denn endlich ahnte sie, warum er sie hatte bewachen – und beschützen – lassen.

»Ich habe eine Weile nach dem Schuldigen gesucht, aber dann wurde mir klar, dass Nora davon nicht wieder lebendig würde. Um damit abzuschließen und zu vergessen, ging ich nach Frankreich.«

Nun klang er so niedergeschlagen, dass es Helen beinahe zerriss.

»Dort traf ich Ameline. Sie war die Tochter eines ehemaligen Comte und gehörte zur Pariser Gesellschaft. Wir verstanden uns von Anfang an, und da die Pariser Sitten wesentlich freizügiger sind als die in London, stellten wir schnell fest, dass ... nun ja ... unsere Vorlieben im Schlafgemach äußerst kompatibel waren. Sie tolerierte meine Gelüste nicht nur, sie hungerte förmlich danach.«

Ein sanftes Lächeln erschien auf seinen Zügen, und in Helen regte sich erneut Eifersucht.

»Zur selben Zeit gebar die Frau meines Bruders ihre vierte Tochter, und mein Vater befürchtete, dass es keinen Erben geben würde. Daher forderte er mich auf, nach England zurückzukommen, um standesgemäß zu heiraten und einen Sohn zu zeugen. Also heiratete ich Ameline und brachte sie mit nach Hause, sehr zum Missfallen meines Vaters, der von Franzosen offenbar noch weniger hielt als von Huren, und wieder einmal mit dem Entzug seiner Unterstützung drohte. Um finanziell unabhängig zu werden, investierte ich meine Ersparnisse ins Importgeschäft und fand Mittel und Wege, trotz Napoleons Embargo französische Luxuswaren nach England zu schmuggeln. Das lief so gut, dass ich die Aufforderungen meines Vaters, mich scheiden zu lassen und eine ehrbare englische Adlige zu heiraten, geflissentlich ignorieren konnte. Stattdessen fing ich an, Buße zu tun, indem ich Frauen wie Nora half. Ich sorgte dafür, dass sie ihrer Lage entkommen konnten, und verschaffte ihnen eine anständige Anstellung.«

»Wie machst du das?«, fragte Helen jetzt doch und hoffte, seinen Redeschwall damit nicht zu bremsen.

»Ich nahm meine Besuche bei der *Maskierten Gesellschaft* wieder auf. Diesmal gab ich vor, meine Vorlieben ausgebaut zu haben. Noch mehr Gewalt zu lieben, noch tiefere Schmerzen zuzufügen. Ich erzählte ihnen, dass ich es ab und an damit übertrieb. Die Frauen stellten sich im richtigen Moment tot, denn niemanden schert eine tote Hure, besonders dann nicht, wenn der Täter für das *Missgeschick* bezahlt.« Helen schlug entsetzt eine Hand vor den Mund, doch er bemerkte es nicht. »Ameline dachte zuerst, ich hätte eine Affäre. Aber sie kam mir schnell auf die Schliche.« Er lächelte kurz. »Sie bestand darauf, mir zu helfen, und war maßgeblich daran beteiligt, die Frauen in Sicherheit zu bringen. Oder zumindest so weit weg, dass sie niemand finden konnte. Ich bin seit Eton mit einer Menge Gentlemen in ganz England bekannt, und Ameline hatte einen weitläufigen Freundeskreis in Paris und Umgebung.«

Seine Gefühle für Ameline standen ihm deutlich ins Gesicht geschrieben, und Helen gelang es kaum, ihre Eifersucht zu zügeln. *Sie ist tot*, sagte sie sich immer wieder, doch das half nur mäßig.

»Eines Tages ging etwas schief. Vielleicht haben wir es übertrieben oder eines der Mädchen hat geplaudert. Keine Ahnung.« Er wurde erneut unruhig, warf sich hin und her, als könne er damit die Erinnerung abschütteln. »Ameline sollte das Mädchen zu einem französischen Schiff bringen. Die beiden wurden aufs Übelste zugerichtet in der Nähe des Hafens aufgefunden. Das war eine deutliche Botschaft an mich, und wieder war es meine Schuld. Ich hätte Ameline niemals mit hineinziehen dürfen. Nie zulassen dürfen, dass sie das Mädchen allein zum Hafen bringt. Sie begleiten oder ihr zumindest einen Leibwächter zur Verfügung stellen müssen. Es war mein Fehler, und sie musste dafür bezahlen. An ihrem Grab habe ich geschworen, dass ich so etwas nie wieder zulassen werde.«

Helen streichelte beruhigend seine Hand, während ihr Herz vor Mitleid überquoll. Die Schuldgefühle mussten ihn auffressen. Jetzt verstand sie, warum er so um ihre Sicherheit besorgt war. »Also hast du damit aufgehört, Frauen zu retten?«

»Nein«, antwortete er entrüstet. »Aber wir sind vorsichtiger geworden, helfen nur wenigen ausgewählten, besonders tragischen Fällen. Die Zahl der Mitwisser ist klein, wir stellen die Mädchen selbst ein, wenn es geht, und schicken sie nach Sussex.«

So passte also Bridget ins Bild. Beim Gedanken daran, was das junge Mädchen erlebt haben musste, zog sich Helens Kehle schmerzhaft zusammen. Kein Wunder, dass die Zofe älter wirkte, als sie in Wirklichkeit war. Helen bereute sofort ihre leichtfertig dahingesprochenen Worte über ihre Erfahrungen mit London. Für Bridget musste es sich wie Hohn angefühlt haben.

»Wir halten uns bevorzugt an die Feiern der *Maskierten Gesellschaft*«, sagte Gabriel. »Das erschwert es argwöhnischen Zuhältern, die Spur zu uns zurückzuverfolgen.«

»Wer ist denn wir?«

»Lighton unterstützt mich.«

»Er ist auch Mitglied in dieser *Maskierten Gesellschaft*?« Das überraschte Helen und war doch gleichzeitig auf eine gewisse Weise logisch.

Gabriel lächelte schwach. »Nur, um mich zu unterstützen. Er kann diesen Feiern nicht viel abgewinnen.«

Erleichtert nickte Helen. Es hätte ihr Schwierigkeiten bereitet, dem Mann zukünftig ins Gesicht zu sehen, wenn er zu derlei Vorlieben geneigt hätte.

»Lighton ist ein guter Mann«, murmelte er und schloss die Augen. »Wasser?«, erbat er heiser, und Helen griff erneut nach einem Glas. Das viele Sprechen musste ihn müde gemacht haben.

Sie flößte ihm Wasser ein, während sie in Gedanken die Tragweite dessen bedachte, was er ihr soeben erzählt hatte. Davon hatte Penelope also geredet, und deshalb verehrten die Bediensteten auf *Windham Manor* ihren Mann.

Dieser Teil der Geschichte ergab jetzt Sinn.

Zwei dringliche Fragen blieben allerdings: Erstens, was hatte Deering mit all dem zu tun? Denn Helen war sich inzwischen sicher, dass er der Mann war, der sie in Sussex hatte entführen wollen. Und zweitens, was hatte Gabriel dazu gebracht, sie zu heiraten?

Die gleiche Frage stellte sich für sein Werben um Phoebe im vorigen Jahr. War das nur ein Versuch gewesen, den standesgemäßen Erben zu zeugen, den sein Vater sich wünschte? Dafür hätte er jede wählen können. Warum fiel seine Wahl ausgerechnet auf sie und Phoebe? Weil sie Neulinge in der Londoner Gesellschaft waren und nichts über ihn und seinen Ruf ahnten? Das passte auch nicht. Denn Tante Victorias Familie und auch Georginas Mann wussten, was über ihn geredet wurde. Es musste einen anderen Grund geben.

Sie wollte unbedingt wissen, was ihn dazu gebracht hatte, sich sowohl um ihre Schwester als auch um sie zu bemühen. Wenn sie darüber nachdachte, fiel ihr auf, dass er wesentlich aufmerksamer und langwieriger um Phoebe geworben hatte. Sie hatte er einfach mit einem Kuss aus dem Nichts überrumpelt.

Mühsam unterdrückte Helen den irrationalen Zorn, der in ihr aufstieg. Das war weiß Gott keine Neuigkeit. Wenn ihr Mann wieder bei Sinnen war, würde er ihr auch diese Antworten geben. Dann konnte sie immer noch entscheiden, wie wütend sie auf ihn sein wollte.

... und nichts als die Wahrheit

Gabriel

Er erwachte aus tiefem Schlaf mit einem schalen Geschmack im Mund und stechenden Schmerzen in der Schulter. Das Opium, von dem ihm Mrs Pullock eine ordentliche Portion gegeben hatte, verlor seine Wirkung, und Gabriel begrüßte das.

Er versuchte, sich an die letzten Stunden zu erinnern, doch da waren nur Fetzen und Momentaufnahmen. Für eine Weile hatte er geglaubt, im Himmel zu sein. Und er hatte geredet, viel geredet. Seine Beichte abgelegt vor einem Engel, der ausgesehen hatte wie Helen.

Sein Blick wanderte nach rechts, und er sah sie auf einem Stuhl neben seinem Bett dösen. Eine böse Ahnung überkam ihn.

Hatte er ... War sie? Um Himmels willen, was hatte er ihr erzählt? Ein Stöhnen kam über seine Lippen, was dazu führte, dass sie die Augen aufschlug.

»Wie geht es dir?«, fragte sie schlaftrunken und unterdrückte sichtbar ein Gähnen.

»Es tut weh«, sagte er leise darum bemüht, sich aufzusetzen. »Aber bevor du fragst, nein, ich will nichts mehr von diesem Teufelszeug. Das Opium verwirrt meine Gedanken. Ich habe das Gefühl, dass es mich in den letzten Stunden vollkommen in seinen Klauen hatte. Ich hoffe, ich habe nichts Ungehöriges von mir gegeben?« Eigentlich hatte er fragen wollen, was er ihr gebeichtet hatte, doch das wagte er nicht.

»Nein, du hast ... nur erzählt, was mit deinen Frauen passiert ist, und ...« Sie errötete. »Und wie du sie kennengelernt hast.«

Seine Befürchtungen bewahrheiteten sich. »Habe ich erzählt, was ich ... wie ich ... meine dunklen Fantasien?« Er konnte es genau so gut aussprechen. Denn wahrscheinlich wusste sie nun davon.

»Es klingt nicht wirklich erschreckend, finde ich. Du tust den Frauen keine Gewalt an, es ist mehr eine Art Spiel, nicht wahr? Andere mögen es abartig nennen, aber solange alle Beteiligten Vergnügen daran finden, ist doch nichts dabei. Unsere gemeinsame Nacht war wunderschön.« Sie sprach leise. »Und ich könnte mir durchaus vorstellen ...«, fügte sie hinzu und errötete hinreißend. »Du weißt, was ich meine.«

»Helen Giddeon, steckt da etwa ein unanständiges Mädchen hinter deiner engelsgleichen Fassade?« Hatte er das laut ausgesprochen? Schmerz, der Rest Laudanum in seinem Blut und Helen waren keine gute Kombination. Seine Worte ließen sie noch tiefer erröten. Wenn er ihr also alles erzählt hatte, sie aber nach wie vor an seinem Bett saß und ihn anlächelte, war das ein gutes Zeichen.

Dann konnte er auch genauso gut den Rest gestehen.

»Du hast mir vorgeworfen, dass ich dein Vertrauen nicht erwidere, und ich muss dir leider recht geben. In den letzten zwanzig Jahren habe ich verlernt, zu vertrauen. Zwanzig Jahre, das ist nicht einmal dein Alter, verdammt.«

»Ich bin dir zu jung?«, fragte sie mit gerunzelter Stirn.

»Gott bewahre, nein. Ich bin zu alt. Zu zynisch, zu gezeichnet. Du bist jung, voller Leben und Tatkraft, aber auch unerfahren. Das liegt daran, wie du aufgewachsen bist. Wie junge Damen der Gesellschaft aufwachsen. Ihr wisst nichts über menschliche Begierden und wie schwer sie einem auf der Seele lasten können. Nimm zum Beispiel deinen ehemaligen Vormund, Livingstone. Er ist zügellos und ...«

»Ich bin nicht so unwissend, wie du denkst und habe durchaus mitbekommen, wie es in seinem Haushalt zugeht. Wir lebten zwar im Witwenhaus, und Georgina war stets darum bemüht, Phoebe und mich vor dem zu schützen, was er tat, aber wir haben es gewusst. Er hat Frauen geholt, solche, die man für Gefälligkeiten bezahlt, und mit ihnen und Freunden gefeiert. Exzessiv und freizügig.« Wieder runzelte sie die Stirn. »Wenn ich allerdings bedenke, was du mir erzählt hast ... Ist er Mitglied in der *Maskierten Gesellschaft*?«

Gabriel nickte, weil er sich erst einmal zurechtlegen musste, wie er ihr am besten nahebrachte, was geschehen war und damit am Ende zu ihrer Hochzeit geführt hatte.

»Dann wurden in Williams ehemaligen Haus Frauen gequält? Getötet?« Ihre Augen schwammen in Tränen. »Warst du je dort?«

»Nein. Aber er war oft in London und hat mit seinen Taten geprahlt.« Er stockte, holte tief Luft und fragte dann: »Hast du dich nie gefragt, warum ich deiner Schwester letzte Saison den Hof gemacht habe?«

Das Thema war ihr offensichtlich unangenehm, denn sie ballte ihre Rechte zur Faust. Doch ihre Antwort kam ruhig und gelassen: »Aus dem gleichen Grund, aus dem du mich geheiratet hast, nehme ich an. Du sagtest bei deiner Erzählung, das Herzogtum brauche einen Erben.«

Natürlich dachte sie so von ihm. »Du weißt, dass mir das nicht wichtig ist. Außerdem hätte ich dazu keine von euch wählen müssen. Ihr seid so jung, so rein, so unschuldig. Ihr hattet weiß Gott einen besseren Mann verdient. Und doch habe ich Phoebe den Hof gemacht, weil euer Vormund ...« Gab es eine feinfühlige Art zu sagen, was er loswerden musste? Ihm fiel keine ein. »Livingstone hatte angekündigt, eure Jungfräulichkeit an den Meistbietenden zu verkaufen.«

»Oh das, ja.« Lächelnd winkte sie ab. »Das war der Grund, warum wir nach London kamen und Phoebe dein Werben in Betracht zog. Er hatte schon zwei seiner Freunde als Ehemänner ausgesucht, falls nicht bald eine von uns heiratet, und ...«

»Das hat er nie vorgehabt. Es ist viel schlimmer. Wenn ich sage *verkaufen*, dann meine ich genau das. Eine Auktion auf einer Veranstaltung der *Maskierten Gesellschaft*, bei der eure Jungfräulichkeit versteigert wurde. Keine Ehe, nur das.« Es klang so steif und falsch, wenn er davon sprach. Er hätte gern andere Worte gefunden, doch fürs Erste mussten die reichen, die er hatte.

Helen stieß ein leises Keuchen aus, schlug die Hand vor den Mund und schüttelte den Kopf.

»Es tut mir leid, dass ich so schonungslos bin. Ich hätte ...«

»Nein, nein«, wehrte Helen ab. »Ich bin dankbar dafür. Wie du sagst, junge Damen der Gesellschaft bekommen wenig mit vom echten Leben. Man behütet uns, erzählt uns Märchen von der großen Liebe und verheiratet uns dann vollkommen unvorbereitet an den ersten Mann, der Interesse zeigt. Georgina und William haben ihr Bestes gegeben, uns vorzubereiten, aber eben auch nicht auf alles. Obwohl wir es ganz sicher aushalten können.« Sie richtete sich auf und streckte das Kinn nach vorne. »Bis du es mir erzählt hast, hatte ich keine Ahnung, dass Männer so etwas tun. Jungfräulichkeit ist ein hohes Gut. Was passiert mit den Frauen, nachdem ... sie ihre Unschuld verloren haben?«

Er hätte es ihr gerne erspart, doch da er damit angefangen hatte, war er ihr die Wahrheit schuldig. Nur wenn er alles schonungslos offenlegte, konnte er ihre volle Vergebung erlangen. Es machte ihm Mut, dass sie bisher alles gut verkraftet hatte.

Wichtig war, ihr vor Augen zu führen, was es für Folgen hatte, wenn man sich mit diesen Männern anlegte. Denn sein oberstes Ziel war es nach wie vor, sie zu schützen. Sie durfte nicht auf die Idee kommen, ihn bei seinem Kampf unterstützen zu wollen.

Seine Schulter pochte, aber er musste weitersprechen.

»Das kommt darauf an. Schlimmstenfalls werden die Frauen spurlos beseitigt. Ein paar Vermisste mehr fallen in London nicht weiter auf. Wenn das zu viel Aufsehen erregen würde, werden die Frauen diskreditiert, damit man ihnen kein Wort glaubt. Viele werden deshalb von ihren Familien verstoßen, ins Ausland oder eine arrangierte Ehe geschickt, der sie anders nie zugestimmt hätten. Wahrscheinlicher ist, dass niemand mehr etwas mit ihnen zu tun haben will und sie auf der Straße landen. Dort müssen sie ihren Körper verkaufen, weil ihnen sonst nichts bleibt. Wenn sie Glück haben, finden sie einen reichen Mann, der sie aushält, oder ...«

»Ich kann es mir vorstellen, danke.« Sie hob abwehrend die Hand.

Der Schmerz drohte, ihm das Bewusstsein zu vernebeln, sein Inneres verkrampfte sich, und er konnte ein Stöhnen nicht unterdrücken.

»Wir müssen nicht weiterreden.« Sanft ergriff Helen seine Hand und streichelte sie. Es war ein angenehmes Gefühl, und zum ersten Mal seit langer Zeit konnte er eine solche Berührung zulassen. Den Trost annehmen, den sie spendete.

»Doch«, presste er zwischen zusammengebissenen Zähnen hervor. »Du musst alles wissen.«

Sie nickte zur Antwort und hielt seine Hand weiter fest. »Ist das der Grund, warum du nach unserer Hochzeit so lange verschwunden warst? Weil du eine Frau gerettet hast?«

»Richtig. Ich habe sie aus einer dieser Veranstaltungen herausgeholt und den halben Weg bis nach Sussex begleitet.«

»Nur den halben?«

»Dann hatte Arnaud mich so weit, umzudrehen und zu dir zurückzukehren. Er hat mir die Hölle heiß gemacht, dass man seine Ehefrau so nicht behandelt.«

»Ich sollte ihm bei Gelegenheit danken.« Nachdenklich schob sie sich eine blonde Locke aus dem Gesicht. »Du bringst die Frauen also nach Sussex. Einige der Angestellten dort hast du gerettet, oder? Bridget zum Beispiel, oder James' Schwester, liege ich damit richtig?«

»Ja.«

»Aber das erklärt nicht, warum du Phoebe letztes Jahr den Hof gemacht hast.«

»Wie gesagt, Livingstone hatte eure Jungfräulichkeit bereits verkauft, bevor ihr nach London kamt. Es war logisch, dass eine von euch heiraten musste, um dieses Schicksal abzuwenden. Was ja euer Plan war, auch wenn ihr nichts von all dem wusstet. Die Ehe einer hätte die andere mitgeschützt. Um zu garantieren, dass euer Plan aufgeht, umwarb ich Phoebe. Die Sache endete, na ja, du warst dabei.«

»Warum Phoebe?«

»Bitte?«

»Warum Phoebe, und nicht ich?«

Die Frage war leicht zu beantworten. »Du hattest schon früh einen Verehrer. Auch wenn klar war, dass er dich am Ende nicht heiraten würde, war doch offensichtlich, dass du ihm äußerst zugetan warst. Phoebe war die logische Wahl.«

»Sie mochte dich nicht sonderlich.«

Er lachte bitter, was in ein schmerzerfülltes Stöhnen überging. »Ja, das kann man ihr nicht verdenken. Aber was hätte ich tun sollen? Die Wahrheit konnte ich ihr schlecht erzählen, sie hätte mir nie geglaubt. Außerdem war es mir im Grunde egal, was sie von mir hielt. Ich hätte einen Weg gefunden, euch irgendwie in Sicherheit zu bringen, und die Hochzeit danach annullieren zu lassen.«

»So langsam glaube ich, zu verstehen. Deshalb hast du dich auch zurückgezogen, nachdem Chadwick unsere Vormundschaft übernahm.«

Gabriel nickte zustimmend. »Es gab keinen Grund, Phoebe weiter zu belästigen. Wäre Chadwick nicht gewesen, hätte ich sie geheiratet und wäre dein Vormund geworden, womit ihr beide nicht mehr Livingstones Willkür ausgesetzt gewesen wärt.«

Sie ließ das unkommentiert. »Warum hast du mich dann jetzt geheiratet?«

»Spontane Eingebung«, murmelte er.

»Du hast mich spontan mit einem Brief in die Bibliothek bestellt?« Ungläubig schüttelte sie den Kopf.

»Nein, das geschah mit Absicht. Ich wollte dich vor Deering warnen.«

»Er wollte mich entführen.« Sie drückte den Rücken durch und sah ihn ernst an. »Ich habe ihn erkannt.«

Ohne Zweifel war Helen eine viel bemerkenswertere Frau, als er je anzunehmen gewagt hatte. Ein warmes Gefühl machte sich in seinem Bauch breit, und es verlieh ihm Mut, ihr auch noch den Rest zu erzählen. So schwer es war, merkte er doch, wie es ihn erleichterte, sich alles von der Seele zu reden. Solange es nicht dazu führte, dass sie sich einmischte. Das galt es, um jeden Preis zu vermeiden.

»Livingstone musste dem Mann, der eure Jungfräulichkeit ersteigert hatte, sein Geld zurückgeben. Aber der Käufer weigerte sich, das zu akzeptieren. An Phoebe kommt er nicht mehr heran, da sie in Ägypten weilt, aber was dich betrifft, so schwor er, dass er dich besitzen und vor den Augen der *Gesellschaft* brechen würde.« Er biss die Zähne aufeinander. »Und das will er offenbar immer noch, selbst nach unserer Hochzeit.«

Helen

Kurz verschlug es Helen die Sprache. Allein die Vorstellung, jemand könnte auf ihre oder Phoebes Jungfräulichkeit bieten, war widerlich und abstoßend, aber dass dieser Jemand sie deshalb entführen wollte, war äußerst verstörend.

»Ich bin keine Jungfrau mehr«, sagte sie leise, doch natürlich hörte Gabriel sie.

»Was du nicht sagst.« Er verzog die Lippen kurz zu seinem spöttischen Lächeln, wurde aber sofort wieder ernst. »Tut mir leid, ich wollte mich nicht über dich lustig machen. Ich habe dich viel zu lange vernachlässigt, was ich zutiefst bereue. Ich hoffe, du vergibst mir.«

»Natürlich.« Lächelnd nickte Helen und hörte nicht auf, seine Hand zu streicheln, überrascht, dass er sie nicht zurückzog, obwohl er nun vollkommen klar zu sein schien.

Sie mochte seine Offenheit und die Tatsache, dass er sich nicht mehr verschloss. Mit jedem seiner Sätze hatte sie weiter hinter seine Mauern blicken können und verstand ansatzweise, was in ihm vorgehen musste.

Zwei Frauen, beide gestorben, weil er nicht aus seiner Haut konnte und sich mit Menschen angelegt hatte, die weit skrupelloser waren als er. Sie verstand auch, dass er Angst um sie und ihr Leben hatte. Aber was hatte ihn dazu bewogen, sie zu heiraten? Sie würde nicht lockerlassen, bis sie eine Antwort auf diese Frage hatte.

»Du hast mich also in die Bibliothek bestellt, um mich zu warnen, und dann spontan beschlossen, mich zu küssen und zu heiraten? Einfach so?«

»Das hatte ich wirklich nicht geplant, das musst du mir glauben.« Er verzog das Gesicht. »Ich wollte nur mit dir reden, aber als wir drohten, zusammen gesehen zu werden, hatte ich zwei Optionen. Dich moralisch fragwürdig dastehen lassen, weil du allein mit mir in einem Raum warst – was ich schnell verworfen habe, denn zum einen bin ich ein Gentleman, und zum anderen hätte dich das direkt in Deerings Arme getrieben. Du hättest gar keine andere Wahl gehabt, als seinen Antrag anzunehmen. Mir fiel schlicht und ergreifend kein Ausweg ein. Außerdem sind deine Lippen wirklich äußerst verführerisch, wenn ich mir die Bemerkung erlauben darf.«

»Danke.« Sie drückte seine Hand.

Er lachte leise. »Nicht dafür.«

»Deering ist nicht der Mann, der meine Unschuld ersteigert hat, oder?«

Gabriel schüttelte den Kopf. »Das glaube ich nicht. Die Mitglieder der *Maskierten Gesellschaft* sind, wie der Name vermuten lässt, in der Regel maskiert. Einige, wie Livingstone, sind trotz Maske leicht zu erkennen, aber bei den meisten kennt nur derjenige die Identität, der bei der Einführung für das entsprechende Mitglied gebürgt hat. Während der Veranstaltungen sprechen sich die Mitglieder mit ihren Decknamen an, die auf der

Maske basieren. Den Mann, der hinter dir her ist, kenne ich nur als *Oberon*.«

Helen musste trotz des ernsten Themas unwillkürlich kichern. »Das klingt ziemlich albern.«

»Glaub mir, das ist es nicht. Ich weiß aus sicherer Quelle, das Deering von *Oberon* auf dich angesetzt wurde. Er hatte niemals vor, dich nach Indien zu bringen. Vielleicht hätten sie dich noch gezwungen, ein paar Briefe zu schreiben, die sie nach und nach losgeschickt hätten, um den Anschein zu erwecken, du seist heil dort angekommen. Aber in Wirklichkeit ... *Oberon* ist äußerst grausam. Er liebt es, seine Opfer zu foltern, bis sie vollständig gebrochen sind – und darüber hinaus. Und das am liebsten vor Publikum.«

Das Lachen war Helen gründlich vergangen, und ihr lief ein eiskaltes Schaudern den Rücken hinab. »Dann hast du mir das Leben gerettet. Ohne dich ...« Sie sah ihm in die Augen und hoffte, dass er das Ausmaß ihrer Dankbarkeit darin erkannte, auch wenn sie es nicht in Worte fassen konnte.

Gabriel zuckte verlegen mit der unverletzten Schulter. »Tut mir leid, dass mir kein besserer Weg eingefallen ist. Ich war dir kein guter Ehemann. Ein wahrer Gentleman hätte dich niemals gegen deinen Willen geküsst, weder in der Bibliothek noch bei unserer Hochzeit, und trotzdem habe ich ...« Der Laut, der ihm über die Lippen kam, war eine Mischung aus Stöhnen, Lachen und Schmerz. »Vom ersten Moment an warst du mein Licht. Ich habe nur die Augen davor verschlossen. Ich hatte Angst, man könnte dir etwas tun und gleichzeitig Angst, dir zu nahe zu kommen. Aber mit jedem Tag hast du meinen Widerstand bröckeln lassen. Ich

habe dich aus London weggebracht, weil ich dich für
mich allein haben wollte. Und weil Lighton meinte, es
würde sich etwas zusammenbrauen.«

»Gestern hast du gesagt, dass er dir hilft, aber nichts
von diesen ... Praktiken hält, die in der *Maskierten Gesellschaft* bevorzugt werden. Er macht das also dir zuliebe? Oder weil er ein guter Mensch ist, genau wie du?«

»Ja und nein. Lighton einen guten Menschen zu nennen ist ebenso falsch, wie mich als solchen zu bezeichnen. Sagen wir, er hat gewisse moralische Prinzipien,
ist aber auch sehr exzentrisch. Solange es potenziell
skandalös ist, ist er mit von der Partie. Daher unterstützt er mich ab und an. Er hat gehört, dass *Oberon*
Pläne hegt, dich in die Finger zu bekommen, zumal es
Gerüchte darüber gab, dass unsere Ehe eher ... lieblos
sei. Das wollte ich ändern.«

»Indem wir im Gasthof in getrennten Zimmern schlafen und du neben der Kutsche reitest, statt mit mir zu
fahren? Interessanter Ansatz.« Sein leises Lachen zeigte
ihr, dass er ihren Humor zu schätzen wusste.

»Ich wollte unsere Ehe nicht in einem Gasthaus vollziehen. Ich hatte Angst, dass ich dir wehtun würde, weil
ich mich nicht zügeln kann. Der Vorfall in der Badewanne war ein Fehler, er hat mich viel zu nah an meine
Grenzen gebracht. Deshalb bin ich dir danach ferngeblieben.«

»Du hast an diesem Abend nichts falsch gemacht.
Mich überrascht, ja, denn so habe ich mich noch nie zuvor gefühlt.« Sie spürte die Hitze in ihrem Gesicht, doch
sie hielt seinem Blick stand. »Versprich mir eins.«

»Ja?«

»In Zukunft redest du mit mir. Wir sind ein Ehepaar, und das heißt, wir lösen Probleme gemeinsam. Wir sprechen miteinander, vertrauen uns einander an und sind eine Einheit.«

Er nickte und drückte ihre Hand. »Das habe ich vor. Auch wenn ich nicht sicher bin, ob ich es schaffe, mich daran zu halten. Ich bin es nicht mehr gewohnt. Aber du darfst mich jederzeit an mein Versprechen erinnern.«

Das genügte ihr. Jetzt galt es, den Rest der Geschichte zu erfahren. »Was ist dann noch passiert? Warum sind wir überstürzt zurückgekehrt, und wie kam es zu deiner Verletzung?«

In wenigen Worten fasste er die Geschehnisse in Sussex zusammen.

Helen schlug entsetzt die Hand vor den Mund. »Deering ist tot?«

Gabriel nickte. »Ja, aber viel wichtiger war, dass ich eine Spur hatte, die mich zu *Oberon* führen konnte. Das dachte ich zumindest. Deswegen musste ich so schnell wie möglich zurück nach London. Ich wusste, du würdest im Laufe des Abends eintreffen, deshalb hatte ich alle Männer zu deinem Schutz abgestellt. Es schien mir besser, meinem Gegner allein gegenüberzutreten. Ob das ein Anflug von Selbstzerstörung oder Größenwahn war, wer weiß das schon?«

»Schön, dass du das einsiehst. Erzählst du mir, was passiert ist?«

»Das geht schnell. Ich ging zum Treffpunkt, an dem man dich übergeben sollte, versteckte mich und hoffte, so eine Spur zu dem Mann zu finden, der sich *Oberon* nennt und dich ... du weißt schon. Doch nichts geschah.

Ich wartete, niemand kam, und ich beschloss zu verschwinden. Kaum hatte ich mein Versteck verlassen, schoss jemand auf mich. Offensichtlich bin ich denen direkt in die Falle getappt. Ich vermute, Deering war nicht allein in Sussex. Seine Komplizen müssen die Leiche gefunden und *Oberon* gewarnt haben. Es war nachlässig von mir, nicht daran zu denken.«

»Ich bin nur froh, dass der Schuss dich nicht getötet hat. Alles andere ist unwichtig.« Sie wollte sich gar nicht ausmalen, was noch hätte geschehen können.

»Du bist nach wie vor nicht in Sicherheit. Solange ich nicht weiß, wer hinter der ganzen Sache steckt, werden sie weiter versuchen, dich in die Finger zu bekommen. Ich muss ...« Er entzog ihr seine Hand. »Irgendwie muss es möglich sein, diesem *Oberon* das Handwerk zu legen.«

»Darüber können wir nachdenken, sobald es dir bessergeht.« Seiner Miene sah sie an, dass er anderer Meinung war. Allerdings musste selbst er einsehen, dass sein momentaner Zustand es ihm nicht erlaubte, irgendetwas anderes zu tun, als das Bett zu hüten und zuzulassen, dass sie sich um ihn kümmerte.

Das Leben als Paar

Helen

Helen war froh, dass es Gabriel in den ersten Tagen nach seiner Verletzung genug war, sich von ihr versorgen zu lassen. Sie las ihm vor, spielte die eine oder andere Partie Schach mit ihm und holte seinen Rat beim Aussuchen der neuen Tapeten und Stoffe für den Salon und das Esszimmer ein.

Dabei fühlte sie sich ihm so nah wie vorher nur ihren Schwestern.

Seit er ihr alles erzählt hatte, war er wie ausgewechselt, als wäre eine Last von ihm abgefallen. Sie hatten beschlossen, seine Verletzung geheim zu halten, um unangenehmen Fragen zu entgehen. Den Castletons hatte Helen mitgeteilt, dass sie die Flitterwochen allein mit ihrem Mann verbrachte. Gabriel hatte der Duchess dasselbe geschrieben. Einladungen lehnten sie höflich mit derselben Begründung ab.

Sie lebten in ihrer eigenen kleinen Welt, in der ihr Tagesablauf dadurch bestimmt war, wie es ihm gesundheitlich ging. Helen ließ sich vollkommen darauf ein, ihren Mann zu pflegen, und sie vermisste nichts. Gabriel war ihr genug. Sie unterhielten sich bis spät in die

Nacht, sprachen über alles Mögliche, und irgendwann
zog sie sich in ihr Schlafgemach zurück, bis ein neuer
Tag begann.

Seine Schulter heilte. Doktor Webber zog die Fäden,
mahnte allerdings, dass Gabriel vorerst allzu große Belastung oder Bewegung meiden solle, damit die Wunde
nicht wieder aufging. Daher trug Gabriel den Arm in einer Schlinge.

An diesem Abend wollte sie sich in ihr Zimmer verabschieden, da zog er sie mit dem gesunden Arm zu sich
aufs Bett und küsste sie. Im ersten Moment wollte Helen sich wehren. Nicht, weil ihr nicht gefiel, was er tat,
sondern weil sie Angst hatte, es könne seiner Genesung
im Weg stehen.

»Gabriel, deine Wunde«, stieß sie besorgt zwischen
zwei Küssen hervor, doch er lachte nur.

»Ich habe vor, dir zu zeigen, wie das Liebesspiel funktioniert, ohne dass ich mich dabei bewegen muss.«

Und das tat er. Ihr gefiel die neue Art, bei der es an ihr
lag, was geschah oder auch nicht. Besonders mochte
sie, dass er sich nicht mehr dagegen wehrte, von ihr berührt zu werden. Sie lernte schnell, verführte ihn, ritt
ihn, verwöhnte ihn und war sicher, dass er genauso viel
Spaß an den *ehelichen Pflichten* hatte wie sie.

Trotzdem meinte sie, hin und wieder nach dem Akt
einen Schatten auf seinem Gesicht zu sehen. Er verbarg
es gut vor ihr, doch sie ahnte, dass ihm etwas fehlte.
Was sie taten, war nicht das, was er ihr unter Einfluss
des Laudanums erzählt hatte. Sie nahm sich fest vor,
die Grenzen dessen zu erforschen, was sie zu geben bereit war, sobald er gesund genug dafür war.

Eine Woche später betrat sie am Abend sein Zimmer und fand Gabriel zu ihrer Überraschung in voller Abendgarderobe, ohne seine stützende Schlinge.

»Gehen wir aus?«, fragte sie und ahnte gleichzeitig, wie lächerlich die Frage war. Offensichtlich hatte *er* vor, auszugehen – ohne sie und ihr deshalb nichts davon erzählt.

»Nein«, bestätigte er ihren Verdacht. »Und bevor du etwas sagst, Lighton wird mich begleiten, und es gibt nichts, was mich davon abhalten kann. Diese Sache war lange geplant, und wir können sie nicht absagen, nur weil ich eine Verletzung habe. Eine, die beinahe verheilt ist, möchte ich anmerken.«

Wäre die Situation nicht so ernst, hätte Helen über seine Verteidigungshaltung gelächelt. Sie hatte mit keiner Silbe gesagt, dass sie sein Verhalten missbilligte. »Deinen Worten entnehme ich, dass du weißt, wie dumm diese Idee ist?«

»Dumm oder nicht«, sagte er leise, »Es geht um ein Menschenleben. Wenn ich nicht gehe, wird diese Frau ...« Sichtlich aus der Fassung schüttelte er den Kopf. »Ich weiß nicht, was geschehen wird, aber es wird schlimm sein. Sehr schlimm. Ich muss das tun.«

Sie sah ihm lange in die Augen und erkannte, wie ernst es ihm war. Gabriel musste das tun, um sein inneres Gleichgewicht zu wahren, so viel verstand sie. Also nickte sie und trat zur Seite. »Tu, was du tun musst, aber komm in einem Stück zu mir zurück.«

»Versprochen.« Er trat auf sie zu, legte die gesunde Hand an ihre Wange und küsste sie. »Wir sehen uns in ein paar Stunden.«

Damit war eigentlich klar, dass er nicht vor dem Morgengrauen zurück sein würde. Dennoch fand Helen keinen Schlaf. Sie war mehrfach eingenickt, schreckte aber immer wieder hoch, nur um jedes Mal festzustellen, dass Gabriel noch nicht da war.

Nach Sonnenaufgang hielt sie nichts mehr im Bett. Sie stellte sich an das große Fenster im Salon und beobachtete die Straße. Bei jedem noch so kleinen Geräusch von draußen zuckte sie zusammen, nur um enttäuscht festzustellen, dass es eine Kutsche war, die vorbeifuhr.

Dann, endlich, erkannte sie Gabriels Kutsche und atmete auf. Allerdings stieg vor dem Haus niemand aus. Helen hielt den Atem an und überlegte, nach draußen zu rennen, Schicklichkeit hin oder her. Aber dann öffnete sich die Tür doch noch.

In ihrem Blickfeld erschien allerdings nicht Gabriel, sondern Lighton. Er beugte sich wieder hinein, rief dem Kutscher ein paar Worte zu, der ihm zu Hilfe kam, und gemeinsam hievten sie ihren bewegungslosen Ehemann aus dem Gefährt. Die beiden trugen ihn auf die Treppe zu, doch Helen hatte die Haustür bereits aufgerissen, bevor sie oben waren und der schlaftrunkene Stetson reagieren konnte, und herrschte die Männer an: »Was ist passiert?«

Lightons klarer Blick traf sie, und sie meinte, ein leichtes Kopfschütteln zu erkennen, war sich aber nicht sicher. »Was soll schon passiert sein«, rief er viel zu laut, mit leicht schleppender Stimme. »Wir haben gefeiert, und Windham hier hat es übertrieben.« Er lachte betrunken, stieß gegen Helen und versuchte, an ihr vorbei ins Haus zu gelangen. Ein scharfer Geruch nach Alkohol ging von den Männern aus und ließ Helen die Stirn runzeln. Sie trat zur Seite und ließ sie eintreten.

Irgendetwas stimmte hier nicht.

Stetson war zur Stelle und schloss die Tür. Sofort änderte sich Lightons Haltung. »Seine Wunde ist aufgegangen und blutet heftig. Er ist seit zehn Minuten nicht mehr bei Bewusstsein, und ich weiß nicht, warum.«

Helen nickte. »Bringt ihn in sein Schlafzimmer. Stetson, holen Sie Doktor Webber und sorgen Sie für heißes Wasser, Verbandszeug und irgendetwas, womit wir die Wunde reinigen können.«

»Das habe ich versucht. Leider hatte ich dafür nur Weinbrand zur Hand«, sagte Lighton. »Daher der Geruch, ich entschuldige mich.«

»Gut, dennoch«, befahl sie und deutete nach oben. Helen lief vor die Männer, öffnete die Tür, entzündete einige Kerzen und drehte sich dann zu Gabriel, den die anderen beiden aufs Bett legten. Er sah blass aus, aber sein Atem ging tief und regelmäßig. Sie legte ihm eine Hand auf die Stirn. Kein Fieber, was für eine Erleichterung.

»Wann ist das passiert?«, fragte sie und merkte gleichzeitig, dass ihre Frage unpräzise war. »Wann ist die Wunde aufgeplatzt?« Während sie sprach, zog sie Gabriels Jackett zur Seite und entdeckte den großen Blutfleck auf seinem geöffneten Hemd. Sie hätte Panik empfinden müssen, doch wie so oft behielt sie einen klaren Kopf, wenn es darauf ankam.

»Ich weiß es nicht. Alles lief wie geplant, bis wir die Feier verließen. Irgendjemand merkte an, dass wir das Mädchen nicht mitnehmen dürften, weil er schon für sie bezahlt habe, und es kam zu einem Gerangel. Windham setzte sich durch, und ich kann nur vermuten, dass es da passiert ist. Das war vor zwei oder drei Stunden.«

Wenn die Wunde schon so lange blutete, war das nicht gut, erklärte allerdings, warum er bewusstlos war. Sie musste die Blutung stoppen. Das hatte Doktor Webber ihr eingetrichtert. Er durfte nicht zu viel Blut verlieren. Sie wusste daher auch, wie man Druck ausübte, um das im Notfall zu erreichen. Helen tat ihr Bestes, und tatsächlich ließ der Blutfluss nach, bis der Doktor kam. Gemeinsam verbanden sie Gabriel, der kurz erwachte, aber kaum sprach.

Jetzt war nicht die Zeit, ihm Vorwürfe zu machen. Das würde sie erledigen, sobald es ihm besser ging. Der Arzt war ungewöhnlich ernst und wies mit Nachdruck darauf hin, dass jede weitere Belastung der Schulter zu einer permanenten und unumkehrbaren Versteifung derselben führen könne. Eine sorgfältige Schonung bis zur vollständigen Genesung sei unbedingt geboten. Er erinnerte daran, dass der Patient gut essen und viel trinken müsse, um zu Kräften zu kommen, und versprach, am Nachmittag noch einmal nach ihm zu sehen.

Lighton wartete in der Bibliothek, und Helen sah deutlich, wie zerknirscht er war. »Bitte, Lady Helen, verzeiht mir.«

»Da gibt es nichts zu verzeihen«, sagte sie wahrheitsgemäß. »Ich kenne meinen Mann und weiß, dass man ihm nicht ausreden kann, was er sich in den Kopf gesetzt hat. Euch gilt mein Dank. Ihr habt dafür gesorgt, dass er sicher nach Hause kam. Alles andere lag nicht in Eurer Macht.«

»Ich danke Euch für Euer Vertrauen.« Lighton verbeugte sich. »Und ich verspreche, dass ich in Zukunft besser auf ihn achten werde.«

»Mein Dank ist euch gewiss.« Helen lächelte. »War eure Mission wenigstens erfolgreich?«

»Ja, das war sie. Die junge Dame befindet sich in Sicherheit und auf dem Weg nach Sussex.«

»Das freut mich.«

»Mich ebenfalls. Genau wie der Umstand, dass Ihr wisst, was wir tun. Unserer Arbeit erfordert schon genug Geheimniskrämerei. Ich komme nicht umhin, zu bemerken, dass er Euch vertraut und sich öffnet. Das ist gut. Er braucht jemanden, der ihn aus seiner Melancholie holt und auf andere Gedanken bringt.«

Gerührt von Lightons Worten nickte Helen. »Dann passen wir beide in Zukunft auf, dass er gesund bleibt. Jetzt bitte ich Euch, mich zu entschuldigen, um genau das zu tun.«

»Selbstverständlich.« Lighton verbeugte sich, und Helen hatte das Gefühl, dass er froh war, so glimpflich davongekommen zu sein. Sie hätte ihn anschreien und ihm die Schuld für Gabriels Verletzung geben können, doch sie sah wenig Sinn darin.

Das hatte Gabriel selbst zu verantworten. Von jetzt an würde sie alles daransetzen, ihn von derart selbstmörderischen Unterfangen abzuhalten. Solange seine Schulter nicht ordentlich verheilt war, würde er nirgendwo mehr hingehen.

Das bedeutete zwar, dass sie beide in den nächsten Wochen ans Haus gefesselt sein würden, aber damit konnte sie leben. Es gab wahrlich Schlimmeres.

Es dauerte drei Tage, bis es Gabriel sichtbar besser ging. Er war schweigsam, und Helen sah ihm an, dass er auf ihre Strafpredigt wartete. Ihr gefiel es, ihn so handzahm und zerknirscht zu sehen. Ihn zappeln zu lassen, war ihrer Meinung nach die beste Strafe für sein unverantwortliches Verhalten.

Am Abend des dritten Tages schlug er mit der gesunden Hand neben sich aufs Bett und bat sie damit, sich zu ihm zu setzen. »Was ich getan habe, war dumm«, begann er ohne Umschweife.

Sie widersprach ihm nicht, sondern sah ihn nur auffordernd an.

»Aber«, fuhr er fort, »es hat sich auch gelohnt. Wir haben jetzt Kenntnis von einer Feierlichkeit, die von *Oberon* höchstpersönlich veranstaltet wird.« Helen öffnete den Mund, doch Gabriel sprach weiter. »Ich werde nicht selbst daran teilnehmen, so viel ist klar. Ich habe meine Lektion gelernt.« Liebevoll zog er ihre Hand an seine Lippen. »Diese Feier ist kurz vor dem Ende der Saison. Lighton übernimmt das. Er wird versuchen, herauszubekommen, wer hinter der Maske steckt. Vorher werden wir allerdings noch eine junge Frau retten, weil die Vorbereitungen dafür schon abgeschlossen sind. Aber auch da wird Lighton für mich einspringen. Ich wollte es dir sagen, um dir zu versichern, dass ich mich nicht noch einmal in Gefahr begebe. Zum anderen aber möchte ich auch klarstellen, dass ich daran arbeite, unsere Situation zu verbessern. Du bist jung und solltest an Bällen teilnehmen, am Leben und ...«

»Ich bin glücklich hier mit dir«, unterbrach sie ihn. Um ihre Worte zu untermauern, beugte sie sich zu ihm und küsste ihn innig. »Es ist schön, dass wir so viel Zeit füreinander haben, uns näher kennenlernen, und ...« Sie biss sich auf die Lippen und lächelte, während ihr Blick an seinem Körper nach unten wanderte. »Es gibt so einiges, was ich noch mit dir ausprobieren möchte.«

Sein Lachen ging ihr durch und durch, und die Scham über die eben ausgesprochenen Worte schwand.

»Ich kann gar nicht glauben, was für ein Glück ich habe.« Er hob leicht den Kopf und küsste sie zurück. »Du bist schon etwas ganz Besonderes.« Er sah ihr in die Augen, und Helen hätte ihm in diesem Moment so gern ihre Liebe gestanden. Denn dass sie sich hoffnungslos in ihren Mann verliebt hatte, stand außer Frage. Allerdings hatte sie keine Ahnung, wie er darauf reagieren würde. Noch dazu würde sie ihn nicht zu etwas drängen, was er nicht sagen wollte. Deshalb begnügte sie sich fürs Erste mit dem Wissen, was sie für ihn empfand, und küsste ihn erneut.

***

Drei Wochen später war Gabriel endgültig auf dem Weg der Besserung. Doktor Webber hatte ihm erlaubt, das Bett zu verlassen, mahnte aber, den Arm in der Schlinge zu tragen. Es würde Zeit brauchen, bis das Schultergelenk vollständig verheilt war.

Gabriel sah das anders. Er hatte nur wenig Schmerzen und entledigte sich der Armbinde bei jeder Gelegenheit. Helen schalt ihn dann und legte sie ihm wieder an. Sie wusste, dass sie sich überfürsorglich verhielt und konnte doch nichts dagegen tun. Ihrer Meinung nach hielt er lieber ein paar Wochen länger Ruhe, wenn so sichergestellt war, dass er vollständig gesund wurde.

Gabriels Laune verschlechterte sich dabei jedoch zusehends. Er langweilte sich, und Helen fragte sich, ob eine Aufgabe oder eine Ablenkung ihm helfen würden. Ihr war ein Gedanke gekommen, der sie schon einige Tage beschäftigte. Daisys Welpen waren nun so neugierig, dass sie viel Zeit auf dem Gelände verbrachten und immer wieder den Leuten und Pferden zwischen die Beine liefen. Wenn sie die alte Hündin dazu bringen konnte, mit ihren Jungen ins Haus zu kommen, würde das zum einen dafür sorgen, dass Gabriel Beschäftigung hatte, zum anderen wären die Kleinen etwas sicherer. Abgesehen davon war es an der Zeit, ihnen Manieren beizubringen, was Zeit kostete. Und die hatte Gabriel im Übermaß.

Seufzend machte sie sich auf den Weg in den Stall und überlegte, wie sie die Hundefamilie überzeugen konnte, umzuziehen. Sie passierte die Eingangshalle, in der Stetson gerade Lighton empfing. Die beiden standen in der Tür, und Lighton winkte sie zu sich heran.

»Lady Helen, ich wünsche einen angenehmen Nachmittag.« Er verbeugte sich vor ihr und fuhr nach ihrer Begrüßung direkt fort. »Ich bringe eine Nachricht für Windham. Wärt Ihr so nett, sie ihm auszurichten? Ich bin in Eile, und Ihr würdet mir einen großen Dienst erweisen, wenn ich gar nicht ins Haus müsste, so gern ich meinen alten Freund auch mal wieder sprechen würde.«

»Selbstverständlich. Ich überbringe sie ihm gerne.« Sie kniff die Augen zusammen und musterte ihr Gegenüber. »Ich hoffe, es ist nichts Gefährliches?«

»Nicht wirklich«, winkte Lighton ab. »Dieses Mal übernehme ich den gefährlichen Teil. Windham soll nur den Transport beaufsichtigen.« Er verzog das Gesicht. »Das klingt so herzlos. Ihr wisst, was ich meine.«

Helen nickte langsam, und Lighton sprach im Plauderton weiter. »Solch delikate Angelegenheiten sollten niemals schriftlich festgehalten werden. Die Weitergabe der Informationen erfolgen ausschließlich mündlich, wie Ihr sicher versteht. Ich vertraue darauf, dass Ihr ihm jedes Wort übermittelt. Bereit?«

Perplex nickte sie.

»Übermorgen, drei Uhr früh, *Blossom's Inn*, Zimmer Fünf«, sagte er ernst und sah sie an. »Wiederholt es bitte.«

Sie sprach Wort für Wort nach, was er gesagt hatte, konnte sich aber eine weitere Nachfrage nicht verkneifen. »Aber was geschieht dort? Gabriel ist noch nicht gesund genug, um ...«

»Bitte, richtet es ihm aus. Ich versichere Euch, dass es vollkommen ungefährlich ist, und er weiß, was zu tun ist.«

Helen wollte erneut widersprechen, hielt jedoch inne und nickte. »Dann vertraue ich Eurem Wort.«

Übermorgen hatte er gesagt. Genug Zeit, dass sie überlegen konnte, wie sie Gabriel die Nachricht so übermittelte, dass er nicht das Haus verließ oder sich in Gefahr begab. Sie musste ihm das Versprechen abringen, sich nicht noch einmal selbst um das zu kümmern, was auch immer geplant war. Das war nichts, was sie mit

Lighton besprechen sollte, weshalb sie ihn anlächelte. »Ich verstehe. Seid unbesorgt, mein Gedächtnis ist ausgezeichnet.«

»Ihr seid ein wahres Goldstück, Mylady. Ich empfehle mich, und bitte richtet Windham meine Grüße aus.«

Sie lächelte. »Habt Dank, das werde ich gerne tun.«

Er schenkte ihr eine letzte Verbeugung und verschwand wieder in seiner Kutsche. Nachdenklich sah Helen ihm hinterher.

Wort für Wort ging sie das Gespräch noch einmal durch. Ob sie Gabriel die Nachricht wirklich übermitteln würde, wusste sie noch nicht. Ihre nächsten Schritte mussten gut überlegt sein. *Vollkommen ungefährlich*, hatte Lighton gesagt. Meinte er das so oder dienten diese Worte nur ihrer Beruhigung? Darüber musste sie nachdenken.

Vorerst sollte sie in den Stall gehen, Daisy und ihre Jungen kuscheln und überlegen, wie sie Gabriel dazu bringen konnte, nicht selbst diesen Termin wahrzunehmen.

Eine Episode im Stroh

Gabriel

Mit jedem Tag ging es ihm besser. Zum einen heilte seine Wunde gut, zum anderen beflügelte ihn seine junge Frau. Wenn sie in seiner Nähe war, verzogen sich die Schatten, die ihn so lange geplagt hatten, und die Zukunft schien nicht länger drohend und finster. So gut hatte er sich lange nicht mehr gefühlt.

Auch die körperliche Anziehung zwischen ihnen war nicht zu leugnen. Helen fand großen Spaß an der trauten Zweisamkeit im Ehebett.

Und doch spürte er, wie er von Tag zu Tag unruhiger wurde, denn er langweilte sich entsetzlich. Helen war äußerst besorgt um seine Gesundheit und hatte eine Art Verschwörung ins Leben gerufen, um ihn von jedweder körperlichen Tätigkeit abzuhalten. Das gesamte Personal war daran beteiligt, sodass er sich fast wie ein Gefangener in seinen eigenen vier Wänden fühlte.

Wenn er wenigstens mehr Zeit mit Helen hätte verbringen können. Doch die musste die Renovierungsarbeiten überwachen und sich um Haushalt und Dienerschaft kümmern. Das war ihm klar, und doch hätte er sie am liebsten vierundzwanzig Stunden am Tag um sich gehabt.

Ihr Liebesleben gestaltete sich wundervoll, auch weil er mit Freuden bemerkte, wie Helen mutiger und experimentierfreudiger wurde. Und dennoch fehlte ihm etwas. Er hielt sich zurück, sowohl aus Rücksicht auf Helen als auch aus gesundheitlichen Gründen, aber das dunkle Verlangen in ihm wurde immer stärker. Seine Fantasien nahmen viel Raum in seinen Gedanken ein, zumal er nicht von sonderlich vielen anderen Dingen beansprucht wurde. Gabriel wusste, er würde nicht mehr lange durchhalten.

Natürlich redete er sich ein, dass sie seine Neigungen bereits kannte und sich nicht daran störte, nur um gleich darauf zum Schluss zu kommen, dass es von Grund auf falsch war, sich in dieser Weise an ihr zu vergreifen. Es war nicht richtig, sie zum Objekt seiner finsteren Gelüste zu degradieren, und doch wurde sein Drang, genau das zu tun, mit jedem Tag stärker.

Vor einigen Tagen hatte Doktor Webber ihm gesagt, dass er anfangen könne, den Arm leicht zu belasten, aber nur solange er keine Schmerzen verspüre.

Inzwischen war Gabriel so weit, dass er ohne Probleme essen und schlafen konnte, selbst wenn er sich nachts aus Versehen auf die falsche Seite drehte.

Eine einzige Frage beherrschte seinen Verstand mit jedem Tag – und jeder Nacht – mehr: Konnte er es wagen, Helen zu zeigen, wonach es ihn in seinem tiefsten Inneren verlangte? Würde sie eventuell sogar Gefallen daran finden? *Das wirst du nur herausfinden, wenn du es versuchst.*

Auch heute sann er, in der Bibliothek sitzend, darüber nach. Es war ein warmer Tag, aber bewölkt, und seit dem Morgen spürte er eine tiefe Unruhe. Er hatte Helen versprochen, mit ihr zu reden, falls ihm etwas auf dem Herzen lag, und das sollte er tun. Selbst wenn sie für die finsteren Abgründe seiner Gelüste noch nicht bereit war: Er hatte ihr Ehrlichkeit versprochen.

Voller Zweifel erhob er sich. Im selben Moment öffnete sich die Tür, und seine hinreißend derangierte Frau betrat den Raum. Im Arm hielt sie eins von Daisys Jungen. Die Otterhündin tappte hinterher, die zwei anderen sprangen um sie herum.

»Sie will zurück ins Haus«, sagte Helen glückstrahlend.

Gabriel konnte sie nur anstarren, so sehr nahm ihr Anblick ihn gefangen. Überall an ihrem Kleid und in ihrem Haar hatte sich Stroh verfangen. Das musste beim Spielen mit den Hunden geschehen sein, die sie offensichtlich aus dem Stall geholt hatte.

Helens Anblick fuhr ihm direkt in die Lenden, und wie so oft schob sich diese eine Vorstellung vor sein inneres Auge. Seine Frau, schlafend, mit verrutschtem Kleid, gefesselten Händen – und ihm vollkommen ausgeliefert.

Das war es, was er wollte. Jetzt sofort.

»Setz den Hund ab.« Er sprach nicht laut, doch bestimmt, was sie dazu brachte, den Kopf zur Seite zu neigen und ihn fragend anzusehen. Eine Strähne ihres Haares löste sich bei dieser Bewegung und fiel verführerisch auf ihre Schulter hinab. Ohne auf ihre unausgesprochene Frage zu antworten, hielt er ihr die Hand entgegen. Es war nicht das erste Mal, dass er sie auf diese Art aufforderte, ihn zu begleiten, und jedes Mal hatte in seinem Schlafgemach geendet. In ihre Augen trat dieses Leuchten, von dem er wusste, dass es Vorfreude war. Sie setzte den Welpen in Daisys Korb neben dem Kamin ab und nahm seine Hand.

»Was immer mein Gatte von mir verlangt«, sagte sie leise und mit genau dem Maß an Unterwürfigkeit und gespannter Erwartung, das seine Hose enger werden ließ. Heute würde er es wagen. Schnellen Schrittes führte er sie an der Treppe vorbei nach hinten ins Haus.

Sie bemerkte, dass sein Schlafzimmer nicht ihr Ziel war, und fragte ein wenig atemlos: »Was hast du vor?«

»Lass dich überraschen.« Er registrierte das tiefe Timbre in seiner Stimme, die Überraschung in ihrem Gesicht, genau wie das leichte Lächeln, und ein weiterer Schauer der Erregung durchlief ihn. Gabriel wusste, dass er nun alles riskierte, doch es fühlte sich gut an. Er war seinem Ziel so nahe.

Sie erreichten den Stall, und Carter unterbrach seine Arbeit.

»Du hast für drei Stunden frei, verschwinde«, sagte Gabriel und hoffte, dass sein Tonfall klarmachte, wie ernst es ihm war. Carter hob die Brauen, sah von ihm zu Helen, die verlegen den Blick auf den Boden richtete, und zurück. Dann setzte er ein Grinsen auf, sagte »Danke, Mylord« und verließ den Stall.

Gabriel führte Helen unterdes in die kleine Box, in der Daisy ihre Jungen versorgt hatte, und ließ sie los. »Leg dich hin und tu so, als würdest du schlafen.«

Seine Frau sah ihn aus großen Augen an und nach einem kurzen Zögern sah er Verstehen darin aufblitzen. »Du willst ...«

»Ich will, dass du dort liegst, schlafend«, sagte er leise.

Allein die Worte genügten, um seine Männlichkeit schmerzhaft anschwellen zu lassen. »Du liegst da und wehrst dich nicht. Wenn ...« Er atmete tief ein, um sich zu beruhigen. »Wenn dir nicht gefällt, was ich tue oder dir die Schmerzen zu stark sind, dann sprich über das Wetter.«

»Das Wetter?«, fragte sie und sah ihn verständnislos an.

»Dann weiß ich, dass ich aufhören muss.«

Ein verstehendes Lächeln zog über ihre Lippen, und sie kniete sich ins Stroh. Langsam legte sie sich auf den Rücken, hob den rechten Arm über den Kopf und zog ein Bein so weit an, dass ihre Röcke verrutschten.

Sie schickte einen letzten glühenden Blick in seine Richtung und schloss dann die Augen.

Gabriel sog scharf die Luft ein. Endlich lag sie so vor ihm, wie er es sich unzählige Male ausgemalt hatte. Er kostete den Anblick aus, genoss jede Rundung, jede Linie ihres perfekten Körpers. Es war sogar noch besser als in seiner Vorstellung, auch wenn die Fesseln fehlten, und er musste sich beherrschen, nicht direkt über sie herzufallen.

Er würde es langsam angehen, es auskosten und jeden Augenblick genießen. Sie streicheln, küssen, kneifen, schlagen und verwöhnen, bis sie Wachs in seinen Händen war. Und dann würde er sie ausfüllen, sie nehmen, hart und rücksichtslos. Schon bald würde Helen ihn entweder stoppen oder vor Lust schreien, jetzt gab es kein Zurück mehr.

Helen

In Helen kämpften Aufregung, Lust und ängstliche Erwartung um die Oberhand. Es erregte sie, wenn er so mit ihr sprach. Sie hörte ihren eigenen Herzschlag und das Blut rauschte in ihren Ohren, jeder Zentimeter ihres Körpers war aufs Äußerste angespannt.

Der Moment der Wahrheit war gekommen. Das hier war das Szenario, von dem er ihr unter Einfluss des Laudanums erzählt hatte. Schmerz, der zu Lust wurde.

In den letzten Wochen hatte er gesundheitsbedingt mehr oder weniger ihr die Kontrolle beim Liebesspiel überlassen, und sie hatte es genossen, jeden Zentimeter seines Körpers zu erkunden. Es würde ihr schwerfallen, still zu liegen und ihn machen zu lassen, doch sie wollte, dass er endlich die Befriedigung fand, nach der er sich sehnte.

Das Stroh raschelte, und sie spürte seine Hitze neben sich. Seine Fingerspitzen berührten sanft ihre Wange und fuhren daran hinab. Seine Lippen folgten und hauchten eine Spur zarter Küsse bis zu den Ansätzen ihrer Brüste. In Helen erwachte die bekannte Leidenschaft, diese Gier nach dem Liebesakt, auf den dieses Vorspiel unweigerlich zusteuerte.

Sie reckte sich ihm entgegen, hob eine Hand und fuhr ihm durchs Haar.

»Du schläfst, schon vergessen?«, flüsterte er und schlug sie einmal fest auf ihr Hinterteil. Er nahm ihre Hand und legte sie wieder über ihr ab.

Ein Stöhnen entrang sich Helens Kehle. Der nicht wirklich schmerzhafte Schlag hatte etwas bewirkt, was sie nie für möglich gehalten hätte. Hitze war in ihre Mitte geschossen. War es das, was er meinte?

»Nicht nachdenken«, hörte sie seine Stimme.

Bewusst entspannte sie ihre Muskeln, und er begann erneut, sie zu berühren, vorsichtig und so sanft, dass sie einige seiner Berührungen nur erahnte.

Seine Finger fanden den Weg unter ihr Kleid und zeichneten zarte Linien auf die empfindliche Haut an der Innenseite ihrer Oberschenkel. Helens Mitte zog sich herrlich zusammen. Seine Nähe, seine Wärme und sein Geruch, der sich mit dem des Strohs mischte, vernebelte ihre Gedanken.

Ein weiteres Mal bewegten sich ihre Hände ohne ihr Zutun. Sie suchte seine Weste, fand sie und öffnete die Augen, um sie aufzuknöpfen, als er erneut innehielt.

»Du kannst es nicht lassen, hm?«, murmelte er und gab ihr erneut einen Klaps auf den Hintern, diesmal etwas fester, was die Hitze in ihr verstärkte.

»Vertraust du mir?«, fragte er leise, und sie beobachtete ihn, wie er aufstand und sein Krawattentuch abnahm. Was hatte er damit vor? Würde er sie …

»Ja«, antwortete sie heiser.

»Gut, dann …« Er band das Tuch lose um ihre Handgelenke. Ein kleiner Schritt zur Seite, und es folgte das Seil, mit dem die Pferde an der Wand festgemacht wurden. Das zog er ein wenig fester. Helen konnte ihre Hände nicht mehr bewegen.

Sie sah zu Gabriel, und ihr stockte der Atem. Er kniete neben ihr, und in seinem Blick lag eine nie zuvor dagewesene Intensität. Wie er sie anschaute, schoss ihr ins Herz.

Sie wollte ihn so sehr. Sanft strich er über ihre Brust, was kleine Schockwellen verursachte, die sich ausbreiteten und zwischen ihren Beinen zusammenliefen.

»Bring es mir bei«, flüsterte sie, was ihm ein Stöhnen entlockte. »Alles.«

Er senkte sich zu ihr hinab und küsste sie. Seine Zunge stieß erbarmungslos in sie, eroberte sie, markierte sie als sein Territorium. Sie nahm ihn auf, wollte mehr, wollte ihn berühren, und dass die Fesseln sie daran hinderten, fachte sie nur noch mehr an.

Ihr Atem ging schneller. Nicht zu wissen, was kam, ließ jeden Zentimeter ihrer Haut in Erwartung seiner Berührungen prickeln. Jedes Streicheln, jedes Saugen, jeden Schlag spürte sie intensiver als den davor. Es war ein Wechselspiel zwischen Schmerz und Zärtlichkeit, das ihre Erregung kontinuierlich steigerte, genau wie er vorausgesagt hatte.

Jetzt küsste er ihren Hals, seine Zähne kratzten über ihre empfindliche Haut, und Helen gab sich ihm hin. Mit jeder Berührung, egal ob sanft oder fest, eroberte er sie ein wenig mehr, nahm ihre Mauern ein und zerstörte, was sie über sich selbst zu wissen geglaubt hatte. Sie genoss es, auf diese Art von ihm verführt zu werden, und als er ihr im wahrsten Sinne des Wortes das Kleid vom Leib riss, war sie zu keinem klaren Gedanken mehr fähig.

Immer wieder fachte er ihre Lust an, um sie für einen kleinen Moment abflauen zu lassen.

Und dann, kurz bevor sie am Ziel war, spreizte er ihre Beine. Sie spürte seine Erregung, seine Wärme, seine Härte und zwang sich, still zu halten. Mit einem einzigen harten Stoß war er tief in ihr. Ihre Welt löste sich auf und fokussierte sich nur noch auf eins: Sie wollte diesen Mann, die Art, wie er sie ansah, berührte und nahm. Sie liebte ihn.

Ein schmerzhaftes Verlangen erfasste ihren Körper, nahm ihr den Atem, brachte sie zum Zittern, während er sie vollkommen ausfüllte und mehrmals hart in sie stieß, während sie wehrlos gefesselt war.

»Du gehörst mir, mir allein«, stieß er hervor, und zum ersten Mal erreichten sie gemeinsam den Höhepunkt.

Déjà-vu

Gabriel

Gabriel erwachte vollkommen ausgeruht und entspannt.

Der Episode im Stall, die ihm die lang ersehnte Befriedigung verschafft hatte, waren weitere im Schlafzimmer gefolgt. Er hatte es gewagt, sie komplett an die Bettpfosten zu fesseln, und Helen hatte es sichtlich genossen. Danach war sie an der Reihe gewesen, ihn zu dominieren. Sie war auf ihm geritten wie auf einem wilden Hengst. Auf der anderen Seite zu stehen, oder vielmehr zu liegen, war ungewohnt, aber beim Gedanken daran wurde er erneut hart und lachte leise. Sie hatten gar nicht genug voneinander bekommen können, und dennoch waren sie irgendwann ermattet in den Schlaf gesunken.

Ein Lächeln schlich sich auf seine Lippen, wenn er an den zufriedenen Ausdruck auf Helens Gesicht dachte, und träge tastete er nach ihr. Doch das Bett neben ihm war leer.

Er blinzelte und erkannte, dass es später Vormittag sein musste. Sie hatte ihn schlafen gelassen. Sicher dachte sie, er brauche die Ruhe nach der Anstrengung der letzten Nacht.

Versonnen drehte er sich so, dass er die Seite des Bettes sehen konnte, auf der sie geschlafen hatte. Das Bett roch nach ihr, und Gabriel fühlte sich mit Wärme und Frieden erfüllt. Viel zu lange hatte er allein in der Dunkelheit gelebt, doch jetzt, wo Helen ihm dort Gesellschaft leistete, war es plötzlich gar nicht mehr so finster.

Seine Frau machte ihn glücklich, und es lag an ihm, ihr dieses Glück tausendfach zurückzugeben.

Sobald du dich um Oberon gekümmert hast.

Besorgt runzelte er die Stirn. Lighton hätte sich längst wegen der Rettungsaktion melden müssen. Sie hatten vor, die Frau auf einem von Gabriels Schiffen nach Frankreich zu schmuggeln. Dort hatte sie Verwandte, die sie hoffentlich nicht wieder zurückschicken oder verkaufen würden.

Er sollte seinen Freund bitten, ihn bei Gelegenheit zu besuchen, um ihn auf den neuesten Stand der Dinge zu bringen. Die Sache durfte auf keinen Fall abgeblasen werden, und die letzte Nacht hatte bewiesen, dass er ausreichend genesen war.

Er war bereit, wieder Verantwortung zu übernehmen, in jeder Hinsicht.

Voll freudiger Erwartung schwang er die Beine aus dem Bett, als ihn ein energisches Klopfen an der Tür innehalten ließ. Noch bevor er antworten konnte, trat ein kopfschüttelnder Arnaud ein. »Gott sei Dank seid Ihr wach, Mylord. Ich fürchte, es ist dringend nötig, dass Ihr nach unten kommt. Zwei Gentlemen warten dort, und ich fürchte ... Nun ja, sie lassen sich nicht abwimmeln.«

»Zwei Gentlemen?«, fragte Gabriel irritiert. Er hatte keine Ahnung, um wen es sich handeln könnte, doch Arnauds Gesichtsausdruck ließ darauf schließen, dass es sich nicht um einen Höflichkeitsbesuch handelte.

»Der Earl of Chadwick und Viscount Castleton. Sie bestehen darauf, Euch unverzüglich zu sehen, ebenso verlangen sie nach Mylady.«

Gabriel hob die Hand und musste ein Grinsen unterdrücken. Es war fast ein Jahr her, dass diese beiden Gentlemen, Schwager und Onkel seiner Frau, fast sein Haus gestürmt und die Herausgabe von Miss Phoebe verlangt hatten. Damals hatte er keine Ahnung gehabt, wovon die beiden sprachen, und sie abgewiesen. Heute sah die Sache anders aus.

Er lächelte still in sich hinein. Wenn er darüber nachdachte, war das, was die beiden Lords auf seiner Türschwelle sich ausmalten, gar nicht so weit von dem entfernt, was sich in der vergangenen Nacht abgespielt hatte. Aber das konnte er ihnen schlecht sagen. Ein Gentleman genoss und schwieg.

Am besten überließ er es seiner jungen Ehefrau, die beiden abzuwimmeln und eventuelle Missverständnisse auszuräumen. Damit sie alle Teil einer großen, glücklichen Familie sein konnten.

Als ob einer der beiden Wert darauf legte. Chadwick verbrachte den Großteil seiner Zeit damit, alte Steine in Ägypten auszugraben, und Castleton war ein selbstgerechter Moralapostel, der sicher kein Interesse daran hatte, mit Gabriel in Verbindung gebracht zu werden.

Dass die beiden hier auftauchten und *verlangten*, ihn und seine Frau zu sehen, zeigte deutlich, was sie von ihm hielten. Nein, das musste er sich nicht bieten lassen. Er hatte sie schon einmal abblitzen lassen, und er würde es abermals tun.

»Meinen Morgenmantel«, sagte er in Arnauds Richtung. »Den schwarzen.«

Auf Arnauds Gesicht zeichnete sich ein Grinsen ab. »Genau wie beim letzten Mal?«, fragte er, und Gabriel nickte.

»Such meine Frau und sag ihr, dass ihre Verwandtschaft hier ist, um uns einen Besuch abzustatten.«

Gut gelaunt ging er die Treppe hinunter und folgte Arnaud zum Salon. Es gab also keine echte Wiederholung ihres letzten Treffens. Damals hatte Stetson die beiden Lords vor der Tür stehen lassen. Das hatte er diesmal offenbar nicht getan, vermutlich wegen ihres verwandtschaftlichen Verhältnisses zur Dame des Hauses.

Kurz überlegte Gabriel, ob er auf Helen warten sollte, entschied sich jedoch dagegen. Es war amüsanter, den Herren erst einmal allein gegenüberzutreten.

Er setzte eine möglichst neutrale Miene auf und öffnete die Tür, ein »Guten Morgen« auf den Lippen, das er jedoch nicht aussprach, weil Chadwick ihn direkt anblaffte: »Wo ist sie? Was habt Ihr meiner Schwägerin angetan? Wenn Ihr der armen Helen auch nur ein Haar gekrümmt habt, schwöre ich bei Gott ...« Er ballte die Hand zur Faust, doch Gabriel sah, dass der Mann kein Kämpfer war. So wie er die Hände hielt, würde er nur sich selbst verletzen.

»Immer mit der Ruhe, Chadwick. Das ist mein Haus, und Ihr habt hier gar nichts zu verlangen. Was ich mit Lady Helen mache, geht Euch schlicht und ergreifend nichts an. Sie ist meine rechtmäßig angetraute Ehefrau.«

»Dieser Ehe hätte ich niemals zugestimmt!« Chadwick schrie beinahe.

Gabriel ließ sich nicht aus der Ruhe bringen. »Dann hättet Ihr diese Entscheidung nicht ihrem Onkel überlassen sollen«, entgegnete er kalt und warf einen Blick hinüber zu Castleton, der prompt errötete. »Ich kann verstehen, wie enttäuscht Ihr davon seid, dass er seine Nichte dem erstbesten dahergelaufenen Wüstling überlässt. Aber klärt das bitte mit ihm, anstatt mich mit Eurem Gejammer zu belästigen. Wäre das dann alles?«

Chadwick schien kurz davor, zu platzen, denn sein Gesicht nahm einen interessanten violetten Ton an. »Nein, das ist nicht alles«, zischte er durch zusammengebissene Zähne. »Lady Castleton sagt, sie habe seit über vier Wochen nichts mehr von Helen gehört. Weder nimmt sie an gesellschaftlichen Veranstaltungen teil noch gab es sonst irgendein Lebenszeichen von ihr. Ich werde nicht gehen, bevor ich mich persönlich davon überzeugt habe, dass sie wohlauf ist. Zwingt mich nicht dazu, Gewalt anzuwenden!«

»Euren Hang zu Theatralik und gespieltem Heldentum in allen Ehren«, sagte Gabriel beißend. »Ich habe Hundewelpen, die bedrohlicher wirken. Spart Euch also die leeren Drohungen. Wem meine Frau Nachrichten schickt und wen sie zu empfangen geruht, ist ihre Sache. Ich für meinen Teil ...« In diesem Moment klopfte es. »Ah, das wird sie sein.«

Die Tür öffnete sich, doch zu seiner Überraschung trat Arnaud ein, der äußerst besorgt wirkte. Gabriel ignorierte die beiden Männer und ging auf seinen Kammerdiener zu.

»Wir wissen nicht, wo sie ist, Mylord«, flüsterte der. »Ihr Bett ist unberührt und ...«

»Natürlich ist es unberührt«, warf Gabriel unwirsch und viel zu laut ein. »Sie hat die Nacht bei mir verbracht.«

»Wie dem auch sei«, antwortete Arnaud leise. »Sie scheint nicht im Haus zu sein, und auch James ist nirgends zu finden.«

»Was?« In Gabriels Kopf rasten die Gedanken. Hatte sie beschlossen, einen Ausflug zu unternehmen? Unmöglich! Das war viel zu gefährlich, und diesen Wunsch hatte sie auch nie geäußert.

Während er noch darüber nachgrübelte, was geschehen sein könnte, und das dumpfe Gefühl der Angst zu verdrängen versuchte, betrat ein sichtlich erschütterter Stetson das Zimmer.

»Mylord«, sagte er so laut, dass sich die Aufmerksamkeit sämtlicher Männer im Raum auf ihn richtete. »Ich fürchte, ich habe eine Ahnung, wo Mylady hingegangen sein könnte.«

»Sprechen Sie«, presste Gabriel hervor und musste an sich halten, seinen Butler nicht am Kragen zu nehmen und zu schütteln.

»Vor zwei Tagen wünschte Baron Lighton Euch zu sehen. Er war in Eile und hat aus diesem Grund Mylady eine Nachricht für Euch übermittelt. Eine mündliche Nachricht, die ich nicht umhinkam, mitanzuhören.«

»Wie lautete sie?« Lightons Name ließ ihn das Schlimmste befürchten.

»Übermorgen, drei Uhr früh, *Blossom's Inn*, Zimmer fünf«, kam es ohne Zögern von Stetson. »Das war heute früh, und da sowohl Mylady als auch James verschwunden sind, denke ich ...«

Kälte griff nach Gabriel, und er hörte den Rest des Satzes nicht mehr. Ein merkwürdiger Schmerz nahm ihn in Besitz, breitete sich in seinem Körper aus und drohte ihm die Luft zum Atmen zu nehmen.

Das war die Nachricht von Lighton, auf die er gewartet hatte. Er hatte das Mädchen wie geplant aus den Klauen der *Maskierten Gesellschaft* befreit, und es wäre an Gabriel gewesen, sie unverzüglich in Sicherheit zu bringen.

»Sattelt mein Pferd«, fuhr er Stetson an. »Ich breche sofort auf.« Dann wandte er sich an Castleton und Chadwick. Die beiden waren offensichtlich verwirrt, doch Chadwick ballte abermals die Fäuste.

»Windham, wenn ihr etwas passiert ist, dann schwöre ich Euch, dass ...«

»Erspart mir Euer Gefasel, Chadwick. Ich habe Wichtigeres zu tun. Wir müssen meine Frau finden.« *Lebend finden*, ergänzte er im Stillen und war bereits auf dem Weg nach oben, um sich anzukleiden. »Sie schwebt womöglich in Lebensgefahr«, rief er zurück in den Salon, während er mit langen Schritten die Treppe hinauflief und dabei versuchte, seine Gedanken zu ordnen.

Dieses verfluchte, eigensinnige Weibsstück. Sie hatte die Nachricht von Lighton erhalten und vor ihm geheim gehalten. Warum?

Weil sie wusste, dass du diese Verabredung einhalten wirst, wenn du davon hörst. Und das wollte sie verhindern, deiner Gesundheit zuliebe.

Eine einfache Antwort, die ihm jedoch die Luft zum Atmen nahm. Er schloss die Augen und suchte Halt an der Brüstung.

Seine Frau war zum *Blossom's Inn* geritten, damit er es nicht tat. Damit war genau das passiert, was er hatte vermeiden wollen. Er hatte erneut zugelassen, dass eine Frau, die er liebte, in seine zwielichtigen Machenschaften verwickelt wurde, und jetzt würde Helen dafür bezahlen müssen.

Und es war seine Schuld. Er hatte ihr alles erzählt, zugelassen, dass sie davon erfuhr und jetzt ...

Bilder von Nora und Ameline schoben sich in sein Sichtfeld. Ihre verstümmelten, geschundenen Köper, das Blut.

Was, wenn Helen ...

Der Laut, der sich seiner Kehle entrang, war von so tiefem Schmerz geprägt, dass es ihn selbst erschütterte.

»Es ist bestimmt alles in Ordnung«, sagte Arnaud hinter ihm und legte eine Hand auf seine Schulter. »Reißt Euch zusammen und zieht Euch an, damit wir mit der Suche beginnen können. Schuldgefühle und Selbstzerfleischung werden ihr nicht helfen.«

Arnaud hatte recht. Gabriel schluckte schwer und richtete sich auf. »Noch ist nichts verloren«, murmelte er und ging die letzten Schritte in sein Zimmer.

»Noch ist nichts verloren«, wiederholte Arnaud und verschwand, um Kleidung zu holen, wie Gabriel vermutete. Er löste den Morgenmantel und erhaschte dabei einen Blick in den Spiegel. Die Wunde war gut verheilt, das hatte die letzte Nacht gezeigt. Der Gedanke daran, dass er Helen vielleicht nie mehr in seinen Armen halten würde, drohte ihn zu ersticken.

»Schnell«, sagte Arnaud und holte Gabriel damit zurück aus seiner düsteren Vorahnung. »Hemd, Hose, Jacke, das muss reichen.« In Windeseile zog Gabriel die Sachen über und war auf halbem Weg zur Tür, während er in die Stiefel schlüpfte.

»Schick jemanden zu Lighton. Er hätte auch beim Treffpunkt sein sollen. Da ich offensichtlich nicht aufgetaucht bin und er sich bisher nicht gemeldet hat, steckt er entweder selbst in der Klemme oder er ...« ... *ist für Helens Verschwinden mitverantwortlich.*

Die Vermutung war so ungeheuerlich, dass Gabriel sie nicht aussprechen konnte. Lighton war sein ältester Freund, er würde niemals ... Und dennoch war der Gedanke da und fraß sich in Gabriels Eingeweide. Er hatte keine Ahnung, wer *Oberon* war. Was, wenn es jemand war, der Lighton nahestand? War es nicht ein merkwürdiger Zufall, dass er die Nachricht Helen anvertraut hatte? Mündlich, sodass es keinen Beweis oder Anhaltspunkt gab?

»Ihr glaubt doch nicht, dass Lord Lighton ...?«, fragte Arnaud, und man hörte ihm an, wie abwegig er den Gedanken fand.

»Ich weiß nicht mehr, was ich glauben soll«, sagte Gabriel wahrheitsgemäß und stürmte aus dem Zimmer.

Sie mussten so schnell wie möglich zum *Blossom's Inn*, einer der größten Postkutschenstationen Londons. Eine kluge Wahl für einen Treffpunkt, denn an diesem

Ort herrschte zu jedem Zeitpunkt ein betriebsames Durcheinander. Was nun alles erschwerte. Denn genau die Tatsache, dass man dort in der Menge unterging, selbst mitten in der Nacht, mochte gegenwärtig dazu führen, dass sie keine Spur von Helen fanden. Erneut drohte die Panik nach ihm zu greifen, und Gabriel schüttelte mehrfach den Kopf. Er musste klar denken, wenn er Helen helfen wollte.

»Wie viele Männer haben wir?«, fragte er Arnaud, der neben ihm die Treppe hinab in die Halle lief.

»Mit mir sieben. Neun, falls sich Castleton und Chadwick anschließen«, antwortete er und deutete auf die beiden.

»Selbstverständlich tun wir das«, antwortete Chadwick und suchte Gabriels Blick. »Wenn ihr auch nur ein Haar gekrümmt wurde ...«

»Wird jemand dafür bezahlen. Glaubt mir, Chadwick, darauf könnt ihr Eure vergammelten Antiquitäten verwetten«, vollendete Gabriel spöttisch den Satz.

Er konnte nicht anders. Chadwick war so sehr von sich und seiner Rolle als Ritter in strahlender Rüstung eingenommen, dass es fast zum Lachen war. Aber die Lage war ernst, und Gabriel würde alle verfügbaren Männer mit auf die Suche nehmen, selbst wenn sie ihm misstrauten und so wenig zum Kämpfen geeignet waren wie die beiden Gentlemen in seiner Vorhalle, die ihn finster anstarrten.

»Wir reiten direkt zur Postkutschenstation. Das ist unser einziger Ansatzpunkt.«

»Und was ist mit Lighton?«, fragte Chadwick. »Sollte man den Mann nicht befragen?«

»Ach, richtig«, sagte Gabriel bissig. »Der Mann ist ja ein notorischer Übeltäter, wie all meine Bekannten. Einem Meisterdetektiv wie Euch entgeht wahrlich nichts. Was für ein glücklicher Zufall, dass ich längst nach ihm schicken ließ.«

Chadwick kniff die Augen zusammen, und Gabriel war nicht sicher, ob der Earl seinen Sarkasmus erkannt hatte. Im Prinzip war es ihm auch egal, solange der Mann ihm bei der Suche nach Helen nicht in die Quere kam.

Gabriel sah Chadwick herausfordernd an, bis der knapp nickte und in Richtung Tür ging. »Wir warten vor dem Haus auf Euch.«

Auch Gabriel nickte und lief schnellen Schrittes zum Stall. Sie hatten nicht genug eingerittene Pferde für alle, sodass auch eine Kutsche angespannt wurde, die ihnen folgen sollte.

Gabriel erteilte letzte Anweisungen, als er hinter sich Stetson rufen hörte.

»Mylord, wartet!« Dieses Verhalten war so ungewöhnlich für seinen stets auf Contenance bedachten Butler, dass er innehielt. Stetson erreichte die Tür des Stalls, sichtlich außer Atem. »James ist zurück«, sagte er keuchend und deutete in Richtung Haus. »Er ist verwundet und übel zugerichtet, aber er lebt und ...«

Mehr musste Gabriel nicht hören. So schnell er konnte, rannte er ins Haus. Man hatte James in den Salon gebracht, wo er auf dem Sofa kauerte. Neben ihm standen Chadwick, Castleton und ein sichtlich besorgter Lighton, was Gabriel für einen Augenblick erleichterte. Die Erleichterung schwand allerdings, sobald er James genauer betrachtete. Er hielt sich die Seite, sein rechtes Auge war zugeschwollen, die Lippe aufgeplatzt, genau wie eine Wunde an der Stirn.

James hob den Blick, und selbst auf dem geschundenen Gesicht war deutlich seine Qual zu erkennen. Gabriel blieb kaum Zeit, sich gegen das Schlimmste zu wappnen. »Sie wurde entführt, Mylord. Verzeiht, ich konnte es nicht verhindern.«

Entführt. Das Wort hallte in Gabriel nach, und Entsetzen drohte ihn zu lähmen. Eine eiserne Faust der Angst schloss sich um sein Herz, das Atmen fiel ihm schwer, und sein Sichtfeld drohte in einem roten Schleier aus Selbsthass, Wut und Verzweiflung zu versinken. Aufgebracht packte er seinen Untergebenen am Kragen und schüttelte ihn. »Wer? Wer war es? Wohin haben sie sie gebracht? Du musst irgendetwas gesehen oder gehört haben!«

James gelang es, noch einmal gequält den Kopf zu schütteln, dann sackte er bewusstlos in sich zusammen.

Gabriel taumelte wie betäubt zurück. Seine Beine drohten ihm den Dienst zu versagen. Nur dank Arnaud schaffte er es, das nächste Sofa zu erreichen. Er hörte Lighton nach einem Arzt rufen, aber die Worte kamen nur gedämpft bei ihm an, dumpf und unwirklich.

Es war vorbei. Sie hatten keinen Hinweis, keinerlei Spur. Helen würde genauso sterben wie Nora und Ameline.

Und es war allein seine Schuld.

Eskalation

Helen

Alles war schiefgelaufen. Gewaltig schief.

Sie hatten die Kutsche auf James' Rat hin in einiger Entfernung zur Postkutschenstation stehen lassen, um weniger Spuren zu hinterlassen, denn so machte es auch Gabriel. Auf dem Weg zur Station war es dann geschehen. Ihre Entführung war so schnell vonstattengegangen, dass Helen nicht einmal Zeit geblieben war, das Wort *Falle* auch nur zu denken.

James wurde mit einem Schlag auf den Kopf zu Boden gestreckt, und sie war binnen Sekunden überwältigt, gefesselt, geknebelt und mit einem Jutesack über dem Kopf in eine Kutsche verfrachtet worden.

Anfangs hatte sie versucht, sich zu orientieren, zu zählen, wie oft sie abbogen, doch sie kannte sich in diesem Teil Londons nicht aus und verlor schnell die Orientierung. Die Panik hatte gedroht, sie zu überwältigen, doch sie war nicht ohnmächtig geworden und hatte mitbekommen, wie die Fahrt nach einer gefühlten Ewigkeit in einer ruhigen Umgebung endete. Dann hatte man sie aus der Kutsche gehievt ein paar Treppenstufen hinunter geführt und in ein Zimmer gesperrt. Erst vor wenigen Minuten, nachdem man ihr Sack, Fesseln und Knebel abgenommen hatte, war es Helen gelungen, ruhiger zu werden. Wenn sie einen Ausweg aus dieser misslichen Lage finden wollte, musste sie einen kühlen Kopf bewahren. Man hatte offensichtlich nicht vor, sie auf der Stelle zu töten, sonst hätte man sie kaum quer durch London gekarrt und in einen Raum wie diesen gesperrt.

Sie versuchte, sich alles einzuprägen. Zu ihrem Erstaunen fand sich vor, was das respektable Schlafzimmer einer Dame beinhalten sollte. Ein sauberes Bett, eine Waschschüssel, ein Schminktisch mit Spiegel und ein Nachttopf. Die Wände bestanden aus grob behauenem Stein, es gab keine Fenster, dafür einen brennenden Kamin, der dafür sorgte, dass sie nicht fror.

Die kalten Wände ließen sie vermuten, dass sie sich unter der Erde befand. Auf dem Nachttisch standen ein Krug sowie ein Korb mit Brot und Früchten. War das ein Hinweis darauf, dass man vorhatte, sie länger gefangen zu halten? Die Qualität des Bettleinens war mehr als akzeptabel, was darauf schließen ließ, dass ihre Entführer über beachtliche finanzielle Mittel verfügten.

Helen fragte sich, was mit Lighton geschehen war. Er war bei dem Überfall nirgends zu sehen gewesen. Hatte man ihn ebenfalls niedergeschlagen? Oder lagen die Dinge anders? Steckte Lighton am Ende dahinter?

Gabriel vertraute seinem Freund und hielt große Stücke auf ihn, das war ihr nicht verborgen geblieben. Aber was, wenn ihr Gatte sich irrte? War das am Ende der Grund dafür, dass *Oberon* ihm immer einen Schritt voraus zu sein schien?

Ihre Ruhe schwand, und in Helens Magen bildete sich ein schwerer Stein.

War sie von *Oberons* Männern entführt worden? Laut Gabriel war dieser Mann äußerst grausam.

Würde er ihr Gewalt antun? Sie schinden und foltern, bis sie vor Schmerzen den Verstand verlor? Um danach als Hure an ein Bordell verkauft zu werden? Das durfte nicht sein. Ihr Leben hatte sich so wunderbar entwickelt.

Gabriel, flüsterte sie leise. Tränen bildeten sich in ihren Augen, und ihren Lippen entwich ein Stöhnen.

Gabriel

Unruhig lief er vor James' Krankenbett hin und her. »Er muss etwas gesehen haben!«

Lighton, der neben dem Bett auf einem Hocker saß, schüttelte langsam den Kopf. »Du hast gehört, was Doktor Webber gesagt hat. Die Verletzung an der Stirn ist schwerwiegend. Es ist unklar, ob und wann er zu Bewusstsein kommt.«

»Das ist mir klar«, fauchte Gabriel. »Aber er ist unsere einzige Spur.« Frustriert versetzte er der Wand einen Hieb. Der sengende Schmerz zog tief in die immer noch empfindliche Schulter, und er hieß ihn als verdiente Strafe willkommen. »Es sind jetzt sechzehn Stunden. Mit jeder Sekunde steigt die Wahrscheinlichkeit, dass sie tot ist. Wir müssen irgendetwas tun, und zwar so schnell wie möglich. Chadwick und Castleton werden nicht mehr lange warten. Mit Sicherheit stellen sie bereits jetzt an den falschen Stellen zu viele Fragen.«

»Dann lass sie uns um Hilfe bitten.«

»Ganz sicher nicht. Wie sollen ausgerechnet die beiden helfen?«

»Sieh es doch positiv«, wandte Lighton ein. »Je mehr Zeit vergeht, ohne dass ihre Leiche gefunden wird, desto wahrscheinlicher ist es, dass man sie gar nicht töten will.«

»Und das nennst du *positiv*«, entfuhr es Gabriel wütend. »Noch so ein Ratschlag, und ich vergesse mich.«

»Immer mit der Ruhe.« Abwehrend hob Lighton die Hände. »Was ist aus meinem stets sarkastischen Jugendfreund geworden, der lieber mit Worten kämpft als mit Fäusten?«

Missmutig verschränkte Gabriel die Arme vor der Brust. »Schaff mir eine Spur herbei, der wir folgen können, dann lasse ich dich in Frieden.«

»Da kann ich möglicherweise helfen«, ertönte eine Stimme von der offenen Tür her. Arnaud betrat den Raum, in der Hand ein gefaltetes Stück Papier. »Dies wurde soeben abgegeben.« Er reichte Gabriel den Brief, der mit einem roten Wachsiegel verschlossen war, in dem eine Janusmaske mit einer lachenden und einer weinenden Gesichtshälfte prangte.

Lighton beugte sich neugierig nach vorne. »Wer hat das gebracht?«

»Spielt keine Rolle«, presste Gabriel hervor. »Wichtiger ist, von wem es kommt.« Er ließ Lighton kurz einen

Blick auf das ihm bekannte Siegel der *Maskierten Gesellschaft* werfen, bevor er es mit zitternden Fingern brach und die Zeilen überflog.

»Und?«, drängelte Lighton.

»Eine spontane, kurzfristig angesetzte Zusammenkunft, die *ein einzigartiges klassisches Schauspiel für Freunde exquisiter Schmerzen* verspricht«, las Gabriel erschüttert vor.

»Helen?« Lighton schüttelte den Kopf. »Das kann ich mir nicht vorstellen. Selbst wenn *Oberon* nicht sicher weiß, dass du Mitglied der *Gesellschaft* bist, wird er es zumindest ahnen. Das wird er nicht riskieren, so dumm ist er nicht. Er wird dir nicht deine eigene Frau vorführen, das ist eine Falle.«

»Da stimme ich dir sogar zu«, presste Gabriel hervor. »Aber ich laufe lieber hinein, als hier tatenlos herumzusitzen. Die Einladung ist für morgen Abend. Wenn wir bis dahin keine andere Spur haben, gehen wir hin. Und wenn Helen nicht dort ist, werde ich *Oberons* Identität lüften, notfalls mit Waffengewalt, so wahr mir Gott helfe.«

Gabriel bemerkte die besorgten Blicke, die sich Arnaud und Lighton zuwarfen, aber es war ihm egal. Wenn es auch nur die geringste Chance gab, Helen zu retten, würde er sie nutzen.

Helen

Da kein Licht in ihr Gefängnis fiel, konnte Helen nur ahnen, wie viel Zeit vergangen war. Sie schätzte, dass sie sich seit ein, zwei Tagen in diesem Raum befand, als sich die Tür öffnete und dieselbe stämmige Frau eintrat, die ihr die Fesseln abgenommen hatte. Sie trug einen Stapel Kleidung in den Armen und kam direkt auf Helen zu. »Zieh dich aus.«

»Was haben sie mit James gemacht?«, fragte Helen, um sich von der aufsteigenden Panik abzulenken.

»Ausziehen!« Die Frau reagierte nicht auf ihre Frage. Sie griff nach Helen und brachte sie mit groben Handbewegungen dazu, zu tun, was sie verlangte.

Kurz zog Helen in Erwägung, sich zu wehren, verwarf es jedoch schnell. Die Frau war größer und wesentlich kräftiger als sie. Das würde zu nichts führen.

»Hör auf, dich zu wehren, Mädchen«, sagte sie. »Ich geb dir einen Rat: Er mag es, wenn seine Opfer leiden. Nur bewusstlos darfst du nicht werden, sonst wird er wütend. Also sieh zu, dass du die ganze Zeit ordentlich schreist und stöhnst. Wehr dich, aber nicht zu heftig, sonst verliert er die Geduld. Er wird dir wehtun, sehr sogar. Und er will, dass sein Publikum das sieht. Versuch nicht, es ihm zu verweigern. Paris wird seine schöne Helena züchtigen und so der Welt zeigen, dass sie ihm gehört. Eher schlägt er dich tot, bevor er zulässt, dass du ihm diesen Triumph nimmst.«

Die barsch ausgesprochenen Worte brachten Helens Innerstes zum Zittern. *Eher schlägt er dich tot ...* Ihr wurde übel.

Ein wenig Hoffnung machte es ihr, dass die Frau offensichtlich Mitleid mit ihr hatte und versuchte, ihr zu helfen. Wenn sie freundlich zu ihr war, konnte sie vielleicht an weitere Informationen gelängen. Zwar hatte sie keine Vorstellung, wie ihr das noch helfen sollte, doch sie war nicht bereit, jetzt schon aufzugeben.

»Deshalb dieses archaische Gewand?«, fragte sie und hielt still, damit die Frau die Lagen Stoff auf ihrer Schulter drapieren konnte. Kleid konnte man das kaum nennen, was sie trug. Es waren mehr zwei Laken, die an der Schulter durch Spangen gehalten und um die Taille mit einem Gürtel auf Figur gebracht wurden. Solche Gewänder hatte Helen an römischen und griechischen Statuen gesehen.

»Der Herr hat eine genaue Vorstellung davon, wie seine Helena auszusehen hat.«

»Paris.« Helena und Paris waren ihr selbstverständlich ein Begriff. Sie kannte die Ilias von Homer, die alte griechische Geschichte vom trojanischen Krieg, die damit begann, dass Paris die schöne Helena nach Troja entführte, obwohl diese mit einem anderen verheiratet war.

Die Parallele zu Helens gegenwärtiger Situation war nicht zu übersehen.

Es erklärte auch, warum Deering sie bei seiner Werbung häufig mit der schönen Helena verglichen hatte.

»Hier kann jeder sein, wer er will.« Die Frau ließ von ihrer Schulter ab und betrachtete mit zufriedener Miene ihr Werk. »Perfekt.« Sie reichte Helen einen Kelch. »Geh durch die Tür. Dahinter erwartet dich der trojanische Palast oder besser, Paris' Schlafgemach. Du legst dich auf die Liege und erwartest deinen Herrn und Meister.«

Helen nickte zittrig. Was hätte sie auch sagen sollen? Sie konnte betteln, weinen oder um Gnade flehen. Doch tief im Innersten wusste sie, dass es sinnlos war. Besser, sie sparte ihre Kräfte. Mit so viel Würde, wie sie aufbringen konnte, schritt Helen zur Tür und betrat den dahinterliegenden Raum, der sie an eine Theaterbühne erinnerte. Im Dämmerlicht meinte sie, Stühle für das Publikum zu erkennen, auf denen Gestalten saßen.

War das hier eine Art Vorführung, bei der sie und Paris die Hauptrollen spielten? *Paris' Schlafgemach* hatte die Frau gesagt. Sie befand sich eindeutig in einer Kulisse. Nur war das leider kein Theaterstück, sondern die Realität, in der sie einem Mann ausgeliefert sein würde, der ihr Schmerzen zufügen wollte.

Unwillkürlich blieb sie stehen. Sie konnte keinen Schritt mehr vor den anderen machen.

»Die Liege«, flüsterte die Frau hinter ihr. Das einsetzende Gemurmel aus Richtung der Zuschauerränge und die Erkenntnis, dass dort reale Menschen saßen, ließen sie straucheln.

Helens Atem ging schnell. Mit aller Kraft wehrte sie sich gegen den Griff der Frau, die sie missbilligend mit der Zunge schnalzend stützte. »Habe ich nicht gesagt, du sollst dich nicht wehren? Jetzt muss ich dich in Ketten legen.« Sie bugsierte Helen zu einer Liege, und mit Schrecken sah sie die eisernen Handfesseln, die mit der Wand dahinter verbunden waren.

»Nein«, entwich es ihr, doch es war mehr ein Wimmern denn ein echter Laut. Die Frau beachtete sie nicht, sondern schob ihre Hand in die erste Fessel. Das Murmeln von Seiten des Publikums steigerte sich.

Jetzt schrie Helen auf, Panik brach in ihr aus, und der Versuch, sich zu befreien, blieb erfolglos. Die Frau fesselte auch ihre zweite Hand und steckte ihr einen Lappen in den Mund. Sie versuchte ihn mit der Zunge herauszudrücken, doch die Frau band ein Tuch um ihren Kopf, um das zu verhindern. Dann stieß sie Helen so fest in die Seite, dass sie sich krümmte und zusammenbrach.

Die Ketten stoppten ihren Sturz, und Helen spürte ein schmerzhaftes Reißen an ihren Handgelenken. Nun hing sie mit hoch erhobenen Armen an der Wand, während ihre Knie über den Boden schleiften.

Der Stoff ihres Gewandes verrutschte, und Helen ahnte, dass Teile ihres Körpers sichtbar wurden, die normalerweise verborgen bleiben sollten.

In diesem Moment betrat jemand die Bühne. Auch er trug ein altertümlich anwandelndes Gewand und eine golden glänzende Maske, die sein Gesicht vollständig verbarg. Er sprach mit offensichtlich verstellter Stimme darüber, dass sein langgehegter Traum in Erfüllung ginge, sein Traum von Helena und Paris. Mit einer theatralischen Geste und weit ausgebreiteten Armen drehte er sich zu ihr um.

»Mach dich bereit, deinen Herrn und Meister zu empfangen, schöne Helena!«, rief er und hob beide Hände in die Luft.

Helen wimmerte gegen ihren Willen. Das hier war schlimmer als alles, was sie jemals zuvor erlebt hatte.

Wie hatte sie nur so naiv sein können, zu glauben, dass ihr nichts passieren würde? Sie hatte gewusst, dass diese maskierten Wahnsinnigen hinter ihr her waren. Immerhin hatten sie Gabriel fast umgebracht. Er hatte sie gewarnt, und sie hatte nicht auf ihn gehört.

Stattdessen hatte sie sich angemaßt, es besser zu wissen, geglaubt, dass sie ihn schützen könnte, indem sie an seiner Stelle zu diesem Treffpunkt gefahren war.

Doch statt ihm oder irgendwem sonst zu helfen, lag sie nun halbnackt auf einer Bühne, angekettet, vollkommen ausgeliefert. James war wahrscheinlich tot, und was mit der Frau geschehen war, die Lighton hatte retten wollen, war ungewiss. Wenn es sie je gegeben hatte.

Dieser Gedanke schmerzte Helen am meisten. War es Lighton, der Gabriel verraten und das hier eingefädelt hatte?

»Jetzt komm endlich zur Sache«, erklang eine Stimme aus dem Publikum, die ihr verdächtig bekannt vorkam. »Wir wollen auch noch was von ihr haben, und der Tag ist schon fortgeschritten.«

Das war eindeutig Lightons Stimme, auch wenn er ziemlich erfolglos versuchte, sie zu verstellen! Er war also im Publikum und verhöhnte sie. Helens Magen krampfte sich zusammen.

Wie hatten sie sich nur so in ihm täuschen können? Das würde Gabriel das Herz brechen.

Freund oder Feind

Gabriel

»Wie ich sehe, seid ihr zahlreich erschienen, obwohl die Einladung so kurzfristig war.« *Oberons* knarzende Stimme hallte durch den Raum, und Gabriel biss die Zähne aufeinander. In Ermangelung besserer Alternativen hatte er sich entschlossen, dem *einzigartigen klassischen Schauspiel für Freunde exquisiter Schmerzen*, wie die Einladung es genannt hatte, beizuwohnen. Lighton hatte bis zum letzten Augenblick versucht, ihn davon abzuhalten, aber ohne Erfolg. Am Ende hatte sein Freund darauf bestanden, dass Gabriel zumindest nicht seine übliche Maske tragen dürfe und ihm seine eigene gegeben. Jedoch hatte er sich rundheraus geweigert, mitzukommen.

»Erstens haben wir keine weitere Maske mehr, und zweitens werde ich nicht mitkommen und zusehen, wie du dich umbringst«, waren seine Worte gewesen. Also hatte Gabriel ihn stehen lassen und sich allein auf den Weg gemacht.

Im Raum befanden sich außer ihm noch gut zwei Dutzend maskierte Männer. Gabriel hoffte inständig, dass nicht alle von ihnen zu *Oberons* Schergen zählten.

Er sah sich um und versuchte, die Szenerie in sich aufzunehmen. *Oberon* hatte die Bühne verlassen, die Kulisse erinnerte an eine bizarre Mischung aus modernem Schlafgemach und griechischem Tempel, gewürzt mit einem ausgewählten Sortiment an Ketten und Peitschen.

Und dann sah er, wie Helen eintrat. Sie war in eine Toga gehüllt, die offensichtlich mit Absicht so geschnitten war, dass sie mehr enthüllte als verbarg.

Ohnmächtig sah Gabriel zu, wie seine Ehefrau an die Wand gekettet wurde, und unterdrückte nur mit Not den übermächtigen Impuls, auf die Bühne zu springen und sie zu retten.

Genau darauf wartete *Oberon*, das war ihm völlig klar. Wenn er Helen retten wollte, musste er den richtigen Zeitpunkt abwarten. Er hatte seine Pistole dabei. Schlimmstenfalls würde er *Oberon* erschießen müssen, bevor er Hand an Helen legen konnte. Nur so war gewährleistet, dass dieser Wahnsinnige ihr kein Leid zufügte. Aber *Oberon* war nirgends zu sehen, also hieß es abwarten, egal wie sehr Helens Anblick sein Blut kochen ließ.

Als *Oberon* wieder die Bühne betrat, war er ebenfalls nur in eine Toga gekleidet, und auch diese überließ wenig der Fantasie. Der Mann war nicht mehr der Jüngste, aber durchaus noch in Form.

Das Gemurmel im Publikum hatte sich im Lauf der Zeit weiter verstärkt, und Gabriel spürte deutlich, dass hier irgendetwas nicht stimmte.

Hatte Lighton am Ende doch recht und es war nur eine Falle für ihn? Anstatt schwitzender, sabbernder Männer, die sich selbst oder eine Gespielin betatschten, während sie das Schauspiel genossen, war in diesem Raum nur eine unterschwellige Anspannung zu spüren. Die Ränge hatten sich weiter gefüllt, aber Gabriel achtete nicht mehr darauf.

Was spielte es für eine Rolle, ob er von fünfundzwanzig oder von fünfzig Leuten überwältigt wurde? Seine ganze Aufmerksamkeit galt den Menschen auf der Bühne: Helen und *Oberon*.

Dieser hielt gerade einen Monolog darüber, dass sein langgehegter Traum von Paris und Helena in Erfüllung ginge, und als er sich zu Helen umdrehte und diese zu wimmern begann, griff Gabriel langsam nach der Pistole unter seinem Mantel. Er bemühte sich, keine hektische Bewegung zu machen. Man durfte erst auf ihn aufmerksam werden, wenn es für *Oberon* zu spät war. Stück für Stück zog er die Waffe heraus, bereit, aufzuspringen und zu feuern.

Plötzlich sprang zwei Reihen vor ihm ein Mann auf. »Jetzt komm endlich zur Sache«, rief er, und Gabriel erkannte überrascht Lightons Stimme. »Wir wollen auch noch was von ihr haben, und der Tag ist fortgeschritten.« Er versuchte offensichtlich, Gabriels Stimme nachzuahmen, versagte dabei aber so kläglich, dass es weh tat. Lighton sah sich im Raum um, als wolle er Zustimmung von den anderen, dabei erkannte Gabriel *Petruccio*, seine eigene Maske.

Was hatte dieser Narr vor? Sein Freund hatte doch selbst darauf hingewiesen, dass es Selbstmord wäre, diese Maske zu tragen. Und wie nicht anders zu erwarten, sprang ein gutes Dutzend Zuschauer auf und eilte auf Lighton zu. Dieser hob eine Faust und öffnete sie, woraufhin noch mehr Leute aufsprangen, und ehe Gabriel es sich versah, war eine großes Handgemenge im Gange. Ein gutes Drittel der Zuschauer flüchtete in Richtung Ausgang, während der Rest aus zwei etwa gleich großen Gruppen bestand, die die Fäuste fliegen ließen.

Gabriel hatte keine Ahnung, was Lighton da veranstaltete, doch was er verstand, war: Niemand achtete auf ihn! Also nutzte er die Gunst der Stunde, um sich seitlich an den Kämpfenden vorbei Richtung Bühne zu schleichen.

Oberon stand regungslos oben und musterte das Geschehen. Wartete er darauf, wie der Kampf ausging? Gabriel näherte sich langsam und vorsichtig, als der Mann sich plötzlich umdrehte und ein skalpellartiges Messer von einem Tisch nahm.

Gabriel ahnte Böses und rannte los. Das weckte die Aufmerksamkeit eines maskierten Schlägers, der versuchte, sich ihm in den Weg zu stellen. Mit einem Hechtsprung nach vorne tauchte Gabriel unter einem gewaltigen rechten Haken durch, rollte sich ab und rannte weiter auf die Bühne zu. Hinter sich hörte er den wütenden Schrei seines Gegners, der aber mit einem abrupten Krachen von splitterndem Holz endete. Gabriel sah kurz nach hinten und erkannte Lighton, der über dem Mann stand, in den Händen die Überreste eines Stuhls, dem nun ein Bein sowie die halbe Sitzfläche fehlte.

Blitzartig verstand Gabriel die Intention seines Freundes und schickte ein stilles Dankesgebet gen Himmel. Wie hatte Lighton in so kurzer Zeit so viele kampffähige Männer in angemessener Verkleidung aufgetrieben? Und wie um alles in der Welt hatte er es geschafft, sie hier hereinzuschmuggeln? Das grenzte an ein Wunder, und wenn dieser Abend gut ausging, würde er auf ewig in der Schuld seines Freundes stehen.

Mittlerweile war *Oberon* neben Helen getreten und strich mit dem Messer an ihrem Hals entlang. Laut rief er: »Hört auf zu kämpfen – oder ich töte diese Frau!«

Er hatte seine Stimme nicht verstellt, und Gabriel war sicher, dass sie ihm bekannt vorkam.

Die Kampfgeräusche verebbten, und gut dreißig teilweise noch maskierte und blutverschmierte Männer starrten in Richtung Bühne.

Oberon nickte zufrieden. »So ist es gut. Und jetzt ...« Er machte eine einladende Handbewegung in Lightons Richtung. »Tretet bitte vor, Lord Windham. Es hat keinen Zweck, sich weiter hinter dieser Maske zu verstecken.«

Helen schrie auf, doch dank des Knebels war es nur ein unterdrückter Laut, der Gabriel durch Mark und Bein ging. Er zwang sich zur Ruhe. Sich jetzt zu verraten, wäre Wahnsinn.

Lighton stand mit erhobenen Händen da, machte aber keine Anstalten, der Bitte nachzukommen.

Oberon seufzte theatralisch. »Nun gut, wie Ihr wollt. Bringt ihn nach vorn!« Zwei der Schläger gingen auf Lighton zu, griffen unter seine Arme und zogen ihn nach vorne.

Gabriel suchte unterdessen hinter Teilen der Bühnendekoration Deckung. Vielleicht konnte er sich unbemerkt bis zu *Oberon* vorarbeiten.

Dieser fuhr mit seinem Monolog fort. Noch immer stand er an Helens Seite, das Messer viel zu nahe an ihrem Hals. »Ihr seid so unglaublich lästig. Erst erdreistet Ihr Euch, mir Miss Helen wegzunehmen, obwohl Ihr genau wusstet, dass sie mir gehörte. Ich hatte sie rechtmäßig ersteigert!« Er machte eine kurze Handbewegung, und einer seiner Schergen rammte Lighton ein Knie in den Bauch, woraufhin dieser sich vor Schmerzen zusammenkrümmte und Blut spuckte. »Und dann besitzt Ihr die unverzeihliche Frechheit, meinen Sohn zu ermorden.«

Gabriel fragte sich, wovon zur Hölle der Mann redete. Soweit er sich erinnerte, hatte er niemanden ermordet.

»Ihr habt ihn wie einen tollwütigen Hund erschossen und in dieser Hütte verrotten lassen. Seine Mutter mag eine Hure gewesen sein, aber er war mein Sohn, und für seinen Tod werdet Ihr bezahlen!«

Langsam dämmerte Gabriel, von wem *Oberon* sprach. Deering war also sein Sohn gewesen.

Er machte eine weitere Handbewegung, und abermals landete ein Knie in Lightons Magengegend. Es tat Gabriel von Herzen weh, was sein Freund da einstecken musste, und es erfüllte ihn mit unbändiger Wut, dass *Oberon* sichtlich Freude daran hatte. »Ihr habt ja keine Ahnung, wie sehr ich das genieße, Giddeon. Möchtet Ihr wissen, was als Nächstes passiert? Ich werde Eurer kleinen Frau so exquisite Schmerzen zufügen, wie sie noch nie ein Mensch zuvor erleiden musste. Und Ihr dürft dabei zusehen. Danach werde ich ...«

»Ihr werdet gar nichts.« Gabriel hatte sich von Helens anderer Seite an die Szenerie herangeschlichen. Seine doppelläufige Pistole hielt er auf den maskierten Mann vor sich gerichtet. »Das Spiel ist aus. Lasst das Messer fallen!«

Überrascht fuhr *Oberon* zu ihm herum, seine Augen hinter der Maske funkelten. »Giddeon!«, zischte er hasserfüllt. Mit einem Wutschrei hob er das Messer in seine Richtung und stürzte sich auf Gabriel.

Gabriel zögerte nicht. Ein lauter Knall ertönte, ein paar überraschte Ausrufe, ein weibliches Aufstöhnen. *Oberon* blieb abrupt stehen und starrte herunter auf den roten Fleck, der sich schnell auf seiner Toga ausbreitete. Ein zweiter Schuss hallte durch den Raum, und der Mann vor ihm fiel langsam nach hinten, während sich ein zweiter roter Fleck bildete.

»Verflucht seist du ...«, gurgelte *Oberon*, während Blut unter seiner Maske hervorsprudelte.

Gabriel warf einen letzten Blick auf ihn, um sicherzugehen, dass er nicht wieder aufstehen würde, dann wandte er sich Helen zu.

Hinter sich hörte er Lighton zu den anderen Männern sprechen und hoffte inständig, dass keiner von ihnen Probleme machen würde. Doch darum würde sich sein Freund kümmern.

Gabriels Sorge galt nur Helen.

»Liebste«, flüsterte er und zog sich die Maske vom Kopf. »Ich bin es. Ich bin hier, alles ist gut.«

»Gabriel.« Tränen liefen ihr über das Gesicht.

»O Helen, ich wollte nicht ...« Er atmete lang und tief ein, um seine Stimme unter Kontrolle zu bekommen. »Dich so zu sehen ist ... Ich wollte niemals ...«

Vorsichtig zog er die Stifte aus den Schellen, und sofort fiel ihm Helen in die Arme.

»Es tut mir leid, es tut mir so leid«, wiederholte sie ein ums andere Mal, und er zog sie fest an sich.

»Dir muss gar nichts leidtun.« Er küsste sie auf die Stirn, dann tastete er ihre Arme und ihren Oberkörper ab. »Hat dir irgendwer wehgetan?«

»Nein«, sagte sie leise. »Du hast mich vorher gerettet.« Sie schmiegte sich an ihn, und sein Inneres öffnete sich weit für sie.

Es war vorbei. Helen war in Sicherheit, weil er schnell genug gehandelt hatte. Er hatte sie gerettet.

Mit einem Mal durchflutete ihn Erleichterung. Jetzt, hier in diesem Keller, mit dem toten Peiniger zu seinen Füßen und Helen in seinen Armen, hatte er das Gefühl, endlich Erlösung zu finden. Denn er hatte den Mann getötet, der ihm und seiner Frau etwas hatte antun wollen. Müsste er nicht erschütterter darüber sein, einem Mann das Leben genommen zu haben?

Doch das spielte gerade keine Rolle. Gabriel presste seine Frau an sich, vergrub das Gesicht in ihrem Haar und atmete ihren Orangenduft ein, der ihm so lieb und vertraut geworden war.

Er würde sie nie wieder gehen lassen.

»Wer ist er?«, fragte Helen und löste sich von ihm. Er wollte sie von der Leiche wegdrehen, doch sie widersetzte sich, und er ließ sie gewähren. Es war besser, wenn sie es mit eigenen Augen sah.

»Wollen wir ...?«

Sie nickte, und Gabriel überbrückte mit wenigen Schritten den kurzen Abstand zu dem Toten. Kurz blickte er zu Lighton, der nun auch ohne Maske mit Argusaugen den Abzug von *Oberons* Leuten beobachtete.

Dann legte er eine Hand auf die goldene Maske und schob sie nach oben.

»Whitesporn?«, entfuhr es Helen, und sie klang so überrascht, wie er sich fühlte.

»Das ist ...« *Unglaublich* hatte er sagen wollen, verschluckte sich jedoch an den Worten.

Er dachte daran, wie der Viscount ihn an jenem Abend in der Bibliothek gemustert hatte. Voller Hass und Abscheu. Damals hatte Gabriel gedacht, das läge daran, dass er sich als Moralapostel aufspielen wollte und ein solches Verhalten, wie Gabriel es an den Tag legte, nicht billigte. Das genaue Gegenteil war der Fall. Er war wütend gewesen, weil Gabriel ihm Helen buchstäblich vor der Nase weggeschnappt hatte.

Wie hatte er das übersehen können?

Bevor er weiter darüber nachdenken konnte, kam Chadwick auf die Bühne. Aufgebracht näherte er sich. »Helen? Geht es dir gut?«

Offensichtlich war Chadwick Teil von Lightons Einsatztruppe, denn er sah ziemlich ramponiert aus, und so wie die Männer ihm respektvoll Platz machten, wurde Gabriel klar, dass die meisten der Leute Chadwicks Männer waren.

Wer hätte gedacht, dass der Mann doch noch für etwas gut sein konnte?

»Mir fehlt nichts«, antwortete Helen und griff nach Gabriels Hand, der ihren Druck erwiderte. Chadwick folgte der Geste und runzelte die Stirn.

»Auch wenn Lighton uns einiges erklärt hat, bin ich noch nicht so ganz im Bilde. Aber du sollst wissen, dass wir dich jederzeit hier wegbringen und diese Ehe annullieren lassen können. Deine Schwestern warten auf uns.«

»Nein!«, erklang klar und deutlich Helens Stimme, und Gabriel atmete hörbar aus. Ihm war nicht bewusst gewesen, dass er bei Chadwicks Worten den Atem angehalten hatte. »Gabriel hat keine Schuld an alldem.« Mit einem Blick in den Raum vergewisserte sich Helen, dass sie fast allein waren, und sprach mit leiserer Stimme weiter. »Ich weiß deine Fürsorge zu schätzen, aber wie du selbst sagt: Du hast keine Ahnung, was in den letzten Wochen vorgefallen ist. Die Umstände, die zu dieser Hochzeit geführt haben, mögen ein wenig ungewöhnlich gewesen sein.« *Ein wenig*, dachte Gabriel und gab sich Mühe, nicht zu schmunzeln. »Aber Gabriel ist der beste Mann, den ich mir wünschen könnte. Er ist *mein* Mann, und ich liebe ihn. So einfach ist das. Und es ist unveränderbar.«

Ihre Worte entfachten ein Feuerwerk in Gabriel. Eine Leichtigkeit erfasste ihn, die er noch nie gespürt hatte. Am liebsten wäre er im selben Augenblick vor ihr auf die Knie gefallen und hätte ihr ebenso seine Liebe gestanden.

Doch es war weder der richtige Ort noch die richtige Zeit. Das würde er sich für den Moment aufheben, wenn sie allein zu Hause waren und alle Zeit der Welt für Liebesschwüre hatten.

Und die würde er aussprechen. Wieder und wieder, denn Helen hatte ihm das größte Geschenk gemacht. Sie hatte dafür gesorgt, dass er sich selbst vergab.

Diese Erkenntnis vertiefte das Lächeln auf seinem Gesicht. Er sollte nicht wie ein Idiot grinsen, in Anbetracht dessen, was Helen durchgemacht hatte, und angesichts des Toten zu seinen Füßen. Doch er konnte nicht anders.

»Gut.« Chadwick warf ihm einen ungläubigen Blick zu, dann nickte er. »Ich werde deinen Schwestern berichten, was geschehen ist. Sie werden trotzdem darauf bestehen, dich zu sehen.«

»Sie sind morgen herzlich zum Dinner willkommen. Ich freue mich, sie wiederzusehen und zu erfahren, was ihr erlebt habt«, sagte Helen freundlich und ruhig. So schön und so stark. »Jetzt aber möchte ich gern nach Hause, ein Bad nehmen und den Schlaf nachholen, der mir in den letzten Tagen verwehrt geblieben ist.«

»Castleton sollte gleich mit dem Friedensrichter eintreffen. Wir werden ihm die Sachlage erläutern, und damit können wir dieses Kapitel endgültig schließen.« Chadwicks Blick wanderte noch einmal zu Helen. »Bitte erhole dich gut, liebe Helen. Bis morgen zum Dinner.«

Chadwick drehte sich zu Gabriel. Für einen langen Moment sahen sie einander in die Augen, doch Gabriel würde den Teufel tun, diesem aufgeblasenen Kerl entgegenzukommen. Einer von Chadwicks Mundwinkeln zuckte leicht. Es war mitnichten ein freundliches Lächeln, aber es war ein Anfang.

»Windham«, sagte er und senkte leicht den Kopf zum Gruß. »Bis morgen.«

»Chadwick«, entgegnete Gabriel und deutete eine Verbeugung an. Dann wandte er sich an Helen. Sein Blick fiel auf das altertümliche Gewand, das viel zu viel von ihrer Haut offenbarte. Schnell zog er seine Jacke aus und hängte sie ihr über die Schultern. Dann legte er schützend einen Arm um sie.

»Die Kutsche wartet draußen. Bringen wir dich hier weg.«

Sie nickte zur Antwort und lehnte sich so nah an ihn, dass ihm warm wurde.

Seine Frau war in Sicherheit. Er hatte sie nicht verloren.

Helen liebte ihn, und er wollte es am liebsten in die ganze Welt hinausschreien.

Alles, was wir je wollten

Helen

Es war vorbei. Ihr Entführer würde ihr nichts mehr antun können, und sie lag wohlbehalten in Gabriels Armen. Er war gekommen, um sie zu retten.

Sobald sie gemeinsam in der Kutsche saßen, schmiegte sie sich eng an ihn und erlaubte sich, die Anspannung der letzten Tage loszulassen.

Gabriel würde mit Sicherheit von ihr wissen wollen, warum sie aufgebrochen war, ohne ihm davon zu erzählen. Wahrscheinlich würde er ihre Beweggründe nicht verstehen und zornig werden. Doch sie war bereit, ihr Handeln zu verteidigen. Nur nicht jetzt. Jetzt wollte sie erst einmal seine Nähe genießen.

»Stimmt es, was du gesagt hast?«, fragte er leise, und Helen hob den Kopf von seiner Brust.

»Was genau meinst du?«

Ein Lachen war die Antwort. »Dass du mich liebst.« Sie wollte etwas erwidern, doch er sprach ohne Pause weiter. »Denn ich liebe dich auch, und das schon eine Weile. Nicht, dass du denkst, ich sage dir das nur, weil du in Gefahr warst. Es ist kein flüchtiges Gefühl und keine Laune.« Er suchte ihren Blick. »Ich liebe dich.«

Jedes Wort gab ihr Kraft, weckte ihre Lebensgeister und erfüllte sie mit ungeahnter Energie, obwohl sie vollkommen erschöpft war. »Ach, das«, antwortete sie gespielt gleichgültig, sah ihm dabei aber tief in die Augen. Kurz hatte sie überlegt, ihn aufzuziehen, entschied sich jedoch dagegen. Das Thema war zu ernst für Scherze. »Ich habe jedes Wort so gemeint, wie ich es gesagt habe«, antwortete sie deshalb und küsste ihn. »Ich liebe dich von ganzem Herzen.«

»Bitte verzeih mir. Was ich dir angetan habe ... am Abend vor deiner Entführung ... was *Oberon* dir antun wollte ... das hast du nicht verdient.« Seine Selbstzweifel zeigten sich deutlich in seinem Blick.

»Das sind völlig unterschiedliche Dinge«, unterbrach sie ihn entrüstet und setzte sich auf. Ihr war es wichtig, dass er das verstand, also suchte sie nach Worten, bevor sie zu sprechen begann. »Was wir an jenem Abend im Stall und danach geteilt haben, war wundervoll für mich. Ich habe es freiwillig getan, weil ich fühlte, dass es uns beiden Lust bereitet. Und es war fantastisch. Unvorstellbar aufregend und befriedigender als alles, was ich je zuvor erleben durfte. Was *Ober...* Whitesporn mit mir tun wollte, war vollkommen anders. Du musst dich für nichts entschuldigen. Und komm bloß nicht auf die Idee, deine Vorlieben zu unterdrücken. Ich mag es, wenn du ein böser Junge bist. Es gefällt mir. Fast so sehr, wie es mir gefällt, selbst ein böses Mädchen zu sein. Mal bin ich dir ausgeliefert, dann du mir.« Sie spürte die Röte auf ihren Wangen, denn das war kein Thema, über das zu sprechen sich gehörte. Aber nur so konnte sie ihm klarmachen, dass sie es wirklich wollte. Dass sie *ihn* wollte, so wie er war.

»Ich liebe dich«, antwortete er und küsste sie erneut. Seinem Gesicht während ihres kleinen Vortrags hatte sie angesehen, dass er noch nicht überzeugt war. Das würde Zeit brauchen. Aber sie hatten endlos davon, und mit jeder Nacht würde er es ihr ein klein wenig mehr glauben.

Gabriel löste sich von ihr und wurde ernst. »Was hast du dir nur dabei gedacht, an diesen Ort zu gehen? Diese Leute haben mich angeschossen, ich bin beinahe gestorben, ganz zu schweigen ...«

»Da hast du den Grund.« Ihre Stimme war gefestigt. In diesem Punkt würde sie nicht nachgeben. »Hätte ich dir Lightons Botschaft ausgerichtet, hättest du dich mit ihm getroffen. Dieser Gefahr konnte ich dich nicht noch einmal aussetzen.«

»Stattdessen übernimmst du das?« Er hob die Brauen. »Das scheint mir kein sonderlich durchdachter Plan gewesen zu sein.«

»Ich habe mir das sehr genau überlegt«, widersprach sie energisch. »Es war ja nicht abzusehen, wie riskant es werden würde. Laut Lighton drohte keine Gefahr.«

»Du wolltest also selbst gehen, weil es nicht gefährlich war, mich aber gleichzeitig vor Gefahr beschützen?«

»Ja«, gab sie störrisch zurück. »Letztes Mal ist deine Wunde aufgeplatzt und ...«

»Das war eine vollkommen andere Ausgangssituation.« Er seufzte. »Lassen wir es gut sein und einigen uns darauf, dass wir ...« Kurz sah er aus, als müsse er nach Worten suchen. »Ich sollte damit aufhören. Frauen zu retten, meine ich. Immerhin ist *Oberon* tot, und ...«

»Das kannst du nicht!« Wie kam er denn auf diesen Gedanken? »Nur weil Whitesporn nicht mehr da ist, heißt das doch nicht, dass alle Frauen sicher sind. Es gibt andere Männer wie ihn. Die Männer, die vorhin geflüchtet sind, zum Beispiel. Sie werden auch ohne ihn weitermachen.«

»Daran können wir wenig ändern. Derartige Menschen gibt es immer und überall. Der Kampf wäre niemals zu Ende.«

»Gerade deshalb dürfen wir nicht aufgeben.« Dieser Punkt war ihr wichtig, doch sie würde das Thema fürs Erste ruhen lassen, denn eine andere Frage trieb sie um. »Euer Plan, Lighton für dich auszugeben, war riskant. Wie habt ihr überhaupt herausgefunden, wo ich bin?«

»Lighton wartete wie verabredet im Gasthof der Postkutschenstation, aber als ich nicht auftauchte, machte er sich auf die Suche, fand James und brachte ihn nach *Dark Hall*. Deine Entführer haben ihn wohl für tot gehalten und liegenlassen. Er hat uns alles erzählt, daher hatte ich seit gestern früh Kenntnis darüber, dass du entführt worden bist.«

»Geht es James gut?«

»Er wird wieder. Gestern war er den ganzen Tag über bewusstlos, aber heute musste ich ihn fast mit Gewalt davon abhalten, mich zu begleiten.«

Erleichterung durchströmte Helen, und sie ließ sich ein wenig tiefer in den Sitz und Gabriels Umarmung sinken.

»Wir suchten alles ab, fanden aber keine Spur, der wir folgen konnten. Bis ich gestern Abend eine Einladung erhielt. Lighton war sicher, dass es sich um eine Falle handelte, aber das war mir egal. Ich musste versuchen, dich zu retten. Lighton hat mich schließlich genötigt, seine Maske zu nehmen, für den Fall, dass irgendwem meine bekannt war.«

»Du bist allein gegangen? Und woher kamen die anderen im Saal, die mit Lighton gekämpft haben?«

»Ich nehme an, dass er das organisiert hat, vermutlich mit Chadwicks Hilfe.«

»Warum habt ihr nicht gleich zusammengearbeitet?« Es wollte ihr nicht in den Kopf, dass Gabriel ganz allein hatte versuchen wollen, sie zu retten.

»Weil ich viel zu wütend war, um einen klaren Gedanken zu fassen. Vermutlich hätte ich Chadwick erwürgt, wenn er versucht hätte, sich auf seine selbstgefällige, neunmalkluge Art einzumischen. Zum Glück ist Lighton wesentlich geduldiger und weitsichtiger als ich.« Gabriel sprach leise und zog sie fester an sich. »Außerdem hatte ich das Gefühl, ich müsse mich dieser Sache allein stellen. Schließlich war der ganze Mist meine Schuld. Es erschien mir falsch, das Leben weiterer Unschuldiger in Gefahr zu bringen.«

»Du dummer, dummer Mann«, sagte Helen leise und küsste ihn auf die Wange. »Ständig versuchst du, dich umzubringen. Das hört ab sofort auf. Es ist nichts Falsches daran, Hilfe von der Familie anzunehmen, und das schließt Chadwick mit ein, denn er ist der Mann meiner Schwester.« Gabriel verdrehte genervt die Augen und öffnete den Mund, aber Helen ließ ihn nicht zu Wort kommen. »Nein, ich will nichts hören. Finde dich damit ab. Außerdem ist er gar nicht so schlimm, wie du tust. Gib ihm eine Chance. Lighton hat scheinbar kein Problem mit ihm, zum Glück, sonst würden wir jetzt nicht hier sitzen. Apropos Lighton: Es ist gut, zu wissen, dass er auf unserer Seite steht. Während meiner Entführung dachte ich kurz, er könnte ...«

»Ich auch.« Aus Gabriels Worten sprach die gleiche Erleichterung, die Helen fühlte. »Und dir zuliebe werde ich versuchen, Chadwicks Gegenwart zu tolerieren.«

Sie gab ihm einen spielerischen Schubs. »Gabriel! Meine Schwestern und ich haben ihm viel zu verdanken, und ich vertraue fest darauf, dass du dich von deiner allerbesten Seite zeigen wirst. Allzu häufig werden wir ihn ohnehin nicht zu sehen bekommen, denn er verbringt viel Zeit im Ausland.« Helen seufzte, denn das Gespräch über Chadwick hatte sie an Georgina denken lassen. »Das eigentliche Problem ist auch nicht Chadwick, sondern meine Schwestern. Wie ich sie kenne, würden sie am liebsten noch heute Nacht mit mir sprechen. Weder Phoebe noch Georgina werden Chadwick glauben, dass ich freiwillig bei dir bleibe. Die beiden werden bald vor unserer Tür stehen, da bin ich sicher.«

»Wir haben gleich Mitternacht. Das ist nicht der richtige Zeitpunkt für einen Besuch. Du hast sie doch zum Dinner eingeladen.«

»Ich glaube kaum, dass meine Schwestern bis dahin warten werden. Allerspätestens bei Sonnenaufgang stehen sie vor unserer Tür.«

»Dann heißen wir sie herzlich willkommen, laden sie ein, zum Frühstück zu bleiben, und du erklärst ihnen auf deine reizende Art, wie sehr du deinen verruchten, verkommenen Ehemann liebst.« Liebevoll küsste er ihre Nasenspitze. »Die Dinge, die du zu Chadwick gesagt hast, wie du mich verteidigt hast ... Wäre ich nicht schon hoffnungslos in dich verliebt gewesen, wäre es spätestens zu diesem Zeitpunkt geschehen.« Zum Beweis küsste er sie so innig, dass sie sich nur widerstrebend voneinander lösten, als die Kutsche vor *Dark Hall* anhielt.

»So gern ich das hier auch fortführen würde«, sagte er leise und mit einem Blick, der keinen Zweifel daran ließ, was er meinte, »fürchte ich doch, dass du Schlaf brauchst, genau wie ich.«

»Auch auf die Gefahr hin, dass meine Schwestern unser Schlafzimmer stürmen?«

»Unser?«, fragte er kehlig und sah ihr tief in die Augen.

Helen strich ihm über die Wange. »Du glaubst doch nicht, dass ich vorhabe, heute Nacht allein zu schlafen. Solange du nachts nicht unterwegs bist, gehörst du mir.« Das Lächeln auf seinen Zügen war ein Geschenk, und die Erlebnisse der letzten Stunden waren wie weggewischt. Sie würde irgendwann darüber sprechen und Gabriel erzählen, welche Ängste sie durchlebt hatte, doch nicht heute.

»Keine Einwände.« Immer noch lächelnd half er ihr aus der Kutsche.

»Das mit dem Frühstück ist eine gute Idee, doch ich fürchte, um meine Schwestern zu überzeugen, muss ich sie allein aufsuchen. In deinem Beisein und hier im Haus werden sie mir nie glauben, dass ich freiwillig bleibe.«

»Aber wenn du zu ihnen gehst, schon?« Gabriel klang wenig überzeugt.

»Selbst dann wird es ein hartes Stück Arbeit, aber das schaffe ich schon. Sie müssen sehen, dass du mich nicht unter Druck setzt.«

»Ich glaube, deine Schwestern unterschätzen dich.«

»Nicht so sehr, wie sie dich unterschätzen«, antwortete Helen vergnügt und hakte sich bei ihrem Mann ein, während sie ins Haus gingen.

***

Sie hatten sich gerade hingelegt, als geschah, was Helen vorhergesehen hatte. Das laute Klopfen, welches die Ankunft ihrer Schwestern ankündigte, hallte durch das ganze Haus.

»Es ist anstrengend, wenn du recht hast«, murmelte Gabriel neben ihr, gab ihr einen Kuss und setzte sich auf.

»Ich hätte auch gern ein wenig geschlafen«, gab Helen zu.

»Aber uns fragt ja niemand.« Sie sah zur Tür. »Wenn wir in dieser Nacht noch Schlaf finden wollen, sollten wir uns schnell anziehen. Wer weiß, was meine Schwestern anstellen, wenn ich nicht bald erscheine.«

»Es ist fast zwei Uhr in der Nacht. Da werden sie ein paar Minuten warten können.«

Helen blieb eine Antwort erspart, denn ein Klopfen an der Schlafzimmertür kündigte Arnauds Ankunft an. Sie huschte durch die Verbindungstür hinüber in ihr Schlafzimmer, wo Betsy bereits auf sie wartete. Die nächste Viertelstunde verging in hektischer Betriebsamkeit. Danach waren Helen und Gabriel so weit angekleidet, dass sie Besuch empfangen konnten.

Sie verließen gerade ihre Schlafzimmer, als von unten Phoebes Stimme ertönte. »Helen? Bist du da? Geht es dir gut? Wir kommen gleich nach oben.«

»Was zum Teufel ...« Gabriel fluchte, und Helen hatte Mühe, ein Kichern zu unterdrücken. Das Bild, das sich ihr bot, war aber auch zu komisch. Zwei Diener bemühten sich, den Weg zur Treppe zu versperren, ohne dabei Gewalt anzuwenden. Vor ihnen hatten sich Georgina und Phoebe aufgebaut, die offenbar nicht von solchen Skrupeln geplagt wurden. Vielmehr versuchten sie äußerst undamenhaft, sich den Weg freizukämpfen, indem sie mit ihren Retiküls auf ihre Gegner einschlugen. Georgina hielt inne, als sie Gabriel erblickte, sagte aber nichts, sondern streckte das Kinn nach vorn und drückte die Schultern durch. Phoebe hatte nichts bemerkt und trieb ihren Gegner unverdrossen mit ihrer Tasche vor sich her.

Fast taten Helen ihre Schwestern leid. Sie hatten nur ihr Bestes im Sinn und wollten sie beschützen. Jetzt war es an ihr, ihnen zu zeigen, dass sie keinen Schutz brauchte.

»Hört auf damit!«, rief sie laut, woraufhin alle zu ihr aufblickten. »Halt dich zurück«, wies sie Gabriel an und lief die Stufen hinab, bevor er antworten konnte. Da ihr ganz offensichtlich keine Gefahr drohte, würde er es hoffentlich schaffen, ausnahmsweise einmal still zu sein.

Kaum hatte Helen die beiden Diener passiert, sprang Phoebe auf sie zu und umarmte sie.

»Du lebst, und es geht dir gut«, sagte sie in einem Tonfall, der deutlich zeigte, dass sie mit etwas anderem gerechnet hatte. »Ich habe mir solche Sorgen gemacht, seit ich erfahren habe, dass du mit diesem Mann verheiratet bist. Ich kann deine Qualen nur erahnen. Aber das ist jetzt vorbei. Wir sind hier, um dich zu retten.

Chadwick hat sich in die Irre führen lassen, aber uns kann Giddeon nicht so leicht täuschen.«

»Phoebe«, sagte Helen leise, aber bestimmt und stemmte sich gegen die Umarmung. Schließlich ließ ihre Schwester sie so weit los, dass sie sich in die Augen sehen konnten. »Alles, was Chadwick euch gesagt hat, ist wahr. Ich bin glücklich in dieser Ehe, und ich liebe Gabriel. Er ist übrigens inzwischen Viscount Windham.«

»Womit auch immer er dir gedroht hat«, ereiferte sich Phoebe, »was es auch ist, wir können dich vor ihm beschützen. Du kommst mit uns nach Hause, ob er will oder nicht. Dafür werden wir sorgen. Wer sich uns in den Weg stellt, bekommt es mit mir zu tun«. Sie schob das Kinn kämpferisch nach vorne.

Das war so typisch ihre Schwester, dass Helen lachen musste. Fast hätte sie gefragt, wie Phoebe sich das vorstellte. In diesem Haus wimmelte es nur so von muskelbepackten Dienern, die das leicht zu verhindern gewusst hätten – falls Gabriel es ihnen befahl. Schnell warf sie ihm einen Blick zu. Er zeigte seine ernste, kalte Miene, die in Wahrheit sein Amüsement verbarg, und nickte ihr zu. Er überließ es Helen, ihre Schwestern zur Vernunft zu bringen, und würde sich nicht einmischen.

»Da ihr mir nicht glauben werdet, solange wir in diesem Haus sind und Gabriel anwesend ist, begleite ich euch zu den Castletons. Ist das in eurem Sinne?«

Sowohl Phoebe als auch Georgina hoben überrascht die Brauen.

»Er lässt dich gehen?«, fragte Phoebe vollkommen taktlos, und Helen rollte mit den Augen.

»Natürlich lässt er mich gehen. Er liebt mich, und ich bin vollkommen freiwillig hier und nicht als seine Gefangene.«

»Aber wie kannst du ...«

»Ich erkläre euch gern meinen Standpunkt, wenn ihr euch beruhigt und mir zuhört. Hier oder bei den Castletons, eure Entscheidung.«

»Bei den Castletons«, kam es von beiden Schwestern wie aus einem Mund, und Helen seufzte. Die beiden glaubten ihr immer noch nicht.

»Dann soll es so sein.« Sie wandte sich an Gabriel. »Wir sehen uns später. Ich komme zurück, sobald das geklärt ist.«

Lächelnd nickte er ihr zu. »Ich kann es kaum erwarten.« Bewusst provokant glitt sein Blick über ihren Körper, und auf seinem Gesicht erschien dieses Lächeln, das seine Schwestern sicher denken ließ, er wolle ihr etwas antun.

»Gabriel«, rief sie tadelnd und stemmte die Arme in die Seiten.

»Darf ein Mann nicht der Rückkehr seiner Frau entgegenfiebern?«, fragte er unschuldig, und Helen schnaubte amüsiert. Es war an der Zeit, zu verschwinden, bevor Georgina oder Phoebe auf die Idee kamen, sich in das Gespräch einzumischen.

»Gehen wir«, sagte sie und wandte sich zur Tür. Ihre sprachlosen Schwestern folgten. Draußen stieg Helen in die Kutsche, welche die beiden hergebracht hatte, setzte sich und wartete.

Kaum hatte Georgina die Tür geschlossen, richtete sie zum ersten Mal das Wort an Helen: »Du bist jetzt in Sicherheit. Ich verspreche dir, dass du diesen Mann niemals wiedersehen musst, wenn du nicht willst.«

»Und wenn ich es will?« Sie sprach ruhig und sah ihre Schwester ernst an.

»Dann ...« Georgina legte den Kopf schief. »Ist es wirklich wahr? Du liebst ihn?«

»Das kann nicht sein!« Phoebe schüttelte vehement den Kopf. »Völlig unmöglich!«

»Aber genauso ist es. Wir haben uns alle in ihm getäuscht. Gabriel ist nicht so, wie Chadwick ihn dargestellt hat, oder du, Phoebe. Entschuldige.« Zur Antwort bekam sie lediglich ein Grunzen. »Er ist nicht grausam, besonders nicht zu Tieren. Und er rettet Menschen, Frauen, um genau zu sein. Ich weiß nicht, was Chadwick euch erzählt hat. Eigentlich ist es ein Geheimnis, denn ...« Den Rest der Fahrt erklärte sie, was geschehen war, unterbrochen von unzähligen Fragen ihrer Schwestern.

Die Kutsche hielt, und es war Georgina, die das Wort an Helen richtete: »Wenn es dein Wunsch ist, bei ihm zu bleiben, werden wir ihn in der Familie willkommen heißen.« Sie sah zu Phoebe, die, wenn auch widerstrebend, nickte.

»Das ist es«, bekräftigte Helen dankbar.

»Dann soll es so sein.« Georgina lächelte. »Das gilt auch für Timothy. Er wird sich mit seinem neuen Schwager arrangieren, zumal wir uns in den nächsten Monaten hoffentlich häufiger sehen werden. Bis zur Geburt unseres Kindes und die ersten Wochen danach bleiben wir in England.«

Pure Freude durchflutete Helen. Ihre Familie würde Gabriel mögen, wenn sie ihn erst einmal richtig kennengelernt hatten. Noch dazu erwartete Georgina das ersehnte Kind.

Glücklich lachend fiel Helen ihren Schwestern um den Hals.

Ein neues Leben

Vier Wochen später

Gabriel

Heute war er da, Helens großer Tag. Auf dem Ball seiner Mutter wurde seine Frau offiziell der Londoner Gesellschaft als Lady Windham vorgestellt. Die Duchess hatte darauf bestanden, dass sich seine Garderobe deutlich von der der anderen Gäste abhob, weshalb er ein Ensemble aus cremefarbenen Seidenkniebundhosen, gleichfarbiger Weste und stahlblauer Samtjacke trug.

Helens Kleid war aus der gleichen, hellen Seide gefertigt, dazu trug sie ein ärmelloses Jäckchen aus demselben blauen Samt. Gabriel hätte niemals gedacht, dass eine Anprobe und das Aussuchen von Stoffen ihm so viel Freude bereiten konnte.

Aber mit Helen an seiner Seite war alles voller Licht und Spaß. Seit er sie gerettet hatte, fühlte sich sein Leben vollkommen anders an. Die Dunkelheit war verschwunden und hatte einer Lebensfreude Platz gemacht, die ihm neu war. Nicht einmal als Kind war er derart unbeschwert gewesen.

»Jetzt fehlt nur noch eins«, sagte Helen. Sie saß in ihrem Zimmer vor dem Spiegel, und Betsy stand neben ihr, die Bürste noch in der Hand. Zu ihren Füßen lag einer von Daisys Welpen, den Helen Clumsy getauft hatte, weil er dazu neigte, ständig über seine eigenen, viel zu großen Pfoten zu stolpern. Der Kleine wich Helen nicht mehr von der Seite, solange sie im Haus war und gehörte somit auch fest zu Gabriels Leben.

Seit jenem Abend vor vier Wochen hatten sie die Verbindungstür zwischen ihren Zimmern nicht mehr geschlossen, was er überraschenderweise als angenehm empfand. Er sah seiner Frau gern dabei zu, wie sie sich für den Tag oder Abend zurechtmachte.

»Was fehlt?«, fragte er, trat hinter sie, bestaunte die Linien ihres Nackens und hätte sich am liebsten daran entlanggeküsst. Doch das musste warten. Heute hatten sie andere Dinge zu tun.

»Das hier.« Sie öffnete eine kleine Schublade und holte ein längliches Etui hervor, das er sofort erkannte, hatte er den Inhalt doch vor ihrer Hochzeit selbst für sie ausgesucht.

Helen nahm die Tiara aus dem Kästchen und setzte sie sich mit einem Lächeln ins Haar. »Hast du die wirklich für mich gekauft?«

»Ja.« Jetzt hauchte er doch einen Kuss auf ihren Nacken, was Betsy sichtlich erröten ließ, doch das war ihm egal. Sie sollte sich daran gewöhnt haben, dass er die Finger nicht von Helen lassen konnte. »Trotz der Umstände, die zu unserer Hochzeit geführt haben, wollte ich dir ein Geschenk überreichen, das meine Wertschätzung ausdrückt.«

»Ich danke dir.« Sie suchte seinen Blick im Spiegel, und er erkannte in ihren Augen, dass auch sie an jene Szene dachte, als sie ihm das Schmuckstück hatte zurückgeben wollen.

Plötzlich verspürte er das Verlangen nach einem Bad und schüttelte bedauernd den Kopf. Dafür war morgen Zeit. »Gern geschehen.« Er reichte ihr die Hand. »Wir sollten aufbrechen, bevor wir noch zu spät zu unserem eigenen Ball erscheinen.«

Sie ließ sich von ihm helfen, verschränkte ihre Finger kurz mit seinen und griff dann sehr zu seinem Bedauern nach ihren Handschuhen. Natürlich würde auch er welche tragen, doch in Gedanken war er schon beim Ende des Abends, wenn er sie ihr wieder ausziehen durfte.

Gemeinsam gingen sie nach unten, stiegen in die Kutsche und fuhren dem Abend entgegen.

Helen

»Haben wir alles dabei?« Suchend sah Helen sich in der Kutsche um, konnte jedoch kein Bündel oder ähnliches entdecken.

»Wir werden später eine andere Kutsche nehmen, habe ich das nicht gesagt? James bringt die Kleidung mit.«

»Hattest du nicht, aber das ergibt Sinn.« Lächelnd lehnte Helen sich zurück. »Jetzt sollten wir uns erst einmal auf den Abend konzentrieren. Ich war noch nie auf dem Ball einer Duchess.«

»Einer Duchess und eines Duke«, fügte Gabriel sichtlich verstimmt hinzu. »Nicht zu vergessen, des zukünftigen Duke. Immerhin geben sich mein Vater und mein Bruder die Ehre. Jetzt, wo ich respektabel bin und vielleicht eines Tages den Titel von meinem Bruder erben werde.«

»Gabriel!« Helen schlug ihm leicht mit der Hand auf den Arm. »Sei nett zu ihnen, dann sind sie es sicher auch zu dir.«

»Warte ab, bis du sie kennenlernst«, murmelte er und griff nach ihrer Hand.

Für ihn begann an diesem Abend auch ein neuer Lebensabschnitt, den er ohne sie nicht gewählt hätte, das war ihr bewusst. Ab sofort würde Gabriel ein anständiges Mitglied der Gesellschaft sein, ein Mann, der sich durch die Ehe geändert hatte und seinen Lastern abschwor. Doch das war nur ein Teil der Wahrheit.

Sie würden auch weiterhin Frauen retten, ihnen helfen und manchen eine Anstellung und ein Heim bieten. Insofern würde es auch in Zukunft Menschen geben, die glaubten, Gabriels Veränderung sei nur Fassade. Damit würden sie leben müssen.

Sie erreichten das Haus des Duke und der Duchess, und Helen verschob jegliche Überlegungen auf später. Fürs Erste würde sie im Mittelpunkt der Aufmerksamkeiten stehen, Hände schütteln und Glückwünsche entgegennehmen.

Vorher lernte sie aber Gabriels Vater, den Duke kennen. Er hatte das siebzigste Lebensjahr erreicht, was ihm kaum anzumerken war. Aufrecht und nach der neuesten Mode gekleidet bot er genau wie seine Frau ein Respekt einflößendes Bild.

»Ihr seid also die Frau, die meinen Sohn dazu gebracht hat, endlich der Mann zu werden, der immer in ihm steckte.« Das war keine Frage, also antwortete Helen nicht, sondern legte beruhigend eine Hand auf Gabriels Arm. Sie konnte seine Anspannung spüren und wusste genau, dass er gern mit einer spitzen Bemerkung gekontert hätte.

»Euer Gnaden«, sagte sie und versank in einem angemessen tiefen Knicks.

»Vater«, sprach Gabriel neben ihr sein Grußwort aus, und Helen entging nicht, dass er keine Anstalten machte, sich zu verbeugen.

Doch bevor es unangenehm wurde, erklang neben ihnen ein Ruf.

»Helen, Gabriel! Wie schön, euch zu sehen.« Penelope stürmte auf Helen zu, zog sie in eine undamenhafte Umarmung und flüsterte: »Ich muss etwas mit dir besprechen.« Dann ließ sie los und wandte sich an ihren Bruder. »Das Eheleben bekommt dir. Gut siehst du aus.« Seine Antwort bestand aus einem Brummen, welches Penelope einfach weglächelte. »Es macht dir doch nichts aus, wenn ich deine Frau für ein paar Minuten entführe? Ich bringe sie dir gleich zurück.« Sie wartete nicht auf seine Antwort, strahlte auch ihren Vater nur kurz an und zog Helen zur Seite, bis sie eine Stelle erreichten, an der sie ungestört reden konnten. »Du musst mir helfen! Versprich mir, dass ihr diesen Sommer nach *Windham* kommt.« Penelope ergriff Helens Hände und sah sie mit großen Augen an.

Helen, vollkommen überrascht, musterte ihre Schwägerin. »Das hatten wir vor, aber erzählst du mir, was los ist?«

»Ich habe erfahren, dass George, also Lighton, angekündigt hat, den Sommer in Sussex zu verbringen. Den ersten Sommer seit ... acht Jahren.«

Das kurze Zögern brachte Helen auf den Gedanken, dass es etwas gab, was sie wohl wissen sollte. Etwas zwischen Penelope und Lighton.

Aber ging sie das etwas an? Sollte sie nachfragen?

Ja, beschloss sie. Schließlich bat Penelope um Hilfe. Und helfen konnte sie nur, wenn sie wusste, worum es ging.

»Ich nehme an, dass es einen Grund gibt, warum dich das aus der Fassung bringt?«

»Es bringt mich nicht aus der Fassung«, sagte Penelope schnell. »Es ist nur so, dass ... Er und ich haben ... also ... bei seinem letzten Besuch ... damals ... habe ich ihn um einen Gefallen gebeten, und er hat ihn mir gewährt. Es war der Wunsch eines Backfischs, und die Gegenleistung ... Egal. Es ist nur, ihr werdet also den Sommer in *Windham* verbringen, oder?«

»Ja, allerdings.«

»Dann mache ich mir keine Sorgen. Ich habe dich, und Lighton wird durch Gabriel abgelenkt sein. Vielleicht mache ich mir auch vollkommen umsonst Sorgen, und er hat es längst vergessen.«

»Wenn du mir sagst, was genau damals vorgefallen ist, könnte ich ...«

»Nein, nein, nein. Es reicht, wenn ich euch in meiner Nähe weiß.« Ein Lächeln zog über Penelopes Gesicht, sie öffnete den Mund, um noch etwas zu sagen, doch Gabriel erschien an Helens Seite, was sie zum Verstummen brachte. »Ich überlasse euch dann mal euren Gästen. Es ist immerhin euer großer Abend.« Und schon war sie verschwunden.

»Was wollte sie?«, fragte Gabriel mit erhobenen Brauen.

»Meine Versicherung, dass wir den Sommer in Sussex verbringen, weil Lighton auch dort sein wird.« Helen sah ihrer Schwägerin nach und biss sich auf die Lippe. »Es war alles ziemlich kryptisch, aber ich glaube, dass sie deinem Freund noch eine Art Gefallen schuldet, und sie befürchtet, er könne ihn einfordern. Aber sie wollte nicht mit Details herausrücken.«

»Wie bitte? Ich kenne Lighton zu gut und will auf keinen Fall, dass er denkt, Penny stünde in seiner Schuld. Auch wenn ich ihm mein Leben verdanke, kann ich nicht zulassen, dass er meine Schwester anrührt. Ich werde ihn mir direkt vornehmen.«

»Nein, das wirst du nicht. Penelope hofft, dass er längst vergessen hat, worum auch immer es gehen mag. Also darfst du nichts tun, was ihn daran erinnern könnte. Außerdem würde deine Schwester vor Scham im Boden versinken. Wenn sie möchte, dass du etwas unternimmst, wird sie es dir sagen. Bis dahin: Halt dich zurück und tu so, als wüsstest du von nichts. Ist das klar?«

»Wie Ihr wünscht, Herrin.« Das spöttische Funkeln in seinen Augen strafte die untertänigen Worte Lügen, und doch wusste Helen, dass es ihm ernst war. Er würde sich ihrem Willen in dieser Angelegenheit beugen, auch wenn es ihm schwerfiel.

Gabriel nahm ihre Hand und legte sie auf seinen Arm. »Wir sollten uns zu meinen Eltern begeben. Meine Mutter möchte eine Rede halten, und dann sollen wir den Ball eröffnen – und uns den Rest des Abends in der Aufmerksamkeit des *ton* sonnen. Ihre Worte, nicht meine.«

»Dann werden wir ihr den Gefallen tun.«

Gemeinsam schritten sie durch den Saal. Die Augen der Gesellschaft waren auf sie gerichtet.

Es war der Moment, von dem sie geträumt hatte, seit sie nach London gekommen war. An dem Arm ihres Gatten auf einem Ball gesehen zu werden, ein Teil der Gesellschaft zu sein, eine Ehe zu führen. Und doch war es ihr in diesem Moment egal.

Sie hatte sich verändert, war von einer hoffnungsvollen Debütantin zu einer erwachsenen Dame geworden, die wusste, was im Leben zählte.

Und das Wichtigste war für sie der Mann an ihrer Seite.

In der Menge sah sie ihre Schwestern, ihre Tanten und Cousinen. Sie alle taten ihr Bestes, Gabriel in ihrer Mitte willkommen zu heißen, auch wenn sich die Vorurteile nicht in wenigen Tagen abbauen ließen.

Einer Eingebung folgend sah sie zu Gabriel und flüsterte: »Ich liebe dich.«

Sein Lächeln war ihre Belohnung, genau wie sein »Ich liebe dich auch«, so laut ausgesprochen, dass alle Umstehenden es mitbekamen.

Und dann tat er das Ungeheuerliche: Er zog sie an sich und küsste sie vor aller Augen. Helen spürte seine Zunge in ihrem Mund und genoss es in vollen Zügen.

Wer hätte gedacht, dass es sich so gut anfühlen
konnte, unanständig zu sein?